O Sabor do Pecado

OBRAS DA AUTORA PUBLICADAS PELA EDITORA RECORD

Trilogia dos Príncipes
O Príncipe Corvo
O Príncipe Leopardo
O Príncipe Serpente

Série A Lenda dos Quatro Soldados
O gosto da tentação
O sabor do pecado

ELIZABETH HOYT

A LENDA DOS QUATRO SOLDADOS

O Sabor do Pecado

LIVRO DOIS

Tradução de
Silvia Caldiron Rezende

1ª edição

Editora Record
RIO DE JANEIRO • SÃO PAULO

2019

CIP-BRASIL. CATALOGAÇÃO NA PUBLICAÇÃO
SINDICATO NACIONAL DOS EDITORES DE LIVROS, RJ

H849s
    Hoyt, Elizabeth, 1970-
      O sabor do pecado / Elizabeth Hoyt; tradução de Silvia Caldiron Rezende. – 1ª ed. – Rio de Janeiro: Record, 2019.

    Tradução de: To Seduce a Sinner
    Sequência de: O gosto da tentação
    Continua com: As garras do desejo
    ISBN 978-85-01-11394-8

    1. Romance americano. I. Rezende, Silvia Caldiron. II. Título.

19-56367
                    CDD: 813
                    CDU: 82-31(73)

Vanessa Mafra Xavier Salgado – Bibliotecária – CRB-7/6644

Título original:
To Seduce a Sinner

Copyright © 2008 by Nancy M. Finney

Texto revisado segundo o novo Acordo Ortográfico da Língua Portuguesa.

Todos os direitos reservados. Proibida a reprodução, no todo ou em parte, através de quaisquer meios. Os direitos morais da autora foram assegurados.

Direitos exclusivos de publicação em língua portuguesa somente para o Brasil adquiridos pela
EDITORA RECORD LTDA.
Rua Argentina, 171 – Rio de Janeiro, RJ – 20921-380 – Tel.: (21) 2585-2000, que se reserva a propriedade literária desta tradução.

Impresso no Brasil

ISBN 978-85-01-11394-8

Seja um leitor preferencial Record.
Cadastre-se no site www.record.com.br
e receba informações sobre
nossos lançamentos e nossas promoções.

Atendimento e venda direta ao leitor:
sac@record.com.br

Para meu pai, ROBERT G. MCKINNELL, que sempre me incentivou a seguir a carreira de escritora.

(Mas você ainda não pode ler este livro, pai!)

Agradecimentos

Agradeço à minha editora fabulosa, AMY PIERPONT, e à sua assistente fantástica, KRISTIN SWITZER; à minha agente maravilhosa, SUSANNAH TAYLOR; à equipe cheia de energia da Grand Central Publicity, em especial a TANISHA CHRISTIE e a MELISSA BULLOCK; ao Departamento de Arte da Grand Central Publicity, em especial a DIANE LUGER, por outra capa maravilhosa para a edição americana; e à minha copidesque, CARRIE ANDREWS, que mais uma vez me salvou de uma vergonha pública.

Obrigada a todos vocês!

Prólogo

Era uma vez, em uma terra distante e sem nome, um soldado que voltava para casa depois de muito tempo lutando em uma guerra que durara gerações. Na verdade, a guerra se estendera por tantos anos que, com o tempo, os combatentes acabaram esquecendo sua motivação. Um dia, os soldados olharam para seus oponentes e perceberam que não sabiam por que queriam matá-los. Os oficiais ainda levaram um tempo para chegar à mesma conclusão, mas, no fim, eles também se convenceram disso. Só então todos os soldados, de ambos os lados, baixaram suas armas, e a paz foi declarada.

Era por isso que, agora, nosso soldado marchava para casa por uma estrada deserta. Mas não tinha destino algum, pois a guerra durara tantos anos que não havia mais uma casa para onde pudesse retornar. Apesar disso, enquanto caminhava, carregando nas costas uma mochila com comida, o sol brilhando ao alto da estrada sem curvas e sem obstáculos por onde havia escolhido seguir, o soldado se sentia feliz com o pouco que tinha.

Seu nome era Jack, o Risonho...

— Jack, o Risonho

Capítulo Um

Jack seguia pela estrada, assoviando alegremente, pois ele era um homem que não tinha uma só preocupação nesse mundo...

— Jack, o Risonho

**Londres, Inglaterra
Maio de 1765**

Entre as piores coisas que podem acontecer com um homem, são poucas as que superam ser rejeitado por sua futura esposa no dia do casamento — foi o que concluiu Jasper Renshaw, o visconde de Vale. Mas ser rejeitado no dia do casamento, quando ainda está de ressaca após uma noite de bebedeira... bem, isso deveria ser classificado como algum tipo de recorde de quanto alguém pode sofrer por azar.

— Sinto muiiiito! — lamentou a Srta. Mary Templeton, a futura esposa em questão, com a voz tão aguda que seria capaz de deixar em pé todos os fios de cabelos de um homem. — Nunca tive a intenção de enganá-lo!

— É o que eu espero! — exclamou Jasper.

O que Jasper mais queria era apoiar a cabeça latejante em suas mãos, mas aquele parecia ser um momento muito dramático na vida da Srta. Templeton, e ele achou que o ato poderia não demonstrar a devida seriedade que a situação pedia. Pelo menos estava sentado. Havia uma cadeira de madeira na sacristia, da qual ele se apossou sem a menor cerimônia assim que adentraram o local.

Mas a Srta. Templeton nem pareceu se importar.

— Ah, meu Deus! — choramingou a mulher. Jasper imaginava que ela estivesse se dirigindo a ele, mas, considerando o local onde se encontravam, também poderia estar apelando para uma Força maior. — Não consegui me conter, não consegui mesmo. As mulheres são criaturas muito fracas! Somos ingênuas demais, apaixonadas demais para resistir aos arroubos da paixão!

Arroubos da paixão?

— A senhorita está certíssima — murmurou Jasper.

Quem dera tivesse tido tempo de tomar uma taça de vinho naquela manhã — ou talvez duas. Isso o teria ajudado a colocar a cabeça no lugar e entender o que sua noiva estava tentando dizer, além do óbvio, é claro — que ela não pretendia mais se tornar a quarta viscondessa de Vale. No entanto, naquela manhã, o pobre tolo saiu da cama cambaleando, imaginando que não houvesse nada pior do que um casamento entediante, seguido por um brunch prolongado. Em vez disso, quando chegou à igreja, encontrou o Sr. e a Sra. Templeton à porta. O pai da noiva parecia bravo, e a mãe, num nervosismo muito suspeito. Para piorar, sua noiva encantadora estava com o rosto molhado de lágrimas recém-derramadas, e, em algum lugar lá no fundo de sua alma sombria e atormentada, ele soube que não haveria bolo de casamento naquele dia.

Jasper conteve um suspiro e olhou para sua ex-futura esposa. Mary Templeton era muito bonita. Cabelos escuros e brilhantes, olhos azuis reluzentes, pele alva e jovem e seios redondinhos. Ansiara tanto por aqueles seios redondos, pensou, pesaroso, enquanto ela andava de um lado para o outro à sua frente.

— Ah, Julius! — exclamou a Srta. Templeton, abrindo os lindos braços roliços. Era uma pena que a sacristia fosse tão pequena; a encenação dela merecia um espaço bem maior. — Se ao menos eu não o amasse tanto!

Jasper piscou e se inclinou para a frente. Ele devia ter perdido alguma informação, pois não era capaz de se lembrar desse tal de Julius.

— Julius...?

Ela se virou e arregalou os olhinhos azul-turquesa. Eles realmente eram magníficos.

— Julius Fernwood. O pároco da cidade próxima à propriedade de campo do papai.

Ele estava sendo trocado por um pároco?

— Ah, se o senhor visse os olhos castanhos gentis dele, os cabelos tão louros e seus modos solenes, sei que iria entender o que estou sentindo.

Jasper arqueou uma sobrancelha. Isso com certeza seria pouco provável.

— Eu o amo, milorde! Eu o amo do fundo da minha alma.

De repente, com um movimento exagerado, ela caiu de joelhos, olhando para cima com seu lindo rosto molhado de lágrimas, as delicadas mãos alvas unidas à frente de seus seios arredondados.

— Por favor! Por favor, eu lhe imploro, liberte-me deste compromisso cruel! Devolva minhas asas para que eu possa voar para o meu verdadeiro amor, o amor que será sempre dono do meu coração mesmo que eu seja forçada a me casar com você, forçada a correr para seus braços, forçada a satisfazer seus instintos animais, *forçada* a...

— Está bem, está bem. — Jasper resolveu interrompê-la antes que ela tivesse tempo de terminar de descrevê-lo como um animal selvagem capaz de fazer barbaridades. — Já entendi que não sou páreo para o lourinho e sua vida de pároco. Eu a liberto da promessa de matrimônio. Por favor, vá ao encontro do seu verdadeiro amor. Felicidades para vocês.

— Ah, obrigada, milorde! — Ela tomou as mãos dele e encheu-as de beijos molhados. — Serei para sempre grata, estarei em dívida eterna com o senhor. Se um dia...

— Já entendi. Se um dia eu precisar de um pároco louro ou da esposa de um pároco etc. etc. Não vou me esquecer disso. — Sentindo-se subitamente inspirado, Jasper enfiou a mão no bolso e tirou um punhado de meia coroas, que tinha trazido para jogar ao povo que estaria do lado de fora da igreja, depois do casamento. — Tome. Para as suas núpcias. Desejo-lhe toda a felicidade com... é... o Sr. Fernwood.

Ele colocou as moedas nas mãos dela.

— Nossa! — A Srta. Templeton arregalou ainda mais os olhos. — Nossa, obrigada!

Depositando um último beijo molhado em sua mão, ela deixou o local. Talvez tivesse se dado conta de que as moedas equivaliam a várias libras e que o presente tinha sido um ato impulsivo da parte dele, portanto, se ficasse por mais tempo, ele poderia repensar a generosidade.

Jasper suspirou, sacou um grande lenço de linho e secou as mãos. A sacristia era pequena, e suas paredes haviam sido construídas com a mesma pedra cinza antiga da igreja onde ele planejara se casar. Havias várias prateleiras de madeira escura ao longo de uma das paredes, cheias de quinquilharias da igreja: castiçais velhos, papéis, Bíblias e pratos de estanho. Acima delas, podia ver o céu azul e uma única nuvem fofa movendo-se lentamente por uma pequena janela com detalhes em formato de diamante. Uma salinha solitária onde foi, mais uma vez, abandonado. Ele guardou o lenço de volta no bolso do colete e notou que estava faltando um botão. Não podia se esquecer de avisar Pynch. Jasper pousou o cotovelo em cima da mesa ao lado da cadeira e apoiou a cabeça nas mãos, de olhos fechados.

Pynch, seu criado pessoal, sabia fazer uma mistura ótima e revigorante para curar a dor de cabeça após uma noite de excessos. Logo ele poderia ir para casa e tomá-la, e talvez voltar para a cama. Maldição, como sua cabeça doía! Mas não podia ir embora agora. Ouvia vozes se erguendo do lado de fora da sacristia, ecoando pelo teto abobadado da antiga igreja de pedra. Pelo barulho, podia supor que os pais da Srta. Templeton não estavam muito felizes com os planos românticos dela. Um cantinho da boca de Jasper se ergueu. Talvez o pai não estivesse tão encantado com o lourinho quanto ela. De qualquer maneira, ele preferia enfrentar um ataque dos franceses a encarar a família e os convidados do lado de fora.

Jasper suspirou e estendeu as pernas compridas. Seis meses de trabalho perdido. Esse tinha sido o tempo que gastara tentando conquistar a Srta. Templeton. Um mês para encontrar uma candidata adequada — alguém de boa família, que não fosse muito jovem nem muito velha, e bonita o bastante para levar para a cama. Três meses cortejando-a, flertando em bailes e chás, levando-a para passeios de carruagem, enviando doces, flores e outros presentinhos. Por fim, o pedido oficial, para o qual recebeu uma resposta satisfatória, e, então, o beijo casto na bochecha da moça inocente. Depois disso, só restou cuidar dos proclamas e das várias compras e dos preparativos nupciais.

O que tinha dado errado, então? Ela parecera estar totalmente de acordo com os planos. Antes daquela manhã, nunca insinuara qualquer dúvida a respeito do casamento. Na verdade, qualquer pessoa poderia ter afirmado que ela parecia bem satisfeita quando ganhara pérolas e brincos de ouro de presente. De onde surgiu então esta súbita vontade de se casar com o pároco lourinho?

Esse problema que Jasper tinha de perder noivas nunca teria acontecido com seu irmão mais velho, Richard, caso tivesse vivido tempo o suficiente para procurar por sua própria viscondessa. Talvez o problema fosse com ele, concluiu Jasper, com certa tristeza. Havia algo nele que afastava o sexo oposto, como se fosse uma maldição — pelo menos em se tratando de casamento. Era impossível não notar que essa era a segunda vez em menos de um ano que era deixado na mão. É claro que a primeira tinha sido por Emeline, que, sejamos justos, estava mais para uma irmã do que para o amor de sua vida. Mesmo assim, um cavalheiro poderia muito bem...

O rangido da porta da sacristia interrompeu os pensamentos de Jasper, fazendo-o abrir os olhos.

Uma mulher alta e esguia hesitava à porta. Era uma amiga de Emeline — aquela cujo nome Jasper nunca conseguia se lembrar.

— Desculpe-me, eu o acordei? — perguntou ela.

— Não, só estava descansando.

Ela assentiu com a cabeça e deu uma olhada para trás antes de fechar a porta às suas costas, colocando-se numa situação um tanto inapropriada com ele.

Jasper ergueu as sobrancelhas. Nunca imaginara que ela fosse do tipo dramática. No entanto, o visconde não era lá muito bom em entender as mulheres.

Ela permaneceu numa postura ereta, os ombros erguidos, o queixo ligeiramente levantado. Era uma mulher comum, cujos traços um homem teria dificuldade de se lembrar — pensando bem, talvez fosse por isso que ele nunca conseguia se lembrar do nome dela. Tinha os cabelos claros, mas era difícil determinar se eram louros ou castanhos, e estavam presos em um coque na nuca. Os olhos eram de um castanho indescritível. O vestido era marrom-acinzentado, com um decote quadrado simples que revelava um par de seios pequenos. Jasper notou que a mulher tinha uma pele boa, de um tom branco-azulado translúcido que costumava ser comparado ao mármore. Se olhasse mais de perto, sem dúvida conseguiria traçar as veias que corriam por baixo da pele pálida e delicada.

Em vez disso, ele ergueu os olhos para encarar seu rosto. Ela permaneceu ali, imóvel, enquanto era examinada, mas um leve rubor coloria as maçãs de seu rosto.

Jasper pensou que pudesse estar sendo grosseiro ao notar seu desconforto, ainda que discreto. Devido a esse motivo, suas palavras soaram um tanto ríspidas.

— Posso ajudá-la em alguma coisa, senhorita?

Ao que ela respondeu com outra pergunta:

— É verdade que Mary não vai se casar com o senhor?

Jasper soltou um suspiro.

— Pelo jeito ela preferiu agarrar um pároco. Parece que um simples visconde não tem mais serventia alguma.

A mulher não sorriu.

— O senhor não a ama.

Ele colocou as mãos espalmadas sobre a mesa.

— Infelizmente é verdade, por mais canalha que isso me faça parecer.

— Neste caso, tenho uma proposta a lhe fazer.

— É mesmo?

Ela juntou as mãos à frente do corpo e empertigou-se ainda mais, mesmo que isso parecesse impossível.

— Gostaria de saber se estaria disposto a se casar comigo então.

Melisande Fleming ficou de frente para Lorde Vale e o encarou com determinação e sem nenhum sinal de nervosismo juvenil. Afinal, ela não era mais uma mocinha. Estava com 28 anos e, havia muito tempo, já passara da idade de se casar. Na verdade, achava que, havia muito tempo, perdera a esperança de ser feliz. Mas, pelo visto, a esperança era algo difícil, quase impossível, de ser perdida.

O que havia acabado de propor era ridículo. Lorde Vale era um homem rico. Um nobre. Um homem no auge da vida. Ou seja, um homem que poderia escolher a moça que quisesse, talvez uma mulher mais jovem e mais bonita do que ela. Ainda que *tivesse* acabado de ser trocado no altar por um pároco sem um tostão.

Por isso, Melisande se preparou para receber como resposta uma gargalhada, palavras de deboche ou — o pior de tudo — de piedade.

Mas, em vez disso, Lorde Vale apenas olhou para ela. Talvez não tivesse escutado. Seus lindos olhos azuis estavam avermelhados, e, pelo modo como segurava a cabeça quando ela entrou, Melisande desconfiava de que ele passara da conta em sua despedida de solteiro na noite anterior.

Lorde Vale estava largado na cadeira, as pernas compridas e musculosas esticadas à frente do corpo, ocupando muito mais espaço do que deveria. Ele a encarou com aqueles olhos azul-esverdeados impressionantes cintilando. Eles brilhavam — apesar de avermelhados —, mas eram a única coisa bonita nele. Seu rosto era longo e marcado com linhas de expressão profundas ao redor dos olhos e da boca. Tinha um nariz muito comprido e bem grande também. As pálpebras eram caídas nos cantos como se ele estivesse sempre com sono. E o cabelo... na verdade, o cabelo até que era bonito, cacheado e volumoso, e num tom castanho-avermelhado muito lindo. Em qualquer outro homem, essa característica poderia parecer infantil ou talvez até um pouco afeminada.

Por pouco, Melisande não tinha comparecido ao casamento. Mary era uma prima distante, com quem falara apenas uma ou duas vezes na vida. Mas Gertrude, a cunhada de Melisande, se sentiu mal pela manhã e insistiu que ela estivesse presente para representar a família. Assim, lá estava Melisande depois de tomar o passo mais importante de sua vida.

Como o destino era estranho.

Finalmente, Lorde Vale despertou. Esfregou o rosto com a mão grande e ossuda e então olhou para ela entre os longos dedos entreabertos.

— Sou um idiota, queira me desculpar, mas não consigo me lembrar do seu nome de jeito nenhum.

Isso não era nenhuma surpresa. Melisande sempre fora o tipo de pessoa que desaparecia na multidão. Nunca estava no centro dela, nunca chamava atenção.

Lorde Vale, no entanto, era o completo oposto.

Ela respirou fundo, apertando os dedos para conter o tremor de nervosismo. Só tinha essa chance, e não podia desperdiçá-la.

— Sou Melisande Fleming. Meu pai se chamava Ernest Fleming, dos Fleming de Northumberland. — Vinha de uma família tradicional e respeitada, nem era preciso se estender muito sobre o assunto. Caso ele nunca tivesse ouvido falar, uma explicação sobre quão conhecidos eles eram não seria de muita serventia. — Meu pai já faleceu, mas tenho dois irmãos, Ernest e Harold. Minha mãe era uma emigrante prussiana e também já faleceu. Talvez se lembre de que sou amiga de Lady Emeline, que...

— Sim, sim. — Ele tirou a mão do rosto e fez um sinal, dispensando as apresentações. — Sei *quem* a senhorita é, só não sabia...

— O meu nome.

Jasper inclinou a cabeça.

— Exato. Como eu disse, sou um idiota.

Ela engoliu em seco.

— E qual seria a sua resposta?

— É que — ele balançou a cabeça e acenou vagamente com os dedos longos — bebi muito na noite passada e ainda estou um pouco atordoado com a desistência da Srta. Templeton, por isso meu raciocínio está um pouco lento, mas não entendo por que iria querer se casar comigo.

— O senhor é um visconde, milorde. Falsa modéstia não lhe cai bem.

Ele abriu a boca grande em um leve sorriso.

— Para uma mulher que está à procura de um marido, a sua língua é um tanto afiada, não é mesmo?

Melisande sentiu o calor lhe subindo pela nuca e pelas bochechas e teve de conter a vontade de abrir a porta e sair correndo.

— Por que, entre todos os viscondes do mundo, se casar comigo? — indagou ele, baixinho.

— O senhor é um homem honrado. Emeline me contou. — Melisande avançou devagar, escolhendo as palavras com cautela. — Pelo rápido noivado que teve com Mary, imaginei que estivesse ansioso para se casar, estou certa?

O visconde inclinou a cabeça.

— Certamente é o que parece.

Ela assentiu.

— E eu gostaria de ter minha própria casa em vez de continuar vivendo da generosidade dos meus irmãos. — O que, em parte, era verdade.

— Você não tem dinheiro para ser independente?

— Tenho um bom dote e dinheiro suficiente para ser independente. Mas uma mulher solteira não pode viver sozinha.

— Isso é verdade.

Lorde Vale a analisou, parecendo bastante satisfeito por ela estar à sua frente como se fosse um peticionário diante de um rei. Segundos depois, ele meneou a cabeça e se levantou, forçando-a a olhar para cima. Melisande era uma mulher alta, mas ele era ainda mais alto do que ela.

— Peço perdão pelo que vou dizer, mas preciso ser direto para evitar futuros mal-entendidos. Eu quero um casamento de verdade. Um casamento que, com a graça de Deus, gere filhos concebidos em um leito matrimonial. — Ele abriu um sorriso encantador, seus olhos azul-turquesa cintilando ligeiramente. — É isso que procura também?

Melisande o encarou, mas não ousou ter esperanças.

— Sim.

Ele fez uma pequena mesura com a cabeça.

— Neste caso, Srta. Fleming, tenho a honra de aceitar seu pedido de casamento.

Ela sentiu um aperto no peito e, ao mesmo tempo, foi como se uma criatura selvagem estivesse abrindo as asas dentro dela, tentando sair para poder voar livre pela sala, de tanta alegria.

Melisande estendeu a mão.

— Obrigada, milorde.

Lorde Vale sorriu, desconfiado, ao ver a mão estendida e então a aceitou. Mas, em vez de trocar um aperto de mão para selar o acordo, ele inclinou a cabeça, e Melisande sentiu o leve roçar dos lábios dele sobre os nós de seus dedos. Ela reprimiu o tremor de emoção que aquele simples toque lhe provocou.

Ele se endireitou.

— Só espero que ainda me agradeça depois do nosso casamento, Srta. Fleming.

Melisande abriu a boca para responder, mas ele já havia se virado para ir embora.

— Sinto dizer que estou com uma tremenda dor de cabeça. Farei uma visita ao seu irmão daqui a três dias, tudo bem? Acho melhor manter a fachada do noivo abandonado por alguns dias, pelo menos, não acha? Menos do que isso pode ser desastroso para a imagem da Srta. Templeton.

Com um sorriso irônico, ele saiu e fechou a porta.

Melisande relaxou os ombros empertigados, liberando a tensão. Ficou observando a porta por um momento e então deu uma olhada ao redor. O cômodo era simples, pequeno e meio bagunçado. Não era o cenário onde imaginaria seu mundo virando de cabeça para baixo. E, mesmo assim, aquele *era* o lugar onde sua vida tomara um rumo totalmente novo e inesperado — a não ser que os últimos quinze minutos tivessem sido apenas uma ilusão.

Ela examinou as costas da mão. O beijo dele não havia deixado marca alguma. Conhecia Jasper Renshaw, o Lorde Vale, havia anos, mas, ao longo de todo esse tempo, ele nunca a tocara. Ela pressionou as costas da mão contra a boca e fechou os olhos, imaginando como seria quando seus lábios se encontrassem. Todo seu corpo tremeu só de pensar nisso.

Então, só lhe restou endireitar as costas de novo, alisar a saia já totalmente lisa e passar os dedos pelos cabelos para se certificar de que estava tudo em ordem. Assim que terminou, Melisande começou a andar, mas, no primeiro passo, pisou em algo. Havia um botão prateado caído no chão de pedra, que estivera escondido embaixo da barra de sua saia até ela se mover. Melisande pegou o botão e girou-o lentamente nas mãos. Era um botão de prata com uma letra "V" em relevo. Ela admirou o artefato por um momento antes de escondê-lo em sua manga.

Em seguida, deixou a sacristia.

— Pynch, você já conheceu algum homem que tenha perdido uma noiva e ganhado outra no mesmo dia? — perguntou Jasper, distraído, na tarde daquele mesmo dia.

Estava relaxando em sua imensa banheira de estanho feita sob medida. Seu valete, Pynch, se encontrava em um canto do quarto, arrumando as roupas na cômoda, e respondeu sem se virar.

— Não, milorde.

— Neste caso, creio que sou o primeiro da história a conseguir tal façanha. Londres deveria mandar fazer uma estátua em minha homenagem. As criancinhas olhariam admiradas para a estátua enquanto suas babás diriam para elas não seguirem meus passos volúveis.

— Certamente, milorde — respondeu Pynch num tom monótono.

O tom de voz de Pynch era perfeito para um criado pessoal, discreto, equilibrado e imperturbável, o que era bom, já que todo o restante dele não combinava muito com o estereótipo de serviçal. Pynch era um homem grande. Muito grande. Tinha os ombros largos como os de um boi, as mãos grandes como um prato de jantar, o pescoço tão grosso quanto a coxa de Jasper, e a cabeça enorme e careca. Pynch parecia um granadeiro, aquele soldado grande, que abre caminho na linha de frente do inimigo.

O que, na verdade, era exatamente o que Pynch tinha sido no Exército de Sua Majestade. Isso foi antes da pequena divergência que teve com seu sargento, resultando em um dia de castigo na despensa. A primeira vez que Jasper vira Pynch fora justamente lá, resignado, levando legumes estragados na cara. A cena lhe impressionou tanto que, assim que Pynch foi liberado, Jasper o convidou para ser seu ordenança. Pynch aceitou a oferta na mesma hora. Dois anos depois, quando Jasper vendeu sua patente, ele também comprou a de Pynch, que acabou voltando para a Inglaterra a fim de trabalhar como seu valete. Uma boa reviravolta, pensou Jasper enquanto colocava um pé para fora da banheira e sacudia uma gota de água do dedão do pé.

— Você enviou aquela carta para a Srta. Fleming? — Jasper escrevera uma carta em que informava educadamente que visitaria o irmão dela dali a três dias, caso não tivesse mudado de ideia.

— Sim, milorde.

— Ótimo. Ótimo. Acho que esse noivado vai vingar. Estou com um bom pressentimento.

— Um pressentimento, milorde?

— Sim — afirmou Jasper, apanhando uma escova de cabo comprido para esfregar o dedão do pé. — Como o que tive há duas semanas quando apostei meio guinéu naquele alazão de pescoço comprido.

Pynch pigarreou.

— Creio que o alazão chegou mancando.

— Foi? — Jasper fez um gesto de desdém com a mão. — Não importa. De qualquer maneira, não é certo comparar uma mulher a cavalos. O que estou tentando dizer é que estamos noivos há três horas, e a Srta. Fleming ainda não desmanchou o noivado. Tenho certeza de que você está impressionado.

— É um bom sinal, milorde, mas, se me permite dizer, a Srta. Templeton esperou até o dia do casamento para romper o noivado.

— Hmm, mas, nesse caso, foi a Srta. Fleming em pessoa quem sugeriu a ideia do casamento.

— É mesmo, milorde?

Jasper parou de esfregar o pé esquerdo.

— Não que eu queira que mais alguém saiba desse detalhe.

Pynch enrijeceu.

— É claro que não, milorde.

Jasper franziu o cenho. Droga, havia insultado Pynch.

— Nunca se deve ferir os sentimentos de uma mulher, mesmo que ela tenha se atirado aos seus pés.

— Atirado, milorde?

— No sentido figurado. — Jasper gesticulou com a escova de cabo comprido, fazendo respingar água em uma cadeira próxima. — Tive a impressão de que ela acha que estou desesperado para me casar e por isso resolveu arriscar.

Pynch arqueou uma sobrancelha.

— E o senhor não corrigiu a dama?

— Pynch, Pynch, já não lhe disse que nunca se deve contradizer uma mulher? Não é cavalheiresco e é perda de tempo, pois elas só acreditam no que querem acreditar, de qualquer forma. — Jasper esfregou o nariz com a escova de banho. — Além do mais, um dia eu terei que me casar. Casar e procriar exatamente como meus nobres antepassados fizeram. Não adianta tentar fugir dessa obrigação. Preciso de um filho ou dois, que sejam pelo menos um pouco inteligentes, para levar adiante o antigo título de Vale. Deste modo, isso irá me poupar meses de procura e de cortejo.

— Ah. Então, para o senhor, qualquer mulher serve, milorde?

— Sim — respondeu Jasper, mas se arrependeu da resposta na mesma hora. — Não. Que droga, Pynch. Você e esse seu raciocínio lógico. Na verdade, ela tem algo diferente. Não sei como descrever. Ela não é exatamente o tipo de mulher que eu escolheria, mas, quando a vi lá, parada, tão corajosa e, ao mesmo tempo, carrancuda, como se eu tivesse cuspido na frente dela... Bem, acho que fiquei encantado. A menos que tenha sido por causa da ressaca depois de todo aquele uísque da noite passada.

— É claro, milorde — murmurou Pynch.

— De qualquer maneira, o que eu estava tentando dizer é que espero que esse noivado termine em casamento. Do contrário, logo ficarei com fama de dedo podre.

— É verdade, milorde.

Jasper franziu a testa, olhando para o teto.

— Pynch, você não deve concordar comigo quando digo que tenho dedo podre.

— Não, milorde.

— Obrigado.

— De nada, milorde.

— Só resta rezar para que a Srta. Fleming não encontre nenhum pároco semanas antes do casamento. Principalmente se ele for louro.

— Tem razão, milorde.

— Sabe de uma coisa? — perguntou Jasper, pensativo. — Acho que nunca conheci um pároco de quem eu gostasse.

— É mesmo, milorde?

— Sempre tive a impressão de que eles não têm queixo. — Jasper acariciou com um dedo o próprio queixo, que era longo demais. — Talvez seja algum tipo de pré-requisito do clero inglês. Você acha que pode ser isso?

— É possível, sim. Mas não provável, milorde.

— Hmm.

Do outro lado do aposento, Pynch transferia uma pilha de lençóis que estava em cima da cômoda para a última prateleira do guarda-roupa.

— O senhor ficará em casa hoje, milorde?

— Não, quem me dera. Tenho outros negócios a tratar.

— Seus negócios envolvem aquele homem que está preso em Newgate?

Jasper desviou o olhar do teto para seu valete. A expressão normalmente indecifrável dele agora também incluía olhos ligeiramente semicerrados. E isso significava que Pynch estava preocupado.

— Sim. Thornton será julgado em breve, e é certo que será condenado e enforcado. Depois que ele morrer, quaisquer informações que tiver irão com ele.

Pynch cruzou o cômodo carregando uma tolha de banho imensa.

— Isto é, se ele tiver alguma informação para revelar.

Jasper saiu da banheira e pegou a toalha.

— Sim, *se* ele tiver.

Pynch ficou observando enquanto Jasper se enxugava, com os olhos ainda semicerrados.

— Desculpe, milorde, não gosto de falar quando não devo...

— Mas vai falar mesmo assim — murmurou Jasper.

O criado continuou como se não tivesse escutado nada.

— Mas estou preocupado. O senhor parece obcecado por aquele homem. Ele é um mentiroso compulsivo. O que faz o senhor pensar que ele dirá a verdade agora?

— Nada. — Jasper jogou a toalha de lado, aproximou-se de uma cadeira na qual estavam suas roupas e começou a se vestir. — Ele é um mentiroso, um estuprador, um assassino e Deus sabe mais o quê.

Apenas um tolo acreditaria na palavra dele. Mas não posso permitir que vá para a forca sem ao menos *tentar* arrancar-lhe a verdade.

— Tenho medo de que ele esteja apenas brincando com o senhor, só para se divertir.

— Sem dúvida você está certo, Pynch, como sempre. — Jasper nem olhou para ele enquanto vestia a camisa. Havia conhecido Pynch após o massacre do vigésimo oitavo regimento em Spinner's Falls. O valete não participou da batalha, por isso não compartilhava da mesma ânsia de descobrir quem traíra o regimento. — Mas, infelizmente, a razão não vem ao caso. Preciso ir.

Pynch suspirou e levou os sapatos até Jasper.

— Tudo bem, milorde.

Jasper se sentou para calçar os sapatos de fivela.

— Anime-se, Pynch. O homem estará morto em duas semanas.

— Que assim seja, milorde — murmurou Pynch enquanto recolhia os apetrechos do banho.

Jasper terminou de se arrumar em silêncio e então foi até a penteadeira para escovar e prender os cabelos para trás.

Pynch estendeu-lhe o paletó.

— Espero que não tenha se esquecido, milorde, de que o Sr. Dorning solicitou novamente a sua presença nas terras Vale, em Oxfordshire.

— Droga.

Dorning era o administrador da propriedade rural de Jasper e já havia escrito diversos apelos solicitando sua ajuda para resolver uma disputa local. Ele já deixara o pobre homem esperando para se casar e agora...

— Dorning terá que esperar mais alguns dias. Não posso partir sem antes falar com o irmão da Srta. Fleming e com a Srta. Fleming também. Lembre-me novamente disso, por favor, quando eu voltar.

Jasper vestiu o paletó, pegou o chapéu e saiu antes que Pynch tivesse tempo de impedi-lo. Desceu a escada fazendo muito barulho, acenou para seu mordomo e partiu de sua casa em Londres. Lá fora, um dos funcionários dos estábulos o aguardava com Belle, sua imensa égua baia. Jasper agradeceu ao rapaz e montou na égua, puxando o freio para acalmá-la quando ela andou para o lado. As ruas estavam muito movimentadas, forçando-o a conduzir a égua num galope lento. Jasper seguiu rumo ao oeste da cidade, em direção à Catedral de St. Paul, que se agigantava acima das construções mais baixas ao seu redor.

A agitação de Londres era muito diferente das florestas selvagens onde tudo começara. Ele se lembrava nitidamente das árvores altas e das cachoeiras, do som das águas caudalosas misturado aos gritos dos homens que morriam. Cerca de sete anos antes, ele fora um capitão do Exército de Sua Majestade e lutara contra a França nas colônias. O vigésimo oitavo regimento marchava de volta, após a vitória em Quebec, uma fila de soldados passando por uma trilha estreita, quando foram atacados por nativos. Eles mal tiveram tempo de formar uma posição defensiva. Praticamente todo o regimento fora massacrado em menos de meia hora, e o coronel deles, morto. Jasper e mais oito homens foram capturados e levados para um acampamento dos indígenas wyandot e...

Até hoje ele tinha dificuldade de relembrar aqueles momentos. Vez ou outra, as sombras daquele período se infiltravam furtivamente em seus pensamentos, como um vislumbre fugaz de canto de olho. Nessas horas, ele se lembrava de tudo novamente, do passado morto e enterrado, mas nunca esquecido. Então, seis meses atrás, quando estava em um baile, ele foi até uma varanda e se deparou com Samuel Hartley.

Hartley fora um cabo do Exército. Um dos poucos que sobrevivera ao massacre do vigésimo oitavo. Ele contara a Jasper que algum traidor dentro do regimento havia entregado a posição deles aos franceses e aos indígenas aliados a eles. Quando Jasper se juntara a Hartley na caçada ao traidor, eles descobriram um assassino que havia assumido a identidade de um dos soldados mortos em Spinner's Falls, Dick Thornton. Thornton — Jasper não conseguia chamá-lo de outro nome, apesar de saber de quem realmente se tratava — se encontrava agora em Newgate, preso e acusado de assassinato. Mas, na noite que eles o capturaram, Thornton afirmou que não era o traidor.

Jasper deu uma leve pressionada nos flancos de Belle para que desviassem de um carrinho de mão cheio de frutas maduras.

— Quer comprar uma ameixa doce, senhor? — gritou a bela garota de olhos escuros, parada ao lado do carrinho. Ela mexeu o quadril para o lado, de um jeito sensual, enquanto lhe mostrava a fruta.

Jasper sorriu.

— Aposto que não é tão doce quanto as suas maçãs.

A risada da vendedora de frutas acompanhou-o enquanto seguia pela rua abarrotada. Jasper voltou a focar em sua missão. Como bem apontara Pynch, Thornton era um homem acostumado a mentir. Hartley nunca expressara nenhuma dúvida quanto à culpa de Thornton. Jasper bufou. Mas agora Hartley andava ocupado com sua nova esposa, Lady Emeline Gordon — a primeira noiva de Jasper.

Jasper ergueu os olhos e se deu conta de que estava na Skinner Street, que levava diretamente à Newgate Street. O imponente portal da prisão se erguia em forma de arco acima da rua. A prisão fora reconstruída depois do grande incêndio e muito bem decorada com estátuas representando sentimentos nobres, como a paz e o perdão. Mas o fedor ali era insuportável — e só piorava à medida que se aproximava da prisão. O ar parecia pesado, carregado de odores de excrementos humanos, doença, podridão e desespero.

Uma das colunas do arco terminava acima da guarita do carcereiro. Jasper apeou do cavalo no pátio central. Um guarda que estava recostado ao lado da porta se endireitou.

— Já está de volta, milorde?

— Feito uma praga, McGinnis.

McGinnis era um veterano do Exército de Sua Majestade e tinha perdido um olho em algum país distante. Ele usava um trapo enrolado na cabeça para esconder o buraco, mas este agora havia escorregado, deixando à mostra a cicatriz vermelha.

O homem assentiu e gritou dentro da guarita:

— Ei, Bill! Lorde Vale está de volta. — Ele se voltou para Jasper. — Bill estará aqui em dois minutinhos, milorde.

Jasper assentiu e deu ao guarda uma meia coroa, para garantir que a égua estaria à sua espera quando ele voltasse. Logo em sua primeira visita àquele lugar infeliz, ele descobriu que boas gorjetas tornavam tudo mais fácil.

Bill, um homem baixinho com uma cabeleira grisalha, apareceu logo em seguida, trazendo na mão direita o símbolo do cargo que exercia na prisão: um molho de chaves de ferro. O homenzinho fez um sinal com o ombro para Jasper e cruzou o pátio da prisão rumo à entrada principal, onde havia uma imensa passagem decorada com algemas enormes e a citação bíblica VENIO SICUT FUR — *Venho como um ladrão*. Bill gesticulou com o ombro para um dos guardas que estava próximo ao portal e seguiu na frente.

O odor era pior ali, e o ar estava abafado, sem brisa. Bill seguiu à frente de Jasper por um longo corredor que levou a outra área ao ar livre. Eles cruzaram um pátio extenso onde alguns prisioneiros zanzavam de um lado para o outro e grupos se encolhiam nos cantos como se fossem amontoados de entulho arrastados pela água à costa de algum lugar deprimente. Passaram por outro prédio menor, e então Bill o conduziu pela escada que levava ao Porão dos Condenados. Ficava no subsolo, como se fosse uma amostra do inferno onde os prisioneiros em breve passariam toda a eternidade. A escada era úmida, a pedra, lisa e desgastada devido aos vários pés desesperados que tinham descido por ali.

O corredor subterrâneo era escuro — os prisioneiros pagavam pelas próprias velas a um preço inflacionado. Um homem cantava baixinho uma melodia suave, subindo o tom em algumas partes. Alguém tossiu e outros reclamaram baixinho, mas, apesar disso, o lugar era silencioso. Bill parou diante de uma cela onde havia quatro pessoas. Um homem estava deitado em um catre no canto, parecendo adormecido. Dois homens jogavam baralho sob a luz bruxuleante de uma única vela.

O quarto prisioneiro estava recostado à parede, perto das barras, e se endireitou assim que os viu.

— Bela tarde, não é mesmo, Dick? — perguntou Jasper enquanto se aproximava.

Dick Thornton inclinou a cabeça para o lado.

— Não tenho como dizer, não é?

Jasper estalou a língua.

— Desculpe, meu velho. Esqueci que você não consegue ver o sol daqui.

— O que você quer?

Jasper fitou o homem atrás das grades. Thornton era um tipo comum de meia-idade com feições agradáveis mas fáceis de esquecer. A única coisa que o fazia se destacar era seu cabelo vermelho como fogo. Thornton sabia muito bem o que ele queria — Jasper já fizera a mesma pergunta incontáveis vezes.

— O que eu quero? Ora, nada. Só estou passando o tempo, visitando as belas instalações de Newgate.

Thornton sorriu e piscou, um hábito estranho que parecia um tique nervoso que ele não conseguia controlar.

— Você deve me considerar um idiota.

— Nem um pouco. — Jasper olhou para as roupas esfarrapadas do homem, enfiou a mão no bolso e tirou uma meia coroa. — Acho que você é um estuprador, mentiroso e assassino, mas idiota? Nem um pouco. Você está enganado a meu respeito, Dick.

Thornton umedeceu os lábios enquanto observava Jasper brincando com a moeda entre os dedos.

— Então o que veio fazer aqui?

— Ah! — Jasper inclinou a cabeça para o lado e olhou distraído para o teto de pedra manchado. — Só estava lembrando o dia que o capturamos, Sam Hartley e eu, no embarcadouro Princesa. Chovia muito naquele dia. Você se lembra?

— Claro que eu me lembro.

— Então talvez se recorde de que você alegou não ser o traidor.

Um brilho ardiloso reluziu nos olhos de Thornton.

— Não se trata de uma alegação. Eu não sou o traidor.

— É mesmo? — Jasper desviou os olhos do teto para encarar Thornton. — Bom, isso é o que você diz. Mas eu acho que você está mentindo.

— Eu morrerei por meus pecados se estiver mentindo.

— Você vai morrer de qualquer jeito, e em menos de um mês. De acordo com a lei, os condenados devem ser enforcados dois dias após a sentença e, infelizmente, eles são bem inflexíveis quanto a isso, Dick.

— Isso se eu for condenado no julgamento.

— Ah, mas você será — afirmou Jasper, tranquilo. — Pode apostar.

Thornton ficou carrancudo.

— Então por que eu lhe diria alguma coisa?

Jasper deu de ombros.

— Você ainda tem algumas semanas de vida. Por que não passar o tempo que lhe resta de barriga cheia e de roupas limpas?

— Eu lhe dou qualquer informação em troca de um paletó limpo — murmurou um dos homens que jogava baralho.

Jasper o ignorou.

— E então, Dick?

O ruivo o encarou, o rosto inexpressivo. Em seguida, piscou e de repente enfiou a cara entre as barras.

— Você quer saber quem nos entregou para os franceses e para os amigos deles que gostavam de escalpelar? Quer saber quem manchou a terra com sangue, perto daquelas cachoeiras malditas? Procure pelos homens que foram capturados com você, então encontrará o traidor.

Jasper inclinou a cabeça para trás, como se uma cobra tivesse acabado de dar um bote.

— Bobagem.

Thornton o encarou por mais algum tempo e então começou a rir alto, gargalhando como se estivesse latindo.

— Cale a boca! — berrou uma voz grossa de outra cela.

Thornton continuou a soltar aquela gargalhada esquisita, os olhos arregalados e fixos em Jasper de um jeito malicioso. Jasper o encarava com uma expressão fria. Fossem mentiras ou meias verdades, não conseguiria arrancar mais nenhuma informação de Dick Thornton. Nem hoje nem nunca. Ele encarou Thornton e deixou a moeda cair no chão de propósito. Ela rolou até a metade do corredor — bem fora do alcance da cela. Thornton parou de rir, mas Jasper já havia se virado para dar as costas àquele calabouço infernal.

Capítulo Dois

Jack logo se deparou com um ancião sentado à beira da estrada. As roupas do homem não passavam de trapos, os pés estavam descalços, e ele parecia carregar o peso do mundo nas costas.

— Ah, gentil senhor — rogou o mendigo. — Por acaso teria um pedaço de pão para me dar?

— Tenho mais do que isso, senhor — respondeu Jack.

Ele parou e abriu a mochila. De dentro dela, tirou metade de uma torta de carne, cuidadosamente embrulhada em um lenço, que dividiu com o ancião. Junto a uma caneca de água que pegaram num riacho próximo, eles tiveram uma ótima refeição...

— Jack, o Risonho

Naquela noite, Melisande sentou-se para jantar e observou seu prato de cozido de carne, cenouras e ervilhas. Na verdade, era o prato preferido de seu irmão. Ela estava sentada em uma das laterais da extensa mesa de jantar de madeira escura. À cabeceira estava Harold e, no outro extremo, sua esposa, Gertrude. O cômodo estava escuro e sombrio, iluminado apenas por um punhado de velas. Eles tinham condições de comprar velas de cera de abelha, é claro, mas Gertrude era uma dona de casa sovina e não gostava de desperdiçar cera — algo que Harold aprovava com fervor. Melisande considerava Harold e Gertrude um modelo de casal perfeito: eles tinham os mesmos gostos e opiniões e ambos eram extremamente chatos.

Melisande baixou os olhos para sua carne pálida e tentou pensar em como iria contar ao irmão e sua esposa sobre o acordo com Lorde Vale. Com todo cuidado, ela cortou um pedaço pequeno de carne, pegou-o com a pontinha dos dedos e baixou a mão até abaixo do quadril. Um focinho frio encostou em sua mão, embaixo da mesa, e então a carne desapareceu.

— É uma pena eu ter perdido o casamento de Mary Templeton — comentou Gertrude. Sua testa larga e lisa estava marcada por uma única ruga entre as sobrancelhas. — O casamento que *não* aconteceu, na verdade. Tenho certeza de que a mãe dela, a Sra. Templeton, teria ficado feliz com a minha presença lá. Várias pessoas já me disseram, *várias* mesmo, que sou uma ótima pessoa para confortar e levar certo alívio para os desafortunados, e a Sra. Templeton está muito sem sorte neste momento, não é mesmo? Pode-se dizer até que a sorte da Sra. Templeton desapareceu completamente.

Ela fez uma pausa para pegar um pedaço minúsculo de cenoura e olhou para o marido em busca de apoio.

Harold balançou a cabeça. Ele tinha a mesma papada e os mesmos cabelos castanho-claros e ralos do pai deles, cobertos agora por uma peruca grisalha.

— Aquela garota deve ser colocada a pão e água até recuperar o juízo. Dispensar um visconde. Foi uma tolice, isso sim. Uma tolice!

Gertrude assentiu.

— Acho que ela deve estar louca.

Harold se empolgou com o assunto. Era até mórbido quanto ele gostava de falar de doença.

— Há histórico de loucura na família?

Melisande sentiu algo tocar sua perna. Olhou para baixo e viu um focinho preto sob a mesa. Ela cortou outro pedaço de carne e levou a mão até ele. O focinho e a carne desapareceram.

— Não sei se tem algum lunático na família, mas eu não ficaria surpresa — respondeu Gertrude. — Não ficaria nem um pouco surpresa.

É claro que não há nenhum lunático do *nosso* lado da família, mas não posso dizer o mesmo sobre os Templeton.

Melisande empurrou as ervilhas para o canto do prato com o garfo, sentindo pena de Mary. Afinal, tudo que a moça fizera foi seguir seu coração. Ela sentiu uma pata tocando seu joelho, mas desta vez a ignorou.

— Creio que Mary Templeton esteja apaixonada pelo pároco.

Gertrude arregalou os olhos.

— Isso não é relevante. — Então se dirigiu ao marido: — O senhor acha que isso é relevante, Sr. Fleming?

— Não, isso não é relevante — respondeu Harold, como era esperado. — A garota tinha um bom partido na mão e o trocou por um pároco. — Ele ficou mastigando, pensativo, por um momento. — Em minha opinião, foi bom para Vale ter se livrado dela. A união poderia manchar a linhagem dele com a loucura. O que não seria nada bom. Seria péssimo. É melhor que ele procure outra esposa.

— Quanto a isso... — Melisande pigarreou. Aquela era a melhor deixa que poderia ter encontrado. Precisava aproveitar. — Tenho algo para contar a vocês.

— O que foi, querida? — Gertrude cortava um pedaço de carne e nem sequer ergueu os olhos.

Melisande respirou fundo e despejou tudo de uma só vez; não havia outra maneira de fazer isso, afinal. Sua mão esquerda repousava sobre o colo, e ela sentiu o toque reconfortante de uma língua quentinha.

— Lorde Vale e eu chegamos a um acordo hoje. Vamos nos casar.

Gertrude deixou a faca cair.

Harold engasgou com o gole do vinho que havia acabado de beber. Melisande se encolheu.

— Achei que deveriam saber.

— Casar? — indagou Gertrude. — Com Lorde Vale? Jasper Renshaw, o visconde de Vale? — especificou, como se pudesse haver outro Lorde Vale na Inglaterra.

— Esse mesmo.

— Ah. — Harold encarou a esposa. Gertrude retribuiu o olhar, mas era óbvio que não sabia o que dizer. Ele voltou-se para Melisande. — Você tem certeza? Será que não interpretou errado um olhar ou... — Mas ele nem completou o que ia dizer. Era difícil imaginar o que mais poderia ser confundido com um pedido de casamento.

— Tenho certeza — respondeu ela baixinho, mas com toda clareza. As palavras saíam firmes, apesar de seu coração estar acelerado. — Lorde Vale disse que vai lhe fazer uma visita daqui a três dias para acertar os arranjos.

— Entendi. — Harold encarava, consternado, seu cozido de carne, como se este tivesse acabado de se transformar num cozido de lula. — Bom. Então, meus parabéns, minha querida. Desejo-lhe toda a felicidade do mundo ao lado de Lorde Vale. — Ele piscou e ergueu o olhar para ela. Seus olhos castanhos pareciam inseguros. Na verdade, o coitado do Harold nunca entendeu muito bem a irmã, mas Melisande sabia que se importava com ela. — Se estiver certa disso...

Melisande sorriu. Apesar de não terem quase nada em comum, Harold era seu irmão, e ela o amava.

— Estou, sim.

Embora ainda parecesse preocupado, ele assentiu.

— Neste caso, enviarei uma missiva, informando Lorde Vale que ficarei feliz em recebê-lo.

— Obrigada, Harold. — Melisande pousou o garfo e a faca no prato, alinhando-os com precisão. — Agora, se me derem licença, meu dia foi cansativo.

Ela se levantou, ciente de que, assim que deixasse a sala, Harold e Gertrude começariam a discutir o assunto. O som de patas batendo no piso de madeira a acompanhou enquanto ela seguia pelo corredor escuro — a economia de velas de Gertrude se estendia a essa parte da casa também.

Era de esperar que ficassem surpresos. Desde seu noivado desastroso com Timothy, havia muito tempo, Melisande nunca demonstrara interesse em se casar. E, pensando bem, era mesmo estranho quão devastada ela havia ficado quando Timothy a abandonara. A perda foi insuportável. Suas emoções ficaram tão sensíveis e à flor da pele que ela chegou a pensar que fosse morrer por conta da rejeição. Era uma dor física, como um corte fino e profundo que fazia seu peito doer e a cabeça latejar. Era uma agonia que não desejava sentir nunca mais.

Melisande virou em um canto e subiu a escada. Desde Timothy, ela tivera alguns pretendentes, mas nada sério. Era provável que Harold e Gertrude já tivessem se conformado com a ideia de que ela fosse viver com os dois pelo resto da vida. E Melisande era grata por eles nunca terem mostrado nenhum tipo de aversão à sua companhia constante. Ao contrário de muitas solteironas, ela nunca se sentiu como um fardo ou uma pessoa deslocada.

Seu quarto era o primeiro cômodo no corredor à direita no andar superior. Ela fechou a porta, e Rato, seu pequeno terrier, pulou na cama. Ele girou três vezes, então deitou sobre a colcha e olhou para ela.

— Seu dia também foi muito cansativo, Sir Rato? — indagou Melisande.

O cachorro inclinou a cabeça ao ouvir a voz dela, com os olhos pretos alertas, as orelhas — uma branca, a outra marrom — erguidas. O fogo ardia brando na lareira, e ela usou uma vareta para acender as velas espalhadas por seu quarto pequeno. Havia poucos móveis no cômodo, mas cada peça tinha sido escolhida com cuidado. A cama era estreita, mas os detalhes entalhados eram delicados e pintados num tom intenso de marrom dourado. A colcha era branca e simples, mas os lençóis eram da mais pura seda. Havia apenas uma poltrona de frente para a lareira, mas os braços eram folheados a ouro, e o forro do assento, ricamente bordado em dourado e roxo. Este era seu refúgio. O lugar onde podia ser ela mesma.

Melisande se aproximou da escrivaninha e analisou a pilha de papéis. Estava quase finalizando a tradução do livro de fábulas, mas...

Uma batida à porta. Rato pulou da cama e latiu desesperado em direção à entrada como se houvesse um predador do outro lado.

— Chiu! — Melisande o empurrou para o lado com a ponta do pé e abriu a porta.

Uma criada estava parada à entrada. Ela fez uma mesura.

— Com licença, senhorita, eu poderia ter uma palavra?

Melisande ergueu as sobrancelhas e assentiu, afastando-se da porta. A moça deu uma olhada para Rato, que rosnava, e passou longe do cão.

Enquanto fechava a porta, Melisande observou a criada. Era uma moça bonita, com cachos dourados e bochechas rosadas, e usava um vestido de algodão estampado verde que era um tanto elegante.

— Seu nome é Sally, não é?

A moça fez outra mesura.

— Sim, madame. Sally, do andar de baixo. Ouvi... — Ela engoliu em seco, fechou os olhos com força e falou bem rápido: — Ouvi que a senhorita vai se casar com Lorde Vale, madame, e, se fizer isso, sairá dessa casa para morar com ele, e então será uma viscondessa, madame e, se for uma viscondessa, madame, então vai precisar de uma dama de companhia, pois uma viscondessa precisa andar sempre bem-vestida e bem penteada, e, peço desculpas, madame, mas a sua aparência não é das melhores no momento. Não... — Ela arregalou os olhos, como se temesse ter ofendido Melisande. — *Não* que tenha algo errado com as suas roupas e com o seu cabelo agora, mas é que eles não são, não...

— Não são como os de uma viscondessa deveriam ser — completou Melisande sem rodeios.

— Bem, é isso mesmo, madame, se me permite dizer, madame. E o que eu pretendia perguntar... e serei eternamente grata se me permitir, realmente serei... e a senhorita não ficará nem um pouco desapontada, madame... o que eu pretendia perguntar era se a senhorita aceita me levar junto para ser a sua dama de companhia.

O falatório de Sally cessou abruptamente. E então a criada ficou ali, encarando-a de olhos e boca bem abertos, como se as próximas palavras de Melisande fossem definir seu destino.

O que realmente poderia acontecer. Havia uma grande diferença entre ser uma criada do andar de baixo e uma dama de companhia. Melisande assentiu.

— Sim.

Sally piscou.

— O que quer dizer, madame?

— Sim. Você pode ser a minha dama de companhia.

— Minha nossa! — Sally ergueu as mãos e parecia que estava prestes a abraçar Melisande em sinal de gratidão, mas então deve ter repensado a atitude e apenas agitou as mãos, animada. — Minha nossa! Minha nossa, obrigada, madame! Muito obrigada! A senhorita não vai se arrepender, não vai mesmo. Serei a melhor dama de companhia que a senhorita já viu, espere só para ver.

— Não tenho dúvidas disso. — Melisande abriu a porta novamente. — Podemos discutir as suas funções com mais calma amanhã cedo. Boa noite.

— Sim, madame. Obrigada, madame. Boa noite, madame.

Sally fez uma mesura enquanto saía para o corredor, deu meia-volta, fez outra mesura e ainda estava curvada quando Melisande fechou a porta.

— Ela parece ser uma boa moça — falou Melisande para Rato.

Rato bufou e pulou de volta na cama.

Ela tocou no focinho dele, então cruzou o quarto até a cômoda. Havia uma caixinha simples de rapé em cima dela. Melisande passou os dedos pela tampa antes de pegar o botão que escondera na manga do vestido. O "V" de prata reluziu à luz da vela enquanto ela o contemplava.

Melisande amava Jasper Renshaw havia seis longos anos. Fora logo após o retorno dele à Inglaterra que ela o conhecera em uma festa. É claro que Jasper nem a notara. Quando foram apresentados, seus olhos azul-esverdeados passaram direto por ela, e, logo em seguida, ele pediu licença e saiu para flertar com a Sra. Redd, uma viúva notória e notoriamente linda. Melisande ficou observando-o de um canto do baile, sentada ao lado de uma fileira de senhoras, vendo-o inclinar a cabeça para trás e rir abertamente. Seu pescoço era forte, a boca estampava um sorriso largo e divertido. Uma bela visão, mas era muito provável que ela o tivesse julgado como um aristocrata bobo e frívolo e tivesse se esquecido dele depois disso, não fosse pelo que aconteceu horas depois.

Passava da meia-noite, e ela estava cansada da festa fazia um tempo. Na verdade, já teria ido embora se não fosse estragar a diversão de sua amiga, Lady Emeline. Emeline a pressionara para ir ao baile, pois já havia se passado mais de um ano desde o fiasco com Timothy, e o ânimo de Melisande ainda não tinha melhorado. Mas o barulho, o calor e a aglomeração, além dos olhares dos estranhos, se tornaram insuportáveis, e Melisande acabou fugindo do salão de baile. Achou que estava indo em direção ao toalete feminino quando ouviu um murmurinho de vozes masculinas. Deveria ter dado meia-volta, saído daquele corredor escuro, mas uma das vozes se sobressaiu — na verdade, parecia ser de alguém *chorando*, e a curiosidade a venceu. Ela espiou pela curva do corredor e testemunhou... uma cena.

Um jovem que ela nunca tinha visto estava recostado contra a parede no final do corredor. Ele usava uma peruca branca, e a pele de seu rosto era alva e perfeita, salvo pelo rubor das bochechas. Era um rapaz bonito, mas a cabeça estava inclinada para trás, os olhos fechados, e seu rosto era o retrato do desespero. Em uma das mãos, segurava uma garrafa de vinho. Ao seu lado, estava Lorde Vale — mas este Lorde Vale era totalmente diferente do homem que havia passado três horas flertando e rindo no salão de baile. Este Lorde Vale era reservado, sereno e atencioso.

Atencioso enquanto ouvia o lamento do outro homem.

— Eles só apareciam nos meus sonhos, Vale — choramingou o rapaz.
— Agora eles aparecem até mesmo quando estou acordado. Vejo um

rosto na multidão e imagino que seja um francês ou um dos selvagens vindo me escalpelar. Sei que não é real, mas não consigo me convencer do contrário. Na semana passada, eu espanquei meu criado só porque ele me assustou. Não sei o que fazer. Não sei se um dia isso vai acabar. Não consigo descansar!

— Calma! — murmurou Vale, quase como uma mãe consolando uma criança. Seus olhos estavam tristes, os lábios, voltados para baixo. — Calma. Vai passar. Prometo que vai passar.

— Como você sabe?

— Eu também estive lá, não é? — respondeu Vale, pegando a garrafa do outro homem com uma das mãos. — Eu sobrevivi, e você também vai. Você só precisa ser forte.

— Mas você também vê os demônios? — sussurrou o jovem.

Vale fechou os olhos como se estivesse sofrendo.

— O melhor a fazer é ignorá-los. Tente pensar em coisas mais leves e felizes. Não se prenda aos pensamentos mórbidos e perturbadores. Se permitir, eles vão tomar conta da sua mente e destruir você.

O outro homem deslizou encostado na parede. Ainda parecia infeliz, mas o cenho não estava mais contraído.

— Você é o único que me entende, Vale.

Um lacaio surgiu no outro extremo do corredor e trocou um olhar com Lorde Vale, que meneou a cabeça em resposta.

— A carruagem está à sua espera. Esse homem o acompanhará. — Lorde Vale pousou a mão no ombro do rapaz. — Vá para casa e descanse. Amanhã lhe farei uma visita, e podemos cavalgar pelo Hyde Park, meu amigo.

O jovem suspirou e se deixou ser conduzido pelo lacaio.

Lorde Vale ficou observando-os até desaparecerem numa curva. Então inclinou a cabeça para trás e tomou uma golada do vinho.

— Maldição! — murmurou quando abaixou a garrafa, e sua boca larga se contorceu de dor ou talvez por outro sentimento difícil de discernir. — Maldição do inferno!

Então ele se virou e foi embora.

Meia hora depois, Lorde Vale estava novamente no salão de baile, sussurrando maliciosamente ao ouvido da Sra. Redd. Melisande jamais teria acreditado que esse conquistador era o mesmo homem que estava consolando o amigo se não tivesse visto com os próprios olhos. Mas ela vira, e soube na hora. Apesar de Timothy e da dura lição que aprendera sobre o amor, sobre a dor e a perda, ela soube. Aquele era um homem que guardava os próprios segredos tão bem guardados quanto ela guardava os seus. Aquele era um homem por quem ela poderia se apaixonar perdidamente — *desesperadamente*.

Por seis anos, ela o amou, apesar de saber que Lorde Vale nem a conhecia. E observou de longe, sem se descabelar, enquanto Emeline ficava noiva dele. Afinal, de que adiantaria sofrer por um homem que jamais seria seu? Observou de longe quando ele ficou noivo novamente da sem graça Mary Templeton, e continuou tranquila — pelo menos por fora. Mas, quando percebeu, naquela igreja, no dia anterior, que Mary havia terminado tudo com Lorde Vale, um sentimento selvagem e incontrolável cresceu dentro de seu peito. *Por que não?* dizia o sentimento. *Por que não tentar lutar por ele?*

E foi o que fez.

Melisande virou o botão até a luz da vela reluzir na superfície polida. Ela precisaria ser muito, muito cuidadosa com Lorde Vale. Amor, como ela bem sabia, era seu calcanhar de aquiles. Não poderia permitir que ele soubesse de seus verdadeiros sentimentos, nem por palavras nem por atos. Melisande abriu a caixinha de rapé e guardou o botão ali dentro.

Em seguida, se trocou e apagou a vela antes de se deitar. Segurando as cobertas erguidas, ela permitiu que Rato entrasse embaixo delas. A cama estremeceu enquanto o cão se virava até se acalmar e deitar, o corpo quentinho e macio encostado nas panturrilhas dela.

Melisande ficou acordada, os olhos abertos na escuridão. Em breve, o pequeno Rato não seria o único com quem dividiria a cama. Será que Melisande seria capaz de se deitar ao lado de Jasper sem revelar o amor que sentia? Ela estremeceu só de pensar nisso e fechou os olhos para dormir.

Uma semana depois, Jasper puxou as rédeas de seus dois cavalos cinza, parando em frente à casa do Sr. Harold Fleming, e pulou de seu faetonte. Seu *novo* faetonte. Era uma carruagem alta e elegante, com rodas imensas, e custara uma extravagância. Ele estava muito ansioso para levar a Srta. Fleming para um concerto vespertino. Não que estivesse louco para ir ao concerto, é claro, mas, quando se saía de casa com um faetonte, era esperado que se tivesse um destino.

Jasper ajeitou o tricórnio, colocando-o num ângulo estiloso, subiu os degraus e bateu à porta. Dez minutos depois, ele já estava cansado de esperar sua noiva em uma biblioteca monótona. Na verdade, havia conhecido a biblioteca quatro dias antes, quando fez uma visita ao Sr. Fleming para discutirem os arranjos do casamento. Aquela, sim, foi uma visita de puro tédio. Tinha durado três horas, e a única coisa boa foi a percepção de que a Srta. Fleming estava certa: ela realmente tinha um excelente dote. A noiva, no entanto, não apareceu durante aquela visita. Não que a presença dela fosse necessária para a negociação — na verdade, era comum que a dama em questão não tomasse parte —, mas teria sido um alívio se estivesse lá.

Jasper andou pela biblioteca, inspecionando as prateleiras. Os livros pareciam ser todos em latim, e ele estava se perguntando se o Sr. Fleming teria lido todos ou se os comprara só para encher as prateleiras quando a Srta. Fleming entrou na sala, vestindo as luvas. Ele não a via desde aquela manhã na sacristia, mas a expressão dela era praticamente a mesma: um misto de determinação e uma leve desaprovação. Por mais estranho que parecesse, ele achou a expressão um tanto encantadora.

Jasper se curvou com um floreiro.

— Ah, minha querida, a senhorita está tão bela quanto uma brisa num dia de verão. E esse vestido realça a sua beleza tanto quanto o ouro realça a beleza de um anel de rubi.

Melisande inclinou a cabeça.

— Creio que a sua analogia não está muito correta. Meu vestido não é dourado, e eu não sou um rubi.

O sorriso de Jasper alargou, expondo os dentes.

— Ah, mas não tenho dúvida de que a sua virtude mostrará que é um rubi entre as mulheres.

— Sei. — Seus lábios se retorceram, se de irritação ou divertimento era difícil dizer. — Sabe, nunca entendi por que a Bíblia não tem uma passagem semelhante para instruir os maridos.

Jasper estalou a língua.

— Cuidado. A senhorita quase cometeu uma blasfêmia. Além do mais, os maridos já não são universalmente virtuosos?

Melisande bufou.

— E como explica a analogia se meu vestido não é de ouro?

— Ele pode não ser de ouro, mas a cor é, hmm... — E nisso ele perdeu os argumentos, pois, na verdade, o vestido da Srta. Fleming era cor de burro quando foge.

A Srta. Fleming arqueou uma sobrancelha lentamente.

Jasper tomou-lhe a mão enluvada e se inclinou sobre ela, inalando o perfume cítrico e amadeirado da água de Neroli enquanto pensava no que dizer. Mas tudo em que conseguia pensar era que o cheiro sensual do Neroli contrastava com a simplicidade do vestido. Isso, no entanto, o ajudou a pensar, e, quando se endireitou, ele abriu um sorriso encantador e disse:

— A cor do seu vestido faz com que eu me lembre de um penhasco selvagem e tempestuoso.

Mas a sobrancelha da Srta. Fleming continuou arqueada de um jeito desconfiado.

— É mesmo?

Mulherzinha difícil. Ele colocou a mão dela na dobra de seu braço.

— Sim.

— Como pode?

— Ele é de uma cor exótica e misteriosa.

— Achei que fosse um simples marrom.

— Não. — Jasper arregalou os olhos como se estivesse chocado. — Nunca diga "um simples marrom". Areia, carvalho, café, camurça ou até cor de esquilo, mas com certeza não é marrom.

— Cor de esquilo? — Ela olhou de soslaio enquanto eles desciam os degraus. — Isso foi um elogio, milorde?

— Acredito que sim — afirmou Jasper. — É certo que fiz o que pude para que soasse como um. Mas talvez dependa do que a pessoa pensa sobre os esquilos.

Eles pararam diante da carruagem, e ela olhou para o assento ao alto com o cenho franzido.

— Até que os esquilos são bonitinhos.

— Viu só? Definitivamente foi um elogio.

— Homem bobo — murmurou ela, e pousou com cuidado um pé na escadinha de madeira colocada diante do faetonte.

— Permita-me. — Jasper a segurou pelo cotovelo para ajudá-la a subir na carruagem e notou que poderia fechar os dedos ao redor do braço e até sentir os ossos finos e delicados sob a pele. Ela enrijeceu ao se ajeitar no assento, e ocorreu a ele que Melisande poderia estar nervosa por causa da altura do banco. — Segure na lateral. Não há motivos para temer, e a casa de Lady Eddings não fica muito longe.

Ao ouvir *esse* comentário, ela fechou a cara.

— Não estou com medo.

— Claro que não — respondeu Jasper enquanto contornava a carruagem para ocupar seu lugar. Ele podia sentir o corpo rijo e imóvel ao seu lado quando pegou as rédeas para atiçar os cavalos. Uma das mãos dela repousava relaxada no colo, mas a outra agarrava a lateral da carruagem. Por mais que sua noiva negasse, ela estava, sim, com muito medo. Ele sentiu uma pontinha de ternura por ela. Era uma mulher tão imponente, certamente odiava demonstrar qualquer sinal de fraqueza.

— Desconfio de que goste muito de esquilos — disse para distraí-la.

Uma ruguinha se formou entre suas sobrancelhas.

— Por que acha isso?

— Porque a senhorita costuma usar muito... essa cor de esquilo. Assim, concluí que, como gosta de vestidos cor de esquilo, então deve gostar do animal. Talvez tenha tido um esquilo de estimação quando era criança, e ele costumava correr pela casa, aborrecendo as criadas e a sua babá.

— A sua imaginação foi longe — disse ela. — A cor é marrom, como bem sabe, mas nem sei se gosto de marrom, só estou acostumada a usar essa cor.

Jasper olhou de canto de olho e percebeu que ela observava as mãos dele segurando as rédeas com o cenho franzido.

— Eles são dessa cor para não serem vistos.

Ela encarou o rosto dele, confusa.

— Agora o senhor me confundiu, milorde.

— Estou falando dos esquilos outra vez. Sinto muito, mas, se não mudar de assunto, continuarei tagarelando sobre eles até o fim do passeio. A cor dos esquilos os ajuda a se camuflarem em uma floresta. Eu me pergunto se é por isso que a usa.

— Para que eu possa me esconder em uma floresta? — Desta vez, a Srta. Fleming abriu um sorriso de verdade.

— Talvez. Talvez a senhorita queira pular de uma árvore para outra em uma floresta escura, enganando os predadores e os pobres homens. O que acha?

— Acho que o senhor não me conhece muito bem.

Ele se virou e fitou-a, e percebeu que ela também olhava para ele, parecendo se divertir, apesar de ainda segurar a lateral da carruagem com firmeza.

— É verdade, acho que a senhorita tem razão.

Então Jasper se deu conta de que queria muito conhecer essa criatura irritadiça que se recusava a demonstrar medo.

— Está satisfeita com o acordo a que seu irmão e eu chegamos? — perguntou ele. Os primeiros proclamas haviam sido publicados no dia anterior, e eles se casariam dali a três semanas. Muitas mulheres não apreciariam um noivado tão curto. — Confesso que discutimos muito. Num determinado momento, cheguei a pensar que nossos representantes legais fossem sair no tapa. Felizmente, seu irmão acalmou o clima pesado com chá e muffins.

— Minha nossa, pobre Harold.

— É, pobre Harold. Mas e quanto a mim?

— É óbvio que o senhor é um santo entre os homens.

— Fico feliz que reconheça isso — disse ele. — Mas e quanto ao acordo?

— Estou satisfeita.

— Ótimo. — Jasper pigarreou. — Acho melhor lhe informar que terei que partir da cidade amanhã.

— Ah, é? — O tom foi brando, mas a mão que repousava no colo cerrou o punho.

— Infelizmente, isso não pode ser adiado. Há semanas venho recebendo cartas do administrador das minhas terras, solicitando com urgência a minha presença para resolver algum tipo de disputa. Não posso continuar a ignorá-las. Desconfio — ele assumiu um tom de confidência — que Abbott, meu vizinho, permitiu que seus arrendatários se instalassem nas minhas terras novamente. Ele costuma fazer isso de tempos em tempos para tentar expandir as suas fronteiras. O homem deve ter uns 80 anos, e já faz isso há uns cinquenta. Costumava deixar meu pai maluco.

A velocidade diminuiu enquanto Jasper guiava os cavalos por uma rua estreita.

— E o senhor já sabe quando deve retornar? — perguntou sua noiva.

— Em uma ou duas semanas.

— Entendo.

Ele olhou de relance para ela. Seus lábios estavam contraídos. Será que ela queria que ele ficasse? A mulher era tão misteriosa quanto uma esfinge.

— Mas é claro que estarei de volta no dia do nosso casamento.

— Naturalmente — murmurou ela.

Jasper ergueu os olhos e viu que já estavam diante da casa de Lady Eddings. Puxou as rédeas e entregou-as a um rapaz antes de pular da carruagem. Apesar de sua rapidez, a Srta. Fleming já estava de pé quando ele parou do outro lado, o que o irritou um pouco.

Ele estendeu a mão.

— Permita-me ajudá-la.

De maneira obstinada, ela ignorou a mão estendida e, ainda segurando na lateral da carruagem, abaixou um pé, com todo cuidado, para a escada colocada ao lado do veículo.

Jasper ficou revoltado. Ela podia ser corajosa e tudo mais, mas não havia necessidade de desprezar sua ajuda daquela maneira. Ele ergueu os braços e segurou-a pela cintura estreita e quente com firmeza. Melisande deixou escapar um gritinho abafado, e então ele a colocou no chão. Um rastro de Neroli pairou no ar.

— Não havia necessidade disso — reclamou ela, ajeitando as saias.

— Havia sim — murmurou ele antes de apoiar a mão dela em seu braço com cuidado e conduzi-la rumo às imponentes portas brancas da casa dos Eddings. — Ah, um concerto. Que maneira agradável de passar uma tarde. Espero que apresentem baladas sobre donzelas que se afogam em nascentes, não concorda?

A Srta. Fleming o encarou, incrédula, mas um mordomo pomposo já abria a porta. Jasper sorriu para a noiva e a conduziu porta adentro. O sangue dele fervilhava nas veias, mas não era por conta da perspectiva de passar uma tarde de cantoria ou mesmo pela companhia da Srta. Fleming, por mais interessante que ela fosse. Ele esperava encontrar Matthew Horn. Horn era um velho amigo, um ex-companheiro e veterano do Exército de Sua Majestade e, mais precisamente, um dos sobreviventes de Spinner's Falls.

★

Melisande estava sentada em uma cadeira estreita e tentava se concentrar na jovem que cantava. Sabia que, se ficasse quietinha e fechasse os olhos, a terrível sensação de pânico passaria. O problema era que ela não havia imaginado quanto os comentários sobre a notícia de seu noivado apressado iriam agitar a *sociedade*. Assim que pisaram na casa de Lady Eddings, ela e Jasper se tornaram o centro das atenções — e tudo que Melisande mais queria era desaparecer. Ela *abominava* ser o centro das atenções. Suava e sentia calor; a boca ficava seca e as mãos, trêmulas. E o pior de tudo: parecia que sempre perdia a capacidade de falar. Ficara muda quando a desagradável Sra. Pendleton insinuara que Lorde Vale devia estar desesperado para ter pedido a mão de Melisande. À noite, quando se deitasse para dormir, ela ficaria rolando na cama sem sono pensando em várias respostas afiadas, mas, naquele momento, ela parecia mais uma ovelhinha, pois não conseguia pensar em nada mais inteligente para dizer do que *béééé*.

Ao seu lado, Lorde Vale se inclinou e sussurrou com a voz rouca e um tom alto demais:

— A senhorita acha que ela é uma pastora?

Béééé? Melisande ergueu os olhos, confusa.

Ele revirou os olhos.

— *Ela*.

Lorde Vale inclinou a cabeça na direção da filha mais nova de Lady Eddings, que estava no espaço próximo à espineta. A moça até que cantava bem, mas a pobrezinha usava anquinhas largas demais e uma touca desajeitada, e ainda por cima segurava um balde.

— Não deve ser uma camareira, não é? — refletiu Lorde Vale. Ele tinha lidado bem com a atenção que atraíram, rindo alto quando se viu cercado por vários cavalheiros antes do início do concerto. Mas, agora, balançava a perna esquerda igual a um garotinho obrigado a ficar sentado na missa. — Acho que ela estaria carregando um balde cheio de carvão se fosse uma camareira. Apesar de que isso provavelmente seria pesado.

— Ela é uma ordenhadora — murmurou Melisande.

— Sério? — As sobrancelhas espessas dele se juntaram. — Com aquelas anquinhas?

— Shh! — sibilou alguém atrás deles.

— Será — sussurrou Lorde Vale só um pouco mais baixo — que as vacas não iriam tropeçar na saia dela? O traje não me parece muito prático. Não que eu entenda muito de vacas e ordenhadoras e coisas do tipo, mas gosto de queijo.

Melisande mordeu o lábio, tentando controlar a inusitada vontade de rir. Que estranho! Ela não costumava rir. Olhou de soslaio para Lorde Vale e se deu conta de que estava sendo observada.

A boca larga dele se curvou, e ele se aproximou, o hálito quente roçando o rosto dela.

— Adoro queijo e uvas, daquelas bem redondas, do tipo vermelho escuro, que explode na boca com um sabor doce e suculento. Você gosta de uvas?

Apesar de as palavras soarem perfeitamente inocentes, o modo como ele as disse — com a voz arrastada e de um jeito tão profundo — fez com que ela tivesse de se segurar para não ficar vermelha. E, de repente, Melisande percebeu que já o vira fazer isso antes: inclinar-se na direção de uma mulher e sussurrar ao ouvido dela. Ela o vira fazer isso várias vezes ao longo dos anos com várias mulheres, em várias festas. Mas, desta vez, foi diferente.

Desta vez, ele estava flertando com *ela*.

Por isso, Melisande se empertigou, baixou os olhos de modo recatado e disse:

— Eu gosto de uvas, mas acho que prefiro framboesa. O sabor é menos enjoativo. E às vezes tem uma mais azedinha que pode... surpreender.

Quando ergueu os olhos, Lorde Vale a encarava, pensativo, como se não soubesse o que fazer com ela. Melisande sustentou seu olhar — se era um desafio ou um alerta, nem mesmo ela sabia ao certo — até sua respiração acelerar, e as bochechas dele corarem. O sorriso despreocupado havia desaparecido do rosto de Lorde Vale — na verdade, ele nem mesmo sorria —, e havia uma seriedade, algo obscuro, no fundo dos olhos que a encaravam.

E então a plateia irrompeu em aplausos, e Melisande se assustou com o estrondo. Lorde Vale desviou o olhar, e o momento passou.

— Gostaria de uma taça de ponche? — perguntou ele.

— Sim. — Melisande engoliu em seco. — Obrigada.

Ela observou enquanto ele se levantava e se afastava, e notou que havia recuperado os sentidos. Às suas costas, a mulher que mandara os dois se calarem estava de mexerico com uma amiga. Melisande ouviu por alto a palavra *grávida* e inclinou a cabeça para longe para não escutar mais os murmúrios. A filha de Lady Eddings estava sendo parabenizada por sua apresentação. Um rapaz cheio de espinhas segurava lealmente o balde ao lado da moça. Melisande alisou a saia, grata por ninguém ter se dado ao trabalho de falar com ela. Se tivesse certeza de que poderia ficar sentada só observando as pessoas ao redor, talvez até aproveitasse eventos como este.

Melisande virou o rosto e avistou Lorde Vale em meio às pessoas ao redor da mesa de bebidas. Não era difícil encontrá-lo. Ele era alguns centímetros mais alto do que a maioria dos outros cavalheiros e estava rindo abertamente, daquele jeito que costumava fazer, com um braço estendido, uma taça na mão, quase derramando o ponche na peruca de um cavalheiro ao seu lado. Melisande sorriu — era difícil evitar quando ele estava sendo tão escandaloso —, mas então a fisionomia de Lorde Vale mudou. Foi uma transformação sutil, um leve contrair de olhos, o sorriso largo se desfazendo levemente. Ninguém mais notaria. Mas ela notou. Acompanhou o olhar dele; um cavalheiro de peruca branca acabara de entrar na sala. Ele falava com os anfitriões, um sorriso educado no rosto. Parecia familiar, mas ela não conseguia se lembrar de onde o conhecia. Sua estatura era mediana, a fisionomia, jovem e franca, e tinha um porte militar.

Melisande olhou novamente para Lorde Vale. Ele avançava em direção ao rapaz, ainda com a taça de ponche na mão. O outro homem avistou Vale e pediu licença para Lady Eddings. Em seguida, foi de encontro a ele, com a mão estendida para cumprimentá-lo, mas seu rosto estava sério. Melisande ficou observando enquanto o noivo retribuía o cumprimento e puxava o rapaz para mais perto a fim de murmurar algo. Então, Vale olhou ao redor e, inevitavelmente, encontrou o olhar da noiva. O sorriso dele havia sumido por completo enquanto cruzava a sala, e agora o rosto parecia inexpressivo. Deliberadamente, ele virou de costas para ela, puxando junto o outro homem. O jovem de peruca branca olhou por cima do ombro de Vale neste momento, e Melisande respirou fundo, finalmente lembrando-se de onde o conhecia.

Era o homem que vira chorando seis anos antes.

Capítulo Três

Após comer até o último farelo da torta de carne, o senhor se levantou, e uma coisa muito estranha aconteceu: suas roupas esfarrapadas desapareceram, e, de repente, Jack se viu diante de um belo jovem, com um vestuário branco e reluzente.

— Você foi gentil comigo — disse o anjo, pois o que mais ele poderia ser senão um anjo de Deus? — E por isso vou recompensá-lo.

O anjo pegou uma caixinha de lata e a colocou na palma da mão de Jack.

— Procure dentro dela pelo que precisar e irá encontrar.

Em seguida, virou-se e desapareceu.

Jack ficou parado, confuso por um momento, antes de dar uma espiada dentro da caixinha. E então riu, pois dentro só havia algumas folhas de rapé. Ele guardou a caixinha dentro de sua mochila e voltou a seguir pela estrada...

— Jack, o Risonho

Três semanas depois, Melisande escondia as mãos trêmulas entre as saias rodadas de seu vestido de noiva. Atrás dela, Sally Suchlike, sua nova dama de companhia, fazia os últimos arranjos nas saias.

— Como a senhorita está linda — comentou Suchlike enquanto trabalhava.

Elas estavam em um anexo da igreja, que ficava bem atrás da nave. O órgão já ecoava sua melodia lá dentro, e logo Melisande teria de entrar na igreja lotada. Ela sentiu um tremor de nervosismo. Apesar de o casamento ter sido planejado às pressas, praticamente todos os bancos da igreja estavam ocupados.

— Achei o cinza um pouco sem graça quando a senhorita o escolheu — continuou Suchlike —, mas agora o vestido quase brilha como prata.

— Não está exagerado, está? — Melisande olhou para baixo, preocupada. O vestido acabara ficando mais enfeitado do que ela havia imaginado, com lacinhos de fita amarelo claro ao redor do decote redondo. A sobressaia era um pouco mais curta e revelava o saiote ricamente bordado de cinza, vermelho e amarelo.

— Ah, não. É muito sofisticado — garantiu a criada, dando a volta para admirar Melisande de frente. Suchlike contraiu o cenho, inspecionando-a como se fosse uma cozinheira avaliando uma peça de carne, e então sorriu. — Tenho certeza de que Lorde Vale vai ficar encantado. Afinal, faz um tempão desde a última vez que ele a viu.

Bem, isso não era exatamente verdade, refletiu Melisande, mas de fato *fazia* várias semanas desde a última vez que vira o visconde. Lorde Vale partira um dia depois do concerto na casa de Lady Eddings e só voltou para Londres no dia anterior — o que a levou a pensar que talvez ele tivesse se afastado para evitá-la. Depois que conversara com seu amigo no concerto, ele pareceu um pouco distraído, nem a apresentou ao homem. Tudo bem que o amigo desapareceu pouco tempo depois. Mas nada disso importava, repreendeu-se ela. Afinal, Lorde Vale estava ali, naquele momento, diante do altar, esperando por ela.

— Pronta? — perguntou Gertrude, que havia entrado correndo no anexo e se aproximado para dar uma ajeitada nas saias de Melisande. — Nunca pensei que fosse ver esse dia, minha querida. Nunca! Casada, e com um visconde ainda por cima. A família Renshaw é excelente, não tem nenhuma mácula. Ah, Melisande!

Para sua surpresa, Melisande percebeu que a imperturbável Gertrude tinha lágrimas nos olhos.

— Estou tão feliz por você. — Gertrude deu-lhe um abraço apertado, pressionando ligeiramente a bochecha contra a de Melisande. — Você está pronta?

Melisande se empertigou e respirou fundo antes de responder. Nem mesmo os nervos abalados conseguiram ocultar o discreto entusiasmo em sua voz.

— Sim, estou.

JASPER OLHOU PARA a fatia de pato assado em seu prato e pensou em como era estranha a tradição do brunch após o casamento. Ali estava um grupo de amigos e familiares reunidos para celebrar o amor quando na verdade era a fertilidade que deveriam estar comemorando. No fim das contas, esse era o objetivo principal de uma união como aquela: a geração de filhos.

Bem, finalmente estava casado — talvez fosse melhor abandonar o cinismo e encarar os fatos. No dia anterior, enquanto voltava para Londres, Jasper se perguntou se não deveria ter retornado antes. E se a Srta. Fleming achasse que estava sendo ignorada? E se ela nem se desse ao trabalho de aparecer na igreja para terminar tudo? Ele acabou ficando preso em Oxfordshire por mais tempo do que imaginara. Sempre aparecia algo para atrasar seu retorno — uma plantação que o administrador queria mostrar, uma estrada necessitando de reparo e, se fosse sincero consigo mesmo, a própria firmeza no olhar de sua noiva. Ela parecia enxergar através dele com aqueles olhos castanhos astutos, parecia ver além do ar risonho e enxergar o que Jasper ocultava nas profundezas de sua alma. No concerto de Lady Eddings, quando se virou e percebeu que Melisande Fleming observava sua conversa com Matthew Horn, ele ficou momentaneamente apavorado — com medo de que ela soubesse do que eles estavam falando.

Mas ela não sabia. Jasper tomou um gole do vinho rubi, agora seguro quanto a essa questão. Ela não sabia o que tinha acontecido em Spinner's Falls e nunca saberia, com a graça de Deus, se ele pudesse evitar.

— Que casamento, hein? — Um senhor se inclinou para a frente e falou em alto e bom som para todos à mesa.

Jasper não fazia a menor ideia de quem era o cavalheiro — devia ser parente da noiva —, mas ele sorriu e ergueu a taça de vinho para o sujeito.

— Obrigado, senhor. Também estou me divertindo bastante.

O cavalheiro deu uma piscadela exagerada.

— Vai se divertir ainda mais hoje à noite, hein? A *noite* de núpcias é ainda melhor, eu garanto! Ha!

Ele achou o que disse tão engraçado que quase deixou a peruca cinza cair de tanto rir.

A senhora sentada à frente do cavalheiro revirou os olhos.

— Chega, William — repreendeu-o.

Ao seu lado, Jasper sentiu sua noiva enrijecendo e praguejou baixinho. Finalmente um pouco de cor havia retornado às bochechas da Srta. Fleming. Ela ficara muito pálida durante a cerimônia, e ele se preparou para segurá-la caso desmaiasse. Mas ela não desmaiou. Pelo contrário, manteve-se firme como um soldado diante de um pelotão de fuzilamento e repetiu o juramento com muita seriedade. Não era exatamente a expressão que um noivo ansiava ver no rosto de sua noiva no dia do casamento, mas, depois do último fiasco, ele aprendeu a não esperar muito.

Jasper ergueu a voz.

— O que acha de nos contar como foi o seu casamento, senhor? Creio que será divertido.

— Ele não lembra — disse a senhora antes que o marido conseguisse falar. — Estava tão bêbado que caiu no sono antes mesmo de chegar à cama!

Os convidados que estavam por perto caíram na risada.

— Ah, Bess! — exclamou o senhor, a voz alta para sobressair às risadas. — Você sabe que eu estava exausto de tanto correr atrás de você. — Ele se voltou para uma jovem sentada ao seu lado, ansioso para contar sua história. — Eu a cortejei por quase quatro anos e...

Jasper pousou a taça na mesa com cuidado e deu uma olhada para sua esposa. A Srta. Fleming — *Melisande* — estava formando montinhos de comida no prato.

— Coma um pouco — murmurou ele. — O pato não está tão ruim quanto parece e vai lhe fazer bem.

Ela nem olhou para ele, mas seu corpo enrijeceu.

— Estou bem.

Moça teimosa, pensou ele.

— Sei que está — respondeu ele com toda calma. — Mas você ficou branca feito papel na igreja e chegou até a ficar um pouco verde. Não sabe como isso me deixou nervoso. Tenha pena de mim e coma um pouco.

A boca de Melisande se curvou levemente, e ela comeu um pedacinho do pato.

— Tudo que diz é sempre em tom de brincadeira?

— Quase sempre. Sei que é cansativo, mas é assim que sou. — Ele fez sinal para um lacaio, e o homem se abaixou para ouvir. — Por favor, sirva mais vinho para a viscondessa.

— Obrigada — murmurou ela quando o homem lhe serviu. — E não é, sabe?

— O que não é?

— Seu jeito brincalhão. — Ela o encarou com um olhar enigmático. — Não é cansativo. Eu até gosto, para falar a verdade. Só espero que consiga suportar meu jeito reservado.

— Se continuar olhando para mim assim, suportarei de bom grado — sussurrou ele.

Ela continuou encarando-o enquanto tomava o vinho, e Jasper a observou engolir a bebida, a reentrância do pescoço macio e vulnerável. Ele iria para a cama com esta mulher naquela noite — esta mulher que ele mal conhecia. Deitaria em cima dela, invadiria seu corpo quente e macio e a tornaria sua esposa.

A ideia pareceu estranha no contexto altamente civilizado do brunch. Estranha e, ao mesmo tempo, excitante. Como era esquisito o casamento entre as pessoas de sua posição. Era quase igual a criar cavalos. Os pares eram escolhidos de acordo com a linhagem sanguínea, colocados juntos, e depois era só esperar que a natureza seguisse seu curso e gerasse mais cavalos — ou aristocratas, dependendo de quais pares se está falando.

Jasper sorriu enquanto observava a mulher que agora era sua esposa, imaginando o que ela diria se ele lhe contasse sua teoria sobre a semelhança entre cavalos e casamentos aristocratas. Ah! Infelizmente, o assunto era muito indecente para ouvidos virginais.

Mas outros não eram.

— O vinho está do seu agrado, milady?

— É ácido, pungente, com um toque suave da doçura das uvas. — Ela abriu um sorriso, devagar. — Portanto, sim, está do meu agrado.

— Que maravilha — murmurou Jasper, e suas pálpebras pesaram, preguiçosas. — É meu dever como seu marido cuidar para que todas as suas vontades, por menor que forem, sejam satisfeitas.

— É mesmo?

— Ah, sim.

— Então qual é o meu dever como sua esposa?

Gerar meus herdeiros. A resposta era muito direta para ser dita em voz alta. Este era um momento para flertes e gracejos, e não para a dura realidade de um casamento como o deles.

— Milady, a sua única obrigação é encantar e alegrar o meu coração e o meu lar.

— Acho que logo acabarei me cansando dessas obrigações tão simples. Necessito de outras tarefas para cumprir além de simplesmente parecer adorável. — Ela tomou um gole de vinho e pousou a taça na mesa, então colocou a língua para fora e lambeu lentamente uma gota no lábio inferior. — Quem sabe possa inventar alguma tarefa mais excitante...

Jasper respirou fundo, pois todas as suas atenções estavam voltadas para o lábio inferior dela.

— Milady, várias possibilidades me vêm à cabeça. Minha mente gira e gira, esbarra em muitas, mas não consigo escolher nenhuma, apesar de todas parecerem muito tentadoras. Por acaso não poderia me dar alguns exemplos de quais deveriam ser os deveres de uma esposa?

— Ah, exemplos não faltam. — Um sorriso brincava em seus lábios agora. — Eu não deveria honrá-lo e lhe obedecer?

— Mas essas são obrigações simples, e você falou especificamente em uma mais excitante.

— Obedecer pode não ser uma tarefa fácil — murmurou ela.

— Comigo será. Só lhe pedirei que faça coisas como sorrir para mim e alegrar o meu dia. Você fará isso?

— Sim.

— Neste caso, já me sinto profundamente honrado pela minha esposa. Mas acabo de me lembrar de outra promessa.

— Amá-lo. — Ela baixou os olhos com pudor virginal, impedindo-o assim de ver sua expressão.

— Sim, só isso — disse ele baixinho. — Mas receio que me amar pode ser um desafio muito maior do que quaisquer outros deveres de uma esposa. Posso ser muito antipático, às vezes, e não a culparei se optar por esquecer esta parte do juramento. Em vez disso, você pode me admirar apenas, se preferir.

— Mas eu sou uma mulher de palavra e fiz uma promessa.

Jasper a encarou, tentando distinguir o gracejo do real — se é que havia algum sentimento real por trás do que dizia.

— Então irá me amar?

Melisande deu de ombros.

— Claro.

Ele ergueu a taça de vinho para ela.

— Considere-me, então, o homem mais sortudo do mundo.

Mas ela mal sorria agora, como se estivesse cansada do jogo de palavras.

Jasper tomou um gole do vinho. Será que ela ansiava pela noite de núpcias ou será que estava com medo? Certamente a última opção era a mais provável. Apesar da idade — bem mais velha do que muitas noivas —, ela devia saber pouco sobre o ato físico entre um homem e uma mulher. Talvez tenha sido por isso que ficara tão pálida na igreja. Ele precisava se lembrar de ir devagar naquela noite e não fazer nada que pudesse assustá-la ou causar aversão. Mesmo demonstrando ser uma pessoa espirituosa durante suas conversas, ela mesma se definia como uma mulher reservada. Talvez fosse melhor deixar a consumação para outro dia, para lhe dar tempo de se acostumar a ele. Que ideia deprimente.

Jasper balançou a cabeça para espantar todos os pensamentos deprimentes, então pegou outro pedaço de pato assado. Afinal, era o dia de seu casamento.

— Ah, o casamento foi lindo, milady — comentou Suchlike, sonhadora, naquela noite, enquanto ajudava Melisande a tirar o vestido.
— O patrão estava tão elegante naquele paletó vermelho bordado, não acha? Tão alto, e com aqueles ombros largos lindos. Ele nem precisa usar ombreiras, não acha?

— Aham — murmurou Melisande. Os ombros de Lorde Vale eram uma das coisas de que mais gostava nele, mas não parecia apropriado discutir o físico de seu marido com sua criada.

Ela despiu os saiotes, e Suchlike colocou-os em cima de uma cadeira antes de começar a desamarrar o espartilho de Melisande.

— E quando Lorde Vale jogou as moedas para o povo? Que homem gentil ele é. A senhora sabia que ele deu um guinéu para cada criado da casa, até mesmo para o menino que engraxa as botas?

— É mesmo? — Melisande reprimiu um sorriso carinhoso diante desta prova da natureza sentimental de Lorde Vale. Não que estivesse surpresa.

Ela esfregou um ponto dolorido embaixo do braço onde o espartilho irritara um pouco sua pele. Então, vestindo apenas a camisola, sentou-se diante de uma delicada penteadeira de rádica e começou a tirar as meias.

— A cozinheira disse que Lorde Vale é um ótimo patrão. Paga o salário em dia e não grita com as criadas como fazem alguns cavalheiros. — Suchlike sacudiu o espartilho e o guardou com cuidado no imenso guarda-roupa de madeira entalhada no canto do cômodo.

O quarto da viscondessa na casa dos Renshaw estava fechado desde a morte do pai de Lorde Vale, quando a mãe se mudou para sua residência de viúva em Londres. Mas a Sra. Moore, a governanta, obviamente era uma mulher muito competente. A suíte passara por uma faxina completa. Os móveis em madeira cor de mel foram encerados e lustrados, as cortinas em azul e dourado, arejadas e limpas. Parecia até mesmo que alguém levara os tapetes para fora e tirara a poeira deles.

O quarto não era muito grande, mas era encantador. As paredes eram de um tom creme clarinho e aconchegante, os tapetes, em azul-escuro com toques de dourado e estampas rubi. A lareira era muito bonitinha, revestida com azulejos azul-cobalto e com uma cornija de madeira branca. À frente dela, havia duas cadeiras de pernas douradas separadas por uma mesinha com tampo de mármore. Em uma das paredes, uma porta dava para os aposentos do visconde — Melisande desviou o olhar —, na parede oposta, ficava a entrada do quarto de vestir, e, para além dele, havia uma salinha íntima. De vez em quando, podia ouvir um barulho vindo de seu quarto de vestir, o som fraco de algo sendo arranhado, mas ela o ignorou. No geral, seus aposentos eram muito confortáveis e agradáveis.

— Então você conheceu os outros criados? — perguntou Melisande, numa tentativa de se impedir de olhar para a porta de Lorde Vale como uma garotinha apaixonada.

— Sim, milady. — Suchlike se aproximou e começou a soltar os cabelos de Melisande. — O mordomo, o Sr. Oaks, é muito carrancudo, mas parece ser boa pessoa. A Sra. Moore disse que confia cegamente na opinião dele. Tem mais seis criadas no andar de baixo e cinco no de cima, mas não sei quantos lacaios.

— Contei sete — murmurou Melisande, que tinha sido apresentada à criadagem mais cedo, naquela tarde. No entanto, ainda levaria tempo para aprender os nomes e as funções de cada um. — Todos foram gentis com você, então?

— Ah, sim, senhora. — Suchlike ficou calada por um momento, enquanto removia a infinidade de grampos que prendiam os cabelos de Melisande. — Apesar de...

Melisande observou o reflexo da criada no espelho da penteadeira. As delicadas sobrancelhas de Suchlike estavam contraídas.

— O que houve?

— Ah, não é nada, senhora — respondeu a moça, então continuou de imediato: — É só aquele homem, o Sr. Pynch. Lá estava eu, sendo muito educada enquanto era apresentada a todos pelo Sr. Oaks, até que o tal do Sr. Pynch me olhou de nariz empinado. E que narigão ele tem! Não acho que ele deveria se orgulhar tanto daquele nariz. Então ele disse: "Você não é muito nova para ser uma dama de companhia?", com aquele tom cheio de pompa. E o que eu fiquei me perguntando foi: o que ele tem a ver com isso?

Melisande a encarou. Nunca vira Suchlike tão ofendida com nada nem com ninguém antes.

— Quem é este tal de Sr. Pynch?

— É o criado pessoal do patrão — respondeu a moça. Então apanhou uma escova e passou pelos cabelos de Melisande com vigor. — É um homenzarrão, sem nenhum fio de cabelo na cabeça. A cozinheira disse que ele serviu com Lorde Vale nas Colônias.

— Então ele está com Lorde Vale há muitos anos.

Suchlike começou a prender os cabelos de Melisande numa trança, com movimentos rápido e decididos.

— Bem, eu acho que ele é muito convencido. É o homem mais desagradável, presunçoso e grosso que já conheci.

Melisande sorriu, mas então seu sorriso se desfez, e ela ergueu os olhos ao ouvir um barulho. Sua respiração acelerou.

A porta que conectava seu quarto ao do visconde se abriu. Lorde Vale parou na entrada, vestindo um robe de chambre vermelho sobre a camisa e uma calça.

— Ah! Cheguei muito cedo. Devo voltar mais tarde?

— Não há necessidade, milorde. — Melisande se esforçou para manter a voz firme. Estava sendo muito difícil não olhar para ele. A camisa de Lorde Vale estava desabotoada na altura do pescoço, e aquele pedacinho de pele exposta tinha um efeito devastador nela. — Está dispensada, Suchlike.

A criada fez uma mesura, subitamente em silêncio na presença do novo patrão. Em seguida, caminhou apressada até a porta e se retirou.

Lorde Vale ficou observando a moça sair.

— Espero não ter assustado a sua criada.

— Ela só está nervosa com a nova casa. — Melisande observou-o pelo espelho enquanto ele andava pelo quarto, parecendo uma fera exótica.

Ela era sua *esposa*. Foi difícil conter a risada ao pensar nisso.

Lorde Vale se aproximou da pequena lareira e deu uma olhada no relógio de porcelana sobre a cornija.

— Não era minha intenção atrapalhar a sua rotina noturna. Sou péssimo com horários. Posso voltar daqui a meia hora ou mais, se preferir.

— Não. Já estou pronta. — Ela respirou fundo, levantou e se virou.

Ele a fitou, o olhar descendo pela camisola rendada. Era uma peça volumosa mas fina, e ela sentiu um frio na barriga ao ser observada.

Então ele piscou e desviou o olhar.

— Gostaria de um pouco de vinho?

Melisande sentiu uma pontada de decepção, mas não deixou transparecer.

— Seria ótimo — respondeu, inclinando a cabeça.

— Ótimo. — Ele seguiu até uma mesinha ao lado da lareira, onde havia um decanter, e serviu duas taças.

Ela se aproximou da lareira e parou perto dele antes de Lorde Vale se virar.

Ele ergueu uma taça.

— Aqui está.

— Obrigada. — Melisande aceitou a taça e tomou um gole. Será que ele estava nervoso? Lorde Vale olhava fixamente para o fogo, por isso ela se sentou em uma das poltronas douradas e indicou a outra com a mão. — Por favor. Por que não se senta, milorde?

— Sim. Claro. — Ele se sentou e tomou metade do vinho, então se inclinou para a frente de repente, a taça se equilibrando em seus dedos, a mão entre as pernas. — Passei o dia todo tentando encontrar o jeito certo de dizer isso, e ainda não sei como, por isso serei direto. Nós nos casamos muito rápido, e estive ausente durante a maior parte do nosso noivado, o que foi um erro meu, e peço perdão. Mas, por esses motivos, não tivemos oportunidade de nos conhecermos melhor, e eu fiquei pensando, bem...

— Sim?

— Que talvez você prefira esperar. — Finalmente ele ergueu os olhos e a encarou com uma expressão que beirava a piedade. — A decisão é sua. Está nas suas mãos.

Ocorreu a Melisande então, num lampejo terrível, desses que deixam a gente cego, que ela talvez não fosse atraente o bastante para que ele a levasse para a cama. O que ele poderia ver nela, afinal? Melisande era alta e muito magra e não tinha muitas curvas. Seu rosto nunca foi considerado bonito. Ele tinha flertado com ela, mas Lorde Vale flertava com *todas* as mulheres que conhecia. Isso não queria dizer nada. Ela o encarou, em silêncio. O que deveria fazer? O que *poderia* fazer? Eles tinham se casado naquela manhã; não dava para ser desfeito.

Ela não queria que fosse desfeito.

Lorde Vale não parou de falar enquanto ela caía na dura realidade.

— ... E poderíamos esperar um pouco, um mês ou dois, ou até mais se quiser, porque...

— Não.

Ele parou de falar.

— Como é?

Se esperassem, o casamento correria o risco de nunca ser consumado. E isso era a última coisa que ela queria — a última coisa que *ele* havia dito que queria. Ela não podia permitir que isso acontecesse.

Melisande pousou a taça na mesa em frente à lareira.

— Não quero esperar.

— Eu... entendi.

Ela se levantou e parou diante dele. Lorde Vale ergueu os olhos azuis reluzentes.

Então bebeu todo o vinho, pousou a taça e se levantou também, e Melisande teve de olhar para cima.

— Tem certeza?

Tudo que ela fez foi erguer discretamente as sobrancelhas. Não iria implorar.

Lorde Vale assentiu, os lábios pressionados, tomou-a pela mão e a conduziu para a cama. O simples toque da mão dele já a fazia tremer, e agora ela nem se preocupava mais em tentar disfarçar a reação. Ele puxou as cobertas e apontou para a cama. Melisande se deitou, ainda de camisola, e ficou observando enquanto ele tirava uma latinha do bolso do robe e a colocava sobre o criado-mudo. Então ele tirou o robe e os sapatos.

O colchão afundou com o peso do corpo de Lorde Vale quando ele se deitou ao seu lado. Ele era quente e grande, e Melisande esticou o braço para tocar na manga da camisa dele. Foi tudo em que tocou, no entanto, pois desconfiava de que seu coração fosse parar de bater caso ousasse tocar em outra parte do corpo dele. Lorde Vale se inclinou sobre ela e roçou os lábios contra os seus, e ela fechou os olhos em êxtase. Ah, Senhor, *finalmente*. Melisande provava agora o licor doce depois de passar a vida inteira num deserto seco e solitário. A boca de Lorde Vale era macia mas firme, e ainda dava para sentir o gosto acre do vinho nos lábios dele. Sentiu a mão dele pousar sobre seus seios, parecendo grande e quente através do tecido da camisola, e Melisande estremeceu.

Ela abriu a boca num convite, mas ele inclinou a cabeça para trás, e baixou os olhos hesitantes para seus corpos.

— Vale — sussurrou ela.

— Shh. — Ele beijou-lhe levemente na testa. — Vai acabar rápido. — Então pegou a latinha sobre o criado-mudo e a abriu. Dentro dela, havia uma espécie de unguento. Ele mergulhou um dedo na substância, e em seguida sua mão desapareceu entre eles novamente.

Melisande franziu o cenho. Acabar rápido não era exatamente o que ela esperava.

— Eu...

Mas ele segurou a camisola para erguê-la até a altura da cintura, e Melisande se distraiu com a sensação das mãos em seus quadris. Talvez se parasse de pensar tanto e simplesmente sentisse...

— Com licença — murmurou ele.

Lorde Vale abriu a aba frontal da calça, lhe afastou as pernas e se ajeitou entre elas. Melisande conseguia senti-lo, quente e duro, pressionando sua coxa, mas não foi capaz de emitir nenhum som enquanto era tomada pela excitação.

— Isso pode parecer um pouco estranho, e pode até doer, mas não vai demorar muito — murmurou ele rapidamente. — E só dói da primeira vez. Pode fechar os olhos se quiser.

O quê?

E então a penetrou.

Em vez de fazer o que ele sugerira, ela arregalou os olhos, encarando-o, desejando aproveitar cada segundo. Vale estava de olhos fechados, o cenho contraído como se sentisse dor. Ela entrelaçou os braços ao redor dele, sentindo os ombros largos e toda a tensão neles.

— Ahhh. Isso é... — Ele estremeceu. — Fique parada por um instante.

Então se ergueu sobre os braços esticados, e, para a decepção de Melisande, prendeu seus braços para os lados. E deu uma estocada.

Uma, duas, três vezes, pesado e com força. Por fim, cerrou os dentes e deixou escapar uma tosse abafada antes de desmoronar sobre ela.

Bem rápido mesmo.

Melisande se ajeitou para poder abraçá-lo; queria pelo menos ficar deitada com ele depois de tudo, mas ele rolou de lado e para fora de seu alcance.

— Desculpe. Não queria esmagá-la.

Lorde Vale se virou de costas e começou a se arrumar. Melisande puxou a camisola lentamente, lutando contra a decepção. O colchão balançou enquanto ele se levantava. Então bocejou, se abaixou para pegar o robe e os sapatos e se inclinou sobre ela para lhe dar um beijo no rosto.

— Espero que não tenha sido tão ruim. — Seus olhos azuis pareciam preocupados. — Agora durma um pouco. Pedirei aos criados que prepararem um banho quente para você pela manhã. Vai lhe fazer bem.

— Eu estou...

— Tome um pouco de vinho se sentir dor. — Ele passou uma das mãos pelos cabelos, quase fazendo-os soltar. — Então... boa noite.

E saiu do quarto.

Melisande ficou olhando por um momento para a porta fechada, completamente perplexa. Ouviu novamente o barulho no quarto de vestir. Ela fechou os olhos, tentando ignorá-lo, e deslizou a mão por baixo da camisola. Estava molhada lá embaixo, de sêmen e de seus próprios fluidos. Passou os dedos por suas dobras, concentrando-se, tentando imaginar como ele havia se sentido dentro dela, pensando no azul dos olhos dele. Ela roçou aquele pedacinho de carne acima da abertura. Estava inchado, pulsando pelo desejo não saciado. Ela o acariciou, tentando relaxar, tentando lembrar...

Então ouviu o barulho novamente.

Melisande bufou e abriu os olhos, olhando para o dossel de seda da cama. Era azul e tinha um buraquinho no canto.

— Droga.

O barulho veio acompanhado de um ganido desta vez.

— Tenha um pouco de paciência, pelo amor de Deus!

Melisande se levantou da cama imensa, irritada, e sentiu o sêmen escorrendo pelas coxas. Havia um jarro com água sobre a cômoda, e ela despejou um pouco dentro da bacia. Umedeceu então uma toalha com água fresca e se limpou. Em seguida, seguiu até o quarto de vestir e abriu a porta.

Rato espirrou, indignado, e saiu correndo. Pulou em cima da cama e deu três voltas antes de se acomodar em um travesseiro, virado de costas para ela. O cão odiava ficar trancado no quarto de vestir.

Melisande voltou para a cama, tão mal-humorada quanto o terrier. Ficou deitada por um momento, olhando para o dossel de seda, perguntando-se o que, exatamente, ela havia feito de errado durante aquele ato executado às pressas. Soltou um suspiro e achou melhor deixar para pensar naquilo na manhã seguinte. Apagou então a vela que estava sobre o criado-mudo e fechou os olhos. Antes de pegar no sono, teve um último pensamento coerente.

Ainda bem que não era virgem.

A PERFORMANCE DAQUELA noite não tinha sido a melhor demonstração de suas habilidades como amante, refletiu Jasper poucos minutos depois, sentado em uma poltrona larga à frente da lareira, em seu quarto. Não havia mostrado a Melisande o que era sentir prazer de verdade. A coisa toda tinha sido muito rápida e às pressas, ele sabia. Teve receio de se deixar levar e acabar indo com força, caso tivesse se demorado mais. Assim, a experiência não foi das melhores para ela. Mas, por outro lado, ele achava que não a machucara muito. E essa, afinal, tinha sido sua intenção: não assustar a esposa virgem na primeira noite em sua cama.

Ou melhor, na dela. Ele olhou para a própria cama; era imensa, escura e um tanto opressiva. Ainda bem que optara pelo quarto dela em vez de tentar trazê-la para o seu. Sua cama assustaria até mesmo a mulher mais destemida do mundo durante a iniciação aos prazeres da carne. E ainda teria de encontrar um jeito de expulsá-la de seu quarto, quando terminasse. Ele tomou o último gole de seu conhaque. Isso, sim, teria sido constrangedor.

No geral, foi melhor do que o esperado. Haveria tempo para mostrar a ela quão prazerosa poderia ser a união entre um homem e uma mulher. Supondo, é claro, que ela quisesse passar mais tempo no leito conjugal. Várias aristocratas não se interessavam muito em fazer amor com seus maridos.

Seu semblante se contorceu ao pensar nisso. Nunca vira nada de errado em casamentos assim, destes em que as partes só estavam interessadas em gerar um ou dois herdeiros e depois seguiam suas vidas separadas, social e sexualmente. Era um tipo de casamento comum em seu meio social. O tipo de casamento que ele mesmo esperava. Agora, entretanto, a ideia de um casamento em que o homem e a mulher só compartilhavam laços civis e nada mais parecia um tanto... fria. E bem desagradável, na verdade.

Jasper balançou a cabeça. Talvez o casamento estivesse causando um efeito mórbido em seu cérebro. O que poderia explicar esses pensamentos estranhos. Ele se levantou e pousou a taça no decanter sobre a mesa de apoio. Seus aposentos eram duas vezes maior do que os da esposa. Mas isso só servia para dificultar a iluminação à noite. Sombras formavam vultos nos cantos próximos ao guarda-roupa e ao redor da imensa cama.

Ele tirou o robe e se lavou na água fria que já estava em seu quarto. Poderia ter mandado trazerem água quente, mas não gostava que ninguém entrasse em seus aposentos depois que escurecia. Até mesmo a presença de Pynch o incomodava. Ele apagou todas as velas acesas, exceto por uma. Pegou-a e a levou para o quarto de vestir, onde havia uma cama pequena, dessas usadas por um valete. Pynch, no entanto, ocupava outros aposentos, e esta cama nunca era usada. Ao lado da cama, no canto, recostado à parede oposta, havia um catre um tanto miserável.

Jasper colocou a vela no chão ao lado do catre e verificou, como costumava fazer todas as noites, se tudo estava em seu devido lugar. Lá, havia um fardo com uma muda de roupa, um cantil cheio de água e alguns pedaços de pão. Pynch trocava o pão e a água a cada dois dias, apesar de Jasper nunca ter falado com seu criado sobre isso. Ao lado, havia uma pequena faca, um punhal e uma pederneira. Ele se ajoelhou e enrolou o único cobertor ao redor dos ombros nus antes de se deitar no catre fino, de costas para a parede. Por um momento, encarou as sombras bruxuleantes lançadas pela luz da vela no teto e então fechou os olhos.

Capítulo Quatro

Mais adiante, Jack encontrou outro ancião trajado em trapos, sentado à beira da estrada.

— O senhor teria algo de comer para me dar? — pediu o segundo mendigo, numa voz desagradável.

Jack colocou a mochila no chão e tirou de dentro dela um pedaço de queijo. O senhor arrancou-o de sua mão e comeu tudo de uma só vez. Jack pegou um pedaço de pão. O homem comeu todo o pão e estendeu a mão, pedindo mais. Jack balançou a cabeça e enfiou a mão no fundo da mochila, onde só encontrou uma maçã.

O homem devorou a maçã e disse:

— Você só tem essa porcaria para oferecer?

E, finalmente, Jack perdeu a paciência.

— Tenha piedade, homem! Você comeu toda a comida que eu tinha sem nem mesmo agradecer. Vou seguir o meu rumo e maldito seja por ter me importunado!

— Jack, o Risonho

A casa dos Renshaw era o maior lugar que Sally Suchlike já vira, e ela ainda estava um tanto admirada. Deus do céu! Pisos de mármore rosa e preto, móveis de madeira entalhada com pernas tão delicadas que pareciam palitos de dentes, e, por toda parte, cetim bordado, brocado e veludo, metros e metros de tecidos elegantes, muito mais do que o necessário para cobrir uma janela ou uma cadeira. Toda a mobília da casa era revestida com o maior luxo. Ah, a casa do Sr. Fleming era encantadora, mas *esta*? Era como viver no próprio palácio de Sua Majestade de tão linda que era. Linda demais!

E que belo avanço para ela, que tinha nascido e vivido em Seven Dials! Se é que se podia chamar de viver o que fazia: trabalhava desde o nascer do sol até o anoitecer, recolhendo bosta de cavalo e bosta de cachorro e qualquer outra bosta que encontrasse e pudesse ser vendida por uns trocados para comprar pão e um pedaço de carne de segunda, isso se ela e seu pai tivessem sorte. E viveu assim até os 12 anos, quando seu pai começou a falar em casá-la com seu amigo Pinky, um homem grande e fedido, que não tinha nenhum dente da frente. Como teria sido triste e miserável a vida de Sally, caso tivesse se casado com Pinky, terminando em uma morte prematura no mesmo bairro onde nascera.

Sally fugiu naquela mesma noite para tentar a sorte como copeira. Aprendeu rápido e, quando a cozinheira conseguiu um emprego melhor — na casa do Sr. Fleming —, Sally foi junto. E ela trabalhou duro. Sempre tomou o cuidado de nunca ficar sozinha com nenhum lacaio ou açougueiro, pois a última coisa de que precisava era acabar com um filho. Procurou se manter asseada e de ouvidos atentos, sempre prestando atenção ao modo como os Fleming falavam. À noite, em sua cama estreita, ao lado da de Alice, uma das criadas, que roncava como um velho, ela sussurrava as palavras e as inflexões várias vezes até falar quase tão bem quanto a Srta. Fleming.

Quando chegou o momento — quando Bob, o lacaio, entrou na cozinha, sem fôlego, contando que a Srta. Fleming, que tinha um rosto tão sem graça e triste, havia conseguido agarrar um visconde —, Sally estava pronta. Ela dobrou a roupa que estava consertando, deixou a cozinha em silêncio e foi fazer seu pedido à Srta. Fleming.

E lá estava ela! Dama de companhia de uma viscondessa! Agora, se conseguisse reconhecer todas as passagens, pisos e portas desta casa imensa, tudo ficaria perfeito. Sally ajeitou o avental enquanto abria uma porta que dava para a passagem dos criados. Se tivesse calculado corretamente, sairia no corredor das suítes principais. Ela espiou. O corredor era largo, as paredes, revestidas com painéis de madeira escura, e o chão, forrado com uma longa passadeira vermelha e preta. Infelizmente, parecia igual a todos os outros corredores da casa até ela olhar para a direita e ver a pequena e escandalosa estátua de mármore preto de um homem atacando uma mulher nua. Não era a primeira vez que a via — bem, era difícil *não* ver — e ela sabia que a estátua ficava próxima ao quarto do visconde. Sally meneou a cabeça e fechou a porta oculta no painel de madeira que revestia as paredes às suas costas antes de parar para examinar a pequena estátua.

As duas figuras estavam nuas, e a mulher não parecia tão assustada assim. Na verdade, um braço dela envolvia o pescoço do homem. Sally inclinou a cabeça. O homem parecia ter os flancos peludos como os de um bode e tinha um par de pequenos chifres na cabeça. Na verdade, olhando mais de perto, percebeu que o obsceno homem de pedra lembrava um pouco o criado do visconde, o Sr. Pynch — se o Sr. Pynch tivesse cabelo, chifres e flancos peludos. Então seu olhar desceu pelo corpo da estátua, e ela se perguntou se o Sr. Pynch também teria um grande...

Um homem pigarreou às suas costas.

Sally soltou um gritinho e girou. O Sr. Pynch estava logo atrás dela, como se seus pensamentos o tivessem feito se materializar ali. Uma de suas sobrancelhas estava arqueada, e a careca reluzia no corredor escuro.

Ela sentiu o rubor subindo pelo pescoço. Então pousou as duas mãos nos quadris.

— Valha-me Deus! Por acaso estava tentando me assustar? Não sabe que pode acabar matando alguém assim? Conheci uma mulher que morreu de susto quando um garoto chegou por trás dela e gritou "Buu!". Eu poderia ter caído dura nesse chão. E eu me pergunto como o senhor iria contar ao patrão que me matou um dia depois do casamento dele. Em que bela enrascada o senhor teria se metido.

O Sr. Pynch pigarreou outra vez, e o barulho era como pedras caindo em um balde de latão.

— Se não estivesse examinando essa estátua tão atentamente, Srta. Suchlike...

Sally bufou, o que não era nada educado de sua parte, mas foi uma reação adequada para o momento.

— Está insinuando que eu estava encarando essa estátua, Sr. Pynch?

O valete ergueu as sobrancelhas.

— Eu só...

— Pois lhe informo que eu estava apenas verificando se a estátua não está empoeirada.

— Empoeirada?

— Empoeirada. — Sally assentiu bruscamente com um único aceno de cabeça. — A minha patroa não suporta poeira.

— Entendo — disse o Sr. Pynch em um tom arrogante. — Não vou me esquecer disso.

— Espero mesmo que não se esqueça — retorquiu Sally antes de ajeitar o avental e olhar na direção do quarto de sua senhora. Já eram oito horas, tarde para a atual Lady Vale se levantar, mas como era o dia seguinte ao casamento...

O Sr. Pynch ainda a observava.

— Sugiro que bata.

Ela revirou os olhos.

— Sei muito bem como devo acordar a minha senhora.

— Então qual é o problema?

— É que talvez ela não esteja sozinha. — Ela sentiu o rosto ruborizar novamente. — Sabe... E se *ele* estiver lá? Como vou ficar se eu entrar e eles não estiverem... não estiverem — Sally respirou fundo, tentando conter a língua solta — *apresentáveis*. Seria muito constrangedor.

— Ele não está.

— Não está o quê?

— Lá dentro com ela — afirmou o Sr. Pynch com plena convicção e entrou nos aposentos do patrão.

Sally fez uma careta. Que homem desagradável. Ela deu mais uma ajeitada no avental e bateu à porta do quarto de sua senhora.

MELISANDE ESTAVA SENTADA à escrivaninha, traduzindo a última fábula do livro quando ouviu uma batida à porta. Rato, que estava deitado aos seus pés, levantou com um pulo e começou a rosnar.

— Pode entrar — disse ela, e não se surpreendeu quando viu Suchlike espiando pela fresta da porta entreaberta.

Melisande olhou para o relógio de porcelana sobre a cornija. Já passava das oito, mas ela estava acordada havia mais de duas horas. Raramente continuava dormindo depois que o sol raiava. Suchlike conhecia sua rotina e normalmente vinha ajudá-la a se vestir muito mais cedo do que isso. A criada provavelmente ficara com receio, por causa de sua nova condição de recém-casada. Melisande se sentiu envergonhada. Muito em breve todos os empregados ficariam sabendo que ela e o marido não dormiram juntos na noite de núpcias. Bem, era inevitável. Só lhe restava enfrentar a situação.

— Bom dia, milady. — Suchlike deu uma olhada para Rato e passou longe do terrier.

— Bom dia. Venha aqui, Rato. — Melisande estalou os dedos.

O cão farejou a criada uma última vez, com desconfiança, e saiu correndo para se sentar embaixo da escrivaninha, próximo às pernas de Melisande.

Ela já havia aberto as cortinas da janela acima da escrivaninha, mas Suchlike começou a abrir as outras também.

— O dia está lindo! Ensolarado, sem uma nuvem no céu, e quase não está ventando. O que gostaria de vestir hoje, milady?

— Acho que o cinza — murmurou Melisande distraída, franzindo o cenho ao se deparar, no livro que estava traduzindo, com uma palavra em alemão que desconhecia.

O antigo livro de fábulas pertencia à sua melhor amiga, Emeline, uma lembrança de infância que, ao que parecia, pertencera à babá prussiana dela. Antes de partir para a América com seu novo marido, o Sr. Hartley, Emeline dera o livro a Melisande para que ela traduzisse as histórias. Quando aceitou a proposta, entendeu que o ato simbolizava muito mais para as duas do que uma simples tradução. Dar-lhe o livro tão querido foi o modo que Emeline encontrou para prometer que a amizade delas sobreviveria a esta separação, e Melisande ficou emocionada e grata pelo gesto.

Pretendia terminar de traduzir o livro e depois mandar fazer uma cópia com uma caligrafia caprichada para encadernar e dar a Emeline em sua próxima visita à Inglaterra. Infelizmente, Melisande se deparara com um problema. O livro era composto por quatro fábulas interligadas, cada uma contando a história de um soldado voltando da guerra. Mas uma delas estava dando um bocado de trabalho.

— O cinza, milady? — repetiu Suchlike, em dúvida.

— Sim, o cinza — confirmou Melisande.

O problema era o dialeto. E o fato de que ela estava tentando traduzir a palavra escrita. Afinal, a mãe a ensinara a falar alemão, e não a escrever, e a diferença entre a língua falada e a escrita estava se mostrando um tremendo desafio. Melisande deslizou os dedos pelas páginas velhas. Trabalhar no livro a fazia se lembrar de Emeline. Como gostaria que a amiga tivesse comparecido às suas bodas. E como gostaria que estivesse ao seu lado neste momento. Seria um alívio poder falar com Emeline sobre o casamento e o enigma que eram os homens em geral. Por que seu marido tinha...

— *Qual* cinza?

— O quê? — Melisande finalmente olhou para a criada e percebeu que Suchlike parecia contrariada.

— Qual cinza? — Suchlike escancarou as portas do guarda-roupa, que, a bem da verdade, estava repleto de roupas nos tons mais sem graça possíveis.

— Aquele cinza-azulado.

A criada pegou o vestido, resmungando baixinho. Melisande preferiu não fazer nenhum comentário sobre a reação dela. Em vez disso, levantou-se e encheu uma bacia com água morna para lavar o rosto e o pescoço. Em seguida, aguardou pacientemente enquanto Suchlike a vestia.

Meia hora depois, Melisande dispensou a criada e desceu até o corredor do térreo, cujo piso era de mármore em um tom de rosa bem claro com toques de dourado e preto. Ali, ela hesitou. Certamente o desjejum era servido em um dos cômodos do térreo, mas havia tantas portas naquele corredor... Com toda a agitação do dia anterior, quando fez a mudança e foi apresentada aos empregados, ela nem se lembrou de perguntar.

Alguém pigarreou. Melisande se virou e se deparou com o mordomo atrás dela. Oaks era um homem baixinho com ombros largos e mãos que eram grandes demais para seus punhos. Na cabeça, usava uma peruca extravagante, encaracolada e empoada.

— Posso ajudá-la, milady?

— Sim, obrigada — disse Melisande. — O senhor poderia pedir a um dos lacaios que leve o meu cão, Rato, para passear no jardim? E poderia me dizer onde é servido o café da manhã?

— Claro, milady. — Oaks estalou os dedos, e um jovem lacaio magricela se apresentou de repente, igual a um coroinha para um padre. O mordomo apontou para Rato com um aceno de mão. O lacaio se inclinou na direção do cachorro e então congelou quando Rato mostrou os dentes e rosnou.

— Ah, Sir Rato. — Melisande se curvou, pegou o cachorro e o colocou, ainda rosnando, nos braços do lacaio.

O rapaz afastou a cabeça o máximo que pôde dos próprios braços. Melisande bateu com um dedo no focinho do cão.

— Pare com isso.

Rato parou de rosnar, mas continuou olhando desconfiado para o rapaz. O lacaio seguiu para os fundos da casa, levando o cachorro com os braços estendidos.

— A sala de desjejum é por aqui — disse Oaks.

Ele a conduziu por uma elegante sala de estar em direção a outra sala com vista para os jardins. Melisande olhou pela janela e viu Rato marcando território em cada uma das árvores ornamentais ao longo do caminho enquanto o lacaio o seguia.

— Esta é a sala que o visconde costuma usar para o café da manhã quando recebe visitas — explicou o mordomo. — É claro que, se a senhora desejar fazer qualquer mudança, basta me informar.

— Não. Está ótimo. Obrigada, Oaks. — Ela sorriu e se sentou na cadeira que ele oferecia junto à comprida mesa de madeira encerada.

— Os ovos pochés que a cozinheira prepara são excelentes — sugeriu Oaks. — Mas se preferir arenque ou...

— Pode ser os ovos mesmo. Eu gostaria também de um ou dois pães doces e chocolate quente.

Ele fez uma mesura.

— Vou pedir para uma criada trazer imediatamente.

Melisande pigarreou.

— Ainda não, por favor. Eu gostaria de esperar pelo meu marido.

Oaks piscou.

— O visconde deve acordar tarde...

— Mesmo assim vou esperar.

— Sim, milady. — E se retirou da sala.

Melisande ficou observando o passeio de Rato antes de ele voltar correndo para a casa. Minutos depois, o cachorro apareceu na entrada da sala com o lacaio. As orelhas redondas se levantaram quando a viu, e Rato foi correndo até ela para lamber sua mão. Então se acomodou embaixo de sua cadeira com um gemido.

— Obrigada. — Melisande sorriu para o lacaio. Era um rapaz bem jovem, o rosto sob a peruca branca ainda marcado de acne. — Como você se chama?

— Sprat, milady. — Ele ruborizou com a atenção.

Deus do céu, tomara que seu primeiro nome não seja Jack.

Melisande assentiu.

— Sprat, você ficará encarregado de Sir Rato. Ele precisa dar uma voltinha no jardim pela manhã, outra depois do almoço e antes de dormir. Você conseguirá se lembrar de cuidar dele para mim?

— Claro, milady. — Sprat baixou a cabeça, nervoso, em uma mesura. — Obrigado, milady.

Melisande conteve um sorriso. Sprat não parecia ter muita certeza se deveria se sentir grato. Debaixo da cadeira, Rato reclamou com um rosnado baixinho.

— Obrigada. Isso é tudo.

Sprat se retirou, e Melisande ficou sozinha novamente. Mas só conseguiu permanecer sentada por um minuto, ansiosa demais pela falta do que fazer. Então se levantou e se aproximou da janela. Como iria encarar seu marido? Com toda serenidade de uma esposa, é claro. Mas será que havia um jeito de deixar claro — *discretamente* — que a noite anterior tinha sido... bem, uma decepção? Melisande estremeceu. Provavelmente não devia fazer isso à mesa do café da manhã. Todos sabiam que os homens eram muito sensíveis com relação a este assunto, e vários deles não raciocinavam bem logo cedo. Mas precisaria abordar o tema em algum momento, de alguma maneira. Pelo amor de Deus! O homem tinha fama de ser um amante experiente! A menos que todas as mulheres que foram para a cama com ele tivessem mentido, ele com certeza era capaz de se sair *muito* melhor do que tinha se saído na noite anterior.

Em algum lugar, um relógio badalou, anunciando que eram nove horas. Rato se levantou e se espreguiçou, bocejando até a língua rosada enrolar. Com uma pontada de decepção, Melisande desistiu de esperar e foi até o corredor. Sprat estava parado ali, olhando distraído para o teto, mas baixou os olhos rapidamente assim que a viu.

— Traga meu café da manhã, por favor — pediu Melisande, e retornou para a sala. Será que Vale já havia saído ou será que ele sempre dormia até tarde?

Após uma refeição solitária compartilhada com Rato, Melisande resolveu ocupar a cabeça com outros assuntos. Mandou chamar a cozinheira e encontrou uma elegante sala de estar, em tons de amarelo e branco, para planejar as refeições da semana.

A cozinheira era uma mulher baixinha e magra, mas resistente, tinha o rosto fino e marcado com rugas de preocupação e usava os cabelos pretos, que já estavam ficando grisalhos, presos em um coque no alto da cabeça. A senhora se sentou na beirada da cadeira, inclinada para a frente e balançando a cabeça em concordância, enquanto Melisande lhe dava instruções. A cozinheira não sorria — seu rosto parecia não saber como fazer isso —, mas os lábios cerrados relaxaram quando Melisande elogiou os saborosos ovos pochés e o chocolate quente. Na verdade, justamente quando achava que tinha conseguido estabelecer uma boa relação com a mulher, uma comoção interrompeu a conversa. As duas ergueram os olhos, e Melisande distinguiu um latido em meio às vozes masculinas alteradas.

Mas que droga. Ela sorriu educadamente para a cozinheira.

— Com licença.

Então se levantou e seguiu com calma até a sala do desjejum, onde se deparou com todos os elementos de uma pantomima dramática. Sprat estava boquiaberto, a bela peruca de Oaks estava toda bagunçada, e ele falava rápido, mas infelizmente num tom baixo demais para que Melisande conseguisse ouvir. Enquanto isso, o homem que era seu marido havia apenas um dia agitava os braços e gritava como se estivesse interpretando um moinho de vento enlouquecido. O objeto de sua ira permanecia resoluto a apenas alguns centímetros dos pés de Lorde Vale, latindo e rosnando.

— De onde veio esse vira-lata? — perguntava Vale, em um tom irritado. — Quem deixou esse cachorro entrar? Será que um homem não pode tomar um café da manhã sossegado sem ter que disputar seu bacon com um verme?

— Rato — chamou Melisande baixinho, mas alto o bastante para que o terrier ouvisse. Com um último latido triunfante, Rato trotou até a dona e se sentou aos pés dela antes de bufar.

— Você conhece esse vira-lata? — perguntou Lorde Vale, de olhos arregalados. — De onde ele veio?

Oaks ajeitava a peruca, resmungando sem fôlego, enquanto Sprat apoiava o peso do corpo sobre uma perna.

Melisande estreitou os olhos. Francamente! E depois de fazê-la esperar por uma hora.

— Rato é meu cachorro.

Lorde Vale piscou, e ela percebeu que, mesmo confuso e fora de si, seus olhos azuis estavam mais lindos do que nunca. *Ele se deitou comigo ontem à noite*, pensou ela, sentindo um calor no baixo-ventre. *Nossos corpos se transformaram em um. Ele finalmente é meu marido.*

— Mas essa coisa comeu o meu bacon.

Melisande olhou para Rato, que arfava para ela cheio de admiração, a boca curvada como se estivesse sorrindo.

— Ele.

Lorde Vale passou os dedos pelos cabelos, desajeitando o penteado amarrado.

— O quê?

— *Ele* — repetiu Melisande devagar, então sorriu. — Sir Rato é um cavalheiro. E ele gosta muito de bacon, portanto, aconselho a não tentá-lo com isso.

Ela estalou os dedos e saiu da sala com Rato em seu encalço.

— UM CÃO CAVALHEIRO? — Jasper olhava para a porta por onde sua esposa tinha acabado de sair, parecendo elegante demais para uma mulher sendo seguida por um monstrinho idiota. — Um cão cavalheiro? Vocês já ouviram falar de um cão cavalheiro? — repetiu ele para os homens que restaram na sala.

O lacaio — um sujeito alto e magro, cujo nome era o título de alguma canção de ninar da qual Jasper não conseguia se lembrar — coçou a cabeça por baixo da peruca.

— Milady parece gostar muito daquele cachorro.

Oaks finalmente se recompôs e lançou um olhar desconfiado para o patrão.

— A viscondessa deu instruções precisas sobre o animal quando desceu para o desjejum, há uma hora, milorde.

Foi só então que Jasper finalmente se deu conta de que agira como um idiota. Ele se encolheu de vergonha. Para ser justo, nunca foi muito rápido pela manhã. Mas, até mesmo para seus padrões, gritar com sua nova esposa um dia depois do casamento foi além do limite.

— Vou mandar a cozinheira preparar outro café da manhã para o senhor, milorde — disse Oaks.

— Não. — Jasper suspirou. — Perdi a fome. — E ficou olhando pensativo para a porta por mais um minuto antes de concluir que não saberia como se desculpar com a esposa naquele momento. Poderiam dizer que ele era um covarde, mas, em se tratando de mulheres, era melhor primar pela discrição. — Mande trazerem a minha égua.

— Pois não, milorde. — Oaks se curvou numa reverência e desapareceu da sala. Era impressionante a agilidade do homem.

O jovem lacaio, porém, continuou no cômodo e, pela expressão em seu rosto, parecia querer dizer algo.

Jasper soltou um suspiro. Não tinha nem tomado o chá quando o cachorro acabou com sua refeição.

— Pois não?

— Devo avisar à senhora que o senhor vai sair? — indagou o rapaz, e Jasper se sentiu um farsante. Até o lacaio sabia melhor do que ele como se comportar com uma esposa.

— Sim, por favor. — E então evitou os olhos do lacaio e deixou a sala.

Meia hora depois, Jasper cavalgava pelas ruas movimentadas de Londres rumo a uma casa em Lincoln Inns Fields. O dia estava ensolarado novamente, e o povo parecia determinado a aproveitar o tempo bom, apesar de ainda ser cedo. Os vendedores de rua se encontravam em pontos estratégicos, oferecendo seus produtos aos berros, damas elegantes passeavam de braços dados, e carruagens atravancavam as ruas, parecendo navios a toda a velocidade.

Seis meses atrás, quando ele e Sam Hartley saíram em busca dos sobreviventes do massacre de Spinner's Falls, eles não conseguiram entrar em contato com todos os soldados. Muitos haviam desaparecido. Muitos estavam velhos, aleijados e tinham se tornado mendigos e ladrões. Estes viviam à margem da sociedade — e era muito provável que partissem a qualquer momento. Ou talvez o perigo maior fosse de que simplesmente caíssem no esquecimento e, em vez de morrer, apenas deixassem de viver. De qualquer maneira, foi impossível localizar muitos deles.

Mas havia os sobreviventes como Sir Alistair Munroe. Munroe, na verdade, não foi um soldado do vigésimo oitavo, mas um naturalista ligado ao regimento e encarregado de descobrir e catalogar a fauna e a flora locais para Sua Majestade. Claro que, quando o regimento foi atacado em Spinner's Falls, os nativos hostis não fizeram distinção entre soldados e civis. Munroe fazia parte do grupo que foi capturado, junto a Jasper, e sofreu o mesmo destino daqueles que eventualmente acabaram sendo resgatados. Jasper estremeceu só de pensar nisso enquanto puxava as rédeas de sua égua para deixar um grupo de carregadores de liteira passar. Nem todos os soldados que haviam sido capturados e obrigados a marchar pelas florestas infestadas de mosquitos da América conseguiram voltar com vida. E nenhum dos sobreviventes era mais o mesmo homem de antes da guerra. Às vezes, Jasper achava que parte de sua alma ficara para trás naquelas florestas sombrias...

Ele deixou o pensamento de lado e guiou Belle na direção da elegante e imensa praça de Lincoln Inns Fields. A casa para onde se dirigia era uma imponente construção de tijolos vermelhos com molduras brancas ao redor das janelas e da porta. Ele apeou da égua e entregou as rédeas para um rapaz antes de subir os degraus e bater à porta. Minutos depois, o mordomo o conduzia ao escritório.

— Vale! — Matthew Horn estava sentado à mesa imensa e se levantou para estender a mão ao outro homem. — Você se casou ontem! Não imaginei que o veria tão cedo.

Jasper trocou um aperto de mão com ele. Horn usava uma peruca branca e tinha a pele muito alva, algo comum para os ruivos. Suas bochechas estavam sempre coradas, fosse pelo vento ou por causa da navalha de barbear, e sem dúvida seu rosto inteiro estaria vermelho quando chegasse aos 50 anos. Tinha os ossos faciais e o queixo pronunciados e angulosos, como se para compensar a pele bonita. Já os olhos eram de um azul-claro e quente, marcados por rugas, apesar de ainda não ter completado 30 anos.

— Sou um patife por ter abandonado a minha esposa tão cedo. — Jasper soltou a mão de Horn e recuou. — Mas temo que o assunto seja urgente.

— Sente-se, por favor.

Jasper afastou para os lados as abas do paletó e se sentou na cadeira diante da escrivaninha de Horn.

— Como está a sua mãe?

Horn olhou para o teto como se pudesse ver o quarto dela, no andar de cima, através dele.

— Ainda está de cama, mas muito consciente. Sempre que posso, tomamos o chá da tarde juntos, e ela adora saber das últimas fofocas.

Jasper sorriu.

— Você falou sobre Spinner's Falls no concerto, na casa dos Eddings — disse Horn.

— Sim. Você se lembra de Sam Hartley? O cabo Hartley? Ele era um colono que foi designado para conduzir nosso regimento até o forte Edward.

— Lembro, sim.

— Ele esteve em Londres, em setembro.

— Quando eu estava na Itália. — Horn se recostou na cadeira e puxou o cordão da sineta. — Pena que não nos encontramos.

Jasper meneou a cabeça.

— Ele veio conversar comigo e me mostrou uma carta que tinha ido parar em suas mãos.

— E o que dizia?

— Nela, estava detalhada a marcha do vigésimo oitavo regimento desde Quebec até o forte Edward, incluindo a rota que iríamos seguir e a hora exata que passaríamos por Spinner's Falls.

— O quê? — Horn semicerrou os olhos, e, de repente, Jasper percebeu que o amigo já não era mais um garoto. Já não era mais um garoto havia um bom tempo.

Jasper se inclinou para a frente.

— Fomos traídos. Entregaram a nossa posição aos franceses e aos indígenas aliados a eles. Era uma armadilha, e por isso o regimento foi massacrado em Spinner's Falls.

A porta do escritório de Horn se abriu, e o mordomo, um sujeito alto e magro, entrou.

— Pois não, senhor?

Horn piscou.

— Ah... sim. Peça para a cozinheira preparar um chá para nós.

O mordomo fez uma mesura e deixou o cômodo.

Horn esperou até a porta fechar antes de voltar a falar.

— Mas quem pode ter feito isso? Os únicos que conheciam a nossa rota eram os guias e os oficiais. — Ele tamborilou os dedos na mesa. — Tem certeza? Você viu a carta que estava com Hartley? Talvez ele tenha interpretado errado.

Mas Jasper já balançava a cabeça.

— Eu vi a carta, não resta dúvida. Fomos traídos. Hartley e eu achamos que fosse Dick Thornton.

— Você disse que conversou com ele antes do enforcamento.

— Sim.

— E?

Jasper respirou fundo.

— Thornton jurou que não era o traidor e insinuou que foi um dos homens capturados pelos nativos.

Por um momento, Horn o encarou, de olhos arregalados. Então, chacoalhou a cabeça com veemência e riu.

— Por que você iria acreditar em um assassino como Thornton?

Jasper olhou para as próprias mãos, unidas entre os joelhos afastados. Já havia se perguntado o mesmo milhares de vezes.

— Thornton sabia que ia morrer. Não tinha motivos para mentir.

— Tirando o fato de que ele era um louco.

Jasper assentiu.

— Mesmo assim... Thornton era um prisioneiro quando marchamos. Estava na retaguarda. Acho que pode ter visto coisas, ouvido coisas que passaram despercebidas para nós, que estávamos à frente do regimento.

— Se decidir acreditar na acusação de Thornton, em que caminho isso coloca você?

Jasper o observou, imóvel.

Horn espalmou as mãos.

— O quê? Você acha que eu sou o traidor, Vale? Acha que pedi para ser torturado até ficar rouco de tanto gritar? Você sabe dos pesadelos que me assombram. Sabe...

— Calma — interrompeu-o Jasper. — Pare. Claro que não penso que você...

— Então quem poderia ser? — Horn o encarou com olhos marejados. — Quem de nós seria capaz de trair todo o regimento? Nate Growe? Cortaram metade dos dedos dele. Munroe? Tiraram apenas um de seus olhos. Isso não é nada perto do belo pagamento que deve ter recebido.

— Matthew...

— St. Aubyn, então? Ah, mas ele morreu. Talvez tenha dito algo errado e acabou queimado numa fogueira pelos problemas que causou. Ou...

— Basta, droga! — A voz de Jasper era baixa, mas foi firme o bastante para interromper a terrível recitação de Horn. — Eu sei. Eu sei de tudo isso, maldição!

Horn fechou os olhos e falou baixinho:

— Então você sabe que nenhum de nós fez isso.

— Alguém fez. Alguém armou uma armadilha e mandou quatrocentos homens para um matadouro.

Horn fez uma careta.

— Merda.

Nesse momento, uma criada entrou no cômodo carregando uma bandeja com o chá. Os dois homens permaneceram calados enquanto ela ajeitava tudo numa ponta da mesa. A porta fechou delicadamente assim que a moça se retirou.

Jasper encarou o velho amigo, seu companheiro de Exército de tantos anos atrás.

Horn empurrou uma pilha de papéis para o lado.

— O que você quer que eu faça?

— Quero que me ajude a descobrir quem nos traiu — respondeu Jasper. — E depois me ajude a matá-lo.

JÁ PASSAVA DA hora do jantar quando Lorde Vale finalmente voltou para casa. Melisande sabia disso porque havia um relógio horroroso sobre a cornija da lareira na imensa sala de estar que ficava na frente da casa. Ninfas gordas e rosadas se destacavam ao redor do mostrador do relógio de um modo que, sem dúvida, tinha a intenção de ser erótico. Melisande bufou. O homem que desenhou o relógio não tinha noção alguma do que era erótico de verdade. A seus pés, Rato se sentou quando ouviu Lorde Vale chegando. E agora seguia até a porta para farejar pela fresta abaixo dela.

Com cuidado, Melisande puxou um fio de seda através do tecido esticado no bastidor, deixando uma laçada francesa perfeita no lado direito do bordado. Ficou satisfeita com a firmeza de seus dedos. Talvez com a proximidade constante de Vale, acabaria superando a terrível sensibilidade que tinha com relação a ele. Deus sabia como a raiva — que só aumentara durante as longas horas que havia esperado pelo marido — ajudaram-na a se sentir menos afetada. Ah, ainda sentia a presença dele, é claro, ainda ansiava pela companhia de Vale, mas esses sentimentos foram ofuscados pela irritação. Não o via desde o café da manhã nem fora avisada de que ele não voltaria para casa para o jantar. O casamento deles podia até ser uma união por conveniência, mas isso não significava que a cortesia podia ser jogada pela janela.

Ela conseguia ouvir o marido conversando no vestíbulo com o mordomo e os lacaios. Não era a primeira vez naquela noite que Melisande se perguntava se ele havia se esquecido completamente de que tinha uma esposa. Oaks parecia ser um homem esperto. Talvez tratasse de lembrar o patrão da existência dela.

O relógio horroroso sobre a cornija anunciou com um toque suave e monótono que haviam se passado quinze minutos. Melisande contraiu o cenho e deu outro ponto. A sala amarela e branca no fundo da casa era menor, mas bem mais bonita. Ela só havia escolhido esta por causa da proximidade com o vestíbulo. Vale teria de passar por ali para ir a seus aposentos.

A porta da sala se abriu, assustando Rato. O cachorro deu um pulo para trás e então, como se tivesse percebido que fora apanhado de surpresa, avançou para latir aos pés de Lorde Vale, que baixou os olhos para o animal. Melisande teve a nítida impressão de que ele não se importaria em dar um chute no cachorro.

— Sir Rato — chamou ela para evitar uma tragédia.

O cão deu uma última latida, voltou para perto dela e pulou no assento para se deitar ao seu lado.

Lorde Vale fechou a porta e avançou, inclinando a cabeça num cumprimento.

— Boa noite, minha senhora esposa. Peço desculpas pela minha ausência durante o jantar.

Humpf! Melisande inclinou a cabeça e apontou para a cadeira à frente da dela.

— Tenho certeza de que os negócios que o detiveram eram muito importantes, milorde.

Lorde Vale se recostou na cadeira e apoiou um tornozelo sobre o joelho da perna oposta.

— Eram urgentes, mas não sei se importantes. Foi como pareceu na hora. — Ele deu um peteleco na barra do paletó.

Melisande deu outro ponto. Ele parecia um pouco abatido, como se o costumeiro bom humor o tivesse abandonado. Ela sentiu o próprio ultraje diminuir enquanto tentava imaginar o que o entristecia tanto.

Lorde Vale olhou para ela e para Rato, franzindo o cenho.

— Esse estofado é de cetim.

Rato deitou a cabeça sobre o colo da dona. Melisande tocou no focinho dele.

— Sim. Eu sei.

Lorde Vale abriu a boca e então fechou. Seu olhar passeou pela sala, e ela notou que ele ansiava por se levantar e sair andando de um lado para o outro. Mas, em vez disso, começou a tamborilar os dedos no braço da cadeira. Parecia cansado e, sem aquele brilho alegre em seus olhos, parecia mais velho também.

Melisande odiou vê-lo tão triste. Doeu em seu coração.

— Gostaria de um conhaque? Ou algo da cozinha? A cozinheira deve ter guardado um pouco de torta de rim do jantar.

Ele balançou a cabeça em negação.

Melisande o observou, por um momento, com perplexidade. Havia anos amava esse homem, mas tinha muitas coisas sobre ele das quais desconhecia. Não sabia o que *fazer* por ele quando estava cansado ou triste. Ela olhou para o bordado com as sobrancelhas contraídas e cortou a ponta do fio. Em seguida, tirou da cesta uma linha de seda do mesmo tom de framboesas maduras.

Lorde Vale parou de tamborilar os dedos.

— Seu desenho parece um leão.

— É porque *é* um leão — murmurou ela enquanto dava o primeiro ponto na língua do animal.

— As pessoas costumam bordar isso?

Ela fitou-o sob as sobrancelhas.

Um pequeno sinal de divertimento surgiu no rosto dele.

— Não que não seja um belo bordado. Está muito... é... bonito.

— Obrigada.

Jasper voltou a tamborilar os dedos.

Melisande terminou o contorno da língua e começou a preencher a parte interna com pontos delicados de cetim. Era agradável ficar sentada ali com ele, ainda que nenhum dos dois soubesse muito bem o que fazer. Ela soltou um suspiro baixinho. Talvez a sabedoria viesse com o tempo.

Lorde Vale parou de tamborilar.

— Quase me esqueci. Trouxe algo para você. — Ele enfiou a mão dentro do bolso do paletó.

Melisande colocou o bastidor de lado para pegar a caixinha que ele lhe entregava.

— Um pedido de desculpas por ter gritado com você nesta manhã — disse Lorde Vale. — Fui rude e grosseiro e o pior dos maridos.

Um cantinho da boca dela se ergueu.

— Você não foi tão ruim assim.

Ele balançou a cabeça.

— Não é certo gritar com a esposa feito um louco. Prometo que isso não vai se repetir. Pelo menos não depois que eu já tiver feito meu desjejum.

Ela abriu a caixinha e encontrou um par de brincos de granada em formato de gota.

— Que lindos.

— Você gostou?

— Sim, obrigada.

Ele assentiu e se levantou.

— Excelente. Desejo-lhe uma boa noite, então.

Melisande sentiu os lábios dele roçando seus cabelos, e, antes que percebesse, ele já estava à porta. Lorde Vale tocou na maçaneta e então voltou-se parcialmente na direção dela.

— Não precisa esperar por mim esta noite.

Ela arqueou uma sobrancelha.

Ele sorriu.

— Quero dizer que não irei ao seu quarto. Muito perto da nossa noite de núpcias, não concorda? Achei que deveria saber para não ficar preocupada. Durma bem, querida.

Ela inclinou a cabeça, mordendo o lábio para reprimir as lágrimas, mas ele já havia ido embora. Piscou rapidamente, então voltou a olhar para a caixinha com os brincos. Eram muito bonitos, mas ela não usava brincos. Suas orelhas nem eram furadas. Ela tocou em uma das pedras com a ponta do dedo e se perguntou se um dia ele iria olhar — olhar de verdade — para ela.

Melisande fechou a caixinha devagar e guardou-a na sacola do bordado. Em seguida, recolheu suas coisas e saiu da sala com Rato em seu encalço.

Capítulo Cinco

O segundo mendigo se levantou, e suas roupas esfarrapadas desapareceram, revelando uma criatura terrível, metade fera, metade homem, o corpo todo coberto por escamas pretas e apodrecidas.

— Maldito seja! — praguejou o demônio, pois era só o que ele podia ser. — Vou amaldiçoar você!

Jack começou a encolher, as pernas e os braços diminuindo até ele ficar do tamanho de uma criança. Ao mesmo tempo, seu nariz cresceu e a ponta entortou tanto para baixo que quase tocou o queixo, que havia alongado e se curvado para cima.

O demônio soltou uma gargalhada e desapareceu numa nuvem de enxofre. Jack ficou sozinho na estrada, as mangas de seu uniforme de soldado arrastando no chão...

— Jack, o Risonho

— Ah, está delicioso — comentou Jasper durante o jantar, três dias depois. — Carne ensopada e Yorkshire pudding, um típico jantar inglês. — Será que dava para soar mais canastrão se tentasse?

Tomou um gole de vinho e espiou por cima da borda para ver se a esposa iria concordar com seu atestado de idiotice, mas, como sempre, a mulher não perdeu a pose.

— A cozinheira faz mesmo um Yorkshire pudding muito saboroso — murmurou ela.

Jasper mal a tinha visto nos últimos dias, e esta era a primeira vez que jantavam juntos. Mesmo assim ela não o repreendeu nem se mostrou irritada. Na verdade, não demonstrou emoção nenhuma. Ele pousou a taça, tentando entender por que se sentia incomodado. Afinal, não era isso que queria? Uma esposa compreensiva, que não fazia cenas ou tempestade em copo de água? Ele imaginou — quando avaliou as vantagens daquela união — que a veria vez ou outra, a acompanharia a um baile ou outro e, quando ela engravidasse, discretamente arrumaria uma amante. E estava no caminho certo para atingir esse objetivo.

No entanto, a realidade era estranhamente desagradável.

— Vi que recebemos um convite para o baile de máscaras anual de Lady Graham — comentou ele enquanto cortava a carne em seu prato. — Um evento muito chato, é claro, devido à necessidade de usar máscaras. Sempre sinto calor e tenho uma vontade horrível de espirrar. Mas achei que talvez você quisesse ir...

Ela tremeu um pouco ao erguer a taça de vinho.

— Obrigada por perguntar, mas acho que não.

— Ah! — Ele voltou a se ocupar com a carne, um pouco desapontado. — Se o problema for a máscara, posso mandar fazer uma num piscar de olhos. Talvez uma dourada com penas e pedrinhas preciosas ao redor dos olhos?

Ela sorriu com a sugestão.

— Eu ficaria parecendo um corvo fantasiado de pavão. Obrigada, mas não.

— De nada.

— Mas acredito que queira ir — disse ela. — Eu não gostaria de estragar a sua diversão.

Ele pensou em suas malditas noites que pareciam nunca terminar e em como tentava preenchê-las com a companhia de estranhos bêbados.

— É muita gentileza sua. Infelizmente, não sou capaz de resistir à tentação de ir a um baile de máscaras. Talvez seja pelo prazer de ver damas e cavalheiros, normalmente tão formais, circulando de dominós e de máscaras. Pode até parece algo infantil, eu sei, mas é como sou.

Melisande ficou em silêncio enquanto o observava tomar um gole de vinho. Uma linha surgiu entre suas sobrancelhas. Talvez ele tivesse revelado mais do que pretendia.

— Você está encantadora hoje. — Jasper mudou de assunto. — A luz das velas a favorece.

— Estou decepcionada. — Ela balançou a cabeça de um jeito triste. — Estou diante do conquistador mais famoso de Londres, e ele me diz que a luz das velas me favorece.

Ele torceu a boca.

— Acabo de ser repreendido, milady. Devo elogiar seus olhos, então?

Ela arregalou os olhos.

— Eles são piscinas que refletem a minha alma?

Uma risada de surpresa escapou dos lábios dele.

— Milady, você é muito crítica. Devo falar sobre o seu sorriso maravilhoso?

— Pode ser, mas vou acabar bocejando.

— Posso derramar elogios sobre a sua aparência.

Ela arqueou uma sobrancelha, com deboche.

— Então discorrerei sobre a sua alma gentil.

— Mas você não conhece a minha alma, muito menos sabe se é gentil ou não — disse ela. — Você não me conhece.

— Você já disse isso. — Ele se recostou na cadeira e a examinou. Melisande desviou o olhar, como se tivesse se arrependido do desafio. O que só serviu para atiçar ainda mais o interesse dele. — Mas tampouco me deu alguma dica de quem é de verdade.

Ela deu de ombros. Uma de suas mãos repousava sobre o ventre, e a outra segurava a taça pela haste enquanto a girava, distraída.

— Talvez eu devesse explorar a mente da minha esposa. Vamos começar por algo simples — disse ele baixinho. — O que você gosta de comer?

Melisande apontou com a cabeça na direção da carne e do Yorkshire pudding que esfriavam em seu prato.

— Isso é bom.

— Você não está facilitando as coisas. — Ele inclinou a cabeça. A maioria das mulheres que conhecia adorava falar sobre si; na verdade, era o tema favorito delas. Por que sua esposa era diferente? — Quer dizer, o que você mais gosta de comer?

— Frango assado é bom. Podemos comer amanhã à noite, se quiser.

Jasper apoiou os braços na mesa e se inclinou na direção dela.

— Melisande. Qual é o seu prato preferido?

Finalmente, ela olhou para ele.

— Acho que não tenho um prato preferido.

Essa resposta quase o tirou do sério.

— Como você não tem um prato preferido? Todo mundo tem um prato preferido.

Ela deu de ombros.

— Nunca pensei a respeito.

Ele se recostou, frustrado.

— Pernil? Biscoito amanteigado? Uva? Bolo de semente? Syllabub?

— Syllabub?

— Deve existir algo de que goste. Ou melhor, algo que *adore*. Algo que sente vontade de comer no meio da noite. Algo que sonhe comer durante o chá da tarde quando deveria estar prestando atenção à senhora sentada ao seu lado, falando sobre gatos.

— Então você deve ter uma comida favorita, se a sua teoria for verdadeira.

Ele sorriu. Um ataque sutil.

— Torta de pombo, pernil, torta de framboesa, pera, uma carne saborosa, biscoito quentinho que acabou de sair do forno, ganso assado e qualquer tipo de queijo.

Ela encostou os lábios na taça, mas não bebeu.

— Você listou várias comidas, em vez de uma preferida.

— Ao menos tenho uma lista.

— Talvez você não consiga escolher uma comida preferida. — Seus lábios subiram num cantinho, e, pela primeira vez, Jasper notou que, apesar de não serem exuberantes e carnudos, eles eram elegantes, curvados e encantadores. — Ou talvez, por não ter conseguido colocar nenhuma acima de todas, isso quer dizer que são todas iguais para você. Não há nada de especial em nenhuma delas.

Jasper se endireitou na cadeira e inclinou a cabeça.

— Está me chamando de volúvel, milady?

O sorriso dela se alargou.

— Se a carapuça serviu...

Uma risada ofendida escapou da boca de Jasper.

— Acabo de ser insultado na minha própria mesa e pela minha própria esposa! Mas, vamos lá, lhe darei uma chance de retirar o que disse.

— Algo que, em sã consciência, eu não poderia fazer — respondeu ela, de imediato. Aquele sorriso ainda brincava em seus lábios, e ele quis se esticar sobre a mesa e tocá-los com o polegar. Para sentir fisicamente a diversão dela. — Como devo me referir a um homem que tem tantas comidas preferidas que não consegue escolher uma entre todas? Que conquista e perde duas noivas em menos de um ano?

— Ah, que golpe baixo! — protestou ele, rindo.

— Que nunca usa o mesmo paletó duas vezes.

— Ah...

— Que é amigo de todo mundo, mas ao mesmo tempo não tem um amigo preferido?

O sorriso de Jasper se desfez, e ele parou de rir. Já teve um amigo preferido um dia. Reynaud St. Aubyn. Mas Reynaud morreu depois do massacre sanguinário de Spinner's Falls. Agora Jasper preferia passar as noites rodeado de estranhos. Sua maldita esposa estava certa; ele tinha vários conhecidos, mas nenhum amigo de verdade.

Jasper engoliu em seco e disse baixinho:

— Diga-me, minha cara, por que ter um leque de opções é pior do que ser muito covarde para escolher apenas uma?

Melisande pousou a taça sobre a mesa.

— Cansei dessa conversa.

O silêncio pairou entre eles por alguns segundos.

Jasper suspirou e se afastou da mesa.

— Com licença.

Ela assentiu, e ele deixou a sala com a sensação de que tinha admitido a derrota. Não, aquilo não foi uma derrota, foi apenas uma retirada para recuperar as forças. Não havia por que se envergonhar disso. Os melhores generais preferiam recuar a uma derrota final.

Ela chegou bem perto de revelar mais do que devia sobre si. Quase revelou mais do que devia sobre seus sentimentos por Vale.

Melisande pressionava uma das mãos sobre o baixo-ventre enquanto Suchlike escovava seus cabelos. Era sedutora a ideia de ter alguém, especialmente Vale, interessado em descobrir mais sobre sua essência. Todas as atenções dele estiveram voltadas para ela nessa noite. Se não tomasse cuidado, aquele tipo de concentração total poderia acabar se transformando num vício. Ela já havia se deixado levar pelas emoções com Timothy, seu noivo, e isso quase a destruiu. O amor que sentiu foi intenso e sincero. Amar daquele jeito não era uma bênção, e sim uma maldição. Ser capaz de sentir — de *suportar* — aquele sentimento tão forte era resultado de algum tipo de deformidade mental. Demorou anos para que se recuperasse da perda de Timothy. E, por isso, ela se obrigava a sempre se lembrar daquela dor, um alerta do que poderia acontecer caso se deixasse levar pelas emoções. Sua sanidade dependia de um forte autocontrole.

Melisande estremeceu só de pensar nisso e foi acometida por outra pontada de dor. Uma dor lá no fundo do ventre, como se alguém estivesse dando um nó apertado. Ela engoliu em seco e segurou firme na beirada da penteadeira. Vinha enfrentando essa dor mensal fazia quinze anos, não havia motivos para estardalhaço.

— Seu cabelo fica tão lindo solto, milady — comentou Suchlike, às suas costas. — É tão comprido e fino.

— Fino e castanho, no entanto — disse Melisande.

— Bem, sim — concordou Suchlike. — Mas é um tom de castanho muito bonito. É da cor de carvalho envelhecido, quase louro-escuro.

Melisande olhou para o espelho, cética, observando a criada através dele.

— Deixe de bajulação.

Suchlike olhou para a patroa, parecendo genuinamente surpresa.

— Não é bajulação, milady, quando se está falando a verdade. E é verdade. Adoro o modo como seus cabelos ondulam levemente ao redor do rosto, se me permite dizer. Pena que não possa usar eles soltos.

— Que bela visão seria — disse Melisande. — Eu ia ficar parecendo uma dríade triste.

— Não entendo nada dessas coisas, milady, mas...

Melisande fechou os olhos ao sentir outra pontada no ventre.

— Está sentindo alguma dor, milady?

— Não — mentiu Melisande. — Deixe de bobagem.

A criada não parecia ter tanta certeza. Naturalmente, sabia qual era o problema, já que cuidava das roupas de cama da patroa. Mas Melisande odiava que qualquer pessoa, até mesmo alguém tão inofensivo quanto Suchlike, soubesse de algo tão íntimo.

— Quer que eu traga um tijolo aquecido, milady? — arriscou Suchlike.

Melisande ia repreender a criada, mas então foi acometida por outra pontada de dor, e concordou com um aceno de cabeça. Um tijolo quente poderia ajudar bastante.

Suchlike saiu apressada do quarto, e Melisande foi para a cama, enfiando-se debaixo das cobertas. Sentia a dor se espalhar pelos quadris e pelas coxas, como se fossem tentáculos envolvendo-a. Rato subiu na cama e se acomodou com a cabeça no ombro dela.

— Ah, Sir Rato — murmurou, tocando na ponta do focinho dele. O cachorro colocou a língua para fora para lamber os dedos da dona.

— Você é meu cavalheiro mais fiel.

Suchlike voltou, trazendo o tijolo quente enrolado em uma flanela.

— Aqui está, milady — disse, entregando-lhe o tijolo por baixo das cobertas. — Veja se isso ajuda um pouco.

— Obrigada. — Melisande abraçou-o contra o ventre. Outra onda de dor a fez morder o lábio.

— Tem algo mais que eu possa fazer? — Suchlike estava ao lado da cama, com um olhar preocupado, retorcendo as mãos. — Um chá quente com mel? Ou outro cobertor?

— Não. — Melisande abrandou o tom da voz. A criada era realmente muito gentil. — Obrigada. Isso é o suficiente.

Suchlike fez uma mesura e se retirou, fechando a porta sem fazer barulho.

Melisande fechou os olhos, tentando ignorar a dor. Às suas costas, sentiu Rato entrando embaixo das cobertas e ajeitando o corpo quente contra seus quadris. Ele soltou um suspiro, e o quarto ficou silencioso depois disso. Sua mente vagou, distraída, e ela mudou de posição, soltando um gemido abafado ao sentir a barriga se contorcer.

Então ouviu uma batida à porta que conectava as suítes principais. Lorde Vale a abriu e entrou no quarto.

Melisande fechou os olhos por um segundo. Por que ele tinha de escolher logo esta noite para retomar suas obrigações de marido? Lorde Vale mantivera distância desde a noite de núpcias, pois pretendia deixá-la se recuperar, e escolhia justo o momento em que ela estava totalmente impossibilitada de entretê-lo para voltar. Como Melisande poderia explicar isso sem afundar no chão de vergonha?

— Ah, já está deitada? — disse ele antes de ser interrompido por Rato, que saiu de baixo das cobertas e pulou em cima do quadril da dona, latindo furiosamente.

Lorde Vale se sobressaltou, e Rato perdeu o equilíbrio e caiu na cama, fazendo Melisande soltar um gemido de dor enquanto era sacudida pelo movimento do terrier.

— Ele machucou você? — Lorde Vale se aproximou com o cenho franzido, e isso fez Rato latir tão alto que ele quase caiu da cama.

— Quieto, Rato — gemeu Melisande.

Lorde Vale encarou Rato com um olhar frio. Então, num movimento tão rápido e inesperado que ela nem teve tempo de protestar, pegou o cão pela coleira, ergueu-o da cama e o jogou dentro do quarto de vestir. Fechou a porta com firmeza, voltou para a cama e olhou para ela com o cenho ainda franzido.

— O que houve?

Melisande engoliu em seco, um pouco irritada pela atitude dele com Rato.

— Nada.

A resposta fez com que Lorde Vale franzisse ainda mais o cenho.

— Não minta para mim. Seu cachorro a machucou. Agora me diga...

— Não foi o Rato. — Ela fechou os olhos, pois não conseguia dizer isso olhando para ele. — Estou... naqueles dias.

O quarto ficou tão silencioso que Melisande se perguntou se ele estava prendendo a respiração. Ela abriu os olhos.

Lorde Vale a encarava como se ela tivesse se transformado em um arenque.

— Você... ah... sei.

Ele deu uma olhada ao redor como se procurasse alguma inspiração divina do que dizer.

Tudo que Melisande queria era desaparecer. Simplesmente desaparecer no ar.

— Você... ah. — Lorde Vale pigarreou. — Você precisa de alguma coisa?

— Nada. Obrigada. — Ela puxou a coberta até o nariz.

— Ótimo. Bem, neste caso... — ele começou a dizer ao mesmo tempo que ela falava:

— Na verdade...

Lorde Vale parou e olhou para Melisande antes de acenar graciosamente com a mão grande para que ela falasse.

Melisande pigarreou.

— Na verdade, você poderia soltar o Rato?

— Sim, claro. — Ele se aproximou da porta do quarto de vestir e abriu-a.

Na mesma hora, Rato saiu correndo, subiu na cama com um pulo e voltou a latir para seu marido como se nem tivesse sido interrompido e trancado no quarto de vestir. Lorde Vale fez uma careta e se aproximou da cama, olhando para o animal de estimação. Rato estava com as patinhas travadas na cama e rosnava.

Lorde Vale olhou para Melisande e arqueou uma sobrancelha.

— Desculpe, mas acho melhor resolvermos isso de uma vez por todas.

Mais uma vez, ele se moveu com uma rapidez impressionante, mas, desta vez, estendeu o braço e fechou a mão ao redor do focinho do cachorro. Rato deve ter ficado surpreso também, pois deixou escapar um ganido.

Melisande abriu a boca para protestar, mas Vale a encarou, e ela fechou-a novamente. Afinal, aquela era a casa dele, e ele era seu marido.

Ainda segurando o focinho de Rato, Lorde Vale se abaixou e olhou nos olhos do cachorro.

— *Não.*

Homem e cachorro se encararam por um momento, e o homem deu uma sacudida firme no cão, antes de soltá-lo. Rato sentou-se, encostado em Melisande, e lambeu o focinho.

O olhar de Lorde Vale se voltou para ela.

— Boa noite.

— Boa noite — murmurou Melisande.

E então ele deixou o quarto.

Rato se aproximou e pressionou o focinho no rosto dela.

Ela fez carinho na cabeça dele.

— Sabe de uma coisa, você bem que mereceu.

Rato soltou uma forte baforada e bateu a patinha na beirada da coberta. Ela a ergueu para que ele pudesse voltar ao lugar onde estava antes, encostado a ela.

Então, Melisande fechou os olhos. *Homens*. Como era possível que Vale tivesse tido uma lista de amantes ao longo dos últimos anos e ainda não soubesse o que fazer com a própria esposa? Mesmo vivendo isolada da sociedade, toda vez que ele arrumava uma nova amante ou se envolvia com outra mulher, Melisande ficava sabendo. E toda vez era como se alguém espetasse um caquinho de vidro em seu coração, até chegar a um ponto que ela nem percebia mais quando estava sangrando. E agora que ele *finalmente* era seu, todo seu, ela descobria que ele tinha a sensibilidade de... um *boi*.

Melisande se virou e afofou o travesseiro, fazendo Rato resmungar enquanto se ajeitava novamente. Ah, isso era uma grande piada do universo! Ter o homem de seus sonhos e descobrir que ele era feito de chumbo. Mas não era possível que Vale fosse um amante tão ruim tendo a fama que tinha entre as mulheres da sociedade. Algumas ficaram meses com ele, e a maioria eram mulheres sofisticadas, dessas que podiam elas mesmas ter uma lista de amantes. Dessas que têm dúzias de homens.

O pensamento a acalmou. Seu marido estava acostumado com amantes experientes. Talvez só não soubesse o que fazer com uma esposa. Ou — péssimo pensamento! — talvez sua intenção fosse guardar a paixão para uma amante e usar a esposa como uma mera reprodutora. Neste caso, ele devia pensar que não havia necessidade de gastar energia tentando proporcionar prazer para ela no leito conjugal.

Melisande fechou a cara na escuridão de seu quarto solitário. Se continuassem neste ritmo, ela teria um casamento sem amor *e* sem sexo. Ela poderia viver sem amor — era necessário até, se quisesse manter sua sanidade mental. Afinal, não queria que Vale descobrisse o que ela realmente sentia por ele. Mas isso não significava que ela queria viver sem paixão também. Se fosse cuidadosa, talvez conseguisse seduzir o marido para que tivessem uma relação satisfatória na cama sem que ele nunca desconfiasse do amor patético que Melisande sentia.

*

TODA VEZ QUE olhava para Matthew Horn, Jasper se sentia culpado. Foi o que percebeu na tarde do dia seguinte enquanto cavalgavam juntos pelo Hyde Park. Jasper pensou em seu catre estreito e se perguntou se Matthew também ocultava algum segredo vergonhoso. De um jeito ou de outro, todos que haviam sobrevivido pareciam guardar algum segredo vergonhoso. Ele fez um afago no pescoço de Belle e tentou deixar o pensamento de lado. Esses demônios eram reservados para a noite.

— Eu me esqueci de parabenizá-lo pelo seu casamento naquele dia — disse Horn. — Nunca imaginei que veria esse momento.

— Você e um montão de gente — respondeu Jasper.

Melisande ainda não havia se levantado quando ele saiu, e ele supôs que a esposa fosse passar o dia na cama. Não sabia muito sobre esses assuntos femininos; conhecera várias mulheres, mas nunca conversava sobre isso com suas amantes. Esse negócio de casamento dava muito mais trabalho do que tinha imaginado.

— Você vendou os olhos da pobre mulher para conseguir levá-la até o altar?

— Se quer saber, ela foi de livre e espontânea vontade. — Jasper olhou de soslaio para o outro homem. — Ela quis um casamento simples. Do contrário, teríamos convidado você.

Horn sorriu.

— Não tem problema. Casamentos costumam ser meio entediantes mesmo, exceto para os noivos. Sem ofensa.

Jasper inclinou cabeça.

— De forma alguma.

Eles contornaram uma carruagem estacionada. Um rapaz magricela coçava a cabeça sob a peruca enquanto sua companheira se inclinava para fofocar com duas mulheres que passeavam a pé. Ele e Horn tiraram os chapéus ao passarem. O cavalheiro cumprimentou os dois, distraído; as damas fizeram uma mesura e então aproximaram as cabeças para cochicharem, agitadas.

— Você tem vontade? — perguntou Jasper.

Horn lançou um olhar indagador para ele.

Jasper apontou para as mulheres no parque, todas vestidas em cores vibrantes.

— De casar.

Horn abriu um sorriso.

— Começou.

— O quê?

— Todo homem recém-casado quer arrastar seus amigos para a mesma armadilha.

Jasper repreendeu-o arqueando uma sobrancelha.

Não que isso tenha adiantado alguma coisa. Horn balançou a cabeça.

— Quando eu menos esperar, você vai estar me apresentando a uma criatura de rosto pálido e vesga e me dizendo o quanto será bom para mim se eu me unir a ela para todo o sempre.

— Na verdade — murmurou Jasper —, eu tenho mesmo uma prima solteira. Ela deve ter uns 40 anos, mas tem uma boa fortuna e é muito bem relacionada, é claro.

Horn olhou para ele, o rosto tomado por um horror mudo.

Jasper abriu um sorriso largo.

— Ah, ria de mim se quiser, mas tive uma oferta muito parecida no mês passado. — Horn estremeceu.

— É por causa dessa aversão anormal ao sexo oposto que você tem passado tanto tempo no continente?

— Na verdade, não. — Horn acenou com a cabeça para uma carruagem ocupada por algumas senhoras. — Viajei para a Itália e para a Grécia para visitar as ruínas e coletar algumas estátuas.

Jasper ergueu as sobrancelhas.

— Não sabia que você era um conhecedor de arte.

Horn deu de ombros.

Jasper olhou para a frente. Eles estavam quase chegando ao outro extremo do parque.

— Você encontrou Nate Growe?

— Não. — Horn balançou a cabeça. — Quando voltei ao café onde pensei que o tinha visto, ninguém sabia nada sobre ele. Pode nem ter sido o Growe, para falar a verdade. Faz meses desde que isso aconteceu. Sinto muito, Vale.

— Não há motivos. Pelo menos, você tentou.

— Quem resta, então?

— Não muitos. Oito de nós foram capturados: você, eu, Alistair Munroe, Maddock, o sargento Coleman, John Cooper e Growe. — Jasper franziu o cenho. — Quem está faltando?

— O capitão St. Aubyn.

Jasper engoliu em seco, lembrando-se dos olhos escuros de Reynaud, sempre atentos, e do riso fácil.

— Claro. O capitão St. Aubyn. Cooper foi morto durante a marcha. Coleman morreu em consequência do que os nativos fizeram com ele quando chegamos ao acampamento, assim como St. Aubyn, e Maddock também morreu no acampamento, em decorrência dos ferimentos de batalha. Quem ficou vivo?

— Você, eu, Munroe e Growe — respondeu Horn. — Só isso. Chegamos a um beco sem saída. Munroe não quer falar com você, e Growe desapareceu.

— Droga. — Jasper ficou olhando para a trilha de terra, tentando pensar. Tinha de haver alguma coisa da qual estava se esquecendo.

Horn suspirou.

— Você mesmo disse que era provável que Thornton estivesse mentindo. Acho melhor desistir disso, Vale.

— Não posso.

Precisava descobrir a verdade — quem os traíra e como. Tinham perdido muitos homens, muitos de *seus* homens, em Spinner's Falls. Jasper não podia simplesmente esquecer tudo tão fácil assim. Só Deus sabe que ele jamais conseguiria esquecer.

Jasper olhou ao redor. Todos ali passeavam a pé ou a cavalo e conversavam. O que essas pessoas trajadas em seda e veludo, que caminhavam a passos lentos e se cumprimentavam com mesuras e acenos elegantes, sabiam sobre a realidade de uma floresta do outro lado do mundo? Um lugar onde as árvores bloqueavam a luz do sol, e o silêncio da floresta abafava a respiração ofegante dos homens assustados? Às vezes, no meio da noite, ele se perguntava se tudo não passara de um pesadelo, uma visão que tivera havia muitos anos e que ainda o perseguia. Será mesmo que tinha visto seu regimento inteiro ser dizimado, seus homens, abatidos como se fossem gado, seu comandante, derrubado do cavalo e quase decapitado? Será que Reynaud St. Aubyn realmente havia sido estripado e crucificado? Amarrado a uma estaca e queimado vivo? Às vezes, no meio da noite, os sonhos e a realidade se confundiam tanto que ele já não conseguia mais distinguir o que era verdadeiro do que era falso.

— Vale...

— Você mesmo disse que só os oficiais sabiam a rota — continuou Jasper.

Horn olhou para ele, impaciente.

— E daí?

— Então vamos focar nos oficiais.

— Todos morreram, salvo eu e você.

— Talvez se falássemos com amigos ou parentes deles... Talvez tenham mencionado algo em alguma carta.

Horn olhava para ele de um jeito que beirava a piedade.

— O sargento Coleman mal sabia ler e escrever. Duvido que tenha escrito alguma carta para a família.

— E quanto ao Maddock?

Horn soltou um longo suspiro.

— Não sei. Ele era irmão de Lorde Hasselthorpe, então...

Jasper se virou para ele de imediato.

— O quê?

— Lorde Hasselthorpe — repetiu Horn lentamente. — Você não sabia disso?

— Não. — Jasper balançou a cabeça. Estivera na casa de campo de Hasselthorpe no outono anterior, mas nunca soube que o homem era parente de Maddock. — Preciso falar com ele.

— Não creio que ele saiba de alguma coisa — retrucou Horn. — Hasselthorpe também estava nas colônias, ou pelo menos foi o que ouvi dizer, mas ele fazia parte de outro regimento.

— Mesmo assim. Preciso pelo menos tentar falar com ele.

— Tudo bem. — Horn puxou as rédeas do cavalo para fazê-lo parar assim que chegaram ao fim da trilha, na entrada do Hyde Park, então olhou preocupado para Jasper. — Boa sorte, Vale. Avise se houver algo que eu possa fazer.

O visconde assentiu e trocou um aperto de mãos com Horn antes de eles se separarem. A égua se mexeu e mordeu o arreio enquanto ele observava o amigo indo embora. Jasper conduziu o animal na direção de casa, tentando esquecer as imagens horríveis que ainda invadiam sua mente. Talvez Melisande já tivesse se levantado, e eles poderiam passar um tempo juntos. Conversar com sua nova esposa estava se mostrando uma atividade surpreendentemente divertida.

Mas, quando entrou em casa e perguntou para Oaks sobre o paradeiro dela, descobriu que a esposa tinha saído. Jasper meneou a cabeça para o mordomo e entregou-lhe o tricórnio antes de subir a escada.

Que estranho. Melisande estava morando lá havia menos de uma semana, e sua presença já ficara marcada na casa. Ela não mexeu na decoração dos cômodos nem trocou a criadagem, mas mesmo assim a casa já tinha a sua cara. A diferença estava nos pequenos detalhes. No suave perfume de Neroli na pequena sala de estar, no fogo da lareira que estava sempre aceso ali, no novelo de linha de seda amarela que ele encontrara caído no tapete outro dia. Era quase como viver com um fantasma. Ele chegou ao corredor do andar de cima e se virou na direção dos próprios aposentos, mas hesitou ao passar na frente do dela. Tocou na maçaneta e, antes mesmo que pudesse conter o impulso, entrou no cômodo.

O quarto estava tão arrumado que nem parecia habitado. As cortinas haviam sido lavadas para a chegada da nova viscondessa, é claro, mas o mesmo guarda-roupa antigo de madeira escura usado por sua mãe ainda estava lá, assim como a penteadeira, e várias cadeiras baixas próximas à lareira. Pela primeira vez lhe ocorreu que ela não tinha trazido nenhum móvel quando se mudara.

Ele foi até o guarda-roupa, abriu a porta e se deparou com fileiras e fileiras de vestidos de cores sem graça. A cama estava perfeitamente arrumada, e não havia nenhuma almofada rendada ou sachês para dar um toque pessoal. Sobre o criado-mudo havia apenas um castiçal; nenhum grampo ou um livro que ela pudesse estar lendo. Ele cruzou o quarto até a penteadeira, onde se deparou com uma escova de cabelo dourada com detalhes em madrepérola. Passou os dedos pelas cerdas, mas não encontrou nenhum fio de cabelo. Havia também um pratinho de porcelana para guardar os grampos e, ao lado, uma linda caixinha de marfim. Dentro dela, estavam as joias da esposa — algumas presilhas, um colar de pérolas e os brincos de granada que ele havia lhe dado de presente. Fechou a caixinha. Havia apenas uma gaveta na penteadeira. Jasper a abriu, mas só encontrou fitas, renda e mais grampos, então a fechou com cuidado e deu uma olhada ao redor do quarto. Ela devia ter algo só seu, algum pertence que tivesse um valor sentimental.

Se tinha, o guardara bem escondido. Ele se aproximou da cômoda e abriu a primeira gaveta, onde encontrou as roupas de cama perfeitamente dobradas. Sentiu o cheiro de flor de laranjeira enquanto deslizava os dedos por elas. A segunda e a terceira gavetas tinham a mesma finalidade, mas embaixo das roupas de cama da última ele finalmente encontrou algo. Agachou-se para examinar: era uma antiga caixinha de rapé, a largura um pouco maior do que seu polegar. Virou-a na palma da mão. Onde ela teria arrumado aquilo? Com certeza seu pai e seus irmãos, caso tivessem o hábito de cheirar rapé, possuíam caixinhas bem mais elegantes.

Jasper abriu a tampa. Dentro da caixinha havia um botão de prata, um cachorrinho de porcelana e uma violeta desidratada. Jasper ficou olhando para o botão, então o pegou. Só podia ser seu — o monograma "V" indicava isso, mas ele não se lembrava de tê-lo perdido. Guardou-o de volta. Não fazia a menor ideia do significado que aqueles itens tinham para ela, por que os guardava, se eram importantes ou se estavam ali apenas por um capricho. Melisande estava certa: ele não a conhecia.

Fechando a caixinha de rapé, ele a colocou de volta ao lugar onde estava, na última gaveta. Em seguida, se levantou e olhou ao redor. Não encontraria a resposta que precisava ali. O único modo de conhecer Melisande de verdade seria ficando ao lado dela, estudando a própria mulher.

Ele assentiu para si mesmo, decidido, e saiu do quarto.

Capítulo Seis

Bem, o que aconteceu foi terrível, mas o que Jack poderia fazer exceto seguir em frente? Depois de mais um dia de caminhada, chegou a uma cidade magnífica. Assim que cruzou os portões, as pessoas olharam para ele e começaram a rir, e um grupo de garotos passou a segui-lo, zombando de seu nariz muito comprido e do queixo curvado.

Jack largou a mochila no chão, colocou as mãozinhas nos quadris e gritou:

— Vocês me acham engraçado, é?

E então, detrás dele, veio outra risada, mas esta foi suave e meiga. Quando se virou, Jack se deparou com a mulher mais linda que já vira, com belos cabelos dourados e faces rosadas.

Ela se curvou e disse:

— Acho que você é o homenzinho mais engraçado que já vi. Gostaria de ser meu bobo da corte?

E foi assim que Jack acabou virando o bobo da corte da filha do rei...

— Jack, o Risonho

No dia seguinte, Melisande saboreava seu costumeiro café da manhã, com ovos pochés e pão, na mesma hora de sempre — às oito e meia —, quando algo *in*comum aconteceu. Seu marido entrou na sala de desjejum.

Ela interrompeu um movimento, parando a xícara no meio do caminho até seus lábios, e deu uma olhada no relógio de porcelana que ficava em cima do aparador. Não estava enganada. O relógio marcava 8:32.

Melisande tomou um gole de seu chocolate quente e pousou a xícara sobre o pires, satisfeita por suas mãos não terem tremido com a presença dele.

— Bom dia, milorde.

Lorde Vale sorriu, e as linhas de expressão ao redor de sua boca se acentuaram de um jeito que ela sempre achara extremamente charmoso.

— Bom dia, minha querida esposa.

Rato saiu debaixo das saias dela e, por um momento, homem e cão se encararam. Então, de maneira muito sensata, Rato se rendeu e retornou para o esconderijo.

O marido se aproximou do aparador e franziu o cenho.

— Não tem bacon.

— Eu sei. É que não costumo comer bacon. — Melisande fez sinal para o lacaio postado próximo à porta. — Peça para a cozinheira preparar bacon, ovos, rins passados na manteiga, torrada e um chá fresco para Lorde Vale. Ah, e peça para ela não se esquecer de colocar também aquela marmelada deliciosa que ela faz.

O lacaio fez uma mesura e deixou a sala.

Vale se sentou de frente para ela.

— Estou encantado. Você sabe exatamente o que gosto de comer no café da manhã.

— Claro que sei. — Fazia anos que ela o estudava. — Esta é uma das responsabilidades de uma esposa.

— Responsabilidade — murmurou ele enquanto se largava na cadeira. Seus lábios torceram levemente como se não tivesse gostado da palavra. — E é *responsabilidade* de um marido saber o que a sua mulher costuma comer?

Melisande franziu o cenho, mas, como tinha acabado de colocar uma garfada de ovos na boca, não conseguiu responder.

Ele assentiu.

— Imagino que deva ser. Sendo assim, vou tomar nota. Ovos pochés, pãezinhos amanteigados e chocolate quente. Nada de geleia ou mel para o pão.

Ela engoliu a comida.

— Não. Ao contrário de você, não gosto muito de geleia.

Ele relaxou ainda mais na cadeira, seus olhos azul-turquesa parecendo preguiçosos.

— Admito que sou uma formiguinha. Coloque geleia, mel ou até melaço em qualquer coisa que sou capaz de lamber.

— É mesmo? — Ela sentiu um calor no ventre só de ouvir as palavras dele. Que homem mais obsceno.

— É, sim. Gostaria que eu fizesse uma lista das coisas onde eu poderia colocar melaço? — perguntou ele inocentemente.

— Agora não, obrigada.

— Que pena.

Melisande o fitou. Estava muito feliz que ele tivesse se juntado a ela para o café da manhã, mas Vale parecia estranho. O tempo todo a observava, um sorriso brincando naqueles lábios sensuais.

— Tem algum compromisso agora de manhã?

— Não.

— Pelo que vi até agora, você nunca se levanta antes das onze.

— Estamos casados há menos de uma semana. Talvez eu tenha o costume de me levantar antes das nove ou até das cinco, como um galo.

Melisande ruborizou.

— Talvez eu estivesse com vontade de comer a minha marmelada — continuou ele.

Ela o encarou.

Vale a fitou com um olhar ainda mais desconcertante.

— Ou talvez eu quisesse a companhia da minha querida esposa no café da manhã.

Melisande arregalou os olhos, sem saber ao certo se ficava intrigada ou alarmada com o súbito interesse dele.

— Por que você...?

Duas criadas entraram no cômodo, trazendo o café da manhã dele, e Melisande se calou. Os dois esperaram calados enquanto as moças serviam as travessas silenciosamente e então olharam para a patroa em busca de aprovação. Melisande assentiu, e as duas se retiraram.

— Por quê...?

Mas Vale falou ao mesmo tempo. Os dois pararam, e ele fez um gesto para que ela dissesse o que queria primeiro.

— Não, me desculpe — disse Melisande. — Por favor, continue você.

— Eu só queria perguntar quais são seus planos para hoje.

Ela se inclinou sobre a mesa e lhe serviu um pouco de chá.

— Estou pensando em fazer uma visita à minha tia-avó, a Srta. Rockwell.

Ele ergueu os olhos enquanto passava manteiga na torrada.

— Por parte de mãe?

— Não. É irmã da mãe do meu pai. Ela já é bem velhinha, e fiquei sabendo que caiu na semana passada.

— Que pena. Vou acompanhar você.

Melisande piscou.

— O quê?

Vale deu uma grande mordida na torrada e ergueu um dedo para pedir a ela que esperasse enquanto mastigava fazendo barulho. Melisande observou-o terminar de comer e então tomar metade do chá em um só gole.

— Ai. Está quente — murmurou ele. — Acho que queimei a língua.

— Você não pode estar falando sério sobre visitar a minha tia comigo — irrompeu Melisande.

— Na verdade, estou, sim.

— A minha tia *velhinha*, que...

— Sempre tive um carinho muito grande por velhinhas. É uma fraqueza minha, se quer saber.

— Mas você vai ficar entediado.

— Ah, não, não enquanto estiver ao seu lado, querida esposa — disse, baixinho. — A menos, é claro, que não queira minha companhia.

Ela o encarou. Ele estava esparramado na cadeira como se fosse um grande gato, a expressão relaxada enquanto comia o bacon. Mas havia um brilho em seus olhos azul-esverdeados. Por que Melisande tinha a sensação de que acabara de cair numa armadilha? Que motivos teria ele para querer visitar sua tia-avó? Se ele era o gato, isto fazia dela o pequeno rato marrom? E por que a ideia de brincar de gato e rato com ele era tão excitante?

Ah, ela era mesmo uma tonta.

— Ficarei muito feliz em ter a sua companhia — murmurou a única resposta que poderia lhe dar.

Jasper sorriu.

— Excelente. Vamos no meu faetonte. — E deu uma mordida em outra fatia de torrada.

Melisande semicerrou os olhos. Agora tinha certeza. Seu marido estava tramando alguma coisa.

PODIA TER SIDO *pior*, pensou Jasper enquanto manejava as rédeas de seu faetonte. Ela poderia estar indo visitar... hmm. Na verdade, havia poucas coisas piores do que uma tia velhinha e solteirona. Mas tudo bem. Mais cedo, ele havia mandado Pynch verificar se Lorde Hasselthorpe estava na cidade e, se estivesse, descobrir onde poderia encontrá-lo. Enquanto isso, Jasper não tinha nenhum compromisso urgente. O dia estava bonito, ele conduzia seu novo faetonte, e sua esposa encantadora estava sentada ao seu lado, sem ter como escapar. Cedo ou tarde, ela teria de conversar com ele também.

Jasper olhou para ela de soslaio. Melisande sentava-se tão ereta que as costas nem tocavam no encosto de couro carmesim. Sua fisionomia era serena, mas ela segurava firme na lateral da carruagem. Pelo menos não exibia mais aquela expressão de dor que ele tinha visto duas noites atrás. Jasper desviou o olhar. Nunca se sentira tão inútil como naquela noite, sem poder fazer nada para aliviar a dor dela. Como será que outros homens lidavam com isso? Será que tinham algum remedinho secreto para as indisposições femininas ou será que apenas fingiam que não havia nada de errado?

Ele diminuiu a velocidade quando um grupo de senhoras começou a atravessar a rua à frente deles.

— Você parece bem melhor hoje.

Ela se empertigou ainda mais. Ele logo se deu conta de que tinha dito a coisa errada.

— Não sei ao que se refere.

— Você sabe. — Olhou-a de relance.

— Estou muito bem.

Um lado perverso dele não resistiu a provocá-la.

— Você não parecia muito bem duas noites atrás, e ontem só a vi de passagem.

Ela contraiu os lábios.

Ele franziu o cenho.

— É sempre assim? Quero dizer, sei que acontece todo mês, mas é sempre tão doloroso? Quanto tempo dura? — Um súbito pensamento lhe ocorreu. — Você não acha que foi porque nós...

— Ah, meu Deus — murmurou ela. Então, mais que depressa, num tom de voz tão baixo que ele foi obrigado a se inclinar para conseguir ouvir, ela disse: — Estou muito bem. Sim, acontece todo mês, mas só dura alguns dias e a... a dor normalmente vai embora após um ou dois dias.

— É mesmo?

— Sim.

— E dura quantos dias, exatamente?

Ela o encarou, irritada.

— Por que diabos você quer saber?

— Porque, minha querida esposa, se eu souber quando terminam suas regras, então saberei quando posso visitar seu quarto novamente.

Essa resposta a fez se calar por alguns minutos antes de dizer baixinho:

— Normalmente uns cinco dias.

As sobrancelhas de Jasper se juntaram. Este era o terceiro dia. Se tudo corresse "normalmente", então poderia voltar a se deitar com ela dali a três noites. Na verdade, não via a hora. A primeira vez nunca era muito boa para a mulher — pelo menos, foi o que ouvira falar. Mas Jasper queria lhe mostrar quão prazeroso poderia ser. De repente, sua mente foi invadida pela imagem de si mesmo despindo-a daquela máscara que usava, fazendo a cabeça da mulher arquear para trás em êxtase, os olhos arregalados, os lábios macios e vulneráveis.

Ele se remexeu desconfortável só de pensar. Ainda teria de esperar alguns dias.

— Obrigado por me dizer. Mas que falta de sorte, então. Isso acontece com todas as mulheres?

Melisande virou o rosto para encará-lo.

— O quê?

Ele deu de ombros.

— Todas as mulheres sentem tanta dor ou...

— Não acredito nisso — disse ela, baixinho. — Sei que você não é tão ignorante assim. Por que está me fazendo essas perguntas?

— Você é minha esposa agora. Todo homem quer saber esse tipo de coisa sobre a sua esposa.

— Duvido muito — murmurou ela.

— *Eu*, pelo menos, quero saber. — Seus lábios se curvaram. A conversa podia até ser fora dos padrões, mas Jasper estava se divertindo muito.

— Por quê?

— Porque você é minha esposa — respondeu, e de repente percebeu, lá no fundo de sua alma, que era verdade. — Minha esposa para amparar, minha esposa para proteger e defender. Se algo a machucar, eu quero... não... eu *preciso* saber.

— Mas não tem nada que você possa fazer a respeito disso.

Ele deu de ombros.

— Mesmo assim preciso saber. Nunca esconda essa ou qualquer outra dor de mim.

— Acho que nunca entenderei os homens — disse ela num sussurro.

— Somos meio esquisitos mesmo — confessou, animado. — Mas ainda bem que vocês nos aguentam.

Melisande revirou os olhos e se inclinou para a frente, colocando a mão no braço dele sem perceber.

— Vire na próxima esquina. A casa da minha tia é no final da rua.

— Como quiser, milady. — Ele guiou os cavalos na direção indicada, o tempo todo ciente da mão que tocava seu braço. Um minuto depois, ela retirou a mão, e ele desejou poder tê-la de volta.

— Chegamos — avisou a esposa, e ele fez os cavalos pararem na frente de uma casa modesta.

Jasper amarrou as rédeas e desceu da carruagem com um pulo. Apesar de ter sido rápido, quando chegou ao outro lado da carruagem, Melisande já estava de pé e prestes a descer sozinha do assento alto.

Ele a segurou pela cintura e olhou-a nos olhos.

— Permita-me.

Não foi uma pergunta, mas ela inclinou a cabeça, aquiescendo. Melisande era uma mulher alta, mas de constituição delicada. As mãos de Jasper quase se encontraram em torno da cintura dela. Ele a ergueu acima de sua cabeça com a maior facilidade e sentiu uma espécie de excitação por seu corpo. Erguida daquele jeito, ela estava indefesa e sob seu poder.

Melisande baixou os olhos e arqueou uma sobrancelha, aborrecida. No entanto, ele podia sentir o tremor dela, reverberando em suas mãos.

— Você poderia me colocar no chão agora?

Jasper sorriu.

— Claro. — E a abaixou devagar, saboreando a sensação de controle, pois sabia que isso não se repetiria facilmente com ela. Assim que seus pés tocaram o chão, ela recuou e ajeitou as saias, então o repreendeu com o olhar.

— Minha tia não escuta muito bem, e não gosta muito de homens.

— Ah, ótimo. — Ele lhe ofereceu o braço. — Isso vai ser interessante.

— Humpf. — Ela pousou os dedos na manga do paletó dele, e mais uma vez Jasper sentiu aquela excitação. Talvez tivesse bebido muito chá no café da manhã.

Os dois subiram os degraus, e ele usou a aldraba enferrujada para bater à porta. E então aguardaram por um bom tempo.

Jasper olhou para a esposa.

— Você disse que ela é surda, mas os criados também são?

Melisande franziu os lábios, o que causou o efeito contrário nele e só o fez sentir vontade de beijá-la.

— Eles não são surdos, só são um pouco velhos e...

A porta se abriu com um rangido, e um olho com remelas espiou entre a fresta.

— Pois não?

— Lorde e Lady Vale desejam ver a Srta... — Ele voltou-se para Melisande e sussurrou: — Como é mesmo o nome dela?

— Srta. Rockwell. — Ela balançou a cabeça e se dirigiu ao mordomo. — Viemos fazer uma visita à minha tia.

— Ah, Srta. Fleming — falou o senhor, com dificuldade. — Entrem, entrem.

— É Lady Vale — disse Jasper, bem alto.

— Quê? — O mordomo colocou a mão em forma de concha na orelha.

— Lady Vale — berrou Jasper. — Minha esposa.

— Sim, senhor, claro, senhor. — O homem se virou e saiu cambaleando pelo corredor.

— Acho que ele não entendeu — comentou Jasper.

— Por Deus! — Ela puxou-o pela manga, e eles entraram na casa.

A tia de Melisande ou não gostava de velas ou enxergava no escuro, pois o vestíbulo estava praticamente um breu.

Jasper estreitou os olhos.

— Para onde ele foi?

— Por aqui. — Melisande saiu andando como se soubesse exatamente para onde ir.

E sabia, pois, após uma série de curvas e um lance de escada, eles pararam diante da porta de um cômodo iluminado.

— Quem está aí? — inqueriu uma voz rabugenta além da porta.

— É a Srta. Fleming e um cavalheiro, senhora — respondeu o mordomo.

— Lady Vale — gritou Jasper enquanto entravam na sala.

— O quê? — perguntou uma senhorinha sentada em um *recamier*, cercada de renda branca, fitas e laços. Ela segurava uma longa corneta acústica de latão perto da orelha, a qual virou na direção deles. — O quê?

Jasper se inclinou para a frente e falou no aparelho auditivo.

— Ela é Lady Vale agora.

— Quem? — A Srta. Rockwell abaixou o aparelho, irritada. — Melisande, querida, que bom vê-la, mas quem é esse cavalheiro? Ele disse que é uma dama. Isso não pode estar certo.

Jasper percebeu que um tremor tomava conta da figura delicada de Melisande, mas, num instante, ela já estava firme novamente. Ele sentiu uma desesperadora vontade de beijá-la, mas se conteve com muito esforço.

— Esse é meu marido, Lorde Vale — explicou Melisande.

— É mesmo? — A senhora não pareceu muito satisfeita com a novidade. — E por que você o trouxe aqui?

— Eu queria conhecer a senhora — adiantou-se Jasper, cansado de falarem dele como se não estivesse presente.

— O quê?

— Ouvi dizer que a senhora serve bolos deliciosos — berrou ele.

— Bobagem! — A senhora ergueu a cabeça, fazendo as fitas de sua touca sacudirem. — Quem lhe disse isso?

— Ah, todo mundo — respondeu Jasper. Ele se acomodou em um sofá e puxou a esposa para se sentar ao seu lado. — Não é verdade?

A senhora torceu os lábios do mesmo jeito que Melisande costumava fazer.

— A minha cozinheira realmente faz uns bolos bem gostosos.

Ela fez sinal para o mordomo, que pareceu um pouco surpreso com a solicitação.

— Esplêndido! — Jasper apoiou um tornozelo sobre o joelho oposto. — Agora, espero que a senhora ainda se lembre das traquinagens que a minha esposa costumava fazer quando era criança.

— Lorde Vale! — exclamou Melisande.

Jasper olhou para ela. Suas bochechas estavam coradas, e os olhos, arregalados de irritação. Estava encantadora.

Ele inclinou a cabeça na direção dela.

— Jasper.

Melisande torceu os lábios.

Ele baixou os olhos para a boca da esposa e então voltou a encará-la nos olhos.

— Jasper — repetiu ele.

A boca de Melisande se abriu, vulnerável e um pouco trêmula, e ele agradeceu a Deus por a barra de seu paletó estar cobrindo suas partes íntimas.

— Jasper — sussurrou ela.

E nesse momento, ele soube que estava perdido. Perdido, cego e afundando pela terceira vez sem nenhuma esperança de salvação, mas estava pouco ligando. Daria qualquer coisa para desvendar essa mulher. Queria descobrir seus segredos mais íntimos e desnudar sua alma. E, quando os descobrisse, quando soubesse o que ela guardava em seu coração, iria proteger esses segredos e essa mulher com a própria vida.

Ela era sua, para ser protegida e cuidada.

JÁ PASSAVA DA MEIA-NOITE quando Melisande ouviu Vale entrando em casa, naquela noite. Estivera cochilando em seu quarto, mas as vozes abafadas conversando no vestíbulo a despertaram. Afinal, estava esperando por ele. Ela sentou, empolgada e cheia de expectativa, e Rato colocou o focinho para fora das cobertas enquanto bocejava, fazendo a língua cor-de-rosa enrolar.

Ela tocou no focinho dele.

— Fique aqui.

Em seguida, se levantou e pegou um penhoar que estava em cima da cadeira ao lado da cama. A peça era de um tom roxo escuro, muito parecido com um robe masculino e sem os costumeiros babadinhos e as fitas dos modelos femininos. Melisande o vestiu por cima da camisola fina e se arrepiou com o peso sensual da peça, que era feita de cetim grosso e bordada com um delicado fio carmesim. À medida que se movia, o tecido mudava do violeta para o carmesim e se transformava em roxo novamente. Ela foi até a penteadeira e borrifou um pouco de perfume no pescoço, tremendo quando o líquido gelado escorreu entre os seios. O odor cítrico de flor de laranjeiras pairou no ar.

Assim, preparada, ela rumou à porta que conectava os quartos e a abriu. Os aposentos do outro lado pertenciam a Vale, e ela nunca se aventurou a invadir os domínios dele. Olhou ao redor, curiosa. A primeira coisa que viu foi a imensa cama de madeira preta, envolta numa cortina de um tom de vermelho tão escuro que era quase preto. A segunda coisa que notou foi o Sr. Pynch. O valete de Vale havia se empertigado, distanciando-se do robe que acabara de estender sobre a cama, e agora estava parado, imóvel, bem no meio do quarto.

Melisande nunca tinha falado com o valete. Ela empinou o queixo e olhou-o nos olhos.

— O senhor já pode se retirar.

O criado não se moveu.

— Milorde vai precisar da minha ajuda para se despir.

— Não — disse ela, baixinho. — Ele não vai.

Os olhos do valete brilharam com algo que parecia beirar o divertimento. Em seguida, ele fez uma mesura e deixou o quarto.

Melisande sentiu o nó entre as escápulas relaxando. Havia superado o primeiro obstáculo. Vale podia tê-la surpreendido de manhã, mas agora iria lhe dar o troco.

Ela olhou ao redor, notando a lareira em brasa e a abundância de velas acesas. O quarto estava tão claro quanto se ainda fosse dia. Suas sobrancelhas arquearam levemente diante do desperdício, e ela saiu andando pelo cômodo, apagando algumas velas até que ele estivesse iluminado apenas por uma luz suave. O cheiro de cera e fumaça tomou conta do ar, mas havia outro odor também, um mais excitante. Melisande fechou os olhos e inalou. *Vale.* Fosse imaginação sua ou não, o cheiro do marido estava no quarto: sândalo e limão, conhaque e fumaça.

Estava tentando acalmar os nervos quando a porta se abriu. Vale entrou, já tirando o paletó.

— Já mandou trazerem a água quente? — perguntou ele, jogando o paletó sobre uma cadeira.

— Sim.

Ele girou ao ouvir a voz dela, o rosto estranhamente inexpressivo, os olhos contraídos. Se não fosse uma mulher muito, muito corajosa, ela teria recuado. Vale era tão grande e estava imóvel e sério enquanto a encarava.

Mas, então, ele sorriu.

— Senhora esposa. Perdoe-me, mas eu não esperava encontrá-la aqui.

Ela assentiu em silêncio, pois não confiava na própria voz. Sentiu um tremor estranho dominá-la, e sabia que precisava se controlar para impedir que suas emoções se extravasassem.

Vale caminhou até o quarto de vestir e deu uma olhada lá dentro.

— Pynch está aqui?

— Não.

Ele assentiu, então fechou a porta do quarto de vestir.

Sprat entrou pela porta do quarto aberta, carregando um enorme jarro com água quente. Logo atrás veio uma criada com uma bandeja de prata com pão, queijo e frutas.

Os criados depositaram o que carregavam, e Sprat olhou para Melisande.

— Algo mais, milady?

Ela meneou a cabeça.

— Isso é tudo.

Os dois deixaram o quarto, e então o cômodo caiu em silêncio.

Vale olhou da bandeja de comida para ela.

— Como você sabia?

Foi fácil descobrir por intermédio dos criados que ele costumava fazer uma ceia leve quando voltava para casa à noite. Ela deu de ombros e caminhou devagar até ele.

— Não era minha intenção atrapalhar a sua rotina.

Ele piscou.

— Isso é, ah...

Vale pareceu perder a linha de raciocínio, provavelmente porque Melisande começara a lhe desabotoar o colete. Ela se concentrou nos botões de latão, ciente de que sua respiração estava acelerada por conta da proximidade. Estando assim, tão perto, conseguia sentir o calor dele sob as camadas de roupas. Um pensamento incômodo lhe ocorreu de repente: quantas mulheres tiveram o privilégio de despi-lo?

Ela ergueu a vista, encontrando os olhos azul-turquesa dele.

— Sim?

Ele pigarreou.

— É... foi muita gentileza sua.

— É mesmo? — Ela arqueou as sobrancelhas e voltou a olhar para os botões. Será que ele passara esta noite com outra mulher? Ele era famoso por seu apetite sexual, e, neste momento, Melisande não estava em condições de satisfazê-lo. Será que isso era o suficiente para que quisesse buscar prazer em outro lugar? Ela abriu o último botão e ergueu os olhos. — Por favor.

Vale ergueu os braços, permitindo que ela lhe tirasse o colete, e a observou com um olhar intenso enquanto Melisande lhe tirava o lenço do pescoço. O hálito dele soprava seus cabelos, e ela podia sentir cheiro de vinho. Não fazia a menor ideia de aonde ele ia todas as noites, mas presumia que estivesse fazendo coisas que homens costumavam fazer — jogando, bebendo e talvez se ocupando com prostitutas. Seus dedos vacilaram com o último pensamento, e ela finalmente identificou a emoção que inundava sua mente: era ciúme. Estava totalmente despreparada para isso. Muito antes de se casarem, já sabia quem ele era — *o que* ele era. Mesmo assim, acreditou que ficaria contente com o pouco que pudesse lhe dar. Quando houvesse outras mulheres, ela iria simplesmente ignorar.

Mas, agora, percebeu que não conseguia. Ela o queria. Por inteiro.

Melisande colocou o lenço de lado e começou a desabotoar a camisa. Podia sentir o calor da pele envolvendo seus dedos através do tecido fino. O cheiro dele era quente e másculo. Fungando discretamente, ela inalou o aroma de sabonete de sândalo e limão.

Acima de sua cabeça, a voz dele soou rouca e grossa.

— Você não precisa...

— Eu sei.

Quando ela terminou de desabotoar a camisa, ele se curvou para que ela a puxasse por cima dos ombros e da cabeça. Então se endireitou, e, por um momento, Melisande se esqueceu de respirar. Vale era um homem alto — apesar de ser alta, sua cabeça só alcançava o queixo dele — e tinha peito e ombros proporcionais à altura, largos e com ossos um pouco pronunciados. De camisa, parecia magro, mas despido era outra coisa. Músculos firmes e longos se destacavam nos braços e nos ombros. Ela sabia que ele cavalgava quase todos os dias e, se este era o resultado, então aprovava o exercício. Uma suave camada de pelos cobria-lhe o peito, parava no abdome e recomeçava no baixo-ventre. Aquela trilha estreita de pelos que começava no umbigo era a visão mais erótica que ela já havia visto. Sentiu uma vontade desesperadora de tocá-la, traçar os pelos com a ponta dos dedos até a parte que desaparecia dentro da calça.

Melisande se forçou a desviar o olhar e ergueu a vista. Vale a observava, as bochechas marcadas e encovadas. Na maior parte do tempo, a fisionomia dele parecia quase sorrir, mas, neste momento, não havia nenhum traço de diversão. Os lábios exibiam algo de cruel.

Ela respirou fundo e apontou para a cadeira atrás dele.

— Sente-se, por favor.

As sobrancelhas de Vale arquearam, e ele olhou do jarro de água quente para ela enquanto lhe obedecia.

— Vai brincar de barbeiro também?

Ela umedeceu uma tolha na água quente.

— Não confia em mim?

Ele a encarou, e ela teve de conter o tremor dos lábios enquanto colocava a toalha sobre o maxilar dele. Tinha descoberto por intermédio de Sprat que Vale gostava de se barbear e tomar banho à noite. Talvez ainda fosse muito cedo para ajudá-lo com o banho, mas a barba ela podia fazer. Quando seu pai ficou acamado devido a uma doença terminal, Melisande era a única que ele permitia que se aproximasse dele com uma navalha. O que lhe pareceu estranho, na verdade, já que o pai nunca foi muito apegado a ela.

Melisande seguiu até a cômoda onde Pynch deixava os equipamentos para barbear e pegou a navalha. Testou o fio no polegar.

— Percebi que você se divertiu com as histórias que a minha tia contou sobre mim hoje à tarde.

Ela ficou observando-o enquanto caminhava de volta até a cadeira, a navalha casualmente presa entre os dedos. Os olhos dele cintilaram com um brilho de divertimento por cima da toalha branca antes de tirá-la do rosto e jogá-la sobre a mesa.

— Gostei muito da história de quando você tinha 4 anos e cortou seu cabelo todo.

— Gostou, é? — Ela pousou a navalha na mesa e pegou uma toalhinha. Mergulhou-a em um pote de sabonete cremoso e começou a passar no rosto dele, formando espuma. O cheiro de limão e sândalo tomou conta do quarto.

— Aham. — Vale fechou os olhos e inclinou a cabeça para trás, como um gato recebendo carinho. — E aquela sobre a tinta.

Ela havia feito desenhos nos braços com tinta e ficou marcada por um mês.

— Fico feliz por ter-lhe provocado tanta diversão — disse ela de um jeito carinhoso.

Um olho azul abriu, cauteloso.

Melisande sorriu e pousou a navalha no pescoço dele. E então seus olhos se encontraram.

— Sempre me pergunto aonde você vai todas as noites.

Ele abriu os lábios.

— Eu...

Mas ela tocou os lábios entreabertos com um dedo, sentindo o calor do hálito quente sob sua pele.

— Não, não. Não quer que eu o corte, quer?

Ele fechou a boca e semicerrou os olhos.

Com todo cuidado, Melisande deslizou a navalha, fazendo um barulho alto, e removeu a espuma da lâmina com habilidade antes de retomar o trabalho.

— Fico imaginando se você se encontra com outras mulheres quando sai.

Vale fez menção de responder, mas, com delicadeza, ela empurrou sua cabeça para trás e passou a navalha pelo maxilar. Ele engoliu em seco, o pomo-de-adão deslizando no pescoço forte, mas seu olhar indicava que não estava com medo. Longe disso.

— Não vou a nenhum lugar em especial — respondeu com a voz arrastada enquanto ela enxaguava a lâmina. — Bailes, recepções, vários eventos. Você poderia ir comigo, sabe? Acho que a convidei para ir ao baile de máscaras de Lady Graham amanhã à noite.

— Hmm.

A resposta aliviou um pouco o ciúme que atormentava seu coração. Ela se concentrou no queixo dele. Havia tantas reentrâncias, só esperando para serem cortadas. Ela não gostava de eventos sociais onde era esperado interagir e conversar. Ter de sorrir, flertar e sempre ter uma resposta na ponta da língua. Jogar conversa fora nunca foi seu forte, e ela já se conformara com o fato de que nunca seria. Quando ele mencionou o baile, Melisande nem pensou duas vezes antes de arrumar uma desculpar para não ir.

— Você poderia sair comigo à noite — murmurou ele. — Ir a alguns eventos sociais.

Ela baixou os olhos para as próprias mãos.

— Ou você poderia ficar em casa comigo.

— Não. — O cantinho de sua boca se curvou de um jeito triste, como se ele estivesse rindo de si mesmo. — Infelizmente, sou uma criatura muito agitada para passar as noites em casa, diante da lareira. Preciso conversar, ver pessoas, rir.

Tudo que ela odiava. Ela enxaguou a lâmina na água quente.

O visconde pigarrou.

— Mas não me encontro com outras mulheres quando saio à noite, minha querida esposa.

— Não? — Ela o fitou enquanto deslizava devagar a lâmina pela bochecha.

— Não. — Ele retribuiu o olhar com uma expressão intensa e firme.

Melisande engoliu em seco e ergueu a navalha. O rosto dele estava totalmente liso, só restara uma linha fina de espuma no cantinho da boca. Com delicadeza, ela a removeu com o polegar.

— Fico feliz de saber — disse, com a voz rouca. Então se aproximou, os lábios a poucos centímetros da boca do marido. — Boa noite.

E seus lábios se tocaram num sopro de beijo. Ele ergueu os braços para abraçá-la, mas Melisande já havia fugido.

Capítulo Sete

O nome da princesa daquela cidade magnífica era Liberdade e, apesar de ser mais linda do que qualquer homem poderia sonhar, com olhos que brilhavam tanto quanto as estrelas e uma pele macia como seda, ela era uma mulher exigente e ainda não havia encontrado um marido que fosse de seu agrado. Um era muito velho, o outro, muito jovem. Alguns falavam alto demais, e outros mastigavam de boca aberta. Quando a princesa estava prestes a completar 20 anos, o rei, seu pai, perdeu a paciência, e proclamou que haveria um torneio em comemoração ao aniversário da princesa. E o vencedor se casaria com sua filha...

— Jack, o Risonho

Na manhã seguinte, Melisande ficou desapontada por ter de tomar o desjejum sozinha. Vale já havia saído para cuidar de algum negócio, e ela foi obrigada a se ocupar com os próprios afazeres e conformar-se de que só voltaria a vê-lo ao final do dia.

E assim o fez. Reuniu-se com a governanta e com a cozinheira, fez uma refeição leve, depois saiu para fazer compras e mais tarde seguiu para uma pequena reunião ao ar livre na casa de sua sogra. E, lá, todas suas expectativas foram contrariadas.

— Acho que meu filho nunca veio a nenhum dos meus chás da tarde — comentou a viscondessa viúva de Vale, reflexiva. — Nada me tira da cabeça que ele só veio por sua causa. Você sabia que ele estaria aqui?

Melisande negou, ainda tentando assimilar o fato de que seu marido tinha comparecido a uma reunião calma e tranquila. Este, definitivamente, não era seu estilo de evento social, e a ideia a deixou ansiosa, apesar de estar fazendo todo o esforço para não demonstrar isso.

Ela e a sogra estavam sentadas no imenso jardim da residência da viúva, que, por sinal, ficava belíssimo no auge do verão. A Lady Vale mais velha mandara colocar várias mesinhas e inúmeras cadeiras espalhadas pelo jardim para que seus convidados pudessem desfrutar o dia. Alguns estavam sentados, outros passeavam em grupos, e a maioria tinha em torno de 60 anos ou mais.

No outro extremo do terreno, Vale conversava com três senhores mais velhos. Melisande ficou observando enquanto seu marido inclinava a cabeça para trás e ria de algo que um dos cavalheiros dissera. Seu pescoço era forte e cheio de tendões, e ela sentiu um aperto no coração. Jamais se cansaria, nem em mil anos, de vê-lo rindo daquele jeito tão descontraído.

Ela tratou de desviar o olhar para não ser apanhada se derretendo, apaixonada.

— Seu jardim é encantador, milady.

— Obrigada — agradeceu-lhe a senhora. — É bom que seja mesmo, considerando o exército de jardineiros que tenho.

Melisande escondeu um sorriso por trás da xícara. Antes mesmo do casamento, ela já havia simpatizado com a mãe de Vale. A viscondessa viúva era uma mulher miúda. O filho parecia um gigante perto dela. Mesmo assim, ela não tinha problema nenhum em colocá-lo em seu lugar — ou qualquer outro cavalheiro — com apenas um olhar afiado. Lady Vale usava os cabelos grisalhos presos em um coque simples no alto da cabeça. Tinha um rosto redondo e feminino, nem um pouco parecido com o do filho, exceto pelos olhos — estes eram de um azul-turquesa cintilante. Devia ter sido muito bela quando jovem e ainda carregava a confiança de uma mulher bonita.

Lady Vale deu uma olhada para os lindos doces rosa e brancos que estavam num prato delicado sobre a mesa entre elas e se inclinou para a frente. Melisande achou que ela ia pegar um bolinho, mas a senhora desviou o olhar.

— Fiquei muito feliz quando Jasper resolveu se casar com você em vez de com a Srta. Templeton — confidenciou Lady Vale. — A moça era bonita, mas muito cabeça de vento. Não tinha pulso para segurar meu filho. Em um mês ele iria enjoar dela. — A senhora baixou a voz, num tom de confidência. — Acho que ele estava apaixonado pelos seios dela.

Melisande não resistiu ao impulso de olhar para os próprios seios pequenos.

Lady Vale fez um afago na mão da nora.

— Não se preocupe com isso — disse de um jeito vago. — Seios bonitos não duram para sempre. Já uma conversa inteligente, sim, apesar de a maioria dos homens não se dar conta disso.

Melisande piscou, tentando pensar em uma resposta. Mas talvez não fosse necessário dizer nada. Lady Vale esticou o braço para pegar um bolinho, então pareceu mudar de ideia e pegou a xícara em vez disso.

— Você sabia que o pai da Srta. Templeton acabou permitindo que ela se casasse com aquele pároco?

Melisande balançou a cabeça.

— Não fiquei sabendo.

A viscondessa viúva pousou a xícara sem tomar um gole sequer.

— Pobre homem. Ela vai acabar com a vida dele.

— Certamente que não. — Melisande estava distraída vendo Vale se afastar do grupo de cavalheiros e seguir na direção delas.

— Escreva o que estou dizendo, ela vai. — De repente, a senhora estendeu o braço e pegou um pedaço de bolo rosa do prato. Colocou-o em seu pires, fitou o bolo por alguns segundos e olhou para Melisande novamente. — Meu filho precisa de carinho, mas não de delicadeza. Ele não é o mesmo desde que voltou das colônias.

Melisande só teve um instante para registrar essas palavras antes de Vale se aproximar.

— Senhora minha esposa e senhora minha mãe, boa tarde. — Ele se curvou com um floreio e se dirigiu à mãe. — Posso roubar a minha esposa para um passeio pelo seu lindo jardim? Gostaria de mostrar as íris para ela.

— Não sei como, se as íris já estão sem flor — respondeu a senhora, afiada, e inclinou a cabeça. — Mas podem ir. Acho que vou perguntar ao Lorde Kensington o que ele sabe sobre o escândalo no palácio.

— A senhora é a gentileza em pessoa. — Vale ofereceu o braço a Melisande.

Ela se levantou e ouviu a sogra murmurar atrás deles:

— Ah, me poupe!

Os lábios de Melisande se curvaram num meio sorriso enquanto Vale a conduzia na direção de uma trilha de cascalho.

— A sua mãe acha que eu o salvei de um péssimo casamento com a Srta. Templeton.

— Eu me rendo ao bom senso da minha progenitora — disse Vale brincalhão. — Não sei o que vi na Srta. Templeton.

— A sua mãe acha que podem ter sido os lindos seios da moça.

— Ah. — O olhar dele estava em Melisande, mas ela seguiu com os olhos voltados para a trilha adiante. — Infelizmente, nós, homens, somos criaturas lastimáveis e facilmente influenciáveis. É possível mesmo que um belo par de seios tenha confundido a minha capacidade de raciocinar.

— Hmm. — Ela se lembrou das amantes dele. Será que todas tinham seios grandes também?

Ele se inclinou na direção dela, o hálito quente roçando sua orelha, fazendo-a tremer toda.

— Eu não seria o primeiro a trocar quantidade por qualidade e pegar um pedaço grande e bem doce de bolo quando, na verdade, um simples pãozinho faz mais o meu gosto.

Ela inclinou a cabeça para olhar para ele. Os olhos de Vale brilhavam, e um sorriso brincava nos lábios expressivos. Foi difícil se manter séria.

— Você acabou de me comparar a um pão?

— Um pão bem-preparado e delicioso — reforçou ele. — É um elogio.

Melisande virou o rosto para esconder um sorriso.

— Então aceitarei como um elogio.

Eles fizeram uma curva, e, de repente, Vale a fez parar diante de um canteiro verde.

— Contemple as íris da minha mãe, já sem flores.

Ela olhou para as folhas divididas da planta.

— Isso é uma peônia. Aquelas — e apontou para um canteiro cheio de plantas com folhas pontudas em formato de espada ao final da trilha — são íris.

— Sério? Tem certeza? Como sabe sem as flores?

— Pelo formato das folhas.

— Impressionante. Você é praticamente uma vidente. — Ele fitou as peônias e, depois, as íris. — Fica um pouco sem graça sem as flores, não acha?

— A sua mãe avisou que elas já não estavam mais florescendo.

— É verdade — murmurou ele e a guiou por outro caminho. — Que outros talentos está escondendo de mim? Acaso canta como uma cotovia? Sempre quis me casar com uma mulher que cantasse bem.

— Então devia ter me perguntado antes de nos casarmos — disse com praticidade. — A minha voz é razoável.

— Uma decepção com a qual terei que aprender a conviver.

Ela olhou de soslaio para ele e se perguntou o que estaria tramando. Vale tinha ido atrás dela, quase como se estivesse cortejando-a. A ideia era desconcertante. Por que cortejar uma esposa? Talvez estivesse se iludindo, e a possibilidade a assustava. Se alimentasse esperanças, se se permitisse pensar que Vale realmente a desejava, a queda seria ainda pior quando ele lhe desse as costas novamente.

— Talvez saiba dançar — disse ele. — Você sabe dançar?

— Naturalmente.

— Me sinto mais tranquilo. E quanto ao pianoforte? Sabe tocar?

— Não muito bem, infelizmente.

— Meus sonhos de noites de recitais à lareira acabam de ser trucidados. Já a vi bordando e sei que o faz bem. Sabe desenhar?

— Um pouco.

— E pintar?

— Sim.

Eles pararam na frente de um banco em uma curva da trilha, e Vale removeu a poeira com um lenço que tirou do bolso antes de acenar com a mão para que ela se sentasse.

Melisande se sentou devagar, na defensiva. Havia um arco acima do banco com uma trepadeira enroscada, e ela o observou pegar uma rosa.

— Ai! — Vale acabou se ferindo em um espinho e enfiou o polegar na boca.

Ela desviou o olhar daqueles lábios ao redor do dedo e engoliu em seco.

— Bem feito por ter danificado a roseira da sua mãe.

— Valeu a pena — disse ele, próximo demais, com uma perna apoiada no banco e inclinado na direção de Melisande. Ela sentiu o perfume de sândalo. — A picada dos espinhos torna o ato de colher a rosa ainda mais gratificante.

Ela se virou e encontrou o rosto de Vale a poucos centímetros do seu. Os olhos dele eram de uma estranha coloração tropical, rara na Inglaterra. Mas, no fundo, pensou ter visto uma certa tristeza escondida.

— Por que você está fazendo isso?

— O quê? — perguntou ele, num tom inocente. Passou a rosa levemente pelo rosto de Melisande, a maciez das pétalas provocando um arrepio que lhe percorreu a coluna.

Ela segurou a mão dele, firme e quente sob seus dedos.

— Isso. Está agindo como se estivesse me cortejando.

— É mesmo? — Ele estava imóvel, os lábios a poucos centímetros dos de Melisande.

— Já sou sua esposa. Não precisa me cortejar — sussurrou, sem muita convicção.

Ele moveu a mão com facilidade, ainda que ela estivesse segurando-a com força. A rosa resvalou seus lábios entreabertos.

— Ah, acho que preciso, e muito — disse ele.

A BOCA DE Melisande era do mesmo formato da rosa.

Jasper observava as pétalas roçando os lábios dela. Tão macios, tão doces. Queria sentir aquela boca na sua novamente. Entreabrir aqueles lábios, invadi-los, tomar posse. Cinco dias, ela dissera, o que queria dizer que ainda faltava mais um. Ele teria de exercitar a paciência.

As bochechas de Melisande ganharam um leve rubor, e os olhos estavam arregalados acima da rosa, mas, enquanto Jasper a observava, eles perderam o foco e as pálpebras começaram a descer. Ela era tão sensível, reagia ao menor estímulo. Ele se perguntou se seria capaz de fazê-la gozar apenas com beijos. A ideia o deixou ofegante. A noite anterior fora uma verdadeira revelação. A criatura voluptuosa que invadira seu quarto e assumira o controle da situação era o sonho de todo homem. Onde ela aprendera aqueles truques tão sensuais? Tinha agido como mercúrio — misterioso, exótico, escorregando de suas mãos quando tentou segurá-la.

E pensar que ele nunca a notara antes daquele dia na sacristia. Era mesmo um tolo estúpido e cego, mas agradecia a Deus por isso. Pois, se ele era um tolo, então todos os outros homens que cruzaram com ela nos bailes e festas e nunca se deram ao trabalho de olhar também o eram. Nenhum outro homem a notara, e agora ela era sua.

Só sua para levar para a cama.

Foi difícil conter o sorriso malicioso. Quem diria que cortejar a própria esposa pudesse ser tão excitante?

— Tenho todo direito de cortejá-la. Afinal, não tivemos tempo antes de nos casarmos. Por que não fazer isso agora?

— Por que se dar ao trabalho? — perguntou ela, atordoada.

— Por que não? — Ele provocou-lhe a boca outra vez com a rosa, observando enquanto a flor pressionava para baixo o lábio inferior, revelando a pele interna umedecida. Seu corpo reagiu à visão. — Um marido não deveria conhecer a esposa, tratá-la com carinho e possuí-la?

Melisande ergueu os olhos ao ouvir o verbo *possuir*.

— E você me possui?

— Legalmente, sim — disse ele, baixinho. — Espiritualmente, já não sei. O que você acha?

— Acho que não. — Ele afastou a flor para que Melisande pudesse falar, e a língua dela tocou o lábio inferior, bem no ponto onde a rosa estivera. — Nem sei se um dia conseguirá.

O olhar franco dela parecia exibir um desafio.

Ele assentiu.

— Talvez não, mas isso não me impede de tentar.

Ela franziu a testa.

— Eu não...

Ele pousou o polegar na boca da esposa.

— Que outros talentos você tem que não me contou, minha linda esposa? Que segredos esconde de mim?

— Não tenho segredos. — Quando falou, seus lábios roçaram o polegar dele feito um beijo. — Mesmo que procure, não vai conseguir descobrir nada.

— Você está mentindo — disse ele, baixinho. — E me pergunto por quê?

As pálpebras dela se abaixaram, ocultando seu olhar. Ele sentiu o calor úmido da língua contra seu polegar, e isso o deixou sem fôlego.

— Por acaso foi encontrada, completamente formada, em algum lugar remoto e antigo? Desconfio de que seja uma fada, estranha e selvagem, totalmente irresistível para os homens.

— Meu pai era um inglês comum. Ele teria rido dessa história de fadas.

— E a sua mãe?

— Ela veio da Prússia e era ainda mais pragmática do que ele. — Melisande deixou escapar um leve suspiro, seu hálito roçando a pele dele. — Não sou uma donzela romântica, apenas uma típica inglesa.

Jasper duvidava disso.

Ele afastou a mão, mas não sem antes lhe acariciar a face macia.

— Você foi criada em Londres ou no campo?

— A maior parte do tempo, no campo, mas vínhamos para Londres pelo menos uma vez por ano.

— E você tinha amigas? Meninas com quem trocasse confidências e se divertisse?

— Emeline. — Seus olhares se encontraram, e ele percebeu certa vulnerabilidade na expressão dela.

Emeline morava nas colônias americanas agora.

— Você sente falta dela.

— Sim.

Ele ergueu a rosa, distraído, para roçar seu pescoço alvo e delicado enquanto tentava se lembrar de detalhes da infância de Emeline.

— Mas você só a conheceu quando estava quase terminando os estudos, não foi? A propriedade da minha família fica ao lado da dela, e conheço Emeline e Reynaud desde o berçário. Eu me lembraria de você daquela época.

— Será? — Os olhos de Melisande cintilaram de raiva, mas ela continuou antes que ele pudesse se defender. — Conheci Emeline quando estava visitando uma amiga na região. Eu estava com 14 ou 15 anos.

— E antes disso? Com quem você brincava? Com seus irmãos? — Jasper observou enquanto a rosa deslizava pela clavícula, e então descia um pouco mais.

Melisande deu de ombros. A rosa devia estar fazendo cócegas, mas ela não recuou um centímetro sequer.

— Meus irmãos são mais velhos do que eu. Os dois já estavam no colégio interno quando nasci.

— Então você cresceu sozinha. — Ele a encarou enquanto a rosa descia por entre a curva dos seios.

Melisande mordeu o lábio.

— Eu tinha uma babá.

— Não é a mesma coisa que uma amiga — murmurou ele.

— Talvez não — admitiu.

Quando inspirou, a rosa pressionou levemente a pele dos seios. Ah, que sorte tinha essa rosa!

— Você foi uma criança calma — supôs ele.

Apesar de todas as histórias que a tia havia contado na tarde anterior, Jasper sabia que ela devia ter sido uma criança calma na maior parte do tempo. Uma criança quase silenciosa. Era uma pessoa contida, afinal, com gestos sempre controlados, corpo esguio e elegante, apesar de não ser uma mulher pequena. Tinha um tom de voz sempre bem moderado e costumava ficar isolada nos eventos sociais. Que tipo de criação a transformara nessa pessoa tão determinada a passar despercebida?

Vale se inclinou na direção dela, e, apesar do aroma de rosas que os cercava, ele sentiu o odor cítrico de laranja. O cheiro dela.

— Você foi uma criança que escondia de todos o que estava pensando.

— Você não sabe disso. Nem me conhece.

— Não — concordou. — Mas quero conhecê-la. Quero descobrir como funciona o seu cérebro até a sua mente ser tão familiar para mim quanto a minha própria.

Melisande respirou fundo, recuando quase como se estivesse com medo.

— Não vou me tornar...

Mas ele pousou um dedo nos lábios dela e então se endireitou novamente. Podia ouvir vozes se aproximando. Segundos depois, outro casal apareceu.

— Perdão — desculpou-se o cavalheiro, e Jasper logo percebeu que era Matthew Horn. — Vale. Não imaginei que fosse encontrá-lo aqui.

Jasper se curvou com um gesto irônico.

— Sempre achei instrutivo passear pelo jardim da minha mãe. Nesta tarde, por exemplo, pude ensinar à minha esposa a diferença entre uma peônia e uma íris.

Um barulho que parecia uma bufada abafada veio de trás dele. Matthew arregalou os olhos.

— Essa é sua esposa, então?

— É, sim. — Jasper se virou e deparou-se com os misteriosos olhos castanhos de Melisande. — Meu coração, permita-me lhe apresentar o Sr. Matthew Horn, um ex-oficial do vigésimo oitavo regimento, assim como eu. Horn, minha esposa, Lady Vale.

Melisande estendeu a mão, e Matthew pegou-a e se inclinou sobre ela. Tudo com muito respeito, é claro, mas, mesmo assim, Jasper sentiu uma necessidade instintiva de pousar a mão no ombro de Melisande como se para reivindicar sua posse.

Matthew recuou.

— Gostaria de lhes apresentar a Srta. Beatrice Corning. Srta. Corning, Lorde e Lady Vale.

Jasper se inclinou sobre a mão da bela moça, contendo um sorriso. Então a presença de Matthew no chá estava explicada, e os motivos eram semelhantes aos seus. Ele também estava atrás de uma mulher.

— Acaso mora em Londres, Srta. Corning? — perguntou o visconde.

— Não, milorde — respondeu a moça. — Moro com meu tio no campo. O senhor deve conhecê-lo, pois acredito que somos vizinhos. Ele é o conde de Blanchard.

A moça continuou a falar, mas Jasper já não prestava mais atenção. Blanchard era o título de Reynaud, o que ele teria herdado após a morte do pai. Só que Reynaud morreu antes disso. Foi capturado e morto pelos nativos depois de Spinner's Falls.

Jasper se concentrou no rosto da moça, olhando para ela de verdade pela primeira vez. A jovem conversava com Melisande, o semblante aberto e franco, a aparência marcada pela tranquilidade interiorana. Tinha cabelos dourados como trigo, olhos de um azul acinzentado e pequenas sardas cor de areia que pontilhavam as maçãs de seu rosto. Ela mesma não tinha nenhum título, mas, de qualquer forma, Matthew se daria bem caso resolvesse cortejar a sobrinha de um conde. Os Horn eram uma família tradicional, mas sem título. Ao passo que o nome Blanchard datava de séculos, e a sede do condado ficava numa gigantesca mansão feudal. A moça tinha dito que morava naquela mansão.

Na casa de Reynaud.

Jasper sentiu um aperto no peito e desviou os olhos do rosto expressivo da Srta. Corning. Não havia por que culpar a garota. Ela não devia ter mais de 6 anos quando Reynaud morreu queimado em uma cruz. Não era culpa dela que o tio herdara o título. Ou por estar morando na propriedade que pertencera a Reynaud por direito. Mesmo assim, não conseguia encará-la.

Ele ergueu o braço para Melisande e interrompeu a conversa.

— Vamos. Creio que temos um compromisso.

Em seguida, curvou-se para Matthew e para a Srta. Corning enquanto eles se despediam. Jasper nem precisava olhar para Melisande para saber que ela o observava, curiosa, mesmo quando pousou a mão no braço dele. Não havia nenhum compromisso, afinal. Ocorreu-lhe então — finalmente, tardiamente — que, ao tentar descobrir os segredos dela, corria o risco de revelar seus próprios segredos, muito mais sombrios. Isso, simplesmente, jamais poderia acontecer.

Jasper cobriu a mão da esposa com a sua. Um gesto que parecia natural para um marido, mas que, na verdade, foi instintivo. Uma necessidade de capturá-la e impedi-la de fugir. Ele não podia contar sobre Reynaud e o que tinha acontecido nas florestas escuras da América, não podia contar como sua alma havia sido estraçalhada lá, não podia contar sobre seu grande fracasso e sua maior dor. Mas poderia mantê-la ao seu lado.

E era isso que faria.

— ... E VOCÊ NÃO acha que ele estava ridículo, com o traseiro de fora para quem quisesse ver? — A Sra. Moore, governanta de Lorde Vale, terminou a história com um tapa sonoro no tampo da mesa da cozinha.

As três criadas caíram na gargalhada, os dois lacaios que estavam na ponta da mesa se cutucaram, o Sr. Oaks soltou uma risada de barítono, e até mesmo a cozinheira, que vivia de cara fechada, deixou escapar um sorrisinho.

Sally Suchlike sorriu. A vida na casa de Lorde Vale era completamente diferente da que levava na casa do Sr. Fleming. O número de empregados era mais que o dobro, mas, sob a liderança do Sr. Oaks e da Sra. Moore, eles eram mais amigáveis também, quase como se fossem uma família. Poucos dias depois da mudança, Sally já havia feito amizade com a Sra. Moore e com a cozinheira — que, por trás da fachada sisuda, era uma mulher tímida — e seus receios de não gostarem dela, de não ser aceita, logo foram esquecidos.

Sally se inclinou sobre o chá que esfriava. Lorde e Lady Vale já haviam jantado e agora era a vez da refeição dos criados.

— E o que aconteceu depois, Sra. Moore, se me permite perguntar?

— Bom — a senhora começou a dizer, claramente satisfeita por ter sido solicitada a dar continuidade à história indecente, mas foi interrompida pela entrada do Sr. Pynch.

Na mesma hora, o Sr. Oaks ficou sério, os lacaios se empertigaram, uma das criadas soltou uma risadinha nervosa — que foi reprimida por sua vizinha de mesa — e a Sra. Moore ruborizou. Sally suspirou, frustrada. A presença do Sr. Pynch era como um balde de água lamacenta do rio Tâmisa sendo jogado em todos: frio e desagradável.

— Em que posso lhe ser útil, Sr. Pynch? — perguntou o mordomo.

— Em nada, obrigado — respondeu o homem. — Vim buscar a Srta. Suchlike. A senhora está precisando dela.

O tom solene provocou outra risadinha de uma das criadas. Chamava-se Gussy, e era do tipo que ria de praticamente qualquer coisa. No entanto, ela parou de rir quando o Sr. Pynch a encarou com seus olhos verdes e frios.

Malvado, pensou Sally, afastando a cadeira da imensa mesa de madeira e se levantando.

— Bom, obrigada pela história tão divertida, Sra. Moore.

A Sra. Moore piscou e um rubor satisfeito coloriu suas bochechas.

Sally sorriu para os outros criados antes de sair correndo atrás do Sr. Pynch. Ele, é claro, não tinha ficado esperando.

Ela o alcançou numa curva da escada dos fundos.

— Por que precisa ser tão antipático?

O valete nem parou para responder.

— Não sei do que está falando, Srta. Suchlike.

Sally revirou os olhos enquanto subia, ofegante.

— O senhor raramente come com os outros criados, e a sua aparição faz a conversa morrer como se fosse um mau agouro.

Quando chegaram a um patamar, ele parou tão de repente que ela trombou nas costas deles e quase perdeu o equilíbrio.

Ele se virou e a segurou pelo braço com firmeza.

— É muito boa com as palavras, Srta. Suchlike, mas acho que a senhorita dá muita liberdade para os outros criados.

Ele soltou o braço dela e retomou a subida.

Sally precisou segurar a vontade de mostrar-lhe a língua. Infelizmente, o Sr. Pynch estava certo. Como dama de companhia, ela deveria se colocar acima dos outros criados, exceto pelo Sr. Oaks e a Sra. Moore. Ela também devia desdenhar das divertidas refeições e empinar o nariz para as risadas. O problema era que, se assumisse tal postura, ninguém do andar de baixo iria querer falar com ela. O Sr. Pynch podia até gostar da vida de ermitão que levava, mas *ela* não.

— Não lhe custaria nada ser, pelo menos, um pouco mais simpático — murmurou Sally no momento em que chegaram ao corredor onde ficavam os aposentos dos patrões.

O valete suspirou.

— Srta. Suchlike, o que uma menina como a senhorita...

— Não sou tão jovem assim.

O Sr. Pynch parou novamente, e ela viu certo divertimento no rosto dele. Considerando que, normalmente, ele estava sempre carrancudo, nesse momento parecia rir dela.

Ela pousou as mãos nos quadris.

— Pois saiba que estou para fazer 20 anos.

Os lábios dele se curvaram.

Ela fechou a cara.

— E quantos anos o senhor tem, vovô?

O Sr. Pynch arqueou uma sobrancelha, numa atitude muito irritante.

— Trinta e dois.

A moça cambaleou para trás, fingindo-se de chocada.

— Ah, minha nossa! Para um homem da sua idade, é de surpreender que ainda esteja andando.

Ele apenas balançou a cabeça para o gracejo.

— Vá ver do que a sua patroa está precisando, menina.

Suchlike desistiu de se conter e mostrou a língua antes de sair correndo na direção do quarto de Lady Vale.

MELISANDE ESCONDEU AS mãos trêmulas entre as pregas da saia enquanto adentrava o baile de máscaras de Lady Graham, naquela noite. Foi preciso reunir toda coragem para ir até ali. E, por isso, tomara a decisão de última hora, pois, se tivesse pensado um pouco mais, teria mudado de ideia. Ela odiava esse tipo de evento. Estavam sempre repletos de pessoas de nariz empinado, fofocando e encarando, e que sempre pareciam excluí-la. Mas este era o terreno de Vale. Precisava confrontá-lo em um lugar assim se quisesse provar que poderia ser uma ótima substituta para seu desfile de amantes.

Ela esfregou os dedos nervosos na saia e tentou controlar a respiração. O fato de ser um baile de máscaras ajudava um pouco. A máscara de veludo que Melisande usava cobria apenas seus olhos e era de um roxo tão escuro que era quase preto. Não escondia sua identidade — afinal, essa não era a finalidade —, mas lhe dava um pouco de confiança. Melisande respirou fundo e olhou para as damas e os cavalheiros mascarados ao redor, que riam e falavam alto, todos satisfeitos com a ideia de que estavam ali para verem e serem vistos. Alguns usavam dominó, mas muitas damas optaram por vestidos coloridos de baile e confiaram apenas em uma máscara como disfarce.

Melisande puxou as dobras do dominó de seda roxa que trajava e envolveu o próprio corpo enquanto se movia em meio à multidão, à procura de Vale. A última vez que o viu tinha sido na reunião daquela tarde. Os dois foram embora separados — ele em seu cavalo, ela de carruagem. Mas, depois de perguntar sutilmente ao Sr. Pynch, descobriu que o marido estaria usando um dominó preto — assim como metade dos homens daquele baile. Uma mulher passou por ela, esbarrando em seu ombro. Outra a olhou com desdém.

Por um momento, Melisande teve de lutar contra a vontade de sair correndo. De fugir daquele salão e dos motivos que a levaram até ali e de buscar a proteção da carruagem que a esperava. Mas, se Vale foi capaz de enfrentar um grupo de senhoras em um chá da tarde só para ir atrás dela, então ela também poderia enfrentar os terrores de um salão de baile para caçá-lo à noite.

Nesse momento, ouviu a risada dele e se virou. A altura de Vale fazia com que ele se destacasse acima da cabeça das pessoas ao seu redor. Estava cercado de homens sorridentes e uma ou duas damas dando risadinhas. Todos muito belos e confiantes do lugar que ocupavam no mundo. Quem era ela para tentar se meter naquele grupo? Será que mal olhariam para ela e cairiam na risada?

Estava quase dando meia-volta em busca da proteção da carruagem quando a dama à esquerda de Vale, uma linda loura com o rosto pintado de ruge e seios fartos, pousou a mão na manga dele. Era a Sra. Redd, uma das ex-amantes de Jasper.

Mas esse era seu marido, o *amor* de sua vida. Melisande cerrou os punhos e marchou na direção do grupo.

Quando ainda estava a alguns passos de distância, Vale olhou em sua direção e congelou. Os olhos azuis dele reluziam por trás da máscara de cetim preto, e ele a encarou enquanto ela se aproximava. As pessoas ao redor pareciam recuar, abrindo caminho à medida que Melisande avançava, até parar diante dele.

— Essa dança não é sua? — perguntou ela, com a voz rouca de nervosismo.

— Minha senhora esposa. — O visconde fez uma mesura. — Perdoe meu esquecimento imperdoável. — E estendeu o braço.

Ela o aceitou, sentindo-se triunfante por Vale ter abandonado tão facilmente a outra mulher. Ele a conduziu, calado, em meio aos convidados, e a sensação dos músculos dele sob o tecido do paletó e do dominó a deixou ofegante. Os dois logo chegaram à pista de dança e ocuparam seus respectivos lugares. Ele se curvou. Ela fez uma mesura. E deram passos ritmados um na direção do outro antes de se afastarem, os olhos dele sem desgrudar do rosto dela.

Quando o próximo passo os uniu novamente, ele murmurou:

— Eu não esperava vê-la aqui.

— Não? — Ela arqueou as sobrancelhas por trás da máscara.

— Você parece gostar mais do dia.

— É mesmo?

A dança os separou, e ela aproveitou o momento para refletir sobre o estranho comentário. Quando se aproximaram novamente, ela pousou a palma da mão sobre a dele, e os dois giraram num semicírculo.

— Acho que está confundindo costume com amor.

Os olhos dele pareceram cintilar por trás da máscara.

— Explique.

Ela deu de ombros.

— Meus compromissos sociais costumam acontecer durante o dia. Já os seus, à noite. Mas isso não significa que ame a noite, e eu, o dia.

Uma ruga surgiu entre as sobrancelhas dele.

— Talvez — sussurrou ela enquanto se afastavam mais uma vez — você prefira a noite porque está acostumado, mas quem sabe na verdade goste mais do dia?

Vale inclinou a cabeça de um modo indagador enquanto eles seguiam juntos.

— E você, minha querida esposa?

— Talvez meu verdadeiro domínio seja a noite.

Eles se separaram, e cada um foi para um lado. Ela se moveu entre os outros dançarinos até os dois se encontrarem novamente. O toque da mão dele sobre a sua causou-lhe um tremor.

Vale sorriu como se soubesse o efeito que seu toque causava nela.

— O que faria comigo, então, minha dama da noite? — Eles giraram em torno de si mesmos, unidos apenas pelas pontas dos dedos. — Vai me guiar? Me provocar? Me ensinar sobre a noite?

Mais uma vez, eles se separaram. O tempo todo, ela o observava. Os olhos dele refletiam em tons de verde e azul. Os dois avançaram, e ele inclinou a cabeça à altura do ouvido da esposa, sem que seus corpos se tocassem.

— Diga-me, senhora, terá coragem de seduzir um pecador como eu?

A respiração dela acelerou, o coração pulsou de excitação dentro do peito, mas seu semblante permaneceu sereno.

— Perguntou mesmo isso?

— Que tipo de pergunta prefere?

— Vai se deixar ser seduzido por mim?

Eles pararam ao final da dança e a música desvaneceu. Sem tirar os olhos dele, Melisande fez uma mesura. Em seguida se ergueu, ainda olhando fixamente para o marido.

Ele tomou a mão de Melisande e beijou os nós dos dedos.

— Ah, se vou — murmurou ele.

Assim que deixaram a pista de dança, eles foram cercados. Um cavalheiro trajando um dominó vermelho parou muito próximo de Melisande.

— Quem é esta criatura encantadora, Vale?

— É a minha esposa — respondeu ele, tranquilo, enquanto passava habilmente Melisande para seu outro lado — e serei grato se não se esquecer disso, Fowler.

Embriagado, Fowler caiu na risada, e outra pessoa fez um gracejo que Vale respondeu de imediato, mas Melisande não conseguia ouvir direito, tão perturbada estava com o calor dos corpos muito próximos, dos olhares indiscretos. A Sra. Redd havia desaparecido — para sempre, ela esperava.

Melisande encontrara Vale e dançara com ele, e agora tudo que mais queria era ir para casa. Mas ele começou a conduzi-la cada vez mais para o meio da multidão, a mão segurando-a pelo cotovelo com firmeza.

— Para onde estamos indo, milorde? — perguntou Melisande.

— Pensei... — Ele olhou para ela de um modo distraído. — Lorde Hasselthorpe acabou de chegar, e tenho um assunto para discutir com ele. Você não se importa, não é?

— Claro que não.

Eles se aproximaram de um grupo de cavalheiros que estava reunido na entrada do salão, visivelmente mais sóbrios do que o grupinho com quem Vale estivera antes da dança.

— Hasselthorpe! Que sorte encontrá-lo aqui — saudou Vale.

Lorde Hasselthorpe se virou, e até Melisande pôde perceber a confusão em seu rosto. Mas Vale estendeu a mão, e o outro homem foi forçado a aceitá-la para trocar um cumprimento, encarando-o, desconfiado. Hasselthorpe era um tipo desinteressante, de estatura mediana e pálpebras caídas, com bochechas encovadas e linhas de expressão ao redor da boca, o semblante sempre grave, como era devido a um membro importante do Parlamento. Ao seu lado, se encontrava o duque de Lister, um homem alto e encorpado que usava uma peruca grisalha. A alguns passos de distância, havia uma bela loura, a Sra. Fitzwilliam, que era amante de longa data de Lister. Ela não parecia estar apreciando muito o baile, sozinha como estava.

— Vale — disse Hasselthorpe devagar. — E essa é a sua encantadora esposa?

— Exato — falou Vale. — Creio que conheceu a minha viscondessa na festa que ofereceu na sua casa de campo, no outono passado.

Hasselthorpe confirmou com um murmúrio enquanto se inclinava sobre a mão de Melisande sem tirar os olhos de Vale, como se ela nem estivesse ali. Ela também olhou para o marido e percebeu que ele não estava sorrindo. Havia algo mais acontecendo ali, algo que ela não conseguia identificar exatamente, mas de uma coisa sabia: era assunto de homem.

Melisande sorriu e pousou a mão na manga de Vale.

— Acho que estou um pouco cansada, milorde. Importa-se se eu for para casa mais cedo?

Ele se virou, e ela pôde ver o conflito em seu rosto, mas então ele deu uma olhada para Lorde Hasselthorpe e sua fisionomia se suavizou. Vale se curvou sobre a mão de Melisande.

— Ficarei muito, muito desapontado, minha querida, mas não vou segurá-la.

— Boa noite, então, milorde. — Ela fez uma mesura para os cavalheiros. — Vossa Alteza. Milorde.

Os cavalheiros inclinaram a cabeça, murmurando suas despedidas.

Melisande ficou na ponta dos pés e sussurrou ao ouvido de Vale:

— Lembre-se, milorde: só falta uma noite.

Em seguida, se virou. Mas, enquanto se afastava em meio à multidão, ela ouviu o grupo que ficou para trás dizer duas palavras.

Spinner's Falls.

Capítulo Oito

Bem, dá para imaginar o que aconteceu após o anúncio do rei. Pretendentes dos quatro cantos do mundo começaram a chegar ao pequeno reino. Alguns eram príncipes, altos e baixos, acompanhados de caravanas formadas por guardas, cortesãos e criados. Outros eram cavaleiros sem reino em busca de dinheiro, trajando armaduras surradas de muitos torneios. E ainda havia alguns poucos que chegavam a pé, mendigos e ladrões sem muita esperança. Mas todos tinham uma coisa em comum: cada um deles acreditava ser capaz de vencer os desafios e se casar com a linda princesa...

— Jack, o Risonho

Para uma dama da noite, sua esposa acordou bem cedo na manhã seguinte. Jasper estava parado do lado de fora da nova sala onde era servido o café da manhã, tentando espantar a cara de sono. Melisande havia ido embora cedo do baile na noite anterior, mas, mesmo assim, era quase uma hora da manhã quando se despediu. Como, então, podia já estar acordada e, ao que parecia, fazendo o desjejum? Ele, em contrapartida, ficou por mais uma ou duas horas, tentando inutilmente convencer Lorde Hasselthorpe, que negou categoricamente a ideia absurda de um espião ter traído o regimento de seu irmão. Jasper resolveu esperar mais alguns dias antes de tentar outra investida.

Ele arregalou os olhos numa última tentativa desesperada de espantar o sono e entrou na sala do desjejum. Melisande estava sentada, com as costas eretas, cada fio de cabelo cuidadosamente preso em um coque simples no alto da cabeça, os olhos castanho-claros indiferentes e comedidos.

Ele fez uma reverência.

— Bom dia, minha senhora esposa.

Quem a visse nesta manhã, jamais iria desconfiar de que ela fosse a misteriosa mulher de dominó roxo da noite anterior. Talvez ele tivesse sonhado com aquela visão sedutora. Do contrário, como poderia explicar a dicotomia das duas mulheres ocupando o mesmo corpo?

Melisande olhou em sua direção, e, por um instante, ele viu uma fagulha da dama da meia-noite, escondida por trás daquele olhar sereno. Ela o cumprimentou com um aceno de cabeça.

— Bom dia.

O cachorro de Melisande saiu de baixo das saias da dona e lançou-lhe um olhar ciumento. Mas Jasper encarou o animal, fazendo-o recuar de volta para baixo da cadeira. Era óbvio que o cachorro o odiava, mas pelo menos eles tinham definido quem era o dono da casa.

— Dormiu bem? — perguntou Jasper enquanto se aproximava do aparador.

— Sim — ele a ouviu responder às suas costas. — E você?

O visconde olhou para o peixe na travessa sem realmente enxergá-lo e pensou no catre grosseiro no chão de seu quarto de vestir.

— Feito um defunto.

O que era verdade, presumindo-se que um defunto dormisse com uma faca embaixo do travesseiro e virasse de um lado para o outro a noite inteira. Ele espetou o peixe com um garfo e o colocou em seu prato.

Então sorriu para Melisande enquanto se aproximava da mesa.

— Você tem planos para hoje?

Ela estreitou os olhos.

— Sim, mas nada que possa interessar-lhe.

A resposta só serviu para aguçar seu interesse. Ele se sentou de frente para ela.

— É mesmo?

Melisande meneou a cabeça enquanto lhe servia uma xícara de chá.

— Vou fazer compras com a minha criada.

— Esplêndido!

Ela fitou-o, incrédula. Talvez seu entusiasmo tenha sido um tanto exagerado.

— Você não pretende ir junto, não é? — afirmou com os lábios pressionados.

O que ela diria se soubesse que sua expressão de censura só o excitava ainda mais? Com certeza ficaria horrorizada. Mas, então, Jasper se lembrou da mulher sedutora da noite anterior, aquela que lhe sussurrou um desafio ousado com um olhar determinado, e ficou se perguntando... Qual das duas era sua verdadeira mulher? A dama puritana do dia ou a aventureira da noite?

Mas ela aguardava sua resposta. Ele sorriu.

— Não consigo pensar em nada mais divertido do que uma manhã de compras.

— Não consigo pensar em nenhum outro homem que diria o mesmo.

— Então teve sorte de se casar comigo, não é mesmo?

Ela não respondeu. Em vez disso, se serviu de um pouco mais de chocolate quente.

Jasper partiu um pedaço do pão e passou manteiga nele.

— Fiquei feliz em ver você no baile ontem.

Ela enrijeceu de modo quase imperceptível. Ele não deveria fazer comentários sobre suas atividades noturnas?

— Eu ainda não tinha conhecido seu amigo Matthew Horn até ontem — comentou ela. — Vocês são próximos?

Ah, então era assim que as coisas iriam funcionar. Ela tentaria ignorar as próprias atividades noturnas. Interessante.

— Conheci Horn quando estava no Exército. Ele foi um bom camarada na época. Mas nos distanciamos desde então.

— Você nunca fala do tempo que passou no Exército.

Ele deu de ombros.

— Isso foi há seis anos.

Ela estreitou os olhos.

— Por quantos anos você serviu?

— Sete.

— E você tinha a patente de capitão?

— Isso mesmo.

— E viu muita ação.

Não foi uma pergunta, e ele não sabia ao certo se deveria se dar ao trabalho de responder. *Ação*. Uma palavra tão pequena para todo o sangue, o suor e os gritos. O estrondo dos canhões, a fumaça e as cinzas, os corpos espalhados pelo campo no fim. Ação. Ah, sim, ele tinha visto muita *ação*.

Jasper tomou um gole do chá para tirar o gosto amargo da boca.

— Eu estava em Quebec quando tomamos a cidade. Uma história que espero um dia contar para nossos netos.

Ela desviou o olhar.

— Mas não foi lá que Lorde St. Aubyn morreu.

— Não. — Ele abriu um sorriso triste. — Você acha que essa é uma conversa apropriada para se ter no café da manhã?

Mas ela não se deixou intimidar.

— Uma esposa não deveria saber tudo sobre o seu marido?

— Meu tempo de Exército não me define por completo.

— Não, mas acredito que defina uma grande parte.

E como ele poderia responder a isso? Ela estava certa. De algum modo ela sabia, apesar de ele achar que não tinha dado nenhum sinal. Melisande sabia que ele mudara, que ficara para sempre marcado e reduzido ao que tinha acontecido nas florestas do norte da América. Será que estava estampado nele como a marca do diabo? Será que ela conseguia ver quem ele era de verdade? Será que, de algum modo, ela sabia de sua maior vergonha?

Não, ela não devia saber. Se soubesse, seu rosto mostraria desprezo. Ele baixou os olhos enquanto partia o último pedaço de seu pão.

— Talvez você não queira mais me acompanhar hoje — comentou ela num tom brando.

Jasper ergueu os olhos. Que criatura astuta.

— Não me assusto tão fácil assim.

Os olhos dela arregalaram discretamente. Talvez seu sorriso tenha sido largo demais. Talvez ela tenha visto a intenção por trás. Mas ela era corajosa, a sua esposa.

— Então me conte — retomou ela — sobre o Exército.

— Não há muito o que contar — mentiu. — Eu era capitão do vigésimo oitavo regimento.

— A mesma patente de Lorde St. Aubyn — comentou Melisande. — Vocês receberam as patentes juntos?

— Sim. — Tão jovem, tão estúpido. Estava mais interessado no uniforme elegante.

— Não conheci o irmão da Emeline — disse Melisande. — Não o conheci muito bem, na verdade. Só o vi uma ou duas vezes. Como ele era?

Jasper engoliu o último pedaço de pão, tentando ganhar tempo. Lembrou-se então do sorriso torto de Reynaud, dos olhos escuros e risonhos.

— Reynaud sempre soube que um dia herdaria o condado e passou a vida inteira se preparando para esse dia.

— Como assim?

Jasper deu de ombros.

— Ele foi um menino muito sério na infância. O fardo da responsabilidade marca um homem, mesmo quando ele ainda é uma criança. Aconteceu a mesma coisa com Richard.

— O seu irmão mais velho — murmurou ela.

— Isso. Ele e Reynaud eram muito parecidos. — Os lábios de Jasper se curvaram com a antiga lembrança. — Reynaud devia ter escolhido meu irmão como amigo, não eu.

— Mas talvez Reynaud tenha visto algo em você que faltava nele.

Ele inclinou a cabeça e sorriu. A ideia de que pudesse ter um traço que seu irmão perfeito não tinha era engraçada.

— O quê?

Ela ergueu as sobrancelhas.

— A sua alegria de viver?

Jasper a encarou. Será mesmo que ela via alegria de viver na carapaça que restara dele?

— Talvez.

— Acho que era isso, sim. Você era um amigo feliz e brincalhão — disse ela, então acrescentou, quase como se falasse consigo mesma: — Como ele poderia resistir?

— Você não tem como saber disso. — Ele cerrou os dentes. — Você não me conhece.

— Não? — Ela se levantou. — Acho que ficaria surpreso se soubesse quanto o conheço. Dez minutos, então?

— O quê? — Ele foi apanhado de surpresa e olhou para a esposa com cara de bobo.

Ela sorriu. Talvez tivesse uma quedinha por bobos.

— Estarei pronta para sair em dez minutos.

Em seguida, retirou-se da sala, deixando-o confuso e intrigado.

MELISANDE ESTAVA PARADA ao lado da carruagem conversando com Suchlike quando Vale saiu pela porta da casa pouco tempo depois. Ele desceu apressado os degraus da frente e se aproximou de modo causal.

— Está pronto? — perguntou Melisande.

Vale abriu os braços.

— Estou à sua disposição, minha senhora esposa. — E acenou para Suchlike. — Você está dispensada.

A criada corou e olhou preocupada para Melisande. Suchlike costumava acompanhá-la nessas ocasiões para dar opinião e carregar os pacotes. Vale também a observava, esperando para ver se ela iria se opor.

Melisande sorriu com os dentes cerrados e meneou a cabeça para a criada.

— Talvez seja melhor ficar para cuidar daquele conserto.

Suchlike fez uma mesura e entrou na casa.

Quando Melisande voltou-se para Vale, ele encarava Rato, que estava grudado às saias da dona. Ela tratou de se manifestar antes que ele tivesse tempo de dispensar o cachorro também.

— Sir Rato sempre me acompanha.

— Ah.

Melisande assentiu, satisfeita por ter conseguido pelo menos essa concessão, e subiu os degraus da carruagem. Ela se acomodou no assento forrado de veludo, que ficava voltado para a frente, e Rato pulou ao seu lado. Vale sentou-se de frente para ela, com as pernas compridas esticadas na diagonal. O veículo parecia espaçoso — enorme — até ele entrar. De repente, o interior estava todo ocupado por cotovelos e joelhos masculinos.

Ele bateu no teto, a olhou de soslaio e a apanhou fitando suas pernas de cenho franzido.

— Algo errado?

— Não, nada.

Melisande desviou o olhar para a janela. Era estranho se ver confinada com ele num espaço tão exíguo. Era íntimo demais. Mas esse pensamento lhe pareceu esquisito. Ela se relacionara sexualmente com esse homem, dançara com ele na noite anterior e teve a audácia de lhe tirar a camisa e barbeá-lo. Mas tudo isso tinha sido feito à noite, à luz de velas. De algum modo, parecia mais fácil relaxar à noite. As sombras a deixavam mais corajosa. Talvez ela fosse uma dama da noite, de fato, como ele a chamara. Sendo assim, isso significava que ele era o senhor do dia?

Ela o observou, intrigada com a ideia. Ele costumava procurá-la durante o dia. Perseguia Melisande à luz do sol. Podia até gostar de frequentar bailes e casas de jogos à noite, mas era durante o dia que tentava desvendar seus segredos. Será que percebia que ela se sentia mais exposta à luz do dia? Ou será que era ele quem ficava mais forte durante o dia?

Ou talvez os dois?

— Você leva essa coisa para todos os lugares?

Ela olhou para ele, saindo do devaneio.

— O quê?

— Seu cachorro. — Vale apontou com o queixo para Rato, que estava encolhido no assento ao lado dela. — Ele a acompanha a todos os lugares?

— Sir Rato é um *ser*, não uma *coisa* — disse ela com firmeza. — E, sim, gosto de levá-lo a lugares de que ele possa gostar.

Vale arqueou as sobrancelhas.

— O cachorro gosta de ir às compras?

— Ele gosta de passear de carruagem. — Ela tocou no focinho macio de Rato. — Você nunca teve um animal de estimação?

— Não. Quer dizer, tive um gato quando era criança, mas ele nunca atendia quando eu o chamava e tinha mania de arranhar quando ficava irritado. Infelizmente, ele estava sempre irritado.

— Qual era o nome dele?

— Gato.

Ela o encarou. Seu rosto estava sério, mas havia um brilho diabólico nos olhos azuis.

— E você? — perguntou ele. — Você tinha algum animal de estimação quando era criança, minha bela esposa?

— Não. — Ela olhou para a janela outra vez, pois não queria recordar sua infância solitária.

Ele pareceu perceber a aversão que Melisande tinha de falar sobre aquele tempo e, pela primeira vez, não a pressionou. Ficou calado por um momento antes de dizer baixinho:

— Na verdade, o gato era do Richard.

Ela olhou para ele, curiosa.

Seus lábios se curvaram num sorriso torto como se estivesse rindo de si mesmo.

— Minha mãe não gostava muito de gatos, mas o Richard se apegou a um filhote que andava pelos estábulos e, como ele vivia doente quando era criança — ele deu de ombros —, acho que ela abriu uma exceção.

— Seu irmão era quantos anos mais velho que você? — indagou, num tom brando.

— Dois anos.

— E ele morreu com que idade?

— Não tinha nem 30. — O sorriso havia se apagado. — Ele sempre foi fraquinho, era magro e tinha problemas para respirar, mas pegou uma febre muito forte quando eu estava nas colônias e nunca se recuperou. Minha mãe não sorriu por um ano inteiro depois que voltei para casa.

— Sinto muito.

Ele virou as mãos espalmadas para cima.

— Isso foi há muito tempo.

— E seu pai já havia morrido, certo?

— Sim.

Ela olhou para ele, sentado de maneira tão desleixada na carruagem enquanto falava sobre a morte prematura do irmão e do pai.

— Deve ter sido difícil para você.

— Nunca imaginei que seria visconde, mesmo que Richard estivesse sempre doente. Acho que a família inteira sempre pensou que ele fosse viver tempo o bastante para gerar um herdeiro. — Vale olhou para ela de repente com um sorrisinho torto. — O corpo dele podia ser fraco, mas o espírito era forte. Ele se portava como um visconde; sabia como comandar.

— Assim como você — disse ela, carinhosamente.

Ele balançou a cabeça.

— Não igual a ele. Nem igual a Reynaud, aliás. Os dois eram líderes melhores do que eu.

Melisande não conseguia acreditar nisso. Vale podia até fazer troça de si mesmo, podia gostar de contar piadas e de se fazer de bobo às vezes, mas os outros homens o ouviam. Quando ele entrava em um lugar, o ambiente aquecia. Homens e mulheres sentiam-se atraídos por ele, como se fosse um pequeno sol. Queria dizer tudo isso a ele, queria dizer quanto o admirava, mas o medo de deixar escapar seus próprios sentimentos a impediu.

A carruagem diminuiu a velocidade. Ela olhou através da janela e percebeu que estavam na Bond Street.

A porta abriu, e Vale pulou para o chão antes de se virar e oferecer a mão para ajudá-la. Ela se levantou e pousou a mão sobre a dele, sentindo a força dos dedos. Em seguida, desceu da carruagem, e Rato a seguiu. A rua contava com uma porção de lojas elegantes uma ao lado da outra, e damas e cavalheiros passeavam próximo às vitrines.

— Para que lado prefere ir, querida esposa? — perguntou Vale, oferecendo-lhe o braço. — Você manda, e eu obedeço.

— Por aqui, acho — respondeu Melisande. — Primeiro quero visitar uma tabacaria, para comprar um pouco de rapé.

Ela sentiu o olhar dele.

— Você é uma dessas mulheres modernas que cheiram rapé, como a nossa rainha?

— Ah, não. — Ela torceu o nariz com a sugestão antes de se dar conta e suavizar a expressão. — É para Harold. Sempre lhe dou uma caixa do seu rapé preferido de presente de aniversário.

— Ah. Que sorte a de Harold, então.

Melisande ergueu os olhos.

— Você gosta de rapé?

— Não. — Seus olhos azul-turquesa estavam calorosos enquanto sorria para ela. — Quis dizer que ele é sortudo por ter uma irmã tão afetuosa. Se eu soubesse...

Mas suas palavras foram interrompidas por um latido agudo de Rato. Melisande olhou ao redor a tempo de ver o terrier sair correndo na direção da rua movimentada.

— Rato! — Ela avançou sem tirar os olhos do cachorro.

— Espere! — Vale a segurou pelo braço, impedindo-a de continuar.

Ela tentou se desvencilhar.

— Me solte! Ele vai se machucar.

Vale a puxou da rua justamente quando uma imensa carroça de cerveja passou trepidando.

— Antes ele do que você.

Era possível ouvir gritos do outro lado da rua, uma série de rosnados e Rato latindo enlouquecido. Melisande se virou e pousou a mão no peito de Vale, tentando mostrar seu desespero.

— Mas Rato...

Seu marido resmungou algo, então disse:

— Vou pegar a ferinha para você, não se preocupe.

Ele esperou uma carroça passar antes de atravessar a rua. Melisande conseguia ver Rato do outro lado agora, e seu coração se encheu de medo. O terrier estava brigando com um mastiff imenso, que era, no mínimo, quatro vezes maior do que ele. O mastiff deu um empurrão em Rato e tentou mordê-lo, mas este desviou, escapando por pouco da mandíbula escancarada. Em seguida, o enorme cachorro atacou outra vez, mais destemido do que nunca. Vários garotos e homens haviam parado para assistir à briga, e alguns gritavam encorajamentos ao mastiff.

— Rato! — Desta vez, ela olhou de um lado para o outro para desviar das carruagens, dos cavalos e das carroças enquanto atravessava a rua atrás de Vale. — Rato!

Vale alcançou os cães bem na hora em que o mastiff apanhou Rato com a boca, ergueu-o e começou a chacoalhá-lo. Melisande sentiu vontade de gritar, mas o som não saiu. O cachorrão ia acabar quebrando o pescoço de Rato se continuasse balançando-o daquela maneira.

Nesse momento, Vale acertou o focinho do mastiff com os dois punhos cerrados, fazendo-o recuar um passo, mas, mesmo assim, ele não soltou seu prêmio.

— Opa! — gritou Vale. — Solte o cachorro, seu filho do demônio!

Ele acertou o cachorro mais uma vez enquanto Rato girava descontrolado preso à boca do cão imenso. O golpe deve tê-lo machucado, pois o mastiff soltou Rato e, por um momento, pareceu que o animal ia atacar Vale. No entanto, o visconde desferiu um chute no flanco do cão, fazendo-o sair correndo, para decepção do público, e isso resolveu a questão. Rato ainda tentou ir atrás, mas Vale o segurou pela coleira.

— Ah, não senhor, seu pequeno idiota.

Para o horror de Melisande, Rato girou e cravou os dentes na mão dele.

— Não, Rato! — Ela tentou pegar o cãozinho, mas Vale a afastou com o outro braço.

— Não. Ele está nervoso e pode mordê-la também.

— Mas...

Ele se virou, ainda segurando o cachorro, que o mordia, e a encarou. Seus olhos exibiam um azul profundo e emanavam segurança e determinação; o rosto estava mais sério do que nunca, sombrio e marcado, sem nenhum traço de divertimento. Ocorreu-lhe nesse momento que essa deveria ser a expressão que ele estampava no rosto quando seguia para uma batalha.

Sua voz era tão fria quanto o mar do norte.

— Escute. Você é a minha esposa, e não vou permitir que se machuque, mesmo que isso faça de mim seu inimigo. E isso não é discutível.

Ela engoliu em seco e assentiu.

Ele a encarou por mais um instante, parecendo alheio ao sangue que pingava de sua mão. Então acenou com a cabeça.

— Ótimo. Afaste-se e não interfira.

Ela cruzou as mãos à frente do corpo para não ceder à tentação de pegar Rato. Apesar de saber que era um cachorro temperamental e que ninguém mais gostava dele, Melisande o amava. Ele era *seu* e lhe retribuía todo esse carinho. Mas Vale era seu marido, e ela não poderia desafiar sua autoridade — mesmo que isso significasse sacrificar seu cachorro.

Vale balançou o cão para que o soltasse, mas Rato rosnou e o abocanhou com ainda mais força. Com toda calma, enfiou o polegar livre na garganta do cachorro, fazendo-o engasgar e largar sua mão. E então, numa fração de segundo, fechou a mão ao redor do focinho dele.

— Vamos — disse Vale para ela, segurando o cachorro com as duas mãos. A multidão havia se dispersado quando a perspectiva de ver sangue acabou, e ele conduziu Melisande de volta à carruagem.

Um dos lacaios percebeu a aproximação e foi correndo ao encontro deles.

— Está ferido, milorde?

— Não foi nada — respondeu Vale. — Tem uma caixa ou uma bolsa na carruagem?

— Tem uma cesta embaixo do banco do cocheiro.

— E ela tem uma tampa?

— Sim, senhor, e é bem reforçada.

— Pegue-a, por favor.

O lacaio voltou correndo para a carruagem.

— O que você vai fazer? — perguntou Melisande.

Vale olhou para ela.

— Nada de mais. Ele precisa ficar preso até se acalmar um pouco.

Rato havia parado de rosnar, mas, de vez em quando, se contorcia com violência na ânsia de tentar se soltar. Ainda assim, Vale o manteve preso com firmeza.

O lacaio já estava com a cesta aberta quando eles se aproximaram da carruagem.

— Feche a tampa assim que eu o colocar dentro da cesta. — Vale olhou para o homem. — Preparado?

— Sim, milorde.

Tudo aconteceu muito rápido — o lacaio arregalou os olhos, Rato se debateu desesperado, e Vale ficou muito sério. Num instante, o animal estava confinado dentro da cesta, que chacoalhava violentamente nas mãos do lacaio.

— Coloque a cesta embaixo do banco — ordenou Vale ao lacaio e pousou a mão no braço de Melisande. — Vamos voltar para casa.

TALVEZ ELA FOSSE se afastar dele por causa disso, talvez passasse a odiá-lo, mas não havia outro jeito. Jasper observou a esposa; ela estava sentada de frente para ele na carruagem com as costas eretas e os ombros erguidos, mas a cabeça levemente abaixada, os olhos voltados para o próprio colo. Sua expressão era indecifrável. Não era uma mulher bonita — uma parte dele sabia muito bem disso. Vestia-se de modo recatado e sem graça; na verdade, fazia de tudo para não chamar atenção. Ele havia ficado noivo — e se deitado — com mulheres bem mais bonitas. Ela era uma mulher simples, comum.

Mas, ainda assim, lá estava ele, a mente trabalhando a todo vapor, planejando a próxima investida contra a fortaleza que protegia sua alma. Talvez isso fosse um indício de loucura, pois estava tão fascinado que era como se ela fosse uma criatura encantada de outro mundo.

— Em que está pensando? — perguntou ela, a voz tirando-o do devaneio como uma pedrinha jogada num lago.

— Estou me perguntando se você é uma fada — respondeu ele.

As sobrancelhas dela arquearam levemente.

— Você está caçoando de mim.

— De forma alguma, minha querida.

Melisande o encarou, os olhos castanho-escuros indecifráveis. Então, seu olhar pousou nas mãos dele. Jasper havia enrolado um lenço ao redor do local da mordida assim que entraram na carruagem.

Ela mordeu o lábio.

— Ainda está doendo?

Vale negou com um aceno de cabeça, apesar de a mão estar começando a latejar.

— Nem um pouco, eu lhe garanto.

Mesmo assim, ela continuou olhando preocupada para a mão dele.

— Acho melhor o Sr. Pynch enfaixá-la adequadamente quando chegarmos. Mordidas de cachorro podem ficar muito feias. Lave bem o local, por favor.

— Como desejar.

Ela olhou para a janela e entrelaçou as mãos com força sobre o colo.

— Sinto muito por Rato ter mordido você.

— Ele já fez isso com você?

Melisande o encarou, confusa.

— O cachorro já mordeu você, milady? — Se dissesse que sim, Jasper não teria outra escolha senão mandar sacrificá-lo.

Os olhos dela se arregalaram.

— Não. Ah, não. Rato gosta muito de mim. Na verdade, ele nunca mordeu ninguém mais.

Jasper abriu um sorriso irônico.

— Então acho que devo me sentir honrado por ter sido o primeiro.

— O que vai fazer com ele?

— Só vou deixá-lo de castigo por um tempo.

Mais uma vez o rosto dela se tornou inescrutável. Vale sabia quanto o vira-lata significava para ela; Melisande praticamente havia confessado que ele era seu único amigo.

Jasper se remexeu no assento.

— Onde você o encontrou?

Melisande ficou calada por tanto tempo que ele achou que ela não fosse responder.

Por fim, ela suspirou.

— Ele estava entre uma ninhada que foi encontrada no estábulo do meu irmão. O cavalariço queria afogá-los; disse que já tinha caçadores de rato o suficiente. Então colocou os filhotes dentro de um saco enquanto o ajudante pegava um balde d'água. Cheguei ao estábulo bem na hora em que os filhotes estavam fugindo. Eles se espalharam, e todos os homens começaram a correr de um lado para o outro gritando e tentando apanhar os pobrezinhos. Rato correu para mim e mordeu a barra da minha saia.

— Então você o salvou — disse Jasper.

Ela deu de ombros.

— Pareceu ser a coisa certa a fazer. Harold não ficou muito satisfeito.

Realmente, Jasper duvidava que o sujeito enfadonho que era o irmão dela ficasse contente com um cachorro circulando pela casa. Mas, provavelmente, Melisande ignorou as reclamações e simplesmente fez o que quis, e o pobre Harold acabou desistindo. Jasper começava a perceber quão assustadoramente determinada sua esposa ficava quando colocava alguma coisa na cabeça.

— Chegamos — murmurou ela.

Jasper ergueu os olhos e percebeu que eles estavam se aproximando de casa.

— Vou pedir ao lacaio que leve Rato para dentro. — E a encarou para deixar a questão bem clara. — Não o solte ou toque nele até eu dizer que faça isso.

Melisande assentiu, seu rosto tão sereno e régio quanto o de uma rainha. Em seguida, virou-se, desceu da carruagem sem esperar por ajuda e saiu andando até os degraus da frente da casa. Subiu sem pressa, de cabeça erguida, ombros empertigados e costas eretas. Jasper achou a visão estranhamente provocante.

Ele franziu o cenho, xingou baixinho e seguiu no rastro da esposa. Podia até ter ganho essa batalha, mas, de algum modo, sentia que tinha sido descaradamente manipulado.

Capítulo Nove

A princesa Liberdade observava a chegada de seus pretendentes. Estava nas ameias do castelo ao lado de Jack, o bobo da corte, a quem havia se apegado muito. Ele a acompanhava por toda parte. O bobo estava em cima de um bloco de pedra para conseguir enxergar acima da muralha, uma vez que tinha metade da altura da princesa.

— Ai de mim! — suspirou a princesa.

— Qual o problema, ó bela donzela atormentada? — perguntou Jack.

— Ah, bobo, eu gostaria que meu pai me deixasse escolher um marido que me agradasse — respondeu a princesa. — Mas isso nunca irá acontecer, não é mesmo?

— A probabilidade é a mesma de um bobo se casar com uma bela princesa — respondeu Jack...

— Jack, o Risonho

Rato estava latindo.

Melisande se retraiu quando Suchlike espetou um grampo em seu cabelo, apesar de o barulho, que vinha de três andares abaixo, estar abafado. Vale mandara prender o cão num pequeno depósito de pedra que ficava no porão. Rato começou a latir logo que foi trancado, no final da manhã — provavelmente quando percebeu que não seria solto tão cedo. Desde então, latia sem parar. Já era noite agora. Vez ou outra ele parava como se para ouvir se o socorro estava a caminho, mas, quando percebia que não havia ninguém, começava novamente. E o latido parecia cada vez mais alto.

— Ele é pequeno, mas é barulhento, não é? — comentou Suchlike, sem parecer muito incomodada com a barulheira.

Talvez a criadagem não estivesse sendo tão afetada quanto Melisande imaginava.

— Ele nunca ficou preso antes.

— Vai fazer bem para ele, então. — Suchlike espetou outro grampo e recuou um passo para analisar seu trabalho. — O Sr. Pynch disse que logo vai acabar ficando maluco — comentou ela, como se estivesse se divertindo com a insanidade do valete.

Melisande arqueou a sobrancelha.

— Lorde Vale já voltou?

— Sim, milady. Deve fazer cerca de meia hora. — Suchlike começou a arrumar a penteadeira.

Melisande se levantou e vagou pelo quarto. O latido de Rato parou de repente, e ela prendeu a respiração.

Mas, em seguida, o cachorro voltou a latir.

Vale a proibira de ver Rato, mas, se isso continuasse, ela não sabia se conseguiria se conter. Era muito difícil suportar a angústia do animal.

Alguém bateu à sua porta.

Ela se virou.

— Entre.

Vale abriu a porta. Mesmo tendo voltado para casa há pouco, parecia, pelos cabelos úmidos, ter tido tempo de tomar um banho e trocar de roupa.

— Boa noite, minha senhora esposa. Você poderia me acompanhar a uma visita ao prisioneiro?

Ela ajeitou as saias e assentiu.

— Sim, claro.

Ele deu um passo para o lado, e ela seguiu à frente rumo à escadaria. Quanto mais desciam, mais alto os latidos se tornavam.

— Tenho um pedido a lhe fazer, milady — disse Vale.

— Peça.

— Gostaria que me deixasse lidar com o cachorro.

Melisande pressionou os lábios. Rato sempre obedecera apenas a ela. E se o terrier tentasse morder Vale novamente? Seu marido parecia ser um homem gentil, mas ela desconfiava de que essa gentileza não passasse de uma camada superficial.

— Melisande?

Ela se virou para ele, que havia parado na escada, esperando por uma resposta. Seus olhos azul-turquesa pareciam brilhar nas sombras.

Melisande assentiu bruscamente.

— Como quiser.

O visconde desceu o último degrau, tomou a mão da esposa e a conduziu na direção da cozinha.

O corredor ia ficando cada vez mais escuro à medida que entravam nos domínios dos serviçais até chegarem à cozinha. O local era imenso, boa parte ocupada por uma grande lareira de tijolos, num dos cantos. Duas janelas tomavam a parede do fundo, iluminando bem o ambiente durante o dia. Naquele momento, ao pôr do sol, velas supriam a crescente falta de luz.

A cozinheira, três copeiras, vários lacaios e o mordomo estavam concentrados nos preparativos para o jantar. Quando os dois entraram, a cozinheira deixou cair a colher dentro de um caldeirão de sopa fervente, e todos os outros ficaram paralisados. O latido de Rato ecoava lá de baixo.

— Milorde — Oaks começou a dizer.

— Por favor, não quero interromper o trabalho de vocês — disse Vale. — Só vim dar um jeito no cachorro da minha esposa. Ah, Pynch.

O valete havia se levantado de uma cadeira próxima à lareira.

— Você conseguiu arrumar um pedaço de carne? — perguntou Vale.

— Sim, milorde — respondeu Pynch. — A cozinheira fez a gentileza de me dar um pedaço da carne que sobrou do jantar de ontem. — Então apresentou a carne embrulhada em um lenço.

Melisande pigarreou.

— Na verdade...

Vale olhou para ela.

— Sim, querida?

— Se for para o Rato, ele adora queijo — disse ela, como se num tom de desculpa.

— Eu me rendo à sua sabedoria superior. — Vale voltou-se para a cozinheira, que cuidava da sopa. — Você teria um pedaço de queijo?

A cozinheira fez uma mesura.

— Sim, milorde. Annie, pegue aquele queijo na despensa.

A copeira saiu correndo da cozinha e reapareceu com um queijo redondo tão grande que era quase do tamanho de sua cabeça. Em seguida, colocou-o em cima da mesa da cozinha e, com todo cuidado, abriu o pano que o protegia.

A cozinheira pegou uma faca afiada e cortou uma fatia.

— Isso é suficiente, milorde?

— Perfeito. — Vale sorriu para a mulher, fazendo as bochechas magras dela adquirirem um tom rosado. — Estarei em dívida para sempre. Agora, pode me acompanhar até o porão, Sr. Oaks?

O mordomo seguiu pela despensa até uma porta que dava para um lance curto de escada, e esta levava ao porão parcialmente subterrâneo.

— Cuidado com a cabeça — disse Vale para Melisande. Ele teve de se inclinar quase totalmente para conseguir descer a escada. — Obrigado, Oaks. Pode nos deixar.

O mordomo pareceu imensamente aliviado. A despensa era revestida de pedras frias e úmidas, as paredes, com prateleiras que guardavam todos os tipos de alimentos e vinho. Num canto, havia uma portinhola de madeira que dava para o local onde Rato foi aprisionado. O cão havia parado de latir ao ouvir o barulho dos passos na escada, e Melisande podia imaginá-lo parado atrás da porta com a cabeça inclinada para o lado.

Vale olhou para Melisande e pousou um dedo na própria boca.

Ela assentiu, pressionando os lábios.

Ele sorriu e abriu a portinhola do porão. No mesmo instante, um focinho surgiu na fresta. Vale agachou e ofereceu um pedacinho do queijo.

— Agora, Sir Rato — murmurou Vale enquanto segurava o pedaço de queijo com seus dedos longos e fortes. — Já pensou sobre os seus pecados?

O focinho remexeu. Rato pegou o queijo com cautela da mão de Vale e desapareceu.

Melisande esperava que Vale fosse entrar no porão apertado, mas ele apenas aguardou, agachado no piso de pedra como se tivesse todo o tempo do mundo.

Segundos depois, o focinho preto reapareceu, balançando. Desta vez, Vale segurou o queijo fora do alcance do cão.

Melisande prendeu a respiração. Rato sabia ser teimoso quando queria. Por outro lado, era louco por queijo. O cachorro abriu um pouco mais a portinhola com o focinho. Cão e homem se encararam por um momento antes de Rato seguir até Vale e pegar o segundo pedaço. Ele recuou alguns passos logo depois, virou de costas e engoliu. Em seguida, Vale colocou outro pedaço na palma da mão, apoiada sobre o joelho. Rato avançou e pegou o queijo, hesitante.

No momento em que voltou para pegar mais, Vale acariciou a cabeça do cão. Rato não pareceu se importar com o toque enquanto comia — ou nem o notou. O visconde tirou do bolso uma tira de couro comprida, com um laço em uma das pontas, e o deslizou com destreza ao redor do pescoço do cachorro assim que Rato voltou para comer mais. Deixou o laço folgado e, em seguida, ofereceu-lhe outro pedaço.

Quando terminou de comer o queijo todo, Rato já permitia que Vale acariciasse seu corpo pequeno. O visconde se levantou e bateu na própria coxa.

— Vamos.

E então se virou e deixou a despensa. Rato lançou um olhar confuso para Melisande, mas, como estava preso à outra ponta da guia, se viu obrigado a segui-lo.

Melisande balançou a cabeça, admirada, e os acompanhou. Vale passou pela cozinha e saiu pela porta dos fundos, onde soltou a guia o suficiente para permitir que Rato fizesse suas necessidades.

Depois que o cachorro terminou, Vale puxou a guia e sorriu para Melisande.

— Vamos jantar?

Só lhe restou assentir. Gratidão inundava seu peito. Vale havia adestrado Rato, mostrado para o cão quem mandava, e tudo sem machucá-lo. Eram poucos os homens que se dariam ao trabalho de fazer o mesmo, ainda mais sem bater no animal. O que fez exigia inteligência, paciência e muita compaixão. Compaixão por um cão que o mordera nessa mesma manhã. Se já não o amasse, teria se apaixonado nesse momento.

RATO ESTAVA DEITADO aos pés de Jasper, embaixo da mesa. Com a guia presa ao redor do pulso, ele sentira o puxão quando o animal fez algumas tentativas frustradas de se aproximar da dona, mas agora o cachorro descansava com a cabeça entre as patinhas e soltava um suspiro dramático de vez em quando. Jasper sentiu um leve sorriso se abrir em seu rosto. Agora entendia por que Melisande era tão apegada à ferinha. Rato tinha uma presença marcante.

— Você pretende sair hoje de novo? — perguntou Melisande do outro lado da mesa.

Ela o observava por cima da borda da taça de vinho, as pálpebras semicerradas e um olhar misterioso.

Jasper deu de ombros.

— Talvez.

E baixou os olhos enquanto cortava a carne em seu prato. Será que ela estava curiosa para saber por que ele saía tanto e ficava fora até altas horas da madrugada? Ou será que simplesmente o via como um bêbado fanfarrão? Que péssima impressão. Pior ainda, considerando que ele nem gostava das casas de jogos e dos bailes que costumava frequentar. Vale simplesmente odiava mais as horas escuras da noite.

— Você poderia ficar em casa — sugeriu Melisande.

Ele olhou para ela. Sua expressão era branda, os movimentos, lentos, enquanto ela tirava um pedaço do pão e passava manteiga nele.

— Gostaria que eu ficasse? — perguntou ele.

Melisande ergueu as sobrancelhas, mas seus olhos ainda estavam voltados para o pão.

— Talvez.

Vale sentiu um aperto no estômago só de ouvir essa palavra sutilmente provocante.

— E o que vamos fazer, esposa querida, se eu ficar aqui com você?

Ela deu de ombros.

— Ah, tem tantas coisas que poderíamos fazer.

— Como o quê?

— Poderíamos jogar baralho.

— Com apenas dois jogadores? O jogo não seria muito interessante.

— Damas ou xadrez?

Ele arqueou uma sobrancelha.

— Podemos conversar — sugeriu ela, baixinho.

Jasper tomou um gole de vinho. Ele a perseguia durante o dia, mas por algum motivo a simples ideia de passar a noite conversando o deixou desconfortável. Seus fantasmas se tornavam mais agressivos à noite.

— Sobre o que gostaria de conversar?

Um lacaio trouxe uma travessa de queijos e morangos frescos e a colocou entre os dois. Melisande não se moveu — suas costas, como sempre, continuaram militarmente eretas —, mas Jasper teve a impressão de que ela se inclinou um pouquinho para a frente.

— Você poderia me contar sobre a sua juventude.

— Ah, um assunto um tanto entediante — ele tocou distraído a taça de vinho —, tirando a ocasião quando Reynaud e eu quase nos afogamos no lago St. Aubyn.

— Eu adoraria ouvir sobre isso. — Ela ainda não havia pegado um morango.

— Estávamos em uma fase perigosa da vida — Jasper começou a contar. — Tínhamos 11 anos, para ser mais exato. Um verão antes de sermos mandados para o colégio interno.

— É mesmo? — Ela escolheu um morango e o colocou em seu prato. A fruta não era nem grande nem pequena demais, mas estava perfeitamente vermelha e madura. Cutucou-a com a ponta do dedo como se para saborear a antecipação de comê-la.

Jasper tomou um pouco de vinho. Sua garganta tinha ficado subitamente seca.

— Eu tinha fugido do meu tutor naquela tarde.

— Fugido? — Ela virou o morango no prato.

Ele observou enquanto ela mexia na fruta e imaginou aqueles dedos em um lugar totalmente diferente.

— Meu tutor era um homem velho, e não era preciso me esforçar muito para enganá-lo.

— Coitado — disse Melisande e deu uma mordida no morango.

Por um momento, ele ficou sem ar e todos os pensamentos coerentes lhe escaparam. Então pigarreou, mas sua voz continuava rouca.

— Sim, mas o pior é que Reynaud também havia fugido.

Ela engoliu.

— E...?

— Infelizmente, combinamos de nos encontrar no lago.

— Infelizmente?

Jasper se encolheu com a lembrança.

— De alguma forma, acabamos tendo a ideia de construir uma jangada.

As sobrancelhas de Melisande se ergueram, delicadas asas castanho-claras.

Ele espetou um pedaço de queijo com a faca e o levou à boca.

— No fim das contas, descobrimos que construir uma jangada com galhos caídos e pedaços de cipó é bem mais difícil do que se pode imaginar. Especialmente para um garoto de 11 anos.

— Sinto uma tragédia se anunciando. — Sua expressão era séria, mas seus olhos pareciam rir dele.

— E está certa. — Jasper pegou um morango e torceu o cabinho entre os dedos. — À tarde, já estávamos cobertos de lama, suados e ofegantes, mas não sei como tínhamos conseguido construir uma geringonça de meio metro quadrado, apesar de não ter ficado muito quadrada.

Melisande mordeu o lábio para conter a risada.

— E...?

Ele apoiou os cotovelos na mesa, ainda segurando o morango, e assumiu uma expressão solene.

— Em suma, duvido que aquela coisa que construímos pudesse flutuar na água, mesmo sem peso. Claro que a ideia de testar *antes* de tentar sair navegando nunca passou pelas nossas cabeças.

Ela sorriu, já sem conseguir conter a risada, e ele sentiu uma vibração de felicidade. Fazer essa mulher perder a compostura, fazê-la expressar alegria, não era nada fácil. E o mais surpreendente foi o prazer que sentiu por fazê-la sorrir.

— Acho que o desfecho não poderia ter sido outro. — Ele se inclinou sobre a mesa e enfiou o morango na boca ainda sorridente dela, fazendo os lábios levemente rosados se entreabrirem para morder a fruta. Ele sentiu as partes baixas enrijecendo e ficou observando a boca de Melisande enquanto ela mastigava. — Fracassamos de primeira, mas a instabilidade da jangada acabou nos salvando.

Melisande engoliu.

— Como assim?

Jasper deixou de lado o cabinho do morango e cruzou os braços sobre a mesa.

— Estávamos a menos de um metro da margem quando afundamos. Caímos sobre as plantas aquáticas, com a água na altura da cintura.

— Só isso?

Ele sentiu o cantinho de sua boca se erguendo.

— Bom, teria sido se Reynaud não tivesse conseguido cair quase em cima do ninho de uma gansa.

Melisande estremeceu.

— Caramba...

Jasper meneou a cabeça.

— Caramba mesmo. A ave achou que estávamos invadindo a casa dela no lago e correu atrás de nós quase até o solar dos Vale. E, lá, meu tutor nos apanhou no flagra e me deu uma bengalada tão forte que eu mal consegui sentar por uma semana. Desde então, não gosto muito de ganso assado.

Por um momento, ele encarou aqueles olhos castanhos risonhos, a sala em silêncio, os criados em algum lugar no corredor, do lado de fora do cômodo. Jasper podia sentir o ar entrando pelas narinas, sentir o tempo que pareceu parar enquanto olhava nos olhos da esposa. Era como se estivesse à beira de um precipício; uma virada em sua vida, um novo modo de sentir ou pensar — ele não sabia ao certo, mas estava bem ali na sua cara. Tudo que precisava fazer era dar um passo à frente.

Mas foi Melisande quem se moveu. Ela empurrou a cadeira e se levantou.

— Obrigada, milorde, pela história muito divertida. — E saiu andando na direção da porta da sala de jantar.

Jasper piscou.

— Já vai me deixar?

Ela parou, com as costas muito eretas ainda viradas para ele.

— Eu esperava que pudesse me acompanhar. — Então olhou por cima do ombro, com a expressão muito séria, misteriosa e levemente provocadora. — As minhas regras acabaram.

E fechou a porta silenciosamente depois de sair.

MELISANDE O OUVIU praguejar baixinho e, em seguida, um latido agudo soou atrás dela enquanto deixava a sala de jantar. Ela sorriu. Com certeza Vale havia se esquecido de que a guia de Rato estava presa em seu punho. Ela subiu os degraus rapidamente, sem olhar para trás. Sentia a pulsação ritmada, ciente de que ele poderia estar vindo atrás, e pensar nisso a fez acelerar o passo enquanto subia pelas escadas.

Passos pesados ressoavam às suas costas, ficando cada vez mais próximos. Ele devia estar subindo dois degraus de cada vez. Melisande alcançou a porta de seu quarto, ofegando levemente de excitação, e a abriu. Adentrou o cômodo vazio e correu para perto da lareira, onde deu meia-volta.

Pouco depois, Vale entrou no quarto.

— O que fez com Rato? — Foi difícil manter a voz firme.

— Eu o entreguei a um lacaio. — Ele trancou a porta.

— Entendi.

O visconde voltou-se para ela e parou, a cabeça inclinada. Parecia esperar que ela desse o primeiro passo.

Melisande respirou fundo e avançou devagar.

— Ele costuma dormir comigo, sabe.

Ela pegou as beiradas do paletó dele e começou a tirar a peça pelos braços.

— Aqui no quarto?

— Na minha cama. — Colocou com todo cuidado o paletó sobre uma cadeira.

— Ah. Claro. — As sobrancelhas dele se uniram como se a estivesse analisando.

— Claro — repetiu ela baixinho, tirando-lhe o lenço do pescoço e deixando-o sobre o paletó. Suas mãos tremiam como se ela sofresse de uma paralisia.

— Na cama.

— Sim. — Desabotoou o colete.

Vale balançou os ombros para tirar a peça e a deixou cair no chão. Ela deu uma olhada e decidiu deixar onde estava. Em seguida, começou a lidar com a camisa.

— Pensei que... — Ele parou, parecendo ter perdido a linha de raciocínio.

Melisande tirou a camisa pela cabeça dele e o encarou.

— Sim?

Vale pigarreou.

— Talvez devêssemos nos sentar.

— Por quê? — Melisande não ia deixá-lo escapar como fez na noite de núpcias. Pousou a ponta dos dedos no peito dele e desceu suavemente pelo abdome, saboreando a liberdade de tocar a pele nua.

A sensação o fez encolher a barriga.

— Ah...

A mão dela desceu até a calça e encontrou os botões.

— Devagar.

— Você acha que deveríamos ir mais devagar? — perguntou ela, baixinho, enquanto abria os botões.

— É que...

— Sim? — A aba frontal da calça caiu, solta.

— Ah...

— Ou não? — Ela enfiou a mão por dentro da roupa íntima dele e o encontrou rijo e pesado, esperando por ela. Sentiu-se umedecer de ansiedade. Nesta noite, ele seria seu do jeito que *ela* sempre quis.

Ele fechou os olhos como se estivesse em agonia e falou com toda clareza:

— Não.

— Ótimo — murmurou ela. — Concordo.

Melisande enfiou a outra mão dentro da calça.

Vale oscilou um pouco antes de firmar os pés.

Ela logo se viu no meio da descoberta. Havia parado de tremer agora que tocava a parte mais íntima do corpo do marido. Os cachos roçavam o dorso de seus dedos enquanto sentia o calor dele sob a palma. Fechou a mão esquerda ao redor da extensão e explorou a pele macia com a direita, os músculos dele rijos como granito, sentindo as elevações das veias e a enorme cabeça arredondada. Deslizou a ponta dos dedos pela glande, pele sensível contra pele sensível, e encontrou a pequena fenda e a umidade que pingava dali. Com pequenos movimentos circulares, esfregou a umidade no topo enquanto o apertava com a mão esquerda.

— Ah, meu Deus — suplicou Vale. — Você me deixa fraco, minha senhora esposa.

Melisande sorriu, um sorriso secreto de triunfo, e ficou na ponta dos pés, sem soltar o pênis.

— Beije-me, por favor.

Ele abriu os olhos e a encarou quase enlouquecido. Então, a segurou pelos braços e abaixou a cabeça para beijá-la, entreabrindo a boca úmida, um pouco desesperado, do jeitinho que ela o queria. Melisande emitiu um sussurro de prazer e o segurou firme. Ele gemeu e enfiou a língua em sua boca. Ainda explorando o pênis, ela sugou a língua dele, sentindo as mãos imensas descerem para sua bunda e a apertarem. Um tremor de puro prazer correu por seu corpo.

Ele se afastou de repente, arfando.

— Minha querida, talvez devêssemos...

Não. Ela puxou a calça dele para baixo, fazendo-a deslizar pelos quadris, e examinou aquela ereção linda. Seus músculos internos se contraíram com a visão.

— Melisande...

O pênis estava vermelho escuro, orgulhoso e ereto, as bolas retraídas e firmes. Ela pousou o polegar abaixo da glande, naquela pequena reentrância sensível, na parte inferior.

— O quê?

— Você não...?

Ela ergueu os olhos. Seu marido parecia um pouco atordoado.

— Não — disse ela com firmeza e se inclinou para a frente para lamber o mamilo esquerdo dele.

Ele estremeceu e a puxou para mais perto. Com os corpos muito próximos, Melisande renunciou ao seu prêmio e pousou as mãos espalmadas no peito dele antes de empurrá-lo de costas para uma cadeira. Vale tropeçou e se abaixou impaciente para tirar a calça e a roupa de baixo, depois as meias e os sapatos. Sentou-se esplendidamente nu na cadeira e só então pareceu se dar conta de que ela ainda estava vestida.

— Mas...

— Shh. — Ela pousou um dedo na boca do marido, sentindo o hálito contra sua pele e a maciez acetinada dos lábios.

Vale fechou a boca, e ela recuou, levando as mãos às fitas do espartilho. Ele assistiu atento enquanto ela tirava as próprias roupas. O quarto estava silencioso, salvo pelo estalo do fogo e a respiração ruidosa dele. A luz que emanava da lareira realçava o corpo grande de Vale, os ombros mais largos do que o encosto da cadeira. Os dedos longos seguravam firme os braços da cadeira, como se estivesse se contendo. Os músculos dos braços estavam inflados de tensão. E na parte inferior...

Ela prendeu a respiração enquanto se livrava das saias. As coxas firmes dele sustentavam a ereção, que apontava agressivamente para o alto. A visão deixou suas pernas bambas, e sua intimidade, quente e úmida. Seus olhares se encontraram, e ele já não parecia mais estar atordoado. Na verdade, a encarava decidido, concentrado, sem nenhum traço de sorriso na boca grande e expressiva.

Melisande respirou fundo para se acalmar e deixou o espartilho cair no chão. Agora, vestia apenas uma camisola tão fina quanto a asa de uma libélula. Ele começou a se levantar da cadeira ao notar sua aproximação, mas ela o impediu pousando uma das mãos no ombro dele e um joelho ao lado do quadril.

— Você se importa? — perguntou ela.

E se sentiu satisfeita por ele ter precisado pigarrear.

— Nem um pouco.

Ela assentiu e ergueu a barra da camisola até a altura dos quadris antes de subir na cadeira para se encaixar com todo cuidado no colo dele. Então soltou a roupa e sentou. Por um momento, tudo que conseguiu fazer foi deleitar-se com o calor das coxas dele em seu traseiro, os pelos fazendo cócegas em suas partes mais íntimas.

Então ela sorriu e envolveu o pescoço dele com os braços.

— Você poderia me beijar?

— Deus, sim — rosnou ele.

E a apertou contra o peito, os braços fortes enlaçando suas costas. Melisande quase riu; era maravilhoso finalmente estar nos braços dele dessa maneira. Mas então seus lábios se aproximaram, e toda a graça desapareceu. Vale a beijou como se estivesse faminto, como se ela fosse o primeiro pedaço de pão que via em semanas. A boca do marido era grande e movia-se sobre a sua, arfando, mordiscando seus lábios. As mãos a seguravam com firmeza, e ela desconfiou de que acordaria cheia de hematomas no dia seguinte.

Melisande se ergueu um pouco, se aproximando da pelve dele e fazendo-o congelar, os lábios ainda unidos, como se estivesse esperando para descobrir qual seria o próximo passo que ela daria. Ela avançou para a frente até a ereção se encaixar sob seu corpo, prendendo-a firmemente entre os dois. Então, começou a se esfregar lentamente contra ele. A cabeça do pênis deslizou por sua intimidade até chegar ao seu ponto mais sensível, e Melisande fechou os olhos diante da sensação maravilhosa.

Vale interrompeu o beijo e tentou colocar a mão entre os corpos.

— Não. — Ela abriu os olhos e o encarou, séria. Em seguida, pressionou-se contra ele novamente.

O rosto de Vale estava ruborizado, os lábios, úmidos. As longas linhas de expressão ao redor da boca se intensificaram tanto que seu rosto parecia triste.

Melisande deslizou pela extensão dele novamente, sentindo o calor aumentar, a pele escorregadia agora. Ainda o encarava, desafiando-o a detê-la.

Em vez disso, ele ergueu as mãos e cobriu os seios dela.

— Vai, agora.

De joelhos na cadeira, ela ergueu o quadril e pressionou o clitóris contra ele novamente, ofegante. Vale acariciou seus mamilos e a observou arfar e arquear as costas para trás. O pênis escorregou para o lado, e ela levou a mão freneticamente até o membro para mantê-lo no lugar que queria. E deslizou por ele outra vez. Podia sentir a intimidade inchada sob seus dedos e imaginou seu sexo, vermelho e úmido, se abrindo e o envolvendo. Esfregou a cabeça do pênis contra o clitóris, mordendo o lábio em busca daquela sensação.

Então ele se inclinou para a frente e sugou um mamilo com a boca quente e úmida, e ela se atirou do alto do penhasco. Correndo, ofegante, ela se despedaçou no espaço. A camisola rasgou como se fosse de papel sob a língua que sugava com força seu mamilo. Ela o observava com os olhos semicerrados, a cabeça arqueada para trás de prazer. *Vale.* Seu corpo estremecia, tremia, pairando entre o céu e a terra, sem querer voltar.

As mãos dele começaram a acariciá-la, subindo e descendo por suas costas, e ela tremeu nos braços dele, a respiração desacelerando, apesar da crescente necessidade de senti-lo dentro de si. Vale se ajeitou e a segurou pela cintura, erguendo-a com a maior facilidade e posicionando o pênis abaixo dela, bem na sua entrada. Melisande ergueu a cabeça e se deparou com o olhar implacável dele. Ele a penetrou, abrindo caminho, fazendo-a vibrar com prazer renovado. Ela inclinou a pélvis e desceu, sentindo toda a extensão entrar, acomodando-se firmemente no pênis. Fêmea com macho. Esposa com marido.

Os dois ainda se encaravam, e ela se perguntou no que ele estaria pensando — se estava surpreso, satisfeito ou insatisfeito. Ou talvez nem estivesse pensando. A boca grande de Vale estava quase contorcida, os olhos, semicerrados, e uma gota de suor escorria pelo queixo. Talvez nem precisasse pensar. Talvez só estivesse sentindo.

E foi o que ela fez. Melisande se inclinou para a frente e lambeu a gota de suor, sentindo o gosto de sal e de homem — do *seu* homem. Segurou, então, o rosto dele com as mãos e mordiscou o lábio inferior. Ele gemeu e apertou sua cintura, erguendo-a e retirando o pênis de dentro dela para, logo em seguida, soltá-la novamente sobre o corpo dele.

Melisande queria rir, queria cantar. Estava voando livre, finalmente livre, enquanto fazia amor com o homem que amava. Mexeu os quadris quando seu corpo abaixou novamente, e ele puxou o lábio que estava preso entre os dentes dela para praguejar baixinho. Vale começou a se mover sob o corpo dela, avançando como uma onda, enterrando o pênis com força como se quisesse marcá-la.

Ela agarrou os ombros largos dele e segurou firme. Suas pernas estavam abertas, os seios balançavam, e a boca beijava, lambia, mordiscava o rosto dele enquanto Vale a penetrava com estocadas intensas, profundas.

Até que todos os músculos do corpo dele retesaram ao mesmo tempo. Vale balançou a cabeça, cerrando os dentes, o corpo rígido, e ela sentiu o jato quente da semente dele invadindo seu corpo. Ele deu uma estocada. Outra. Então exalou como se todo o ar estivesse fugindo do corpo de uma só vez.

Ela deixou uma trilha de beijos pelo rosto dele, descendo em direção ao queixo enquanto observava seu marido relaxar, pouco a pouco, após terem feito amor. As mãos escorregaram de sua cintura. A cabeça recostou no encosto da cadeira. Mesmo assim, ela não parou de beijá-lo. No pescoço, na orelha, no ombro. Beijos suaves e delicados. *Vale. Vale. Vale.* Não podia dizer em voz alta o que seu coração cantava, mas podia venerá-lo com a boca. O corpo dele estava quente, o peito, úmido sob a palma de sua mão. Ela sentia o cheiro de sexo em seus corpos. Tudo parecia tão certo como nunca havia sido antes. Todos os diversos fragmentos de sua vida — de seu mundo — estavam no lugar que deveriam estar, todos alinhados em perfeita harmonia. Em paz.

Ela seria capaz de permanecer ali para sempre.

Mas ele se mexeu e retirou sua carne de dentro dela. Melisande reprimiu um lamento de desamparo, pois ele começou a se levantar e a colocou na cama, depois se inclinou para beijá-la carinhosamente nos lábios. Em seguida, se virou e seguiu para o próprio quarto pela porta adjacente.

Nem chegou a ver os braços dela estendidos em sua direção.

Capítulo Dez

No dia que os desafios começariam, centenas, talvez milhares, de homens esperançosos se posicionaram além das muralhas do castelo. Um palanque alto foi construído para que o rei pudesse falar com os pretendentes e explicar como tudo funcionaria. Haveria três desafios ao todo para que o futuro marido da princesa fosse realmente testado. O primeiro era achar e trazer um anel de bronze que se encontrava no fundo de um lago fundo e gelado. E neste lago vivia uma serpente gigante...

— Jack, o Risonho

Melisande acordou sozinha na cama. Suchlike devia ter deixado Rato entrar no quarto durante a noite, pois ele estava encolhido aos pés da cama. Ela permaneceu deitada por algum tempo, olhando para o dossel de seda, tentando decifrar suas emoções. A noite de amor que teve com Vale foi maravilhosa — em sua opinião, pelo menos. Será que o marido a tinha abandonado depois de tudo porque se assustou com sua ousadia? Ou será que, para ele, a noite não passara de um ato físico e, por isso, não sentiu necessidade de ficar deitado a seu lado? Não era exatamente isso que ela queria? Compartilhar com Vale a parte física do casamento sem se envolver emocionalmente? Melisande suspirou alto, frustrada. Pelo jeito, já não sabia mais o que queria.

Aos pés da cama, Rato se levantou e se espreguiçou, empinando o traseiro para o alto. Então andou suavemente em sua direção e lhe cutucou a mão.

— O que você acha, Sir Rato? — inqueriu Melisande enquanto acariciava as orelhas macias do cão. — Ele adestrou você direitinho?

Rato sacudiu o corpo inteiro, pulou da cama e seguiu até a porta, deixando claro quais eram suas intenções ao arranhar a madeira com a patinha.

Melisande soltou um suspiro e jogou as cobertas para o lado.

— Está bem então. Acho que não vou conseguir as respostas para as minhas perguntas se continuar deitada, de qualquer forma.

Em seguida, tocou a sineta para chamar Suchlike e começou a se lavar com a água gelada do jarro que estava em cima da penteadeira. Com a ajuda da criada, se vestiu rapidamente e em pouco tempo já estava descendo a escada com Rato. Antes de seguir para a sala do desjejum, deixou o cão aos cuidados de Sprat e se preparou para encontrar Vale.

Mas a sala estava vazia. Melisande hesitou na soleira antes de entrar. A mesa estava vazia e limpa, é claro, exceto por alguns farelos que indicavam que seu marido já havia passado por ali e ido embora. Ela mordeu o lábio. Por que será que não esperou por ela?

— Devo trazer o chocolate quente, milady? — perguntou Sprat, que havia acabado de retornar com Rato.

— Sim, por favor — murmurou de modo automático. Então se virou, assustando o lacaio. — Não. Mande aprontarem a carruagem, por favor.

Sprat pareceu confuso.

— Pois não, milady.

— E diga para Suchlike me encontrar no vestíbulo.

O lacaio fez uma reverência e deixou a sala. Melisande se aproximou do aparador onde estavam alguns pães e frios, embalou alguns pãezinhos em um guardanapo e seguiu para o vestíbulo com Rato em seu encalço.

Suchlike já aguardava no vestíbulo e ergueu os olhos assim que Melisande apareceu.

— Estamos indo a algum lugar, milady?

— Imaginei que seria agradável dar um passeio no parque — disse Melisande, rapidamente, antes de olhar para Rato, que estava sentado, tranquilo, a seus pés. Ele retribuiu o olhar inocentemente. — Sprat, creio que vamos precisar da guia de Rato também.

O lacaio correu até a cozinha para pegar a guia e, pouco depois, já estavam todos na carruagem, a caminho do Hyde Park.

— O dia está muito bonito, não é mesmo, milady? — comentou Suchlike. — Céu azul e ensolarado. Mas, claro, o Sr. Pynch disse para aproveitarmos enquanto ainda podemos, pois logo vai chover. — A criada franziu as sobrancelhas. — Ele está sempre prevendo mau tempo, o Sr. Pynch.

Melisande olhou para a criada, achando graça na reação dela.

— Tipinho taciturno, não é?

— Taciturno?

— Sinistro e carrancudo.

— Ah, sim. — A criada amenizou a expressão. — Bem, ele é sinistro mesmo, mas carrancudo nem tanto, já que está sempre olhando para as pessoas com o nariz empinado, se entende o que quero dizer.

— Entendo. — Melisande assentiu. — Um tipo superior, então.

— Isso mesmo, milady, exatamente isso! — exclamou Suchlike. — Ele age como se os outros não fossem tão inteligentes quanto ele. Ou só porque uma pessoa é mais jovem do que ele, acha que ela não sabe tanto quanto ele.

Suchlike ficou ruminando sobre o valete soberbo, e Melisande a observou com interesse. A dama de companhia costumava ser uma garota sempre feliz. Nunca a vira aborrecida — muito menos por causa de um valete careca doze anos mais velho do que ela.

— Chegamos ao Hyde Park, milady — disse Suchlike.

Melisande ergueu os olhos e viu que haviam entrado no parque. Era cedo, por isso o lugar ainda não estava lotado com as carruagens elegantes que costumavam desfilar por lá. Naquele momento, havia apenas alguns cavaleiros, poucas carruagens e várias pessoas caminhando ao longe.

A carruagem parou. A porta se abriu e um lacaio espiou o interior.

— Aqui está bom, milady?

Eles estavam próximos a um laguinho de patos. Melisande assentiu.

— Muito bom. Diga ao cocheiro para esperar aqui enquanto passeamos.

— Pois não, milady. — O lacaio ajudou Melisande e Suchlike a descerem. Rato pulou da carruagem, saiu correndo em direção a um arbusto e ergueu a patinha na mesma hora.

Melisande pigarreou.

— Vamos até o lago?

— Para onde preferir, milady. — Suchlike manteve-se alguns passos atrás de Melisande.

A viscondessa suspirou. Era apropriado que a criada seguisse sua senhora em vez de caminhar a seu lado, mas isso impedia qualquer tipo de conversa mais íntima. No entanto, o dia estava mesmo muito bonito, e ela saiu andando, determinada. Por que esperar em casa por um marido que tinha uma vida própria que não a incluía? Não, ela iria aproveitar o dia, aproveitar o passeio sem *nem* pensar em Vale ou em por que ele não havia esperado por ela durante o café da manhã.

Entretanto, Melisande acabou descobrindo que era muito difícil passear tranquilamente com Rato. O terrier caminhava acelerado, com a guia esticada, suas patinhas fortes abrindo buracos no chão como se ele lutasse por cada passo que dava. Na verdade, ele puxava a guia com tanta força que quase se estrangulava com a coleira.

— O que você pensa que está fazendo, seu animalzinho bobo? — murmurou Melisande enquanto o cachorro sufocava e tossia dramaticamente. — Se parasse de puxar, você ficaria bem.

Rato nem se virou ao ouvir a voz dela de tão concentrado que estava na luta contra a guia de couro trançado.

Melisande suspirou. Eles se encontravam numa parte praticamente deserta do parque. Na verdade, as únicas pessoas à vista eram uma mulher e duas crianças próximas ao lago, mais adiante. E Rato sempre adorou crianças...

Ela se inclinou para soltar a guia do pescoço dele.

Na mesma hora, o cão encostou o focinho no chão e começou a correr em círculos.

— Rato — chamou Melisande.

Ele parou e olhou para ela com as orelhas erguidas.

Melisande sorriu.

— Muito bem.

Rato abanou o rabo e saiu correndo para explorar a base de uma árvore.

— Pelo jeito ele adora passear, não é mesmo, milady? — indagou Suchlike, um pouco mais atrás.

— Sim, e já faz algum tempo que ele não sai para dar uma volta.

Melisande podia andar com mais facilidade agora que Rato já não a puxava mais. Ela abriu o guardanapo e ofereceu um pãozinho para Suchlike.

— Obrigada, milady.

Então seguiu andando enquanto comia. Rato correu até ela e pegou um pedacinho de pão antes de voltar a explorar o lugar. Era possível ouvir agora a risada das crianças, que estavam agachadas à beira do lago, assim como a voz baixa da mulher, um pouco mais atrás delas, mas ainda bem perto. Uma das crianças segurava um graveto longo e cutucava a lama enquanto a outra observava.

Rato viu um pato e um marreco andando pela margem e, com um latido animado, correu na direção deles. As aves saíram voando. O terrier bobo se lançou no ar, os dentes à mostra, como se realmente fosse capaz de pegar um pato voando.

As crianças olharam para o alto, e uma delas gritou. Rato entendeu isso como um convite e saiu correndo para fazer amizade. Quando Melisande chegou mais perto, percebeu que os novos amigos de Rato eram um menino, que parecia ter uns 5 anos, e uma menina de uns 8, talvez. O menino usava um conjuntinho muito lindo, mas agora estava com os braços ao redor do pescoço de Rato. Melisande se encolheu só de pensar na lama que devia estar sujando a roupa do menino. Ainda bem que a menina parecia menos entusiasmada, pois usava um vestido todo branco.

— Senhora! Senhora, como ele se chama? — perguntou o menino quando a viu. — Ele é um cachorro muito bonito.

— Você não deve gritar — repreendeu-o a irmã.

Melisande sorriu para ela.

— O nome dele é Rato, e ele é mesmo um cachorro muito bonito.

Rato pareceu sorrir antes de encostar o focinho na lama à margem do lago. Menino e cão foram brincar perto da água.

Melisande parou. Não tinha muita experiência com crianças, mas algumas coisas deviam ser universais, não? Ela acenou com a cabeça para a menina.

— E a senhorita, como se chama?

A criança ruborizou e baixou os olhos.

— Abigail Fitzwilliam — sussurrou, com os olhos voltados para os pés.

— Ah! — A mente de Melisande entrou em ação enquanto ela olhava da criança para a mãe, quem ela vira na outra noite no baile de máscaras. Helen Fitzwilliam era a amante do duque de Lister. O duque era um homem poderoso, mas não importava quão poderoso fosse; a mulher continuava a não ser bem-vista em tais situações. Ela sorriu para a filha de Helen Fitzwilliam.

— Sou Lady Vale. Como vai?

A menina ainda encarava os próprios pés.

— Abigail — chamou uma voz feminina, baixinho. — Faça uma cortesia para a dama, por favor.

A menina fez uma bela cortesia, ainda que desajeitada, mas Melisande olhava para cima. A mulher era bonita, tinha cabelos louros brilhantes, olhos azuis grandes e uma boca bem desenhada. Devia ser um pouco mais velha que Melisande, mas certamente ofuscaria tanto mulheres mais velhas quanto mais novas do que ela. Mas era de esperar mesmo que o duque de Lister escolhesse uma amante tão bela.

Melisande deveria se afastar, sem reconhecer a cortesã nem por olhar ou palavras. Pela postura da Sra. Fitzwilliam, devia ser exatamente isso que a outra mulher esperava. O olhar de Melisande voltou-se para a garotinha, que ainda encarava o chão. Quantas vezes deve ter visto a mãe sendo ignorada?

Melisande inclinou a cabeça.

— Como vai? Sou Melisande Renshaw, a viscondessa de Vale.

O rosto da Sra. Fitzwilliam foi tomado primeiro de surpresa, depois de gratidão. A mulher fez uma mesura.

— Ah! É uma honra conhecê-la, milady. Eu me chamo Helen Fitzwilliam.

Ela retribuiu o cumprimento e, quando se ergueu, percebeu que a menininha a encarava. Melisande sorriu.

— E como seu irmão se chama?

A garota olhou para trás, na direção do irmão, que estava agachado à margem do lago, cutucando alguma coisa com uma vareta. Rato farejava algo que havia encontrado, e Melisande torceu para que ele não resolvesse se deitar em alguma coisa nociva.

— Ele se chama Jamie — respondeu Abigail. — Ele gosta de coisas fedorentas.

— Hmm — murmurou Melisande. — Rato também.

— Posso ir até lá, mamãe? — perguntou a menina.

— Sim, mas tente não se sujar de lama como o seu irmão — pediu a Sra. Fitzwilliam.

Abigail pareceu insultada.

— Claro que não.

E saiu andando com todo cuidado na direção do menino e do cão.

— Ela é uma criança encantadora — comentou Melisande. Normalmente, não gostava de conversar com estranhos, mas sabia que, se ficasse calada, a outra mulher poderia entender o silêncio como um sinal de reprovação.

— Ela é, não é mesmo? — concordou a Sra. Fitzwilliam. — Sei que opinião de mãe não conta, mas sempre a achei encantadora. Eles são a luz da minha vida, sabe?

Melisande assentiu. Não sabia ao certo havia quanto tempo a Sra. Fitzwilliam era amante do duque, mas era muito provável que as crianças fossem dele. Como deveria ser estranha a meia-vida de uma concubina. Lister tinha uma família legítima com a esposa — meia dúzia de filhos e filhas já crescidos. Será que ele reconhecia Jamie e Abigail como seus filhos?

— Eles adoram o parque — continuou a Sra. Fitzwilliam. — Venho aqui com eles sempre que posso, mesmo que, infelizmente, não seja tanto quanto gostaria. Não gosto de vir quando tem muita gente.

A última parte foi dita com naturalidade, sem nenhum traço de autocomiseração.

— Por que será que garotinhos e cachorros gostam tanto de lama? — indagou Melisande, reflexiva. Abigail se mantinha afastada, mas Jamie estava em pé e pisoteava em alguma coisa na lama, espirrando sujeira para todos os lados. Rato latia.

— Pelo mau cheiro? — sugeriu a Sra. Fitzwilliam.

— Pela bagunça?

Abigail gritou e recuou com um pulo enquanto o irmão pisoteava na lama outra vez.

— Para deixar as menininhas enojadas?

Melisande sorriu.

— Isso certamente explica o fascínio de Jamie, mas não o de Rato.

Gostaria muito de poder convidar a outra mulher para um chá, percebeu ela, de repente. A Sra. Fitzwilliam era totalmente diferente do que imaginara. Não era uma mulher que esperava compaixão, tampouco parecia incomodada com a vida que levava e, para completar, tinha senso de humor. Seria uma ótima amiga.

Infelizmente, jamais poderia convidar uma libertina para um chá.

— Soube que a senhora acabou de se casar — comentou a Sra. Fitzwilliam. — Posso lhe oferecer as minhas felicitações?

— Obrigada — murmurou Melisande, franzindo o cenho ao se lembrar do modo como Jasper a abandonara na noite anterior.

— Sempre achei que deve ser difícil realmente *viver* com um homem — comentou a Sra. Fitzwilliam.

Melisande a encarou.

As bochechas da Sra. Fitzwilliam ficaram vermelhas.

— Espero que não tenha se ofendido.

— Ah, não.

— É que às vezes os homens podem ser bem distantes — disse a outra mulher, baixinho. — Como se fôssemos uma intrusa na vida deles. Mas talvez nem todos os homens sejam assim...

— Não sei — respondeu Melisande. — Só tive um marido.

— Claro. — A Sra. Fitzwilliam olhou para o chão. — Mas fico me perguntando se é possível um homem e uma mulher serem realmente unidos. No sentido espiritual, quero dizer. Os dois sexos são tão diferentes, não acha?

Melisande juntou as mãos. O conceito que a Sra. Fitzwilliam fazia de casamento era um tanto cínico, e um lado seu — o lado sensível e pragmático — estava morrendo de vontade de concordar. Mas o outro lado discordava violentamente.

— Não acho que seja sempre assim. Já vi casais muito apaixonados, tão unidos que pareciam adivinhar os pensamentos um do outro.

— E a senhora tem esse tipo de ligação com seu marido? — perguntou a Sra. Fitzwilliam. A pergunta teria sido rude se tivesse sido feita por outra mulher, mas ela parecia genuinamente curiosa.

— Não. Lorde Vale e eu não temos esse tipo de casamento.

E era isso que ela queria, não era? Já havia amado uma vez e acabara arrasada. Não aguentaria passar por esse tipo de dor novamente. Melisande foi tomada por uma pontada de tristeza, lá no fundo, enquanto reconhecia o fato de que nunca teria um daqueles casamentos gloriosos baseados no amor e na reciprocidade.

— Ah — foi tudo o que a Sra. Fitzwilliam disse.

As duas ficaram caladas, observando as crianças e Rato, até que, por fim, a Sra. Fitzwilliam olhou para Melisande e abriu um sorriso tão lindo que a deixou sem fôlego.

— Obrigada por permitir que as crianças brinquem com seu cachorro.

Quando Melisande abriu a boca para responder, ela ouviu um grito de alguém atrás dela.

— Minha senhora esposa! Que alegria encontrar você aqui.

E, ao se virar, deparou-se com Vale cavalgando na direção delas, acompanhado de outro homem.

Melisande estava tão concentrada na conversa com a outra mulher que nem notou Jasper até ele chamá-la. Enquanto se aproximava com Lorde Hasselthorpe, a outra mulher se virou e se afastou. Jasper a reconheceu. Era a Sra. Fitzwilliam, a amante do duque de Lister havia quase uma década.

O que Melisande fazia conversando com uma mulher de reputação duvidosa?

— A sua esposa faz amizade fácil — comentou Lorde Hasselthorpe. — Às vezes as jovens esposas colocam na cabeça que podem ser consideradas modernas se andarem no limite da respeitabilidade. É melhor alertá-la, Jasper.

Jasper tinha uma resposta afiada na ponta da língua, mas se conteve. Afinal, havia acabado de passar a última meia hora tentando conquistar a confiança de Hasselthorpe.

Por isso, cerrou os dentes e disse:

— Não vou me esquecer disso, sir.

— Não esqueça mesmo — insistiu Hasselthorpe, puxando as rédeas do cavalo antes de eles se aproximarem de Melisande. — Sem dúvida deve estar querendo falar com a sua esposa, portanto, acho melhor nos despedirmos aqui. Tenho muitas coisas em que pensar depois da nossa conversa.

— Isso quer dizer que vai nos ajudar a encontrar o traidor? — pressionou-o Jasper.

Hasselthorpe hesitou.

— As suas teorias parecem válidas, Vale, mas não gosto de apressar as coisas. Se meu irmão Thomas foi de fato morto por causa de algum traidor covarde, você terá a minha ajuda. Mas gostaria de pensar um pouco mais a respeito.

— Muito bem. Posso lhe fazer uma visita amanhã?

— É melhor marcarmos para depois de amanhã — respondeu Hasselthorpe.

Jasper concordou, apesar de ter odiado o adiamento. Os dois trocaram um aperto de mão, e, então, ele seguiu na direção de Melisande. Ela havia se virado e o observava, com as mãos cruzadas na altura da cintura e as costas impossivelmente eretas, como sempre. Não parecia em nada com a mulher que o seduzira com tanta habilidade na noite anterior. Por um momento, ele sentiu vontade de segurá-la pelos ombros e chacoalhá-la, fazê-la perder aquela pose impenetrável, fazer as costas dela cederem.

Mas não fez isso, é claro. Ninguém abordaria a própria esposa nesses termos em um local público, no meio da manhã, ainda que ela estivesse conversando com uma pessoa de baixa reputação.

Em vez disso, Jasper sorriu e acenou novamente.

— Saiu para dar um passeio, meu coração?

Quando Rato o viu, abandonou o menininho sujo de lama e saiu correndo na direção do cavalo de Vale, latindo como um louco. O cachorro tinha mesmo o cérebro do tamanho de uma ervilha. Felizmente, Belle só deu uma bufada para o terrier.

— Rato — disse Jasper, severo. — Sentado.

Por mais incrível que parecesse, o cão colocou o traseiro na grama.

Jasper desceu do cavalo e o encarou. Rato abanou o rabinho, mas o visconde continuou olhando fixamente para ele até o cachorro abaixar a cabeça, o rabo ainda balançando tanto que o traseiro do cachorro quase abanava junto. Rato abaixou ainda mais a cabeça, quase até o chão, e se arrastou na direção de Jasper, agachado, a boca aberta em um sorriso de submissão.

— Ah, pelo amor de Deus! — murmurou Jasper. Quem visse o comportamento do cachorro iria imaginar que ele batia no animal.

Rato tomou as palavras como uma permissão para pular, andar até ele e sentar aos seus pés, ansioso. O visconde encarou o cachorro, desconcertado. Então ouviu uma risadinha abafada. De canto de olho, viu Melisande tampando a boca com uma das mãos.

— Acho que ele gosta de você.

— Sim, mas será que eu gosto dele?

— Não importa se gosta ou não dele. — Ela se aproximou. — Ele gosta de você e pronto.

— Hmm. — Jasper voltou a olhar para o cachorro. Rato estava com a cabeça inclinada para o lado como se aguardasse instruções. — Pode ir, então.

O cachorro soltou um latido e correu em círculos ao redor de Jasper, Melisande e do cavalo.

— Era de se imaginar que ele fosse ficar com raiva de mim depois que o tranquei no porão — murmurou Jasper.

Melisande deu de ombros de um modo elegante.

— Os cães são engraçados. — Ela se inclinou e pegou um graveto. — Aqui.

Jasper deu uma olhada no graveto sujo de lama.

— Estou impressionado com a sua consideração, milady.

Ela revirou os olhos.

— Não é para você, seu tonto. É para jogar para o Rato.

— Por quê?

— Porque ele gosta de apanhar gravetos — explicou com toda paciência, como se estivesse falando com uma criancinha muito lenta.

— Ah, sim. — Jasper pegou o graveto, e Rato parou de correr no mesmo instante, olhando para o alto. O visconde jogou o graveto o mais longe que conseguiu, ciente de que estava se exibindo.

Rato correu atrás do graveto, o pegou com um pulo e começou a chacoalhá-lo vigorosamente. Então saiu andando, contornando o lago.

Jasper contraiu o cenho.

— Ele não deveria trazer de volta?

— Nunca falei que ele *soubesse* brincar de apanhar graveto.

Jasper olhou para a esposa. O clima da manhã tinha conferido um tom rosado às suas faces normalmente pálidas, os olhos brilhavam pelo gracejo, e ela estava... encantadora. Muito, muito encantadora.

Ele teve de engolir em seco para conseguir falar.

— Acaso está me dizendo que acabei de perder um excelente graveto?

Eles ouviram um estalo seco vindo do outro lado do laguinho enquanto Rato mastigava o graveto.

Melisande se encolheu.

— Acho que agora você não vai querer mais o graveto, de qualquer forma.

— Ele não vai comer, vai?

— Nunca comeu.

— Ah! — E então ele não sabia mais ao certo o que dizer, algo que raramente costumava lhe acontecer. Queria perguntar sobre o que ela estava conversando com a Sra. Fitzwilliam, mas não fazia a menor ideia de como formular a pergunta. "Você tem tido aulas de sedução com uma cortesã?" não parecia ser a melhor opção. Ele notou que a Sra. Fitzwilliam e seus filhos tinham ido embora, pois haviam desaparecido.

— Por que não me esperou para o café da manhã? — perguntou ela, quebrando o silêncio.

Eles passeavam à beira do lago agora, e Jasper conduzia seu cavalo.

— Não sei exatamente. Achei que, depois da noite passada...

O quê? Que ela iria querer um tempo sozinha? Não, isso não era verdade. Talvez tenha sido ele quem precisou ficar sozinho. E o que isso dizia sobre ele?

— Eu o desagradei?

Ele ficou tão surpreso com a pergunta que parou e a encarou. Por que ela iria pensar que o desagradou? Só de ter verbalizado esse pensamento já revelava um ponto sensível de sua alma.

— Não. Não, meu coração. Você jamais conseguiria me desagradar, nem se tentasse.

Ela franziu ligeiramente o cenho, analisando o rosto dele como se tentasse descobrir se estava mentindo.

Jasper se inclinou e murmurou:

— Você me intriga, me instiga, me excita, mas desagradar? Nunca, minha querida esposa, nunca.

Melisande prendeu a respiração e, quando falou, sua voz saiu baixa.

— Mas não foi o que você esperava.

Jasper se lembrou da esposa segurando seu pênis, segura e controlada, na noite anterior. A sensação dos dedos frios, a fisionomia determinada, quase o fez gozar naquele momento.

— Não — confessou ele, um pouco rouco. — Não era o que eu esperava. Melisande...

Um tiro disparou do outro lado do parque. Instintivamente, Jasper puxou Melisande para seus braços. Rato começou a latir, histérico. Era possível ouvir gritos e o relincho alto de um cavalo, mas era impossível enxergar o que quer que estivesse acontecendo por causa da copa das árvores.

— O que foi isso? — perguntou Melisande.

— Não sei — murmurou Jasper.

Nesse momento, um cavalheiro sem chapéu surgiu montado em um imenso cavalo preto, vindo da direção de onde ocorrera o tumulto.

Jasper se colocou à frente de Melisande.

— Ei! Você! O que aconteceu?

O homem puxou as rédeas do cavalo, fazendo-o empinar um pouco.

— Estou indo buscar um médico. Não tenho tempo.

— Alguém levou um tiro?

— Foi uma tentativa de assassinato — gritou o homem enquanto batia com as esporas no cavalo. — Alguém tentou matar Lorde Hasselthorpe!

— Mas por que alguém daria um tiro em Lorde Hasselthorpe? — perguntou Melisande mais tarde. Naquela manhã, Vale a havia colocado dentro da carruagem e ordenado que a levassem para casa antes de ir até a cena da tentativa de assassinato. Depois disso, só voltou bem depois do jantar, e esta era a primeira oportunidade que Melisande tinha de perguntar sobre o ocorrido.

— Não sei — respondeu ele, andando de um lado para o outro no quarto da esposa como se estivesse em uma gaiola. — Talvez tenha sido um acidente. Um idiota praticando tiro sem um alvo devidamente forrado com palha para amparar a bala.

— No Hyde Park?

— Eu não sei! — exclamou Vale alto demais e então olhou para ela, arrependido. — Desculpe, minha senhora esposa. Mas, se foi uma tentativa de assassinato, então a pessoa tinha uma péssima mira. Hasselthorpe só sofreu um tiro de raspão no braço. Logo estará bem. Já vi vários ferimentos parecidos na guerra, e quase sempre ficava tudo bem, contanto que não infeccionasse.

— Que bom então que foi superficial. — Melisande se sentou em uma das poltronas diante da lareira, aquela onde eles tinham feito amor na noite anterior, e ficou observando-o, atenta. — Você quase não fala sobre a guerra.

— Não? — indagou ele vagamente. Estava parado ao lado da penteadeira, cutucando um pote cheio de grampos. Usava um robe de seda vermelho e preto por cima da calça e da camisa. — Não há muito o que contar, para falar a verdade.

— Não? Mas você ficou no Exército por seis anos, não foi?

— Sete — murmurou, andando na direção do guarda-roupa. Ele abriu a porta do móvel e deu uma espiada lá dentro como se fosse encontrar os segredos ocultos do universo entre os vestidos dela.

— Por que entrou para o Exército?

O visconde se virou e, por um momento, a observou com um olhar perdido.

Então piscou e riu.

— Entrei para o Exército para aprender a virar homem. Ou, pelo menos, esse era o propósito do meu pai. Ele me achava muito preguiçoso, muito fraco. E uma vez que eu não tinha nenhuma utilidade em casa — deu de ombros, em sinal de desdém —, por que não comprar uma patente para mim?

— E seu melhor amigo, Reynaud St. Aubyn, comprou uma patente na mesma época?

— Ah, sim. Ficamos muito animados para nos juntarmos ao vigésimo oitavo regimento. Que ele descanse em paz. — Vale fechou a porta do guarda-roupa e caminhou até a janela, pensativo.

Talvez ela devesse deixar para lá. Parar de se intrometer, permitir que seus segredos continuassem enterrados. Mas uma parte dela não conseguia deixar para lá. Cada detalhe da vida do marido era fascinante, e este detalhe que ele fazia tanta questão de esconder era ainda mais fascinante do que os outros. Melisande suspirou e se levantou da poltrona, desvencilhando-se do xale pesado de cetim que usava sobre à camisola e colocando-o com todo cuidado na poltrona.

— Você gostava da vida no Exército? — perguntou baixinho.

Podia ver através do reflexo do vidro escuro que ele a observava.

— Um pouco. Os homens reclamam da comida nojenta, das marchas, de morar em barracas. Mas às vezes é divertido. Sentar à beira de uma fogueira, comendo polenta com bacon...

Melisande retirou a camisola, e ele parou de falar abruptamente. Nua, ela avançou e pousou as mãos em suas costas. Os músculos estavam firmes como pedra, como se ele tivesse se transformado em granito.

— E as batalhas?

— Era como estar no inferno — sussurrou.

Ela deslizou as mãos pelas costas largas, sentindo a depressão da coluna, os músculos de cada lado. *Era como estar no inferno.* Ela se condoeu pela parte dele que estivera no inferno.

— Você participou de muitas batalhas?

— Algumas. — Ele suspirou e baixou a cabeça enquanto ela afundava os polegares nos músculos acima dos quadris.

Ela deu um tapinha no ombro dele.

— Tire isso.

Vale sacudiu os ombros para tirar o robe e a camisa, mas, quando estava se virando, ela o impediu, pressionando os polegares com força, fazendo pequenos círculos nas laterais de suas costas. Ele deixou escapar um gemido, e sua cabeça pendeu para a frente outra vez enquanto apoiava as mãos de cada lado do caixilho da janela.

— Você esteve em Quebec — afirmou ela baixinho.

— Aquela foi a única batalha de verdade. O resto foi briguinha. Algumas duraram alguns minutos, apenas.

— E Spinner's Falls?

Os ombros dele penderam para a frente como se ela o tivesse atingido, mas ele não disse uma palavra sequer. Ela sabia que Spinner's Falls havia sido um massacre, pois confortara Emeline quando chegou a notícia de que Reynaud não havia sobrevivido à captura. Deveria insistir no assunto — obviamente, esse era seu ponto fraco. Mas seria muita crueldade, e ela odiava a ideia de fazê-lo sofrer tudo outra vez.

Em vez disso, tomou-lhe a mão e o conduziu até a cama. Vale permaneceu calado, passivo, enquanto ela terminava de lhe tirar a roupa — seu pênis, no entanto, não estava nada passivo. Ela o empurrou para a cama e subiu em seguida, deitando-se de bruços ao lado dele, o corpo apoiado pelo cotovelo enquanto deslizava a mão livre pelo peito largo. Sentiu-se grata por ter este homem só para si, pelo menos dessa vez. Ali, naquele momento, poderia fazer com ele o que quisesse.

Era um presente. Um presente glorioso.

Então ela se inclinou e traçou uma trilha de beijos úmidos pela lateral do corpo dele, lambendo as ondulações das costelas, mordiscando o osso saltado do quadril. Ele murmurou algo, um alerta talvez, ou quem sabe um encorajamento. Não deu para saber ao certo, e não importava. À sua frente estava seu objetivo: o pênis dele, ousado, grosso e duro. Ela tocou-o com a ponta dos dedos, deslizando ao longo de toda a extensão. Então se abaixou e beijou delicadamente a glande úmida.

Ele ergueu o quadril e a segurou pelos cabelos, fazendo-a levantar o rosto.

— Não. Você não precisa fazer isso. Eu não mereço.

Havia gotículas de suor acima do lábio superior dele, e seu olhar era selvagem e triste.

Merecer foi uma escolha lexical interessante, e ela tratou de registrá-la para analisar melhor depois. Neste momento, porém, preferiu lamber os lábios deliberadamente, sentindo o sabor da semente dele.

— Eu quero. — Ela queria poder lhe proporcionar paz.

A mão dele relaxou, talvez de surpresa, mas Melisande aproveitou a oportunidade para se abaixar e abocanhar o pênis. Logo a mão dele apertou novamente seus cabelos, mas, desta vez, ela não achou que fosse para tentar impedi-la.

Melisande sugou a glande, sentindo o gosto salgado na boca, e passou a mão ao longo do comprimento. Não tinha muita prática com isso e, se havia um jeito certo de fazer, ela não sabia, mas ele não parecia se importar. Vale murmurou algo incompreensível e abaixou os quadris. Ela sorriu consigo mesma e deixou o pênis escapar da boca com um barulho baixo. Testou então deslizar os dentes pela glande carnuda, a outra mão pressionando a base do pênis com um movimento mais rápido. Não havia nenhum sinal de entrega no membro. Estava firme, pronto e...

Jasper se curvou e virou-a para baixo de seu corpo. E então parou acima dela, grande e ameaçador, seu rosto sombrio enquanto murmurava:

— Pensa que sou um brinquedo, milady?

Ela abriu bem as pernas, pressionou os pés no colchão e arqueou os quadris para o alto, esfregando seu sexo no pênis dele. As pálpebras de Vale desceram em reação.

— Talvez sim — sussurrou. — Talvez seu pênis seja o meu brinquedo preferido. Talvez eu queira o meu brinquedo dentro da minha...

Mas ele deu uma estocada com força, deixando-a sem palavras e suspirando de prazer.

— Devassa — disse ele entre os dentes. — *Minha* devassa.

E Melisande só conseguiu rir num completo frenesi erótico. Ergueu os quadris, fazendo-o penetrar ainda mais só para continuar em cima. Ria alto enquanto mexia o quadril, o suor dele pingando sobre seus seios nus. Vale a segurou pelos quadris com firmeza enquanto a penetrava, galopando a uma velocidade impossível. Estrelas cintilaram por trás de seus olhos, e ela inclinou a cabeça para trás e arfou de prazer, segurando firme nos ombros escorregadios dele, sentindo o calor vindo do centro de seu corpo, ligeiramente ciente de que ainda ria alto enquanto se regozijava de prazer.

Foi só quando ele estremeceu em seus braços, praguejando baixinho, que ela percebeu que a expressão no rosto dele era uma verdadeira máscara da tragédia.

Capítulo Onze

Todos os pretendentes partiram em busca do anel de bronze, e a princesa Liberdade suspirou e voltou para dentro do castelo. Mas Jack procurou um canto sossegado e abriu a caixinha de rapé. E o que estava dentro senão exatamente aquilo de que ele precisava: uma armadura feita da noite e do vento e a espada mais afiada do mundo. Jack vestiu a armadura no corpo atarracado e pegou a espada. Então, de repente, lá estava ele diante de um lago.

Jack começava a se perguntar se aquele era o lago certo, quando uma serpente enorme emergiu da água. Que batalha poderosa se seguiu! Apesar de a serpente ser muito grande, e Jack, muito pequeno, ele tinha, afinal, a espada mais afiada do mundo, e a armadura também foi de muita ajuda. No fim, a serpente jazia morta, e o anel estava na mão de Jack...

— Jack, o Risonho

Pelo jeito, ele tinha se casado com uma devassa, refletiu Jasper, na manhã seguinte. Uma devassa sensual e desinibida, e ele mal podia acreditar na própria sorte. Naquele dia, na sacristia da igreja, quando estava com a cabeça latejando de ressaca, ouvindo a proposta de casamento de Melisande, ele jamais conseguiria imaginar que ela pudesse lhe proporcionar um leito matrimonial tão maravilhosamente intenso.

É claro que toda essa maravilha não explicava por que ele estava *fugindo* a cavalo de casa nesta manhã, depois de, mais uma vez, ter tomado seu desjejum sem esperar pela esposa. Isso beirava a covardia. Mas ao mesmo tempo que seu corpo estava fascinado com a sensualidade dela, sua mente ficava se perguntando onde ela poderia ter adquirido todo aquele conhecimento. Devia ter tido pelo menos um amante — talvez mais —, e ele não tinha certeza se queria pensar muito a respeito disso. A imagem de outro homem ensinando-a, mostrando como colocar um pênis dentro de sua boca doce e quente...

Jasper rosnou. Um limpador de chaminés que passava em seu caminho olhou assustado para ele e se distanciou. Afastando o pensamento, ele encolheu os ombros e ergueu a gola para se proteger da garoa. O tempo bom tinha ido embora, e Londres amanheceu cinzenta e nublada nesta manhã. Sua mente retornou para a noite anterior. Ele se lembrou do reflexo da esposa, o corpo alto e esguio refletido na janela escura, despindo-se da camisola. Ela parecia pálida, como um ser de outro mundo, o cabelo castanho-claro balançando sobre seus quadris.

Melisande devia pensar que ele era um covarde ou, pior, um imbecil. Havia abandonado a esposa depois que fizeram amor com um boa-noite apenas e foi se deitar em seu catre. Ele era um idiota. Mas aqueles olhos, observando-o enquanto ela beijava seu peito, observando-o enquanto fazia perguntas sobre Spinner's Falls. Deus. Ela não fazia a menor ideia de com quem havia se casado. Talvez tivesse sido mesmo melhor abandoná-la daquela maneira rude e não lhe dar esperanças de algo mais quando ele não *podia* lhe oferecer mais nada.

E agora ele nem conseguia entender o que se passava dentro da própria cabeça. Ergueu os olhos e se deparou com a casa de Matthew Horn, sentindo-se feliz por poder fugir desses pensamentos sentimentalistas.

Jasper desmontou de Belle e entregou as rédeas para um garoto, então subiu os degraus na entrada da casa. Um minuto depois, já estava andando pela biblioteca de Horn, esperando o amigo descer de onde quer que estivesse.

Havia acabado de se abaixar para dar uma espiada em um volume enorme e empoeirado quando ouviu a voz de Horn.

— Está procurando algo leve para ler?

— Só fiquei curioso para saber por que alguém iria querer um livro sobre a história da mineração do cobre. — Jasper se endireitou e sorriu.

Parado à porta, Horn fez uma careta.

— Era do meu pai. Não que tenha adiantado alguma coisa. A mina que ele escolheu para investir faliu. — Ele entrou na sala e se acomodou em uma cadeira grande, jogando a perna por cima do braço da cadeira. — Os Horn não são famosos pelo faro para investimento.

Jasper sorriu, solidário.

— Que má sorte.

Horn deu de ombros.

— Aceita um chá? Parece um pouco cedo para uísque.

— Não. Obrigado. — Jasper se aproximou de um mapa-múndi emoldurado e tentou encontrar a península itálica.

— Você voltou por causa de Spinner's Falls, não foi? — perguntou Horn.

— Aham — concordou Jasper sem se virar. Seria possível que a Itália não estivesse naquele mapa? — Você ficou sabendo do que aconteceu com Hasselthorpe?

— Levou um tiro no Hyde Park. Estão dizendo que foi uma tentativa de assassinato.

— Sim. E logo depois de Hasselthorpe dizer que ia cogitar me ajudar.

Houve um breve momento de silêncio, quebrado pela risada incrédula de Horn.

— Você não está achando que as duas coisas estão relacionadas, está?

Jasper deu de ombros. Não tinha como ter certeza, mas a coisa toda era uma coincidência muito estranha.

— Ainda acho que você deveria deixar Spinner's Falls para trás — disse Horn baixinho.

Jasper não respondeu. Se fosse capaz de esquecer aquilo tudo, já teria feito isso.

Horn suspirou.

— Bem, estive pensando a respeito.

Jasper se virou e encarou Horn.

— Esteve?

O outro homem fez um gesto de desdém com a mão.

— Um pouco. O que não entendo é por que alguém trairia o regimento. Qual seria o propósito? Ainda mais se foi um dos capturados. Parece-me um belo modo de conseguir se matar.

Jasper bufou.

— Não acho que o traidor pretendia ser capturado. Ele provavelmente pensou em se esconder e fugir da luta.

— Cada um dos que foram capturados lutou e lutou bem.

— Sim, você tem razão. — Jasper voltou-se para o mapa outra vez.

— Então que motivo alguém teria para trair o regimento e permitir que fôssemos massacrados? Acho que você está no caminho errado, companheiro. Não houve nenhum traidor. Spinner's Falls não passou de um azar, simples assim.

— Talvez. — Jasper se inclinou, aproximando-se tanto do mapa que seu nariz quase tocou o papel. — Mas consigo pensar num bom motivo para alguém nos trair.

— Qual?

— Dinheiro. — Jasper desistiu de analisar o mapa. — Os franceses deixaram bem claro que pagaram uma boa quantia pela informação.

— Um espião? — As sobrancelhas escuras de Matthew se ergueram. Ele não parecia muito convencido.

— Por que não?

— Porque eu e qualquer um dos que estavam lá teriam arrancado membro por membro do maldito, é por isso — respondeu Matthew, levantando-se da cadeira com um pulo como se não aguentasse mais ficar parado.

— Mais um motivo para garantir que ninguém descobrisse.

Matthew olhava pela janela e deu de ombros, sem dizer nada.

— Olhe só, eu também não gosto da ideia — falou Jasper. — Mas, se fomos traídos, se todos morreram por causa da ganância de um homem, se marchamos por aquela floresta e enfrentamos... — Ele se interrompeu, incapaz de continuar.

Jasper fechou os olhos, mas, mesmo na escuridão, ainda conseguia ver o brilho do ferro em brasa encostando na pele, ainda sentia o cheiro de carne humana queimada. Ele abriu os olhos. Matthew o observava, inexpressivo.

— Precisamos... *eu* preciso... encontrar o traidor e levá-lo à justiça. Fazê-lo pagar pelos seus pecados — explicou Jasper.

— E quanto a Hasselthorpe? Você o viu depois do tiro?

—. Ele se recusa a me receber. Enviei uma mensagem nesta manhã pedindo para lhe fazer uma visita, e ele respondeu que pretende ir para o campo se recuperar.

— Droga.

— Pois é. — Jasper voltou a analisar o mapa.

— Você precisa falar com Alistair Munroe — disse Horn às suas costas.

Jasper se virou.

— Você acha que ele é o traidor?

— Não. — Matthew balançou a cabeça. — Mas ele estava lá. Pode se lembrar de algo que não conseguimos lembrar.

— Já escrevi para ele. — Jasper fez uma careta de frustração. — Mas Munroe não responde.

Matthew o encarou.

— Então você terá que ir até a Escócia buscar a resposta, não acha?

Melisande viu o marido pela primeira vez naquele dia na hora do jantar. Já estava começando a desconfiar de que ele estivesse evitando-a, que havia algo errado, mas ele parecia normal enquanto comia ervilhas e conversava, brincalhão, com os lacaios.

— Como foi o seu dia? — perguntou Vale, despreocupado.

Ele realmente conseguia ser muito irritante às vezes.

— Almocei com a sua mãe.

— É mesmo? — Ele fez um gesto para que o lacaio servisse mais vinho.

— Aham. Ela mandou fazer alcachofras recheadas e pernil.

Ele estremeceu.

— Alcachofras. Nunca sei como comer isso.

— Você deve raspar a folha com os dentes. É bem fácil.

— Folhas. Quem pensaria em comer folhas? — A pergunta parecia retórica. — Eu não. Provavelmente foi uma mulher que descobriu as alcachofras.

— Os romanos já comiam.

— Então deve ter sido uma romana. Ela deve ter servido um prato de folhas para o marido, dizendo: "Tome, querido, coma tudo."

Melisande percebeu que sorria com a história que Vale tinha inventado sobre a esposa romana e seu marido infeliz.

— De qualquer maneira, as alcachofras que a sua mãe serviu estavam muito boas.

— Sei — resmungou Vale, desconfiado. — Suponho que ela tenha lhe contado tudo sobre o fato de eu ter sido um jovem rebelde.

Melisande comeu uma ervilha.

— Foi exatamente isso que ela fez.

Ele se retraiu.

— Alguma coisa particularmente grotesca?

— Você costumava golfar muito quando era bebê.

— Pelo menos não faço mais isso — murmurou ele.

— E você teve um casinho com uma ordenhadora aos 16.

— Eu tinha me esquecido disso! — exclamou Vale. — Moça encantadora. Agnes, ou seria Alice? Talvez fosse Arabella...

— Não creio que fosse Arabella.

Vale a ignorou.

— Ela tinha uma pele de pêssego e os maiores... — Ele tossiu de repente.

— Pés? — indagou Melisande delicadamente.

— Impressionantes, sério. Os pés dela. — Seus olhos brilharam, maliciosos.

— Humpf! — Melisande teve de conter um sorriso. — E como foi o seu dia?

— Ah. Bom. — Jasper enfiou um pedaço grande de carne na boca e mastigou vigorosamente antes de engolir. — Estive na casa de Matthew Horn. Você se lembra dele? O sujeito que estava naquela reunião na casa da minha mãe.

— Sim.

— Você não vai acreditar, mas ele tem um mapa-múndi sem a península itálica.

— Talvez você não tenha olhado no lugar certo — sugeriu ela gentilmente.

— Não. Não. — Vale balançou a cabeça e tomou um gole de vinho. — Ela fica quase ao lado do Império Russo e em cima da África. Tenho certeza absoluta de que eu teria visto.

— Talvez o mapa tenha sido feito por alguém que não gostava de Roma.

— Você acha? — Ele pareceu muito impressionado com a ideia. — E a pessoa resolveu simplesmente tirar a Itália do mapa?

Melisande deu de ombros.

— Que ideia sensacional! Eu não teria sido obrigado a estudar latim por todos aqueles anos se a Itália tivesse desaparecido.

— Agora já era, mas tenho certeza de que você é um homem melhor por ter estudado.

Jasper não parecia muito convencido disso.

Melisande experimentou a cenoura. Estava muito boa. A cozinheira tinha colocado algo doce; mel, talvez. Precisava se lembrar de cumprimentar a senhorinha.

— E você conversou sobre algo mais com o Sr. Horn, além da falha no mapa?

— Sim, falamos sobre um conhecido nosso que mora na Escócia.

— Ah, é? — Melisande observou Vale beber mais um pouco de vinho. Foi difícil decifrar a expressão em seu rosto, e isso aguçou o interesse dela. — Como ele se chama?

— Sir Alistair Munroe. Ele fez parte do nosso regimento, mas não era um soldado. Foi enviado pela Coroa para registrar a fauna e a flora da América.

— É mesmo? Parece ser um homem fascinante.

Vale franziu o cenho.

— Ele é, caso goste de falar sobre samambaias por horas a fio.

Melisande tomou um gole do vinho.

— Até que gosto de samambaias.

O cenho de Vale franziu ainda mais.

— De qualquer maneira, estou pensando em ir para a velha Escócia visitar o homem.

Melisande contemplou em silêncio as ervilhas e as cenouras que esfriavam em seu prato. Será que ele estava fugindo dela? Ela, que estava gostando tanto de morar na casa dele e saber que Vale estava por perto. Apesar de ele passar a maior parte do dia longe ou ficar fora até altas horas da noite, ela sabia que, em algum momento, ele voltaria para casa. Só de estar na mesma casa já era um alento para sua alma. Agora Melisande não teria nem isso.

Vale pigarreou.

— O problema é que ele mora ao norte de Edimburgo. É bem longe, uma viagem de uma semana ou mais por estradas ruins, em uma carruagem, dormindo em estalagens frias, comendo comida ruim e ainda correndo o risco de sermos atacados ou saqueados. Provavelmente vai ser uma viagem péssima.

Com uma careta, ele olhou para o prato e espetou a carne com o garfo.

Melisande ficou calada. Não conseguia mais comer, pois sua garganta parecia ter fechado. Vale estava indo visitar um homem, de quem, ele mesmo admitira, não gostava muito e que nem conhecia muito bem. Por quê?

— Mas, apesar de tudo isso, eu queria saber se você não gostaria de me acompanhar, minha senhora esposa.

Ela estava tão perdida em seus próprios pensamentos que, por um minuto, as palavras nem fizeram sentido. Então o encarou e se deparou com olhos azul-esverdeados fitando-a com intensidade. Uma sensação de alívio começou a se espalhar por seu peito.

— Quando você pretende partir? — perguntou ela.

— Amanhã.

Melisande arregalou os olhos.

— Mas já?

— Tenho um assunto muito importante para discutir com Munroe. Algo que não pode esperar. — Ele se inclinou para a frente. — Você pode levar o Rato. Teremos que levar a coleira dele, é claro, e tomar cuidado para que não assuste os cavalos nas estalagens. Não será nada confortável, e você pode ficar entediada, mas...

— Sim.

Ele piscou.

— O quê?

— Sim. — Melisande sorriu e voltou a comer. — Eu gostaria de ir com você.

— Eles vão viajar para a Escócia — contou Bernie, o lacaio, enquanto levava a travessa de ervilhas de volta para a cozinha.

Sally Suchlike quase deixou a colher cair dentro da tigela de sopa. *Escócia?* Aquela terra pagã? Diziam que os homens de lá deixavam a barba crescer tanto que mal dava para ver seus olhos. E todo mundo sabia que os escoceses não tomavam banho.

A cozinheira, pelo visto, estava pensando o mesmo.

— E eles acabaram de se casar — lamentou ela enquanto acomodava os pratos com tortas de limão em uma bandeja. — É uma lástima, realmente é.

Então gesticulou para Bernie pegar a bandeja, mas logo o impediu, segurando-o pelo braço.

— Disseram quanto tempo vão ficar fora?

— Ele só contou para a patroa agora, mas deve ser por semanas, não acha? — O lacaio estremeceu, quase derrubando a bandeja. — Podem ser meses até. E eles partem imediatamente. Amanhã.

Uma das copeiras começou a chorar enquanto Bernie deixava a cozinha.

Sally tentou engolir, mas parecia não haver mais nenhuma gota de saliva em sua boca. Seria obrigada a viajar com Lady Vale para a Escócia. Era parte das atribuições de uma dama de companhia. De repente, a nova função, com o belo aumento de salário — o suficiente para guardar algumas economias —, não parecia mais tão vantajosa assim. Sally estremeceu. A Escócia ficava no fim do mundo.

— Calma, não precisa ficar assim. — A voz grave do Sr. Pynch veio da direção da lareira, onde ele fumava seu cachimbo.

A princípio Sally achou que ele estivesse lhe dando uma bronca, mas então percebeu que se dirigia a Bitsy, a copeira.

— A Escócia não é tão ruim — continuou o valete.

— O senhor já esteve na Escócia então, Sr. Pynch? — perguntou Sally. Se ele tinha ido para lá e voltado vivo, talvez o lugar não fosse tão terrível assim.

— Não — respondeu o Sr. Pynch, destruindo as esperanças dela. — Mas conheci alguns escoceses no Exército, e eles eram como nós, tirando o fato de que falavam de um jeito engraçado.

— Ah!

Sally baixou os olhos para a sopa de carne na tigela à sua frente, feita com os ossos que tinham sobrado do assado que a cozinheira preparou para os patrões. A sopa estava muito saborosa. Até poucos minutos atrás, Sally estava adorando. Mas agora seu estômago se revirou só de ver a gordura. Conhecer um escocês e viajar para a Escócia eram duas coisas totalmente distintas, e Sally quase ficou brava com o Sr. Pynch por não saber a diferença. Os escoceses que ele conheceu provavelmente já eram mais civilizados pelo tempo que estavam no Exército. Era impossível saber como se portava um escocês em seu próprio território. Talvez eles tivessem uma quedinha por louras baixinhas de Londres. Talvez ela corresse o risco de ser sequestrada enquanto dormia e usada dos modos mais terríveis possíveis, ou coisa pior.

— Escute uma coisa, moça. — A voz do Sr. Pynch estava muito próxima.

Sally ergueu os olhos e percebeu que o valete havia se sentado à mesa, de frente para ela. Os criados da cozinha haviam retomado o trabalho, e Bitsy fungava enquanto lavava a louça. Ninguém prestava atenção ao valete e à dama de companhia da milady, sentados à ponta da comprida mesa da cozinha.

Os olhos do Sr. Pynch brilhavam, atentos, ao encararem Sally. Ela nunca havia notado que eles eram de um lindo tom de verde.

O valete apoiou os cotovelos na mesa, o longo cachimbo de barro branco em uma das mãos.

— Não há motivos para ficar com medo da Escócia. É um lugar como outro qualquer.

Sally mexeu a sopa com a colher.

— Em toda a minha vida, nunca fui mais longe do que Greenwich.

— Não? Onde a senhorita nasceu?

— Seven Dials — respondeu ela, e então o espiou de canto de olho para verificar se iria zombar do fato de ela ter nascido naquele bairro decadente.

Mas ele apenas meneou a cabeça e deu uma baforada no cachimbo, soprando a fumaça cheirosa para o lado para não atingir os olhos dela.

— Ainda tem família lá?

— Só o meu pai. — Ela torceu o nariz. — Quer dizer, ele costumava morar lá. Não o vejo há anos, então não tenho certeza.

— Seu pai era um mau sujeito?

— **Nem tanto.** — Ela deslizou o dedo pela borda da tigela. — Ele não me batia muito e me alimentava quando dava. Mas tive que sair de lá. Era como se eu não conseguisse respirar.

E olhou para ele para ver se a compreendia.

O Sr. Pynch assentiu, tragando o cachimbo novamente.

— E a sua mãe?

— Morreu quando eu nasci. — A sopa voltou a lhe parecer boa, e ela tomou uma colherada. — E não tenho irmãos. Não que eu saiba, pelo menos.

Ele assentiu e parecia satisfeito em vê-la tomando a sopa enquanto fumava seu cachimbo. Ao redor, os criados corriam de um lado para o outro, ocupados com seus afazeres, mas esse era um momento de descanso para Sally e para o Sr. Pynch.

Ela tomou metade da sopa e então olhou para ele.

— De onde o senhor é, Sr. Pynch?

— Ah, de muito longe. Nasci na Cornualha.

— É mesmo? — Ela o encarou, curiosa. A Cornualha parecia quase tão distante quanto a Escócia. — Mas o senhor não tem sotaque.

Ele deu de ombros.

— Meu povo é pescador, mas eu herdei o espírito aventureiro. Quando os soldados do Exército apareceram na minha cidade com seus tambores, fitas e uniformes vistosos, aceitei ir com eles num piscar de olhos. — Um dos cantos de sua boca se curvou num meio sorriso engraçado. — Logo descobri que o Exército de Sua Majestade não se resume aos uniformes bonitos.

— Quantos anos o senhor tinha?

— Quinze.

Sally olhou para a sopa, tentando imaginar como era o alto e careca Sr. Pynch como um garoto de apenas 15 anos. Foi impossível. Era difícil imaginar que esse homem maduro tenha sido uma criança um dia.

— O senhor ainda tem parentes na Cornualha?

Ele assentiu.

— A minha mãe e meia dúzia de irmãos. Meu pai morreu quando eu estava nas colônias. Só fiquei sabendo quando voltei para a Inglaterra, dois anos depois. Minha mãe disse que pagou para escreverem uma carta e mandarem para mim, mas nunca recebi.

— Deve ter sido muito triste voltar para casa e descobrir que seu pai tinha morrido já fazia dois anos.

O Sr. Pynch deu de ombros.

— O mundo é assim mesmo, moça. Não há nada que se possa fazer exceto seguir em frente.

— Acho que o senhor está certo. — Ela franziu ligeiramente a testa, pensando nos escoceses selvagens e barbudos.

— Moça. — O Sr. Pynch havia estendido o braço e tocava a mão dela com um dedo largo, a unha bem-cortada. — Não há motivo para temer a Escócia. Mas, se houver, cuidarei da sua segurança.

E Sally só conseguiu ficar encarando, em silêncio, os olhos verdes do Sr. Pynch, o ventre se aquecendo com a ideia de ter o valete cuidando de sua segurança.

Quando já passava da meia-noite e ele ainda não tinha visitado seu quarto, Melisande saiu à procura de Vale. Talvez já tivesse se deitado, sem se dignar a visitá-la naquela noite, mas ela duvidava disso. Não ouvira nenhuma voz no quarto ao lado. Era um mistério como o homem conseguia dormir o suficiente se ficava até tarde na rua e saía antes de ela se levantar. Talvez nem dormisse.

De qualquer maneira, ela estava cansada de esperar por ele. Por isso, deixou seu quarto — que estava uma grande confusão por conta das arrumações de última hora de Suchlike — e saiu à procura de Jasper. Ele não estava na biblioteca nem em nenhuma das salas, e Melisande finalmente se viu forçada a perguntar a Oaks se sabia onde seu marido estava. E, quando foi informada de que ele havia saído sem lhe dar satisfação, torceu para que as bochechas não tivessem ficado vermelhas de vergonha.

Melisande sentiu vontade de chutar alguma coisa, mas nobres não se portavam dessa maneira, então apenas agradeceu a Oaks e subiu as escadas novamente. Por que ele estava fazendo isso? Havia convidado Melisande para acompanhá-lo até a Escócia, mas agora a evitava? Será que não tinha consciência de que teria de passar a viagem inteira ao lado dela? Ou será que pretendia viajar em cima da carruagem, junto com a bagagem? Era tudo tão estranho. Primeiro ele a perseguia por dias, depois desaparecia de repente, justamente quando ela começava a achar que estavam estabelecendo um vínculo.

Melisande suspirou alto enquanto se aproximava da porta de seu quarto, mas então hesitou. O quarto de Vale ficava logo ao lado. A tentação foi muita. Ela caminhou até a porta do quarto do marido e a abriu. Não havia ninguém, exceto os sinais de que o Sr. Pynch passara por ali: pilhas de camisas, coletes e lenços estavam dispostas na cama para serem colocadas na bagagem. Melisande fechou a porta devagar.

Aproximando-se da cama, ela tocou a colcha vermelha escura com a ponta do dedo. Ele deveria se estirar ali durante a noite, os braços e as pernas abertos. Será que dormia de costas ou de bruços, com uma parte da cabeça coberta pelo travesseiro? Ela o imaginou dormindo nu, embora soubesse que tinha uma gaveta cheia de camisolões. Dormir com outra pessoa era algo tão íntimo. Todas as proteções eram deixadas de lado durante o sono, a pessoa ficava vulnerável, quase como uma criança. Ela queria desesperadamente que ele dormisse na cama dela. Que passasse a noite em sua companhia e deixasse aflorar sua faceta mais vulnerável com ela.

Melisande suspirou e deu as costas para a cama. Em cima da penteadeira havia um retrato pequeno da mãe dele emoldurado. Alguns fios de cabelo castanhos estavam enroscados na escova de cabelo. Um era quase ruivo. Ela tirou o lenço que escondia na manga e apanhou os cabelos cuidadosamente antes de voltar a guardá-lo.

Seguiu então até o criado-mudo e deu uma olhada no livro que estava ali em cima, sobre a história dos reis ingleses. Depois se aproximou da janela e olhou para fora. A vista era praticamente a mesma que seu quarto lhe proporcionava: os fundos do jardim. Olhou ao redor do quarto, frustrada. Havia mais coisas espalhadas — roupas, livros, pedaços de barbantes, uma pinha, canetas quebradas, um canivete, um tinteiro —, mas nada daquilo revelava muito sobre seu marido. Que bobagem ficar bisbilhotando, tentando descobrir algo mais sobre Jasper. Ela balançou a cabeça, se sentindo boba, e olhou na direção da porta do quarto de vestir. Era pouco provável que encontrasse ali coisas mais íntimas do que tinha visto no cômodo principal, mas já havia ido tão longe...

Melisande girou a maçaneta. Dentro do quarto havia outra penteadeira, várias prateleiras para roupas, uma cama estreita e, no canto, encostado na parede, um catre e um cobertor. Ela inclinou a cabeça. Que estranho. Por que uma cama e um catre? O Sr. Pynch precisava apenas de um deles para dormir. E por que um catre? Vale parecia ser um patrão muito generoso. Por que uma cama tão ruim para seu fiel valete?

Ela entrou no quarto apertado, contornou a cama e se inclinou para inspecionar o catre. Ao lado, havia uma única vela em um candelabro coberto de cera velha derretida, e um livro estava parcialmente escondido embaixo do cobertor bagunçado. Seus olhos desviaram do catre para a cama. Parecia, na verdade, que ninguém dormia na cama — o colchão estava sem lençóis. Melisande ergueu o cobertor do catre para ver o título do livro. Era um livro de poemas de John Donne. Ela ficou olhando para a capa por um momento, pensando na estranha escolha de leitura do valete, quando notou um fio de cabelo em cima do travesseiro. Era castanho-escuro, quase ruivo.

Alguém pigarreou atrás dela.

Melisande se virou e viu o Sr. Pynch com as sobrancelhas erguidas.

— Posso ajudar em algo, milady?

— Não. — Ela escondeu as mãos trêmulas na saia, aliviada por não ter sido Vale. Ser apanhada pelo valete mexendo nas coisas do marido já era bastante constrangedor. Ergueu o queixo e seguiu para a porta dos aposentos.

Mas então hesitou e olhou novamente para o valete.

— O senhor trabalha há muitos anos para o meu marido, não é mesmo, Sr. Pynch?

— Sim, milady.

— Ele sempre dormiu tão pouco?

O homenzarrão careca pegou um dos lenços que estavam em cima da cama e, com cuidado, dobrou-o novamente.

— Sim, desde que o conheço, milady.

— O senhor sabe por quê?

— Alguns homens não precisam dormir muito — respondeu o valete.

Melisande apenas olhou para ele.

O criado colocou o lenço no mesmo lugar onde estava antes e finalmente olhou para ela. Então suspirou, como se estivesse sendo pressionado.

— Alguns soldados não dormem tão bem quanto deveriam. Lorde Vale... bem, ele gosta de ter companhia. Especialmente depois que anoitece.

— Ele tem medo do escuro?

O Sr. Pynch se empertigou e sua expressão pareceu um tanto feroz.

— Levei um tiro na perna durante a guerra.

Melisande piscou, surpresa com a mudança de assunto.

— Sinto muito.

O valete dispensou suas palavras solidárias com um aceno de mão.

— Não foi nada. Só me incomoda um pouco quando está chovendo. Mas, quando fui atingido, aquela bala me derrubou. Estávamos no meio de uma batalha, e eu estava caído lá com um francês em cima de mim prestes a me ferir com a sua baioneta quando Lorde Vale foi para cima dele. Havia uma fileira de franceses com rifles erguidos entre mim e ele, mas isso não o deteve. Atiraram nele, mas não sei como não foi atingido, e, em nenhum momento, tirou o sorriso do rosto. Lorde Vale acabou com todos, milady. Não restou um homem de pé depois que ele terminou.

Melisande soltou um suspiro trêmulo.

— Entendo.

— Decidi naquele momento, milady, que seguiria Lorde Vale até o inferno, se ele me pedisse.

— Obrigada por ter me contado isso, Sr. Pynch — falou Melisande e, em seguida, abriu a porta. — Por favor, diga a Lorde Vale que estarei pronta para partirmos às oito em ponto.

O Sr. Pynch se curvou.

— Pois não, milady.

Melisande assentiu e se retirou, mas um pensamento não a abandonou. Enquanto contava sua história, o Sr. Pynch ficou parado à porta do quarto de vestir como se estivesse de guarda.

Capítulo Doze

Quando Jack voltou ao castelo, ele fez uma coisa muito estranha. Vestiu outra vez as roupas de bobo da corte e foi até a cozinha do castelo. O banquete real estava sendo preparado, e havia uma grande movimentação. O cozinheiro chefe gritava, os lacaios corriam de um lado para o outro, os copeiros lavavam os pratos e os cozinheiros picavam, mexiam e assavam. Ninguém notou quando Jack se aproximou de um garoto que mexia uma sopa em um caldeirão ao fogo.

— Psiu — chamou Jack. — Eu lhe dou uma moeda de prata se você me deixar mexer a sopa da princesa.

É claro que o garoto adorou a proposta. Assim que ele virou as costas, Jack jogou o anel de bronze dentro da sopa...

— Jack, o Risonho

A carruagem passou por um buraco enorme na estrada e balançou. Melisande balançou junto; tinha aprendido no primeiro dia de viagem que era bem mais fácil acompanhar o movimento da carruagem do que tentar se manter equilibrada. Já era o terceiro dia, e ela havia se acostumado ao balanço. Seu ombro encostou levemente em Suchlike, que cochilava encolhida ao seu lado. Rato estava no assento de frente para ela, também adormecido, e, vez ou outra, soltava um ronco baixo.

Melisande olhou pela janela. Pareciam estar no meio do nada. Colinas verde-azuladas passavam ao longe, demarcadas por sebes e muros de pedras. A luz começava a esmaecer.

— Já não deveríamos ter parado? — perguntou ela ao marido.

Vale estava esparramado no assento oposto, as pernas esticadas na diagonal da carruagem de modo que seus pés quase tocavam os dela. Estava com os olhos fechados, mas respondeu de imediato, confirmando a suspeita de Melisande de que ele não dormia coisa nenhuma.

— É verdade. Deveríamos ter parado em Birkham, mas o cocheiro disse que a estalagem estava fechada e nos tirou da estrada principal para tentar encontrar outro lugar. Desconfio de que ele esteja perdido.

Vale abriu um olho e espiou a paisagem pela janela, mas não pareceu nada ansioso com a escuridão que caía e com o fato de aparentemente estarem perdidos.

— Definitivamente não estamos na estrada principal — afirmou. — A menos que a estalagem fique no meio de um pasto.

Melisande soltou um suspiro alto e começou a guardar o livro de fábulas que traduzia. Já estava quase terminando uma das fábulas, desvendando a estranha história que sua pena vertia no papel sobre um soldado que fora transformado em um homenzinho engraçado. Um homenzinho engraçado que, apesar disso, era muito corajoso. Ele não parecia um típico herói de fábulas, mas, afinal, nenhum dos heróis do livro de Emeline era exatamente normal. De qualquer maneira, a tradução teria de esperar até o dia seguinte. Já estava muito escuro para que conseguisse enxergar direito.

— Não podemos voltar? — perguntou ela enquanto fechava a escrivaninha portátil. — É melhor se abrigar numa estalagem abandonada do que em colinas a céu aberto.

— Excelente argumento, minha querida, mas de qualquer maneira temo que já terá escurecido antes que consigamos voltar para Birkham. É melhor seguirmos em frente.

Ele fechou os olhos novamente, deixando-a frustrada.

Melisande espiou pela janela, mordendo o lábio, e olhou para a dama de companhia adormecida.

— Prometi a Suchlike que não viajaríamos depois que escurecesse — falou baixinho. — Ela nunca saiu de Londres, sabe.

— Então ela vai aprender muito nessa viagem — retrucou seu marido sem abrir os olhos. — Não se preocupe. O cocheiro e os lacaios estão armados.

— Humpf! — Melisande cruzou os braços. — Qual o seu grau de amizade com o Sr. Munroe?

Ela passara os últimos dois dias tentando descobrir sobre o que Vale precisava falar com o homem, mas ele sempre mudava de assunto quando era abordado. Agora ela tentou uma nova estratégia.

— Sir Alistair Munroe — corrigiu ele.

Vale deve ter sentido o olhar irritado da esposa, pois, apesar de nem ter aberto os olhos, ele sorriu.

— Foi nomeado cavaleiro pelos serviços prestados à Coroa. Ele escreveu um livro descrevendo a fauna e a flora do Novo Mundo. Não só sobre plantas e mamíferos, mas sobre peixes, pássaros e insetos também. É um volume grande, mas as ilustrações são muito bonitas. Tudo pintado à mão e baseado nos desenhos que ele mesmo fez. O Rei George ficou tão impressionado que convidou Munroe para um chá, ou pelo menos foi o que ouvi dizer.

Melisande refletiu sobre esse naturalista que havia tomado chá com o rei.

— Ele deve ter passado muitos anos nas colônias para ter conseguido reunir material suficiente para escrever um livro. Ele ficou com o seu regimento o tempo todo?

— Não. Ia pulando de um regimento para outro, de acordo com a direção que seguiam. Com o vigésimo oitavo regimento ele só ficou uns três meses — disse Vale. — Ele se juntou a nós pouco antes de marcharmos para Quebec.

Sua voz soou sonolenta, e Melisande ficou desconfiada. Por duas vezes, ele convenientemente caiu no sono quando ela estava lhe fazendo perguntas.

— Vocês conversaram quando estavam no mesmo regimento? Como ele era?

Vale descruzou e cruzou as pernas sem abrir os olhos.

— Ah, muito escocês. Carrancudo e não gostava muito de falar. Mas tinha um senso de humor negro. Disso eu me lembro. Muito sarcástico.

Ele ficou em silêncio por um momento, e Melisande observou as colinas, que pareciam arroxeadas sob a luz tênue do fim do dia.

Finalmente, Vale voltou a falar num tom sonhador:

— Lembro que ele tinha um baú revestido de couro e ferragens de latão. Mandou fazer sob medida. Havia dúzias de compartimentos dentro dele, todos forrados com feltro; era muito bem planejado. Ele tinha caixas e recipientes de vidro para todos os tipos de espécimes e prensas de vários tamanhos para preservar folhas e flores. Uma vez ele exibiu o interior do baú. Você tinha que ter visto a cara dos soldados. Eram homens durões, alguns estavam no Exército havia décadas e não se impressionavam com nada, mas olhavam embasbacados para o baú como se fossem garotos num parque de diversões.

— Deve ter sido muito divertido — comentou Melisande, baixinho.

— Foi mesmo... — Vale soou distante na escuridão.

— Talvez ele me mostre quando estivermos lá.

— Não vai dar — disse, na penumbra do outro lado da carruagem. — O baú foi destruído quando os nativos nos atacaram. Ficou em pedaços, todos os espécimes espalhados, completamente destruídos.

— Que coisa horrível! Coitado. Ele deve ter ficado arrasado quando viu o que fizeram. — A carruagem ficou em silêncio. — Jasper? — Como ela queria poder ver o rosto dele.

— Ele não viu. — A voz de Vale soou brusca na escuridão. — Seus ferimentos... Ele nunca retornou à cena do massacre. Nem eu. Só fiquei sabendo o que aconteceu com o baú dele meses depois.

— Sinto muito. — Melisande olhou cegamente para a janela escura. Não sabia ao certo pelo que estava lamentando: pelo baú destruído, pelos artefatos perdidos, pelo massacre, ou pelo fato de nenhum homem ter continuado o mesmo que era antes. — Como Sir Alistair é? Jovem? Velho?

— Um pouco mais velho do que eu, talvez. — Vale hesitou. — É melhor que saiba que...

Mas ela o interrompeu, inclinando-se para a frente.

— Olhe. — Ela pensou ter visto uma movimentação do lado de fora.

Um tiro ecoou, estridente no ar da noite. Melisande se encolheu. Suchlike acordou com um gritinho, e Rato ficou de pé e latiu.

Então ouviram uma voz alta e rouca do lado de fora.

— Levante-se e se entregue.

A carruagem parou trepidando.

— Droga — praguejou Vale.

ERA EXATAMENTE ISSO que Jasper temia acontecer desde que a noite começara a cair. Eles estavam num local propício para assaltos. Não que estivesse muito preocupado em perder seus bens materiais, mas ficaria louco se alguém tocasse em Melisande.

— O quê...? — ela começou a dizer, mas ele avançou e pousou a mão na boca da esposa. Melisande era uma mulher inteligente. Na hora se calou. Pegou Rato no colo e segurou firme o focinho dele.

A dama de companhia enfiou o punho cerrado dentro da boca e arregalou os olhos. Ela não deu um pio, mas, mesmo assim, Jasper pediu silêncio pousando um dedo nos lábios, apesar de não fazer a menor ideia se as mulheres conseguiam vê-lo direito dentro da carruagem escura.

Por que o cocheiro não tentou fugir? Mas Jasper logo se deu conta da resposta. O homem já havia admitido que não conhecia muito bem a região. Provavelmente ficou com medo de voltar no escuro e acabar colocando todos em perigo.

— Saiam da carruagem — ordenou um segundo homem.

Então havia pelo menos dois, provavelmente mais. Jasper contava com dois lacaios e dois cocheiros, mais dois homens a cavalo, um deles era Pynch. Seis homens ao todo. Mas quantos seriam os ladrões?

— Vocês ouviram? Saiam daí! — gritou a segunda voz. Um deles deveria estar apontando uma arma para o cocheiro para impedi-lo de fugir com a carruagem. Outro muito provavelmente cuidava dos batedores. Um terceiro seria o encarregado de pegar todos os objetos de valor. Isto é, se fossem somente três. Se houvesse mais...

— Maldição! Saiam ou vou entrar, e entrarei atirando!

A dama de Melisande deixou escapar um gemido abafado e amedrontado, Rato se debateu, mas sua dona o segurou firme, e ela se manteve em silêncio. Um ladrão inteligente começaria matando os criados que estavam do lado de fora um a um para forçá-los a saírem da carruagem. Mas este poderia ser burro o suficiente para...

A porta da carruagem se abriu, e um homem empunhando uma pistola se inclinou para dentro. Jasper segurou a arma dele e a puxou com força. A arma disparou, estilhaçando a janela oposta da carruagem. A criada gritou. O ladrão se desequilibrou, metade do corpo caindo dentro da carruagem. Jasper arrancou a pistola da mão dele.

— Não olhe — disse para Melisande, e deu uma coronhada na têmpora do homem, quebrando-lhe o crânio. Repetiu o golpe rápida e ferozmente, mais três vezes, para garantir que o homem estava morto, então largou a pistola. Odiava pegar em armas.

Um grito ecoou do lado de fora e em seguida um barulho de tiro.

— Droga. Abaixem-se — ordenou ele às mulheres. Uma bala poderia facilmente perfurar a estrutura de madeira da carruagem. Melisande não protestou e se deitou no assento com a criada e o cachorro.

Eles ouviram passos se aproximando, e Jasper se colocou à frente delas, preparando-se.

— Milorde! — A cara grande de Pynch espiou dentro da carruagem. — Está tudo bem, milorde? As mulheres estão...?

— Sim, creio que sim. — Jasper voltou-se para Melisande, tateando no escuro seu rosto e cabelos. — Você está bem, meu amor?

— S-sim. — Ela se endireitou de imediato, as costas eretas, e ele sentiu uma pontada no coração. Se um dia ela se ferisse, se ele não conseguisse protegê-la...

A criada tremia violentamente. Melisande soltou o cachorro e puxou a moça para seus braços, dando tapinhas em suas costas para confortá-la.

— Está tudo bem. Lorde Vale e o Sr. Pynch estão nos protegendo.

Rato pulou para o chão da carruagem e rosnou para o ladrão morto. Pynch pigarreou.

— Capturamos um dos ladrões, milorde. O outro conseguiu fugir.

Jasper olhou para ele e sorriu. Metade do rosto de Pynch estava sujo de pólvora. O valete sempre foi um excelente atirador.

— Me ajude a tirar esse aqui da carruagem — pediu ele a Pynch. — Melisande, por favor, fique aqui até termos certeza de que estamos seguros.

Ela assentiu, cheia de coragem, com o queixo erguido.

— Claro.

E, apesar de Pynch e a criada estarem olhando, Jasper não conseguiu se impedir; abaixou-se para beijar a esposa. Tudo havia acontecido tão rápido. Se as coisas tivessem sido um pouco diferentes, ele poderia tê-la perdido.

Jasper saiu rapidamente da carruagem, louco para ver o homem que tinha colocado em perigo a vida de sua querida esposa. Mas, antes, ajudou Pynch a tirar o corpo do ladrão da carruagem. Esperava que Melisande não tivesse prestado muita atenção, pois ele havia destruído os ossos da face e da têmpora do homem.

Rato pulou da carruagem.

Jasper se endireitou.

— Onde está ele?

— Logo ali, milorde. — Pynch apontou para uma árvore à beira da estrada onde vários lacaios estavam reunidos em torno de uma figura caída no chão. Rato foi logo atrás, farejando o chão.

Jasper assentiu.

— Algum dos nossos homens está ferido? — perguntou enquanto caminhavam até o grupo.

— Bob, o lacaio, levou um tiro de raspão no braço — reportou Pynch. — Ninguém mais foi atingido.

— Você verificou? — No escuro, com toda a agitação, às vezes a pessoa pode ser baleada sem nem se dar conta.

Mas Pynch também estivera no Exército.

— Sim, milorde.

Jasper meneou a cabeça.

— Muito bem. Peça para o lacaio acender mais lampiões. **A luz espanta todos os tipos de vermes.**

— Sim, milorde. — Pynch retornou para a carruagem.

— O que temos aqui? — perguntou Jasper ao se aproximar do grupo de lacaios.

— Um dos ladrões, milorde — respondeu Bob.

Ele pressionava um lenço na parte superior do braço, mas a pistola em sua mão estava firme e apontada para o prisioneiro. Pynch voltou com um lampião, e todos olharam para o ladrão. Ele não passava de uma criança, um garoto que não devia ter nem 20 anos, e seu peito não parava de sangrar. Rato cheirou o garoto, então perdeu o interesse e urinou na árvore.

— Ele ainda está vivo? — questionou Jasper.

— Mal está se aguentando — disse Pynch com indiferença. Era provável que tenha sido o tiro dele que derrubou o rapaz do cavalo, mas o valete não parecia estar com pena.

Por outro lado, esse mesmo rapaz havia apontado uma arma para eles. Poderia ter atirado em Melisande. Uma imagem horrível da esposa caída no lugar do garoto invadiu a mente de Jasper. Melisande com um tiro no peito. Melisande tentando respirar com os pulmões dilacerados.

Jasper se virou.

— Deixem-no aí mesmo.

— Não.

Ele ergueu os olhos e viu Melisande parada do lado de fora da carruagem, apesar das ordens explícitas que ele lhe dera para não sair de lá.

— O que quer dizer, senhora?

Ela não recuou, apesar do tom frio dele.

— Vamos levá-lo conosco, Jasper.

O visconde a encarou. Iluminada pela luz do lampião, ela parecia celestial e frágil. Muito frágil.

— Ele poderia ter matado você, meu coração — disse gentilmente.

— Mas não matou.

Melisande podia até parecer frágil, mas por dentro era feita de aço. Ele assentiu, o olhar ainda fixo nela.

— Enrole-o em um cobertor, Pynch, coloque-o no seu cavalo e leve-o com você.

Melisande franziu o cenho.

— A carruagem...

— Não o quero perto de você.

Ela o encarou e, percebendo que não iria convencê-lo, assentiu. Jasper olhou para Pynch.

— Deixe para fazer o curativo nele quando chegarmos à estalagem. Não quero ficar por aqui nem mais um segundo.

— Sim, milorde — acatou Pynch.

Então Jasper se aproximou da esposa e cruzou o braço com o dela, quente e vivo sob seus dedos. Em seguida, inclinou a cabeça e murmurou ao ouvido de Melisande:

— Estou fazendo isso por você, meu coração. Só por você.

Ela o fitou, o rosto pálido como o luar na escuridão.

— Está fazendo isso por si mesmo também. Não é certo deixá-lo morrer aqui sozinho, independentemente do que ele tenha feito.

O visconde nem se deu ao trabalho de argumentar. Ela que pensasse que ele se importava com tais coisas, se quisesse. Ele a conduziu até a carruagem e a acomodou lá dentro, fechando a porta. Mesmo que o ladrão vivesse mais algumas horas, ele não poderia ferir Melisande, e isso era o que importava no fim das contas.

*

MELISANDE SOLTOU UM suspiro quando a porta do quarto da estalagem foi fechada mais tarde, naquela noite. Onde quer que se hospedassem, Vale sempre pedia dois quartos, e desta vez não foi diferente. Apesar da agitação por conta do quase roubo, apesar do ladrão moribundo — que tinha sido levado para um quarto nos fundos —, apesar do fato de a pequena estalagem estar praticamente lotada, mesmo assim Melisande se viu sozinha em seu quarto.

Ela se aproximou da pequena lareira, empilhada de carvão graças a uma generosa gorjeta dada à esposa do dono da estalagem. As chamas tremulavam, mas seus dedos ainda estavam gelados. Será que os criados comentavam sobre o fato de o patrão e a patroa deles dormirem em quartos separados, mesmo tendo acabado de se casar? Melisande se sentiu ligeiramente envergonhada, como se tivesse falhado de alguma maneira como esposa. Rato pulou na beirada da cama e deu três voltas antes de se acomodar e soltar um suspiro.

Pelo menos Suchlike nunca comentou nada sobre isso. A dama de companhia a ajudava a se vestir e a se despir com um bom humor inabalável. Mas foi difícil para ela sorrir esta noite depois da tentativa de assalto. A pobre ainda estava trêmula de choque e tinha perdido a vontade de falar. Melisande sentiu pena da moça e a dispensou mais cedo para jantar.

E acabou ficando sozinha. Ela não se animou muito para comer o jantar que a rechonchuda esposa do dono da estalagem servira. O frango cozido até que parecia bom, mas seria difícil se alimentar sabendo que um jovem morria nos fundos da estalagem. Ela pediu licença para se recolher mais cedo e subiu para o quarto, mas agora estava arrependida de não ter ficado na sala de jantar que Vale havia reservado para os dois. Ela balançou a cabeça. Não adiantaria nada continuar acordada. Não poderia voltar, agora que já havia trocado de roupa, e ponto final. Melisande ergueu as cobertas da cama robusta e, sentindo-se aliviada ao ver que a roupa de cama parecia limpa, se deitou. Puxou as cobertas até o rosto e apagou a vela. Então ficou observando o reflexo das chamas da lareira dançando no teto até suas pálpebras pesarem.

Sua mente voou longe. Pensou nos olhos brilhantes de Vale e na expressão dele quando puxou de modo selvagem o primeiro ladrão para dentro da carruagem. Pensou no frango cozido e nos bolinhos que a cozinheira fazia quando ela era criança. Perguntou-se quantos dias ainda passariam viajando por estradas esburacadas em uma carruagem trepidante. Quando cruzariam a fronteira da Escócia. Seus pensamentos se dispersaram, e ela começou a adormecer.

Nesse momento, sentiu algo quente às suas costas — braços fortes e o roçar de lábios com gosto de uísque.

— Jasper? — murmurou ela, se virando ainda sonolenta.

— Shh — sussurrou ele.

Seus lábios se abriram contra os dela, e ele a beijou profundamente, a língua invadindo-lhe a boca. Ela sentiu um gosto de sal. Então gemeu, ainda perdida entre o sono e o despertar, indefesa e exposta. Ele começou a despi-la da camisola, as mãos explorando-lhe os seios, acariciando, então beliscando os mamilos a ponto de quase doer.

— Jasper — gemeu ela, deslizando as mãos espalmadas pelas costas dele.

Ele estava nu, a pele tão quente que quase queimava, os músculos enrijecidos sob suas mãos enquanto ele se acomodava em cima dela, encaixando-se entre as pernas abertas.

— Shh — sussurrou ele novamente.

Ela sentiu quando ele encontrou sua abertura e então a penetrou.

O corpo dela estava mole, entregue ao sono e às mãos dele, mas Melisande ainda não estava pronta. Ele recuou e, lenta e gentilmente, investiu várias vezes, cada pequeno impulso abrindo caminho e permitindo que a penetrasse mais fundo. Colocou as mãos embaixo dos joelhos dela e ergueu as pernas, encaixando-se entre elas. E, então, a beijou, as palmas das mãos roçando suavemente os mamilos expostos, provocando-a e a atormentando ao mesmo tempo.

Melisande tentou arquear o corpo para que ele a tocasse com mais firmeza, mas ela não tinha apoio ou forças para tal. Ele estava no controle e faria amor com ela como bem entendesse. Só lhe restava se render.

Assim, ela entrelaçou os dedos nos cabelos do marido e retribuiu o beijo, a boca se movendo cheia de desejo, submissa.

Jasper gemeu e acelerou o movimento, o pênis penetrando-a por completo. Melisande sentia cada estocada, sua intimidade cedendo para recebê-lo.

Ele interrompeu o beijo e afastou o rosto, a respiração ruidosa e ofegante. Ela não abriu os olhos; não queria sair daquele estado semiadormecido. Sentiu que ele deslizava os dedos pela lateral de seu corpo, procurando o centro de prazer, os dedos firmes e certeiros. Então pressionou o clitóris com o polegar.

— Goze comigo — sussurrou ele, a voz rouca de desejo. — Goze comigo.

Melisande enfim abriu os olhos. Ele provavelmente trouxera uma vela para o quarto, pois uma luz suave tremulava ao lado dele. Seus ombros eram largos e musculosos; mechas de cabelo grudavam no rosto molhado, e os olhos turquesa exibiam certa selvageria enquanto a encaravam, persuasivos.

— Goze comigo — sussurrou ele novamente.

Com movimentos circulares, pressionava o polegar com uma precisão impressionante enquanto o pênis a preenchia. Ela estava aberta para ele, um prêmio só dele, e ele continuava sussurrando:

— Goze comigo.

Como poderia negar? O prazer crescia dentro dela, e Melisande queria esconder o rosto. Ele estava no controle como ela nunca permitira antes. Ele poderia ver. Poderia descobrir todos os segredos que ela tanto tentava ocultar.

— Goze comigo. — Ele abaixou a cabeça para lamber o mamilo dela.

Melisande arqueou a cabeça para trás e gemeu alto. Ele abafou o barulho com a própria boca, como se tomasse para si o prêmio dessa batalha. Pressionou-lhe o corpo com força enquanto ela gozava, estremecendo a cada onda de prazer. Grudou os lábios nos dela, os quadris mantendo-a presa, assim como aquele polegar que roçava suavemente, carinhosamente, de um modo enlouquecedor agora. Melisande nunca tinha experimentado um orgasmo como esse, quase doloroso de tão intenso. Abriu os olhos, arfante, e viu que ele ainda não atingira o clímax. Enquanto ela estava trêmula de prazer, ele só havia começado.

Jasper se firmou sobre os braços estendidos e a observou enquanto a penetrava, quente, pesado e impiedoso. Franziu os lábios, o olhar louco de desejo e algo mais.

— Ah! — exclamou ele entre os dentes. — Ah. Ah. *Ah!*

Jasper jogou a cabeça para trás, arqueando convulsivamente, os dentes cerrados enquanto lhe dava estocadas. Quando a semente dele a inundou, quente e viva, ela sentiu uma euforia diferente de tudo que já sentira antes. Tinha dado e recebido dele.

Foi quase sagrado.

Com a cabeça inclinada para baixo, os braços ainda estendidos, ela não podia ver seu rosto, por causa dos cabelos. Uma única gota de suor pingou sobre o seio esquerdo dela.

— Jasper — sussurrou Melisande, segurando o rosto molhado dele entre as mãos. — Jasper.

Ele se retirou de dentro dela, e a perda de sua carne foi quase dolorosa, como se tivessem lhe arrancado um pedaço. Ele desceu da cama, se abaixou para pegar o robe e o vestiu.

— O ladrãozinho morreu.

E então deixou o quarto.

Capítulo Treze

Naquela noite, a corte real estava agitada com os rumores. A serpente estava morta, e o anel de bronze havia desaparecido, mas ninguém se apresentara. Quem seria o homem corajoso que tinha conseguido pegar o anel?

Jack estava, como sempre, ao lado da cadeira da princesa durante o jantar, e ela lhe lançou um olhar muito estranho quando se sentou.

— Ora, Jack — choramingou a princesa —, por onde você andou? Seu cabelo está todo molhado.

— Fui visitar um peixinho prateado — respondeu ele e deu uma cambalhota engraçada.

A princesa sorriu e tomou sua sopa, mas que surpresa encontrou no fundo do prato senão o anel de bronze!

Bem, isso causou uma grande comoção, e o cozinheiro chefe foi chamado. Mas, apesar de o pobre homem ter sido interrogado diante de toda a corte, ele não fazia ideia de como o anel tinha ido parar na sopa da princesa Liberdade. Mesmo sem respostas, o rei foi forçado a dispensar o cozinheiro...

— Jack, o Risonho

Ela devia considerá-lo uma fera voraz depois do que aconteceu na noite anterior. O que não foi um pensamento agradável para se ter durante o café da manhã, e Jasper olhou com uma careta para os ovos e para o pão que a esposa do dono da estalagem havia lhe servido. Até que a comida estava boa, mas o chá estava fraco e não era de boa qualidade; além do mais, ele não precisava de muitos motivos para se sentir irritado nessa manhã.

Jasper espiou a esposa por cima da borda da xícara. Ela não parecia uma mulher que fora violada na noite anterior. Pelo contrário, parecia limpa, descansada e com todos os fios de cabelo no devido lugar, o que por algum motivo o irritou ainda mais.

— Você dormiu bem? — perguntou ele, no que muito provavelmente foi o início da conversa mais banal possível.

— Sim, obrigada. — Ela deu um pedacinho de pão para Rato, que estava sentado embaixo da mesa. Jasper sabia muito bem disso, apesar de ela não ter se mexido ou alterado a expressão. Na verdade, continuou apenas a encará-lo. Havia algo naquele olhar firme que entregava o que ela havia feito.

— Cruzaremos a fronteira com a Escócia hoje — informou ele. — Devemos chegar a Edimburgo amanhã.

— Ah, é?

O visconde assentiu e passou manteiga em mais um pão, seu terceiro.

— Tenho uma tia em Edimburgo.

— É mesmo? Você nunca mencionou isso. — Ela tomou um gole de chá.

— Bem, mas eu tenho.

— Ela é escocesa?

— Não. Seu primeiro marido era escocês. Creio que ela esteja no terceiro marido agora. — Ele pousou a faca de manteiga no prato. — Ela se chama Sra. Esther Whippering, e vamos passar uma noite na casa dela.

— Está certo.

— Ela já está com uma idade avançada, mas continua afiada como uma navalha. Costumava me dar puxões de orelha doloridos quando eu era criança.

A mão de Melisande, que segurava a xícara de chá, parou próxima à boca.

— Por quê? O que você fazia?

— Nada. Ela dizia que era bom para mim.

— Sem dúvida foi.

Jasper abriu a boca, prestes a defender a honra de sua infância, quando sentiu algo frio e úmido tocar-lhe a mão que repousava no colo.

Ele tinha erguido a outra mão para pegar a faca de pão e quase a deixou cair.

— Meu Deus, o que é isso?

— Deve ser o Rato — respondeu Melisande com calma.

O visconde espiou embaixo da mesa e viu dois olhinhos pretos brilhando em sua direção, parecendo um pouco diabólicos no escuro.

— O que ele quer?

— Seu pão.

Jasper olhou para a esposa, ultrajado.

— Mas ele não vai ter.

Ela deu de ombros.

— Ele vai continuar perturbando você até conseguir um pedaço.

— Isso não é motivo para recompensar o mau comportamento.

— Aham. Deveríamos pedir para a esposa do dono da estalagem preparar um almoço para levarmos. Ela parece ser uma boa cozinheira.

Ele sentiu outro cutucão na perna. Algo pesado e quente se acomodou em cima de seu pé.

— Boa ideia. Talvez não encontremos nenhuma estalagem a tempo do almoço.

Ela assentiu e seguiu na direção da porta da sala privada para cuidar dos preparativos.

Jasper levou um pedaço de ovo para baixo da mesa assim que Melisande virou as costas. Uma língua molhada lambeu seus dedos.

A esposa se virou e olhou desconfiada para ele, mas não disse nada.

Meia hora depois, os cavalos estavam atrelados, a dama de companhia, acomodada ao lado do cocheiro para mudar de ares, Melisande e Rato, dentro da carruagem esperando, enquanto Jasper fazia os acertos finais com o dono da estalagem. Ele agradeceu ao homem e subiu os degraus da carruagem, então bateu no teto e se sentou.

Melisande ergueu os olhos do bordado quando a carruagem entrou em movimento.

— O que você disse para ele?

O visconde olhou pela janela. Uma neblina cobria as colinas.

— Para quem?

— Para o dono da estalagem.

— Agradeci a ele pelo conforto e pela noite sem pulgas.

Ela continuou a encará-lo.

Jasper suspirou.

— Dei a ele dinheiro suficiente para pagar pelo enterro do rapaz. E um pouco mais pelo incômodo. Achei que você apreciaria o gesto.

— Obrigada.

Ele relaxou no assento e jogou as pernas para o lado.

— Você tem um coração mole, minha senhora esposa.

Ela negou, com firmeza.

— Tenho apenas um coração justo.

— Um coração justo que socorre um rapaz que poderia ter lhe matado sem pestanejar.

— Você não tem como saber disso.

Jasper ficou olhando as colinas.

— Sei que ele saiu na noite passada com homens mais velhos e uma arma. Se não tinha intenção de usá-la, então nunca deveria tê-la carregado.

Ele sentiu o olhar dela.

— Por que você não atirou ontem?

Jasper deu de ombros.

— A pistola do ladrão disparou e ele desperdiçou o tiro.

— O Sr. Pynch me contou hoje de manhã que há pistolas embaixo do banco.

Maldito Pynch e sua língua solta. Ele olhou de soslaio para Melisande, cuja expressão era mais de curiosidade do que de reprovação.

Ele soltou um suspiro.

— Acho que seria prudente lhe mostrar para que possa usar caso seja necessário. Mas, pelo amor de Deus, não pegue uma arma a menos que tenha intenção de usá-la, e sempre a mantenha apontada para o chão.

Melisande ergueu as sobrancelhas, mas não fez nenhum comentário.

Jasper mudou-se para o assento onde ela estava e ergueu o estofamento fino do banco onde antes sentava. Embaixo havia um compartimento com uma tampa móvel. Ele abriu a tampa, revelando duas pistolas.

— Aqui está.

Ela deu uma espiada, e Rato pulou do assento onde cochilava para ver também.

— Muito bom — comentou Melisande e olhou de um modo franco para ele. — Por que você não as usou na noite passada?

Ele deu um empurrãozinho no cachorro para afastá-lo antes de fechar a tampa do compartimento, colocar o estofado no lugar e voltar ao assento.

— Não usei porque tenho uma aversão irracional a armas, se quer saber.

Ela ergueu as sobrancelhas.

— Isso deve ter sido um problema durante a guerra.

— Ah, usei pistolas e rifles o suficiente quando estava no Exército. Até que não atiro mal. Ou pelo menos não atirava; não pego numa pistola desde que voltei para a Inglaterra.

— Então por que odeia armas agora?

Ele esfregou o polegar esquerdo com força na palma da mão direita.

— Não gosto da sensação, do peso talvez, de ter uma pistola na minha mão. — Olhou para ela. — Mas eu teria usado se não houvesse outro jeito. Não teria arriscado a sua vida, meu coração.

Ela assentiu.

— Eu sei.

E essa simples frase o encheu de um sentimento que não sentia havia um bom tempo — felicidade. Jasper a encarou. Ela parecia tão segura de sua competência, de sua coragem. *Por favor, Senhor, não permita que ela descubra a verdade.*

★

GOSTARIA DE TER coragem de dizer a Vale que não queria dormir longe dele, pensou Melisande, mais tarde, naquela noite. Ela se encontrava no pátio de outra estalagem — essa era bem maior — e observava enquanto os funcionários do lugar desatrelavam os cavalos e Vale conversava com o dono sobre a possibilidade de arrumar um quarto para passarem a noite.

Um quarto para ela.

A estalagem estava praticamente lotada, ao que parecia, e havia apenas um quarto vago, mas, em vez de dividi-lo com ela, Vale pretendia dormir no salão de baixo mesmo. Deus sabia o que o dono da estalagem pensou disso. Ela suspirou e olhou na direção de um lacaio que levava Rato pela coleira. Ou melhor, Rato levava o criado, esticando a guia e arrastando o pobre homem até um poste de amarrar cavalos, onde ergueu a patinha para demarcar território antes de seguir para o próximo poste.

— Está pronta, querida?

Melisande ergueu os olhos e descobriu que, enquanto refletia sobre o casamento deles, Vale concluíra a transação com o dono da estalagem.

Ela assentiu e aceitou o braço dele.

— Estou.

— Rato vai acabar deslocando o braço daquele lacaio — comentou Vale enquanto eles entravam. — Você sabia que eles disputam nos dados para ver quem vai levá-lo para passear à noite?

— E quem leva é o ganhador?

Eles entraram na estalagem.

— Não, o perdedor — respondeu ele, então contraiu o cenho ao ouvir uma gargalhada escandalosa no salão principal.

A estalagem era antiga, com imensas vigas enegrecidas que sustentavam o teto baixo. À esquerda ficava o salão principal com mesas redondas desgastadas e uma lareira crepitando, embora estivessem no auge do verão. Todas as mesas estavam ocupadas por viajantes — a maioria homens — bebendo cerveja e jantando.

— Por aqui — disse Vale, conduzindo-a para a direita até uma salinha privada nos fundos, onde iriam comer. Lá, a mesa já estava posta com pratos de cerâmica resistentes e um pão escuro que parecia fresco.

— Obrigada — murmurou Melisande quando ele puxou uma cadeira para ela.

Assim que se sentou, o lacaio entrou com Rato. No mesmo instante, o terrier avançou e parou diante da dona para receber carinho.

— Como vai, Sir Rato? Gostou do passeio?

— Ele quase pegou um rato, milady — contou o lacaio. — Nos estábulos. Cachorrinho esperto.

Melisande sorriu para o cão e fez-lhe carinho atrás das orelhas.

— Muito bem.

O dono da estalagem entrou apressado, trazendo uma garrafa de vinho; uma moça veio logo atrás com um cozido de carneiro, e, por um tempo, o caos se estabeleceu na pequena sala. Levou cinco minutos para que Vale e Melisande estivessem a sós novamente.

— Amanhã — ele começou a dizer, mas foi interrompido por um grito, vindo do salão principal.

Vale olhou para a porta e fez uma careta. Estavam isolados na sala privada, mas mesmo assim ainda era possível ouvir o murmurinho constante que vinha do lado de fora.

Ele olhou para ela do lado oposto da mesa e franziu as sobrancelhas acima dos olhos azul-esverdeados.

— Não se esqueça de trancar a porta à noite, e não saia do quarto. Não gostei nada da cara dessa gente.

Melisande assentiu. Sempre trancava a porta quando podia ou colocava uma cadeira para travá-la. De qualquer maneira, Vale costumava ficar no quarto ao lado.

— Seu quarto não estava trancado na noite passada.

Ela se perguntou se ele estava pensando na noite quente de amor que tiveram.

— A porta não tinha trava.

— Vou mandar um lacaio ficar de guarda na porta do seu quarto hoje.

Depois disso, terminaram a refeição em silêncio. Já passava das dez quando Melisande foi para o quarto, acompanhada de Rato. Ela viu Suchlike bocejando enquanto estendia uma camisola. O quarto era pequeno, mas limpo, e contava com uma cama, uma mesa e algumas cadeiras próximas à lareira. Tinha até dois pequenos quadros de cavalos na parede ao lado da porta.

— Como foi o seu jantar? — perguntou Melisande para a criada. Em seguida, se aproximou da janela e descobriu que seu quarto tinha vista para o pátio do estábulo.

— Muito bom, milady — respondeu Suchlike. — Mas não gosto muito de carneiro.

— Não? — Melisande começou a puxar as fitas do vestido.

— Deixe-me fazer isso, milady. — Suchlike se aproximou, apressada.
— Não, prefiro um belo pedaço de carne. O Sr. Pynch me contou que peixe é o prato preferido dele. A senhora acredita nisso?

— Acho que tem muita gente que gosta de peixe — respondeu Melisande diplomaticamente. Então se livrou do corpete.

Suchlike não pareceu acreditar muito naquilo.

— Sim, milady. O Sr. Pynch disse que deve ser porque nasceu perto do mar.

— O Sr. Pynch nasceu perto do mar?

— Sim, milady. Na Cornualha. O lugar é tão distante, mas ele nem fala esquisito.

Melisande analisou a criada enquanto ela a ajudava a tirar o restante da roupa. Teria imaginado que o valete fosse muito velho e sisudo para Suchlike, mas a mocinha parecia empolgada em falar sobre ele. Só esperava que o Sr. Pynch não estivesse brincando com os sentimentos da criada. Teria de falar sobre isso com Vale na manhã seguinte.

— Pronto, milady — disse Suchlike enquanto lhe vestia a camisola.
— A senhora está muito bonita. A renda lhe cai bem. Coloquei uma

panela quente na cama e trouxe um jarro de água. Tem um pouco de vinho na mesa e taças também, se a senhora quiser tomar um pouco antes de se deitar. Quer que eu trance seus cabelos para a noite?

— Não precisa — respondeu Melisande. — Vou escová-los sozinha. Obrigada.

A criada fez uma mesura e seguiu em direção à porta.

Um pensamento ocorreu a Melisande.

— Ah, Suchlike?

— Sim, milady?

— Certifique-se de dormir perto dos nossos homens. Lorde Vale não gostou das pessoas que estavam no salão.

— O Sr. Pynch também não gostou — respondeu a criada. — Ele disse que vai ficar de olho em mim hoje à noite.

O coração de Melisande aqueceu pelo valete insensível. Pelo menos ele estava protegendo Suchlike.

— Fico feliz em saber disso. Boa noite.

— Boa noite, milady. Durma bem. — E então a criada deixou o quarto.

Melisande se serviu de vinho e tomou um gole. Certamente não era da mesma qualidade dos vinhos da adega de Vale, mas tinha uma acidez agradável. Ela tirou os grampos dos cabelos e colocou-os sobre a mesa.

Começou a escovar os cabelos, mas, de repente, ouviu um estrondo vindo do andar de baixo. Ela se aproximou da porta para tentar ouvir, ainda segurando a escova, mas as vozes só continuaram alteradas por alguns minutos, e então tudo pareceu calmo novamente. Melisande terminou de escovar os cabelos, tomou o restante do vinho e foi para a cama.

Deitada, ficou se perguntando se Vale iria até seu quarto essa noite. Se fosse o caso, teria de pedir a chave ao dono da estalagem, pois ela tomara o cuidado de trancar a porta depois que Suchlike saiu.

Mas Melisande deve ter adormecido, pois sonhou com Jasper em batalha, canhões disparando ao redor enquanto ele ria e se recusava a levantar a arma. No sonho, ela o chamava, implorando que se defendesse. Lágrimas escorriam por seu rosto quando acordou com gritos e socos na porta do quarto. Ela se sentou ao mesmo tempo que a porta era escancarada e quatro bêbados invadiam seu quarto.

Melisande observou a cena, chocada. Rato pulou da cama e começou a latir.

— Ela é um pouco grosseirona, mas é bonita — disse um deles, mas, de repente, foi como se um furacão o apanhasse por trás.

Em um segundo, Vale estava em cima do homem, socando-o de modo selvagem e silencioso. Descalço e sem camisa, ele pegou o homem pelos cabelos e bateu o rosto dele contra o assoalho, espalhando sangue para todo lado.

Dois dos bêbados olharam surpresos para o súbito ataque de violência, mas o terceiro tentou avançar. Antes mesmo que tivesse tempo de se aproximar de Vale, foi detido por trás pelo Sr. Pynch e arrastado para o corredor. Uma pancada fez a parede estremecer, e um dos quadrinhos de cavalo caiu. Vale se levantou, deixando o homem largado no chão, e foi para cima dos outros dois. Melisande conteve um grito. Eles podiam estar bêbados, mas eram dois contra um. O Sr. Pynch ainda lutava com o outro homem no corredor.

Um dos homens tentou sorrir.

— Isso até que é divertido.

Vale o acertou em cheio no rosto. O homem girou com a força do golpe e caiu feito uma árvore abatida. Voltando-se para o último homem, que tentava se safar, Vale o segurou pelo paletó, virou-o de frente e bateu sua cabeça contra a parede. O outro quadrinho caiu, e Rato atacou a moldura.

O Sr. Pynch apareceu na entrada do quarto.

Vale ergueu os olhos, ofegando acima do último homem caído.

— Está tudo bem lá fora?

O Sr. Pynch meneou a cabeça. Seu olho esquerdo estava avermelhado e começava a inchar.

— Já acordei os lacaios. Eles vão passar o restante da noite no corredor para evitar outros incidentes.

— E quanto a Bob? — interpelou Vale. — Era para ele estar de vigília aqui.

— Vou descobrir o que aconteceu — respondeu Pynch.

— Cuide disso — ordenou Vale, ríspido. — Diga aos outros que tirem esse lixo daqui.

— Pois não, milorde. — O valete desapareceu no corredor.

Só então Vale olhou para Melisande. O rosto dele parecia selvagem, e pingava sangue de um corte na bochecha.

— Está tudo bem, milady?

Ela assentiu.

Mas ele se virou e desferiu um soco na parede.

— Eu lhe prometi que isso não iria acontecer.

— Jasper...

— Maldição! — Chutou um dos bêbados caídos.

— Jasper...

Nesse momento, o Sr. Pynch chegou com os outros criados. Eles arrastaram os bêbados para fora do quarto, e nenhum dos homens ousou olhar para ela. Melisande ainda estava sentada na cama, com as cobertas puxadas até o queixo. Bob apareceu, pálido e assustado, tentando explicar que tinha passado mal, mas Vale lhe deu as costas e cerrou os punhos. Ela viu o Sr. Pynch fazer um sinal com o queixo para que o lacaio se retirasse, e o coitado saiu mais que depressa.

Em alguns instantes, o quarto ficou vazio. Os criados foram embora e restara apenas Vale, que andava de um lado para o outro como um leão enjaulado. Rato deu uma última latida em direção à porta e voltou para a cama para receber seu prêmio. Melisande fez um afago nas orelhas macias dele enquanto o marido colocava uma cadeira contra a porta. O batente estava quebrado perto da fechadura e não dava mais para fechar direito.

Melisande observou-o por um momento, então suspirou e desceu da cama. Caminhou descalça até a mesa, serviu uma taça de vinho e a entregou a ele.

Jasper se aproximou, aceitou a taça sem dizer nada e bebeu metade do vinho de um só gole.

Ela queria lhe dizer que ele não tinha culpa. Que tomara o cuidado de colocar um homem de guarda e que, quando este falhou, ele apareceu na hora exata. Mas sabia que nada do que dissesse iria atenuar sua culpa. Talvez pela manhã ela conseguisse falar sobre isso, mas não agora.

Após um tempo, ele tomou o restante do vinho e pousou cuidadosamente a taça como se ela pudesse quebrar.

— Volte para a cama, meu coração. Ficarei aqui com você pelo resto da noite.

E se acomodou em uma das cadeiras próximas à lareira enquanto ela voltava para a cama. Era uma cadeira de madeira simples, provavelmente desconfortável, mas ele esticou as longas pernas e cruzou os braços no peito.

Melisande ficou observando-o por um tempo, triste. Queria tanto que dormisse com ela. Sabia que não conseguiria dormir mais naquela noite, mas, se ficasse acordada, acabaria sendo motivo de preocupação, assim achou melhor fingir que estava dormindo e fechou os olhos. Pouco tempo depois, escutou um murmurinho do lado de fora do quarto e o arrastar de uma cadeira. Vale se moveu quase silenciosamente e, em seguida, tudo voltou a ficar quieto.

Melisande abriu os olhos. O marido estava deitado num canto, em um tipo de catre muito parecido, na verdade, com aquele que ficava em seu quarto de vestir. Ele estava virado de lado, de costas para a parede. Ela observou-o enquanto a respiração desacelerava aos poucos até ficar estável. Então, esperou mais um pouco.

Quando já não aguentava mais, desceu da cama e se aproximou do catre na ponta dos pés. Ficou parada ali por um momento, vendo-o dormir naquela cama rústica, então passou a perna por cima dele para se espremer entre o marido e a parede. No momento em que pousou o pé, porém, ele ergueu a mão e segurou seu tornozelo.

Vale a encarou, os olhos azul-esverdeados quase pretos na escuridão.

— Volte para a cama.

Com todo cuidado, ela se ajoelhou ao lado dele.

— Não.

Ele soltou seu tornozelo.

— Melisande...

Mas ela ignorou a súplica, erguendo o cobertor e deitando-se atrás dele.

— Droga — murmurou ele.

— Shh. — Ela se deitou de frente para as costas fortes e largas e, lentamente, começou a deslizar a mão pela lateral rígida e avançou aos poucos até abraçá-lo. Inalou o cheiro que emanava com o calor do corpo dele, sentindo-o quente e reconfortante, e soltou um leve suspiro, acomodando o rosto nos ombros largos. A princípio ele ficou paralisado, mas logo começou a relaxar, como se concedesse o momento para ela.

Melisande sorriu. A vida toda ela dormira sozinha. Mas agora não mais.

Finalmente, se sentiu em casa.

JASPER DESPERTOU COM mãos femininas deslizando por suas costas, e a primeira coisa que sentiu foi vergonha. Vergonha por ela ter descoberto que ele dormia no chão como um mendigo. Vergonha por não conseguir dormir na cama como os outros homens. Vergonha por ela saber de seu segredo. Então as mãos desceram um pouco mais, despertando seu desejo.

Ele abriu os olhos e descobriu que ainda estava escuro, o fogo da lareira se extinguindo lentamente. Normalmente ele acenderia uma vela, mas, naquele momento, a escuridão não o incomodou. A mão delicada desceu pela lateral de seu corpo até alcançar seu pênis, e ele gemeu. Sentir aqueles dedos finos e frios explorando, curiosos, era o sonho de qualquer homem, nas altas horas da noite, em momentos como esse, longe de casa. Ela tocou na cabeça do pênis e então segurou firme ao longo da extensão, deslizando lentamente a mão para cima e para baixo. Podia sentir os seios pequenos e encantadores pressionando suas costas, e foi muito difícil para ele se conter.

Ele se virou.

— Monte em mim.

Os cabelos dela estavam soltos, caindo em ondas ao redor do rosto. Sob a luz tênue da lareira, Melisande parecia uma criatura encantada que tinha vindo levá-lo de sua existência mortal. Ela se sentou e passou uma perna longa e delgada por cima dos quadris dele. Então se ergueu, ereta e elegantemente empertigada, sobre o pênis pulsante.

— Me ajude a entrar, minha senhora esposa — sussurrou ele. — Me encaixe dentro de você.

Ele teve a impressão de que ela franziu o cenho no escuro, como se desaprovasse um tema inapropriado para se discutir na hora do chá. Ela podia até parecer formal e educada na hora do chá, mas, à noite e com ele, era uma criatura devassa.

— Monte em mim, meu coração — insistiu ele. — Cavalgue até gemer de prazer. Cavalgue até que eu preencha você com a minha semente.

Melisande arfou e então se ergueu. Ele sentiu as mãos delicadas tocá-lo enquanto ela se encaixava e teve de se conter para não gemer alto. O calor feminino e úmido o pressionou, o envolveu, o dominou. Ele arqueou o quadril e segurou Melisande pelas nádegas para mantê-la firme na posição.

Ela pousou as mãos espalmadas sobre o peito largo e desceu, com as costas eretas, os longos cabelos roçando o rosto dele. Cavalgou, mordendo o lábio e esfregando a pélvis contra a dele, e Jasper esperou, segurando-a, observando atento a expressão dela. Os olhos de Melisande estavam fechados, o rosto encantador inclinado para trás. Ele ergueu as mãos para segurar-lhe os seios, fazendo-a arquear as costas para trás, e acariciou os pequenos mamilos, torturando-a até que ela arfasse. E então os sacudiu levemente.

— Jasper — ofegou ela. — Jasper...

— Sim, meu amor?

— Me toque.

— Estou tocando — respondeu baixinho, inocente, apesar de seu rosto brilhar de suor.

Ela pressionou o peso do corpo sobre o dele, movendo o quadril para puni-lo, e por um momento ele não conseguiu ter nenhum pensamento coerente.

Então ela disse:

— Assim não. Você sabe como.

Jasper balançou a cabeça e deu um puxão no mamilo novamente.

— Você vai ter que dizer em voz alta, meu coração.

Ela gemeu.

Deveria ter sentido pena, mas a carne era fraca, e ele queria ouvir aqueles lábios doces e contidos dizendo as palavras.

— Diga.

— Ah, Deus, toque no meu clitóris!

Ele sentiu o primeiro jorro só de ouvi-la falar aquilo. Ofegou e levou o dedo ao ponto inchado dela, sentindo o pênis entrar e sair, e não conseguiu mais aguentar.

Jasper arqueou as costas e a beijou para abafar o grito de prazer. E então gozou, explodindo dentro dela, banhando-a com sua alma.

Capítulo Quatorze

No dia seguinte, o rei anunciou o segundo desafio: trazer um anel de prata que estava escondido no alto de uma montanha vigiada por um troll. Mais uma vez, Jack esperou até que todos partissem e então abriu a caixinha de rapé, de onde surgiu a armadura da noite e do vento e a espada mais afiada do mundo. Vestiu-a, empunhou a espada e, num segundo, lá estava Jack, rápido e ágil diante do terrível troll e sua espada. Essa batalha foi um pouco mais demorada do que a primeira, mas, no fim, o resultado foi o mesmo. Jack conseguiu o anel de prata...

— Jack, o Risonho

Quando Melisande acordou na manhã seguinte, Vale já havia deixado o quarto. Ela passou a mão no travesseiro dele. Ainda estava quente, e podia ver a marca deixada pelo peso da cabeça onde ele deitara. Estava sozinha, como acontecera todas as manhãs desde que se casara, mas dessa vez era diferente: havia dormido nos braços dele na noite anterior, escutado sua respiração, as batidas suaves de seu coração, sentira-se aquecida em contato com a pele quente e nua de Jasper.

Ficou sorrindo por um momento antes de se levantar e chamar Suchlike. Meia hora depois, já estava no andar de baixo, pronta para o café da manhã, mas seu marido havia desaparecido.

— Lorde Vale saiu para cavalgar, milady — comunicou um lacaio, sem jeito. — Ele disse que estará de volta na hora da partida.

— Obrigada — agradeceu-lhe Melisande, e seguiu para a pequena sala do desjejum. Não adiantaria nada ir atrás dele. Além do mais, o marido teria de voltar em algum momento.

Mas Vale preferiu acompanhar a carruagem a cavalo naquele dia, e assim ela seguiu viagem, contando apenas com a companhia de Suchlike.

Eles chegaram a Edimburgo no final da tarde e pararam diante da elegante residência da tia de Vale pouco depois das cinco. Vale abriu a porta da carruagem, e Melisande havia acabado de pousar a mão na dele quando a tia apareceu para recebê-los. A Sra. Whippering era uma mulher miúda e robusta e trajava um vestido amarelo radiante. As maçãs do rosto eram rosadas, ela exibia um sorriso quase permanente e não parava de falar com sua voz estridente.

— Esta é Melisande, a minha senhora esposa — Vale apresentou à tia quando esta fez uma pausa para recuperar o fôlego das efusivas boas-vindas.

— Estou tão feliz em conhecê-la, minha querida — cantarolou a Sra. Whippering. — Me chame de tia Esther.

E foi o que Melisande fez.

Tia Esther os conduziu para o interior da casa, que aparentemente havia sido redecorada para seu terceiro casamento.

— Homem novo, casa nova — confidenciou, animada, para Melisande.

Jasper apenas sorriu.

A casa era encantadora. Ficava no alto de uma das várias colinas de Edimburgo, erigida em pedras brancas e de linhas clássicas e simples. No interior, tia Esther optara por um piso xadrez em mármore branco e preto.

— Por aqui — chamou ela, seguindo pelo vestíbulo. — O Sr. Whippering não vê a hora de conhecer vocês.

A senhora os conduziu até uma sala de estar vermelha, com quadros de cestas de frutas enormes pendurados acima de uma lareira em laca preta e dourado. Havia um homem sentado em uma poltrona, e ele era tão alto e magro que parecia uma bengala envergada. Estava prestes a abocanhar um muffin quando os convidados entraram.

Tia Esther avançou na direção dele, fazendo a saia do vestido amarelo farfalhar.

— Muffin *não*, Sr. Whippering! O senhor sabe que eles não lhe caem bem.

O pobre homem desistiu do muffin e se levantou para as apresentações. Ele era muito mais alto do que Vale e usava um paletó bem largo. Mas abriu um sorriso gentil quando olhou para todos por cima dos óculos em formato de meia-lua.

— Este é o Sr. Horatio Whippering, meu marido — anunciou tia Esther, cheia de orgulho.

O Sr. Whippering inclinou a cabeça para Vale e cumprimentou Melisande, tomando-lhe a mão com um ar maroto.

Após as apresentações, tia Esther se acomodou em uma das poltronas.

— Sentem, sentem, e me contem como foi a viagem.

— Fomos atacados por salteadores — contou Vale, na mesma hora.

Melisande arqueou uma sobrancelha, e ele piscou para ela.

— Não! — Tia Esther arregalou os olhos e voltou-se para o marido. — Ouviu isso, Sr. Whippering? Salteadores atacaram meu sobrinho e a esposa dele. Nunca ouvi falar disso. — Ela balançou a cabeça e serviu o chá. — Bem, acredito que tenham sido afugentados por vocês.

— Cuidei de todos sozinho. — Vale sorriu, com modéstia.

— Você tem sorte de ter arrumado um marido tão forte e corajoso — disse tia Esther para Melisande.

Melisande também sorriu e evitou olhar para Jasper, temendo cair na risada.

— Acho que eles deviam ser enforcados, isso sim — continuou a senhorinha enquanto passava uma xícara de chá para o casal. Quando entregou outra para o marido, ela ralhou: — Não coloque creme.

Lembre-se de que não faz bem para a sua digestão, querido. — Então, se recostou com um prato cheio de muffins no colo. — Temos um assunto sério para tratar, meu querido sobrinho.

— E sobre o que seria, querida tia? — Vale tinha escolhido o maior muffin e agora dava uma mordida nele, espalhando farelos pela camisa.

— Ora, sobre esse casamento apressado. Não há motivo para tanta pressa a menos que — ela lançou um olhar afiado para os dois — *exista* um motivo...

Melisande piscou e negou, balançando a cabeça.

— Não? Então por que a pressa? Pois eu tinha acabado de receber a notícia de que você havia trocado de noiva e na carta seguinte... foi na carta seguinte, não foi, Sr. Whippering? — Ela apelou para o marido, que assentiu, obviamente já acostumado ao seu papel nos monólogos. — Sabia que estava certa — continuou tia Esther. — Como eu estava dizendo, logo na carta seguinte que me enviou, sua mãe contou que você já havia se casado. Ora, nem tive tempo de pensar no que iria comprar de presente de casamento, muito menos de me preparar para ir a Londres. Então gostaria de saber: qual o motivo desse casamento apressado? O Sr. Whippering me cortejou por três anos, não foi, Sr. Whippering?

Mais um aceno obediente.

— E mesmo assim o fiz esperar nove meses antes de nos casarmos. Não consigo imaginar por que você se casaria com tanta pressa. — Ela parou para respirar e tomar um gole de chá, franzindo o cenho com um olhar intenso para o sobrinho.

— Mas, tia Esther, eu *tinha* que me casar com Melisande o mais rápido possível — disse Vale, com toda inocência. — Tive receio de que ela desistisse, pois estava cercada de pretendentes, e precisei afugentar cada um deles com uma bengala. Assim que ela aceitou o pedido, eu a levei ao altar o mais rápido que pude.

E, com um sorriso inocente, ele terminou de contar aquelas mentiras ultrajantes.

A senhora bateu palmas, encantada.

— Sendo assim, fez a coisa certa! Muito bem! Estou feliz que tenha conseguido arrumar uma dama tão fina para casar. Ela parece ter a cabeça no lugar; isso deve trazer um pouco de equilíbrio à sua vida desregrada.

Vale levou as mãos ao peito e fingiu desmaiar na cadeira, fazendo drama.

— Assim a senhora me magoa, tia querida.

— Bobagem! — exclamou a senhora. — Você não passa de um tolo, mas a verdade é que a maioria dos homens fica assim quando o assunto é mulher, até mesmo meu querido Sr. Whippering.

Todos olharam para o Sr. Whippering, que fez o possível para corresponder às expectativas com uma expressão travessa. Mas acabou sendo prejudicado pela xícara de chá que equilibrava sobre o joelho ossudo.

— Bom, desejo aos dois uma união duradoura e feliz — declarou tia Esther, enfiando um pedacinho de muffin na boca. — E *muito* frutífera.

Melisande engoliu em seco diante da alusão a filhos e baixou os olhos para a xícara de chá. A ideia de carregar um serzinho na barriga, um filho seu e de Jasper, de acariciar os delicados cabelos castanho-avermelhados de um bebê, despertou-lhe um desejo ardente. Ah, como seria maravilhoso ter um bebê!

— Obrigado, tia — dizia Vale com seriedade. — Devo ao meu pai ao menos uma dúzia de filhos.

— Sei que está brincando comigo, mas a família é a coisa mais importante. *Mais* importante. O Sr. Whippering e eu já discutimos sobre o assunto em várias ocasiões, e ambos concordamos que filhos fazem um jovem sossegar. E você, querido sobrinho, bem que está precisando disso. Ora, eu me lembro de uma vez... — Tia Esther se interrompeu, sobressaltada, soltando um gritinho ao olhar para o relógio. — Sr. Whippering! Olhe a hora! Olhe a hora! Por que não me avisou que já era tão tarde, homem malvado?

O Sr. Whippering pareceu assustado.

Tia Esther se mexeu violentamente, tentando se levantar do assento, toda atrapalhada com as saias volumosas, a xícara de chá e o prato de muffins.

— Temos convidados para o jantar de hoje, e preciso me aprontar. Ah, me ajude!

O Sr. Whippering se levantou e ajudou a esposa a ficar de pé.

A senhora deu um pulinho e correu para tocar a sineta e chamar a criada.

— Vamos receber Sir Angus, e ele é muito rígido, mas não se preocupe — confidenciou a Melisande. — Ele conta as melhores histórias depois da segunda taça de vinho. Agora, vou pedir a Meg que os acompanhe até o quarto para que possam tomar um banho, se desejarem, mas peço que desçam às sete, pois decerto Sir Angus chegará pontualmente. Então teremos que entretê-lo enquanto esperamos pelos outros convidados. Ah, convidei uma porção de gente encantadora.

Ela bateu palmas como uma mocinha empolgada, e o Sr. Whippering sorriu carinhosamente. Melisande pousou o prato e se levantou enquanto tia Esther listava os convidados nos dedos.

— O Sr. e a Sra. Flowers... eu organizei para que se sentasse ao lado do Sr. Flowers, pois ele é sempre muito gentil e sabe quando concordar com uma dama. A Srta. Charlotte Stewart também vem e ela tem as melhores fofocas. O Capitão Pickering e a esposa... ele foi da Marinha, sabe, viu coisas muito estranhas, e... ah! Aqui está a Meg.

A criada havia acabado de entrar na sala e feito uma mesura.

Tia Esther se aproximou da moça.

— Mostre para meu sobrinho e a esposa o quarto deles; o azul, *não* o verde. O verde pode ser maior, mas o azul é bem mais quente. Tem uma corrente de ar no verde — confidenciou ela para Melisande. — Não esqueçam: desçam às sete em ponto.

Vale, que continuou sentado durante todo o discurso, comendo os muffins, tranquilo, finalmente se levantou.

— Não se preocupe, tia. Desceremos às sete em ponto, trajando as nossas melhores roupas.

— Excelente! — exclamou a tia.

Melisande sorriu, pois parecia inútil dizer qualquer coisa, e começou a seguir a criada rumo ao quarto.

— Ah, acabo de me lembrar — interrompeu-os tia Esther. — Virá mais um casal também.

Melisande e Vale viraram-se educadamente para ouvir os nomes dos novos convidados.

— O Sr. Timothy Holden e a esposa, Lady Caroline. — Tia Esther se inclinou para a frente. — Eles moravam em Londres antes de se mudarem para Edimburgo, e achei que seriam uma boa companhia para vocês. O Sr. Holden é um cavalheiro muito elegante. Quem sabe já o conheça?

E, apesar de se esforçar, Melisande não conseguiu encontrar o que dizer.

HAVIA ALGO ERRADO com Melisande, pensou Jasper mais tarde, naquela noite. Ela se encontrava no outro extremo da longa mesa de jantar, entre o gentil Sr. Flowers e o pontual Sir Angus, que já estava na terceira taça de vinho e com a língua solta por conta da bebida. Melisande usava um vestido marrom escuro com pequenas flores e folhas verdes bordadas ao longo do traje e ao redor das mangas. Estava encantadora, o rosto oval, pálido e sereno, os cabelos castanho-claros ligeiramente presos para trás. Jasper duvidava que mais alguém além dele tivesse notado seu desconforto.

Ele tomou um gole de vinho e observou a esposa, sorrindo, distraído, para algo que a Sra. Flowers se inclinara para dizer. Talvez o grupo de desconhecidos a tivesse intimidado. Ele sabia que Melisande era uma criatura tímida, como costumam ser todos os seres encantados. Não gostava de multidões nem de eventos sociais demorados. Sua natureza era oposta à de Jasper, mas ele compreendia, apesar de saber que jamais se sentiria assim, e já estava acostumado ao seu jeito reservado quando eles saíam.

Mas esse desconforto era mais do que isso. Algo estava errado, e o incomodava não saber o que era.

Estava sendo uma reunião agradável. A cozinheira de tia Esther era muito boa e havia preparado um jantar simples, mas muito saboroso. A estreita sala de jantar contava com uma iluminação intimista. Os lacaios foram generosos ao encher as taças de vinho. A Srta. Stewart, que estava à sua direita, era uma mulher madura, com pó e ruge nas bochechas e uma imensa peruca grisalha e empoada. Ela se inclinou na direção de Jasper, e ele sentiu o cheiro forte de patchuli.

— Ouvi dizer que vocês acabaram de chegar de Londres, é isso mesmo? — perguntou a dama.

— Exatamente, senhora — respondeu Jasper. — Subimos colinas e cruzamos vales só para visitar a ensolarada Edimburgo.

— Bem, pelo menos não vieram no inverno — retorquiu ela, de modo vago. — A viagem é terrível após a primeira nevada, apesar de a cidade ficar bem bonita, com a neve encobrindo toda a sujeira e a fuligem. O senhor já visitou o castelo?

— Infelizmente, não.

— Então precisa ir. — A Srta. Stewart assentiu vigorosamente, fazendo balançar as papadas flácidas abaixo do queixo. — É magnífico. São poucos os ingleses que apreciam a beleza da Escócia.

Ela o encarou com um olhar penetrante.

Jasper tratou de engolir um pedaço do cordeiro delicioso que sua tia havia lhe servido.

— De fato. Minha esposa e eu ficamos encantados com a paisagem.

— Em minha opinião, devem ficar mesmo. — Ela cortou um pedaço do cordeiro. — Os Holden vieram de Londres há uns oito ou dez anos e não se arrependeram nem um dia sequer de terem se mudado. O senhor se arrependeu, Sr. Holden? — indagou ao cavalheiro sentado de frente para ela à mesa.

Timothy Holden podia ser considerado um homem muito bonito para quem gosta de bochechas macias e lábios vermelhos, o que, pelo visto, agradava a maioria das mulheres, a julgar pelos olhares femininos lançados na direção dele. O cavalheiro usava uma peruca muito branca e um paletó de veludo vermelho, debruado de dourado e verde nas mangas.

Ao ouvir a pergunta da Srta. Stewart, o Sr. Holden inclinou a cabeça e disse:

— Minha esposa e eu gostamos muito de Edimburgo.

E olhou para o outro lado da mesa. Porém, o mais estranho foi que ele não olhou para a própria esposa, mas para a de Jasper.

O visconde tomou um gole de vinho e estreitou os olhos.

— A sociedade daqui é consideravelmente superior — Lady Caroline entrou na conversa.

Ela parecia ser bem mais velha do que o marido bonitão e, além de tudo, tinha um título como incentivo. Ali tinha história. Seus cabelos louros eram tão claros que eram quase brancos, e a pele, alva como papel. Apenas os olhos azuis cintilantes lhe davam alguma cor, pobre mulher, e o contorno da íris parecia vermelho em contraste à pele sem cor, o que lhe dava a aparência de um coelho branco.

— O jardim fica encantador nessa época do ano — comentou Lady Caroline. — Talvez o senhor e Lady Vale nos concedam a honra de virem tomar um chá durante sua estada aqui?

Pelo canto do olho, Jasper viu Melisande enrijecendo. Ela estava tão imóvel que ele chegou a duvidar de que estivesse respirando.

Ele sorriu educadamente.

— Sinto muito em recusar o gentil convite. Mas temo que passaremos apenas uma noite em Edimburgo. Tenho negócios a tratar com um amigo que mora ao norte daqui.

— É mesmo? E quem é ele? — inquiriu a Srta. Stewart.

Melisande relaxou novamente, e Jasper voltou as atenções para a mulher ao seu lado.

— Sir Alistair Munroe. A senhora o conhece?

A Srta. Stewart balançou a cabeça.

— Já ouvi falar dele, claro, mas nunca o vi. Pobre homem, digno de pena.

— O livro que ele escreveu é maravilhoso — opinou Sir Angus em voz alta do outro extremo da mesa. — Simplesmente maravilhoso. Repleto de todos os tipos de pássaros, mamíferos, peixes e insetos. Muito instrutivo.

— Mas o senhor já viu o homem? — perguntou tia Esther à cabeceira da mesa.

— Infelizmente, não.

— Olhe aí! — A Sra. Whippering se empertigou, triunfante. — Não conheço uma única pessoa que já o tenha visto, à exceção de você, meu querido sobrinho, e creio que não o veja há anos, não é mesmo?

Jasper negou com a cabeça, a expressão séria. Foi sua vez de lançar um olhar perdido para a mesa enquanto girava a taça de vinho.

— Como vamos saber se ele ainda está vivo? — indagou tia Esther.

— Ouvi dizer que ele escreve cartas para a universidade — intrometeu-se a Srta. Flowers, à esquerda dele. — Tenho um tio que leciona lá, e ele disse que Sir Alistair é muito respeitado.

— Munroe é um dos grandes intelectuais escoceses — afirmou Sir Angus.

— Pode ser — comentou tia Esther —, mas não entendo por que ele não mostra a cara aqui na cidade. Sei que as pessoas costumam convidá-lo para jantares e bailes, mas ele nunca aceita. Eu pergunto, então, o que ele está escondendo?

— As cicatrizes — respondeu Sir Angus.

— Ah, mas certamente isso não passa de um boato — disse Lady Caroline.

A Sra. Flowers se inclinou para a frente, aproximando perigosamente os seios fartos do molho em seu prato.

— Ouvi dizer que o rosto dele ficou tão marcado de cicatrizes da guerra na América que ele precisa usar uma máscara para que as pessoas não desmaiem de susto.

— Bobagem! — resfolegou a Srta. Stewart.

— É verdade — defendeu-se a Sra. Flowers. — A filha da vizinha da minha irmã desmaiou quando viu Sir Alistair saindo do teatro de relance, dois anos atrás. Depois disso, ficou acamada com uma febre que a fazia delirar e levou meses para se recuperar.

— Ela deve ser uma moça muito boba — retorquiu a Srta. Stewart —, e não sei se acredito em uma palavra disso.

A Sra. Flowers se empertigou, obviamente ofendida.

Tia Esther interveio:

— Bem, meu sobrinho deve saber se Sir Alistair tem ou não cicatrizes tão horríveis. Afinal, ele serviu com o homem, não é, Jasper?

Jasper sentiu os dedos começarem a tremer — um sintoma físico desagradável que o acompanhava. Ele pousou a taça de vinho antes que a derrubasse e escondeu as mãos embaixo da mesa.

— Jasper? — repetiu a tia.

Maldição, estavam todos olhando para ele agora. Sua garganta estava seca, mas ele não conseguia erguer a taça de vinho.

— Sim — respondeu finalmente. — Sim, é verdade. Sir Alistair Munroe tem cicatrizes.

QUANDO JASPER TERMINOU de ajudar a tia a se despedir dos convidados, estava exausto. Ele parou diante da porta do quarto que tia Esther mandara preparar para ele e a esposa. Melisande pedira licença e se recolheu logo após o jantar. Ela já devia ter se deitado, e, para não acordá-la, Jasper girou a maçaneta devagar. Mas, quando entrou no quarto, percebeu que ela não estava dormindo. Em vez disso, preparava uma cama improvisada no chão, encostada à parede. Jasper parou, pois não sabia se ria ou se xingava.

Ela ergueu os olhos e o avistou à porta.

— Você poderia pegar para mim o cobertor que está em cima da cama?

Jasper assentiu, sem confiar na própria voz, e se aproximou da cama para pegar o cobertor. Que imagem ela devia estar fazendo dele? Ele foi até a esposa e entregou-lhe o cobertor.

— Obrigada. — Ela se inclinou e começou a ajeitar o cobertor em cima de uma pilha de lençóis, tentando deixar a cama confortável.

Será que estava com receio de ter se casado com um maluco? Ele desviou o olhar. O quarto não era grande, mas bem aconchegante. As paredes eram de um cinza-azulado, o chão, coberto por um tapete estampado de marrom e rosa claro. Ele caminhou até a janela e abriu a cortina para dar uma espiada lá fora, mas a noite estava tão escura que não foi possível ver nada. Soltou a cortina. Suchlike já devia ter vindo e ido embora, pois Melisande havia trocado de roupa e vestia agora um penhoar por cima de uma linda camisola com detalhes em renda.

Jasper tirou o paletó.

— O jantar foi bem agradável.

— Sim, foi.

— Lady Charlotte é muito divertida.

— Aham.

Ele tirou o lenço de pescoço e então segurou-o entre os dedos, fitando o chão com um olhar perdido.

— Acho que é por causa do Exército.

Ela parou o que fazia.

— O quê?

— Isso. — Ele indicou a cama improvisada com o queixo, sem estabelecer contato visual. — Todos os homens que voltam da guerra têm algum comportamento peculiar. Alguns ficam violentos quando escutam barulhos altos. Outros não suportam ver sangue. Outros têm pesadelos e acordam no meio da noite. E alguns... — Ele respirou fundo, fechando os olhos. — Alguns não conseguem dormir desprotegidos. Alguns têm medo de serem atacados quando estão dormindo e não conseguem... não conseguem evitar. Esses precisam dormir com as costas viradas para a parede e com uma vela acesa para que possam ver os agressores quando eles aparecerem.

Ele abriu os olhos e disse:

— Infelizmente, é uma compulsão. Não dá para evitar.

— Eu entendo.

Os olhos de Melisande emanavam carinho, como se não tivesse acabado de escutar que seu marido era um louco. Ela se inclinou e continuou a ajeitar a cama. Parecia que realmente o compreendia. Mas como isso era possível? Como ela podia aceitar que o marido era um homem pela metade, quando nem mesmo ele conseguia aceitar isso?

Jasper foi até o decanter sobre a mesa e serviu-se de um pouco de vinho. Ficou bebendo e observando o fogo por um tempo antes de se lembrar daquilo em que estava pensando quando entrou no quarto.

Pousou então a taça vazia e começou a desabotoar o colete.

— Talvez seja coisa da minha cabeça, mas, quando fomos apresentados aos Holden, tive a impressão de que Timothy Holden a reconheceu.

Melisande não respondeu.

Ele jogou o colete em cima de uma cadeira e olhou para a esposa, que afofava a cama com mais fervor do que o necessário.

— Minha senhora esposa?

Ela se endireitou e o encarou de queixo erguido, costas eretas, como se estivesse diante de um pelotão de fuzilamento.

— Fui noiva dele.

Jasper apenas a encarou. Já desconfiava de que houvesse algo — *alguém* —, mas ela nunca mencionara um noivado antes. Burrice a sua não ter suspeitado disso. Mas agora que sabia... Percebeu que estava com ciúmes. Ela já havia aceitado se casar com outro homem — Timothy Holden — antes dele. Será que amara o belo Timothy Holden e seus lábios vermelhos?

— Você o amava? — perguntou ele.

Ela olhou para Jasper por um momento, então se abaixou para terminar de ajeitar a cama.

— Isso foi há mais de dez anos. Eu tinha apenas 18 anos.

Jasper inclinou a cabeça. Ela não tinha respondido a pergunta.

— Onde o conheceu?

— Em um jantar como o de hoje. — Ela pegou um travesseiro e alisou a fronha. — Ele se sentou ao meu lado e foi muito gentil. Não me ignorou, como a maioria dos cavalheiros fazia naquele tempo, quando eu não iniciava uma conversa de imediato.

Jasper tirou a camisa. Com certeza ele mesmo tinha sido um desses cavalheiros deselegantes.

Melisande colocou o travesseiro na cama improvisada.

— Ele me convidou para passear no parque, dançou comigo nos bailes, fez todas as coisas que um cavalheiro faz quando está cortejando uma dama. Fez isso por vários meses e então pediu a minha mão em casamento. Naturalmente, meu pai aceitou.

Ele se sentou para tirar os sapatos e a meia.

— E por que não se casaram?

Ela deu de ombros.

— Ele fez o pedido em outubro, e marcamos o casamento para junho.

Jasper se encolheu. Havia se casado com Melisande em junho. Ele se aproximou dela e a ajudou a tirar o penhoar. Então, tomou-lhe a mão e se deitou ao lado dela na cama ao chão. Ela se ajeitou, acomodando a cabeça no ombro dele, e Jasper lhe acariciou os longos cabelos, distraído. Era estranho como a cama no chão ficava bem mais confortável ao lado dela.

— Eu comprei o enxoval — confessou baixinho, o hálito quente roçando o peito nu dele. — Enviei os convites, planejei o casamento. Então, um dia, Timothy apareceu e disse que estava apaixonado por outra mulher. Naturalmente, eu o deixei ir.

— Naturalmente — murmurou Jasper.

Que canalha imundo. Cortejar uma moça gentil e depois abandoná-la praticamente à beira do altar era papel de um idiota. Ele acariciou os cabelos da esposa como se estivesse tentando aliviar suas dores antigas e pensou no casamento deles e no leito conjugal.

Por fim, soltou um suspiro.

— Ele foi seu amante.

Foi uma afirmação, e não uma pergunta, mas, mesmo assim, ficou surpreso quando ela não negou.

— Sim, por um tempo.

Ele franziu o cenho. O tom da resposta foi calmo, e isso o deixou desconfortável.

— Ele obrigou você?

— Não.

— Ameaçou você?

— Não. Ele foi muito gentil.

Jasper fechou os olhos. Deus, como estava odiando tudo isso. Sua mão havia parado de mexer nos cabelos dela, e ele percebeu que segurava uma mecha com força.

Soltou o ar e abriu a mão com cuidado.

— E o que aconteceu? Tem algo mais que você não quer me contar, meu coração.

Melisande ficou em silêncio por tanto tempo que ele começou a achar que era coisa de sua cabeça, uma ideia provocada pela névoa de ciúme em que se via envolto. Talvez não houvesse nada mais.

Mas, no fim, ela soltou um suspiro longo, perdido e solitário, e disse:

— Logo depois que terminamos o noivado, descobri que estava grávida.

Capítulo Quinze

Quando retornou com o anel de prata, Jack parou apenas para trocar de roupa e, em seguida, desceu correndo para a cozinha real. O mesmo menino mexia a sopa da princesa. Mais uma vez, Jack ofereceu pagamento para que pudesse dar uma mexida na sopa e ploft! Lá se foi o anel de prata. Ele tratou de ir embora logo, antes que o cozinheiro chefe pudesse apanhá-lo. Então subiu correndo as escadas e tomou seu posto ao lado da princesa.

— Ora, por onde andou o dia todo, Jack? — perguntou a princesa Liberdade ao vê-lo.

— Por aí, bela senhora.

— E o que aconteceu com seu braço?

Jack baixou os olhos e viu que a espada do troll o havia ferido.

— Ah, princesa, enfrentei um inseto monstruoso para defender a sua honra.

E Jack saiu dando cambalhotas, fazendo toda a corte cair na gargalhada...

— Jack, o Risonho

Melisande sentiu que os dedos de Vale pararam de mexer em seus cabelos. Será que iria repudiá-la agora? Levantar-se e ir embora? Ou será que iria simplesmente fingir que não tinha ouvido aquilo e nunca mais tocaria no assunto? Ela prendeu a respiração, em expectativa.

Mas ele apenas voltou a deslizar os dedos pelos cabelos dela e disse:
— Conte-me.

Assim, ela fechou os olhos e o fez, lembrando-se da época que ficara para trás havia tanto tempo e da dor que quase fizera seu coração parar de bater.

— Eu soube que estava grávida quando comecei a acordar nauseada pelas manhãs. Já tinha ouvido falar de mulheres que ficavam confusas e esperavam por meses para contar, pois não tinham certeza, mas eu sabia.

— Você ficou assustada? — Sua voz grossa parecia calma, e era difícil dizer o que ele sentia.

— Não. Quer dizer... — corrigiu-se ela. — Talvez quando me dei conta da minha situação. Mas, logo depois disso, eu percebi que queria o bebê. Independentemente do que acontecesse, ele seria uma alegria para mim.

Melisande não conseguia ver o rosto dele, mas observava o peito subindo e descendo sob a palma de sua mão. Ela entrelaçou, distraída, o dedo indicador entre os cachos no tórax dele e pensou na alegria que sentiu naqueles tempos. Tão intensa. Tão fugaz.

— Você contou para a sua família?

— Não, não contei para ninguém, nem mesmo para Emeline. Acho que fiquei com medo do que eles poderiam me obrigar a fazer. Que tirassem o bebê de mim. — Ela respirou fundo para se acalmar, determinada a contar tudo agora para não correr o risco de perder a coragem mais tarde. — Eu tinha um plano. Pretendia morar com meu irmão mais velho, Ernest, até a barriga começar a aparecer, e então me mudaria para um chalé no interior com a minha antiga babá. Lá, teria o bebê, e nós o criaríamos juntas, a minha babá e eu. Era um plano bobo e infantil, mas na época pareceu viável. Ou talvez eu estivesse muito desesperada para pensar em algo melhor.

Lágrimas rolaram por seu rosto, e ela sabia que ele devia estar sentindo a umidade no peito. A voz dela estava ficando embargada. Mas, mesmo assim, Vale continuava acariciando seus cabelos, e isso a acalmava.

Ela engoliu em seco e terminou de contar a triste história.

— Mas fazia pouco tempo que eu estava com meu irmão quando acordei no meio da noite com sangue entre as coxas. Sangrei por cinco dias, muito intensamente, e depois disso ele se foi. Meu bebê havia morrido.

A garganta de Melisande travou por causa das emoções, e ela não conseguia mais falar. Só lhe restou fechar os olhos e deixar as lágrimas rolarem, descendo por sua têmpora até escorrer para o peito dele. Soluçou apenas uma vez. E então ficou ali deitada, tremendo com a dor. Era uma ferida antiga, mas que reaparecia nos momentos mais estranhos, apanhando-a de surpresa com pontadas agudas. Uma vez, ela teve a possibilidade de gerar uma vida, mas esta possibilidade lhe foi arrancada.

— Sinto muito — murmurou Vale. — Sinto muito por ter perdido o seu bebê.

Ela não conseguia falar, por isso apenas assentiu.

Ele a fez inclinar a cabeça, para que pudesse ver o rosto dela. Seus olhos azul-turquesa a encaravam, intensos.

— Eu lhe darei um bebê, meu coração. Quantos bebês quiser, juro pela minha honra.

Melisande o encarou, admirada. Não sentia vergonha do que tinha acontecido — nem de si mesma —, mas esperava a ira, não a solidariedade dele.

Ele a beijou, os lábios se movendo carinhosamente contra os seus, e o ato foi como se estivessem selando e sacramentando um compromisso. Vale cobriu-os com o cobertor, ajeitando-o sobre ela com todo cuidado, e a abraçou com mais firmeza.

— Durma bem, minha senhora esposa.

As palavras sussurradas e as mãos ternas a confortaram. Melisande fechou os olhos, deixando cair a última lágrima, e ficou ali, escutando as batidas do coração de Jasper sob seu ouvido. Era uma batida regular e forte, e ela adormeceu embalada pelo ritmo.

★

O DIA SEGUINTE amanheceu sombrio, com o céu cinza e uma garoa insistente. Tia Esther mandou preparar um café da manhã generoso e se despediu com acenos e cumprimentos. Assim que dobraram a esquina e a casa de tia Esther sumiu de vista, Melisande deu as costas para a janela e olhou para Vale.

— Quando vamos chegar à casa de Sir Alistair?

— Creio que ainda hoje, se tudo correr bem — respondeu Vale, com as pernas esticadas na diagonal, como de costume, e o corpo relaxado no assento. A boca larga, porém, estava levemente franzida.

O que será que estaria pensando a respeito de Melisande? Não que a tivesse tratado de modo diferente desde que se levantaram, se trocaram e tomaram café, mas a confissão da noite anterior deve ter sido um choque. Nenhum homem espera que uma jovem solteira tenha tido relações com outro homem algum dia, muito menos que tenha engravidado desse amante.

Melisande desviou o olhar e olhou pela janela. Vale até que reagira bem à revelação, mas e quando tivesse tempo para digerir a informação? Será que se sentiria incomodado? Será que a descoberta de que ela já não era mais virgem quando tiveram a noite de núpcias começaria a envenená-lo? Será que se voltaria contra ela? Ela não sabia o que pensar e, com a mente cheia de dúvidas, ficou observando as montanhas que passavam ao longe.

Eles pararam para o almoço à beira de um riacho caudaloso e largo e comeram o pernil, o pão, o queijo e o vinho que a cozinheira da tia Esther havia embalado para viagem. Rato ficou correndo e latindo para algumas vacas de montanha — criaturas felpudas com os olhos cobertos por pelos — que pastavam por ali até Vale gritar com ele para parar. Então o terrier voltou e se deitou para roer o osso do pernil.

Seguiram viagem por toda a tarde e, quando começou a anoitecer, Melisande percebeu que Vale estava agitado.

— Estamos perdidos? — perguntou ao marido.

— O cocheiro garantiu que sabia o caminho da última vez que paramos — respondeu Vale.

— Você nunca esteve na casa de Sir Alistair?

— Não.

Eles continuaram por mais de meia hora. Suchlike cochilava ao lado de Melisande, apesar do movimento trepidante da estrada obviamente esburacada e malcuidada. Finalmente, quando o último raio de sol desapareceu no horizonte, eles ouviram um grito de um dos homens. Melisande espiou pela janela e teve a impressão de distinguir os contornos de uma imensa construção ao longe.

— Seu amigo mora em um castelo?

Vale também espiava pela janela agora.

— É o que parece.

A carruagem virou lentamente em uma rua estreita, e eles seguiram sacolejando na direção da mansão. Suchlike acordou com um suspiro profundo. Não havia sequer uma luz acesa na residência.

— Sir Alistair sabe que estamos chegando, não sabe?

— Eu mandei uma carta avisando — disse Vale.

Melisande encarou o marido, desconfiada.

— Ele respondeu?

Mas Vale fingiu não escutar, e eles logo pararam diante da imensa construção. Ouviram um grito do lado de fora e uma movimentação e, após uma pausa, a porta da carruagem se abriu.

O Sr. Pynch segurava ao alto um lampião, e a luz lançava sombras sinistras em seu rosto taciturno.

— Ninguém responde, milorde.

— Então vamos bater mais forte. — Vale pulou da carruagem e se virou para ajudar Melisande a descer.

Suchlike desceu com cuidado, e Rato saiu logo em seguida, correndo na direção dos arbustos para se aliviar. Era uma noite muito escura, e o vento frio fazia Melisande tremer.

Vale foi até a carruagem e pegou uma capa que estava sob o assento.

— Pronto — disse, colocando-a sobre os ombros de Melisande antes de oferecer-lhe o braço. — Vamos, minha senhora esposa?

Ela aceitou o braço dele e se inclinou em direção ao marido.

— Jasper, o que vamos fazer caso Sir Alistair não esteja em casa? — perguntou num sussurro.

— Ah, vai ter alguém em casa, sim, não se preocupe.

E a conduziu pelos degraus de pedra desgastados pelo tempo e pelo uso. A porta era tão grande que devia ter pelo menos três metros de altura e tinha enormes dobradiças de ferro.

Vale bateu à porta com o punho cerrado.

— Oi! Abram a porta! Somos viajantes em busca do calor de uma lareira e de uma cama macia. Oi! Munroe! Nos deixem entrar!

Ele seguiu com a mesma ladainha por uns bons cinco minutos ou mais e então parou de repente, o punho ainda erguido.

Melisande olhou para ele.

— O quê...?

— Shh.

E então ela ouviu. Do interior da casa, veio um barulho abafado, como se alguma criatura subterrânea tivesse se mexido.

Vale voltou a bater à porta com força, assustando Melisande.

— Oi! Nos deixem entrar!

O ferrolho foi destrancado com um baque seco, e a porta rangeu enquanto era aberta lentamente. Um homem baixinho apareceu. Ele era um tanto robusto, e os tufos de cabelos ruivos grisalhos nas laterais da cabeça estavam eriçados, fazendo-o parecer uma flor de dente-de-leão. O topo, no entanto, era completamente careca. Usava um camisolão comprido e botas e olhava feio para eles.

— O que vocês querem?

Vale abriu um sorriso simpático.

— Sou o visconde de Vale, e esta é minha esposa. Viemos visitar seu patrão.

— Não vieram, não — disse a criatura, já fechando a porta.

Vale estendeu a mão e o impediu.

— Viemos, sim.

O homenzinho empurrou a porta com o peso do corpo, tentando fechá-la, mas não conseguiu.

— Ninguém me avisou que teríamos visitas. Não limpamos os quartos, nem abastecemos a despensa. Vocês terão que ir embora.

Vale já não sorria mais.

— Deixe-nos entrar e cuidamos das acomodações depois.

O homenzinho abriu a boca, preparado para continuar argumentando, mas, naquele momento, Rato finalmente se juntou a eles. O terrier olhou para o criado de Sir Alistair, decidiu que ele era um inimigo e começou a latir para o homem com tanto vigor que seu corpo saía do chão. O homenzinho ruivo soltou um grito agudo e recuou com um pulo. Foi a chance de que Vale precisava. Ele escancarou a porta e entrou, seguido pelo Sr. Pynch.

— Fique perto da carruagem até resolvermos tudo — ordenou Melisande a Suchlike, e então entrou tranquilamente no castelo atrás dos homens.

— Você não pode fazer isso! Não pode! Não pode! — gritava o homenzinho.

— Onde está Sir Alistair? — questionou Vale.

— Saiu! Foi cavalgar e pode levar horas para voltar.

— Ele cavalga no escuro? — perguntou Melisande, surpresa. A região que cercava o castelo era acidentada, rochosa e cheia de colinas. Não lhe parecia um lugar seguro para cavalgar à noite sozinho.

Mas o homenzinho corria à frente deles por um corredor amplo. Eles o seguiram e pararam quando o criado abriu uma porta.

— Vocês podem esperar aqui, se quiserem. Por mim, tanto faz.

E virou-se para sair. Mas Vale o segurou pelo colarinho.

— Espere. — O visconde olhou para a esposa. — Você pode esperar aqui com Rato enquanto Pynch e eu vamos atrás de um quarto e de algo para comer?

A sala estava escura e não era nada aconchegante, mas Melisande ergueu o queixo.

— Certamente.

— Você é muito corajosa, minha querida esposa. — Jasper roçou os lábios no rosto dela. — Pynch, acenda velas para a milady, e depois esse sujeito gentil vai nos levar para um tour.

— Pois não, milorde. — O Sr. Pynch acendeu as quatro velas que havia na sala e, em seguida, os homens se retiraram.

O barulho dos passos foi se afastando, e então Melisande estremeceu e olhou ao redor. O cômodo era uma sala de estar, mas não muito confortável. Havia algumas cadeiras espalhadas em grupos — bem velhas e feias. O pé-direito era muito alto, e a luz das velas não iluminava totalmente o teto de madeira. Melisande pensou ter visto algumas teias de aranha antigas em meio à penumbra. As paredes também eram de madeira escura entalhada e estavam decoradas com cabeças de animais empalhados — vários cervos comidos por traças, um texugo e uma raposa. Os olhos de vidro pareciam sinistros na escuridão.

Afastando o temor, ela caminhou determinada até a imensa lareira de pedra cinza no outro extremo da sala. Dava para notar que era muito velha — provavelmente mais velha do que os lambris que revestiam as paredes — e o interior estava todo preto. Havia uma caixa ao lado com alguns gravetos e uma tora, que ela colocou com todo cuidado dentro da lareira, tentando não pensar na possibilidade de encontrar aranhas ali. Rato foi até ela, curioso com o que a dona fazia, mas logo saiu andando novamente para investigar nas sombras.

Melisande se endireitou e esfregou as mãos para tirar a sujeira antes de procurar algo em cima da cornija. Ali, encontrou um vaso de acendedores empoeirados. Com uma das velas, acendeu um deles e encostou-o nos gravetos, mas não conseguiu fazer com que pegassem fogo, e o acendedor logo queimou até o fim. Melisande pegou outro e estava prestes a acendê-lo quando Rato latiu.

Sobressaltada, ela se virou. Havia um homem parado logo atrás dela; alto, moreno e esbelto, os cabelos compridos iam até os ombros e encobriam-lhe o rosto. Ele olhava para Rato, parado a seus pés, mas, quando Melisande se mexeu, ergueu a cabeça na direção dela. O lado esquerdo do rosto, deformado com várias cicatrizes, estava iluminado de modo assustador pela luz bruxuleante das velas, e a órbita do olho daquele lado era funda e oca.

Melisande deixou cair o acendedor.

O CRIADO DE MUNROE estava dizendo que não tinha nenhuma roupa de cama limpa na casa e Jasper estava prestes a sacudir o homem tamanha era sua frustração quando ouviu o latido de Rato. Ele olhou para Pynch e, sem trocarem uma palavra sequer, os dois se viraram e saíram correndo pelas escadas escuras em caracol. Jasper praguejou. Não devia ter deixado Melisande sozinha.

Quando se aproximou da sala de estar, Jasper parou e começou a seguir silenciosamente até lá. Rato não latira mais desde aquela primeira vez. O visconde deu uma espiada e viu Melisande no outro extremo do cômodo, de costas para a lareira, e o cachorro parado à frente dela, calado. E, de frente para os dois, estava um homem imenso de botas de couro de cano alto e um velho casaco de caça.

Jasper enrijeceu.

Munroe se virou e Jasper recuou, sem conseguir evitar. Da última vez que o vira, os ferimentos estavam em carne viva, sangrando. O tempo tinha curado as feridas que cobriam o lado esquerdo do rosto, mas as cicatrizes não deixaram sua aparência muito melhor.

— Renshaw — cumprimentou Munroe com a voz áspera. Sua voz sempre tinha sido rouca, mas piorou depois de Spinner's Falls, como se tivesse sido danificada pelos gritos. — É Vale agora, não é? Lorde Vale.

— Sim. — Jasper entrou na sala. — E essa é minha esposa, Melisande.

Munroe assentiu, apesar de não ter se virado para cumprimentá-la.

— Creio que escrevi pedindo que não viesse.

— Não recebi nenhuma carta — disse Jasper honestamente.

— O que muitos entenderiam como um sinal de que não são bem--vindos — observou Munroe de modo seco.

— É mesmo? — Jasper respirou fundo para controlar a ira que crescia dentro de si. Devia a Munroe mais do que jamais poderia pagar, mas isto também lhe dizia respeito. — Infelizmente, o assunto que me trouxe aqui é muito urgente. Precisamos falar sobre Spinner's Falls.

Munroe inclinou a cabeça para trás, como se tivesse acabado de levar uma bofetada. E então encarou Jasper com o olho cor de mel semicerrado e indecifrável.

Até que finalmente assentiu.

— Tudo bem. Mas já é tarde, e a sua esposa sem dúvida deve estar cansada. Wiggins acompanhará vocês aos seus aposentos. Não prometo conforto, mas as acomodações podem ser aquecidas, pelo menos. Amanhã de manhã conversaremos. E depois você deverá ir embora.

— Tenho a sua palavra? — perguntou Jasper, com receio de que Munroe desaparecesse e só retornasse depois que eles partissem.

O canto da boca de Munroe se ergueu ligeiramente.

— Eu prometo. Falaremos amanhã.

Jasper assentiu.

— Obrigado.

Munroe deu de ombros e deixou a sala. O homenzinho ruivo — que se chamava Wiggins, ao que parecia — aguardava junto à porta e falou num tom áspero:

— Acho que posso acender o fogo dos seus aposentos.

E, sem dizer mais nada, se virou e se retirou.

Jasper bufou e olhou para Pynch.

— Você pode cuidar das acomodações dos outros criados? Veja se tem algo para comer na cozinha e arrume quartos para eles.

— Sim, milorde — respondeu Pynch antes de deixar o cômodo.

E Jasper se viu sozinho com a esposa. Ele se virou, relutante. Ela continuava parada em frente à lareira. Se fosse outra mulher, estaria histérica a essa altura. Mas Melisande não.

Ela retribuiu o olhar dele, de igual para igual, e perguntou:

— O que aconteceu em Spinner's Falls?

*

SALLY SUCHLIKE ESPALHOU com cuidado os pedaços quentes de carvão com um atiçador e então pendurou um caldeirão no imenso gancho dentro da lareira. Era uma lareira muito grande, a maior que Sally já vira. Tão grande que dava para um homem adulto andar dentro dela, sem se abaixar. Para que alguém precisava de uma lareira tão grande, ela não sabia. Era muito mais difícil lidar com uma dessas do que com as de tamanho normal.

A água do caldeirão logo começou a ferver, e ela jogou lá dentro o coelho que o Sr. Pynch havia encontrado na despensa. Cozinhar não fazia parte das atribuições de uma dama de companhia, porém não havia mais ninguém para preparar o jantar deles. O Sr. Pynch certamente sabia fazer um cozido de coelho — e a comida dele devia ser muito melhor do que a dela —, mas ele estava ocupado no momento, procurando quartos para todos.

Sally jogou algumas cenouras picadas dentro do caldeirão. Estavam um pouco murchas, mas era o que tinha. Em seguida, acrescentou algumas cebolas cortadas em rodelas e misturou tudo. Não estava muito bonito, mas talvez a aparência melhorasse um pouco depois de cozido. Ela suspirou e se sentou em uma cadeira próxima, puxando o xale ao redor dos ombros para se proteger melhor do frio. A verdade é que não sabia cozinhar muito bem. Quando trabalhava como copeira, sua função principal era lavar louça e cuidar da limpeza. O Sr. Pynch lhe deu o coelho, as cenouras e as cebolas e disse que era para colocar tudo para ferver, e foi o que ela fez. Aquele ruivo asqueroso, Wiggins, não tinha ajudado em nada. Sally achava que ele parecia um daqueles trolls de contos de fadas. E o homenzinho desapareceu assim que o Sr. Pynch virou as costas, deixando os criados dos Renshaw para se virarem sozinhos em uma casa desconhecida.

Sally se levantou e deu uma espiada no caldeirão. Talvez devesse adicionar algo mais. Sal! Sim, era isso. O Sr. Pynch pensaria que era uma tonta se ela se esquecesse de colocar sal. Ela se aproximou de um armário que havia no canto da cozinha e começou a vasculhar o móvel. Estava praticamente vazio, mas conseguiu encontrar sal e farinha.

Quando o Sr. Pynch entrou na cozinha dez minutos mais tarde, ela tentava misturar farinha, sal, manteiga e água dentro de uma tigela. Ele pousou o lampião e se aproximou, então parou ao lado dela, em silêncio, observando seu esforço para mexer os ingredientes.

A moça ergueu os olhos.

— São bolinhos para o cozido. Estou tentando seguir a receita da cozinheira, mas não sei se está dando certo. Pode ser que fique com gosto de cola. Não sou cozinheira, sabe? Sou uma dama de companhia, não faz parte das minhas atribuições saber cozinhar. O senhor vai ter que se contentar com o que eu fizer, e, se ficar muito ruim, não quero ouvir reclamações.

— Não estou reclamando — disse o Sr. Pynch, num tom brando.

— Não reclame mesmo.

— E eu gosto de bolinhos cozidos.

Sally soprou uma mecha de cabelo, afastando-a dos olhos, e se sentiu subitamente envergonhada.

— O senhor gosta?

Ele assentiu.

— Sim, e parece que a senhorita está fazendo tudo certo. Posso levar a tigela para a lareira para colocar no cozido?

Sally se empertigou e assentiu. Esfregou as mãos para se livrar da massa que grudara em seus dedos, e o Sr. Pynch pegou a imensa tigela de louça. Os dois foram juntos até a lareira, e ele segurou a tigela enquanto ela pegava os bolinhos com uma colher e os despejava com cuidado dentro do cozido. Em seguida, ela colocou uma tampa de ferro no caldeirão para que os bolinhos pudessem cozinhar e voltou-se para o Sr. Pynch.

O calor do fogo havia deixado o rosto de Sally suado, e fios de cabelos grudavam em sua testa e nas bochechas, mas, mesmo assim, ela o encarou.

— Pronto. O que achou?

O Sr. Pynch se inclinou na direção dela e respondeu:

— Perfeito.
E então a beijou.

Melisande empilhava as cobertas no chão enquanto o marido andava pelo quarto. Ele estava agitado esta noite, como se estivesse prestes a perder o controle e sair correndo. Será que era por isso que Sir Alistair estava cavalgando tão tarde? Será que também tentava fugir dos próprios demônios?

Mesmo assim, Vale continuou no quarto, e ela se sentiu grata por isso. Ele ainda não havia respondido sua pergunta sobre Spinner's Falls; bebia uma dose de uísque e andava de um lado para o outro no quarto, mas ao menos estava ao lado dela. Isso já era um consolo.

— Foi depois de Quebec — falou ele, de repente. Vale encarava a janela e poderia nem estar se dirigindo a Melisande se ela não fosse a única pessoa no quarto além dele. — Era setembro, e recebemos ordens para passarmos o inverno no forte Edward. Já havíamos perdido mais de cem homens na batalha, e mais de trinta ficaram para trás por estarem feridos demais para continuarem a marchar. Fomos dizimados, mas pensamos que o pior já havia passado. Tínhamos vencido a batalha, conquistado Quebec, e era apenas uma questão de tempo até que os franceses se rendessem completamente. A vitória seria nossa. A maré tinha virado.

Ele parou para tomar um gole de uísque e então continuou, baixinho:
— Estávamos esperançosos. Se a guerra terminasse logo, poderíamos voltar para casa. Isso era tudo que mais queríamos: voltar para nossas famílias. Descansar um pouco depois da batalha.

Melisande abriu um lençol e o colocou por cima das cobertas. Estava um pouco mofado de ficar guardado, mas era o que tinha. Enquanto forrava a cama improvisada, imaginou o jovem Jasper marchando com os outros homens por uma floresta outonal no continente do outro lado do oceano. Ele devia estar exultante depois de terem vencido a batalha. Feliz com a perspectiva de ir para casa em breve.

— Estávamos marchando por uma trilha estreita, ladeados por uma encosta íngreme e um rio que corria ao longo de um penhasco. Só dava para seguir dois por vez. Reynaud tinha acabado de me encontrar para dizer que os homens estavam muito espalhados e que os últimos estavam a quase oitocentos metros de distância. Resolvemos informar o coronel Darby e pedir que diminuíssemos o ritmo para encurtar a distância com a retaguarda, quando fomos surpreendidos.

Seu tom era monótono, e Melisande se agachou para observá-lo. Vale ainda estava voltado para a janela, as costas largas eretas. Ela gostaria de se aproximar dele e abraçá-lo, mas não queria interrompê-lo. Era como se ele estivesse lancetando uma ferida e agora era preciso drenar toda a podridão.

— A gente não raciocina direito durante uma batalha — continuou Vale, como se divagasse. — O instinto e a emoção tomam conta. O horror de ver Johnny Smith sendo atingido por uma flecha. A raiva de ver os nativos gritando e correndo para cima dos seus companheiros. De vê-los matando seus companheiros. O medo quando seu cavalo é baleado com você ainda montado. A onda de pânico quando você percebe que precisa pular direito ou ficará preso embaixo do animal, à mercê de um machado de guerra.

Ele tomou mais um gole da bebida enquanto Melisande tentava entender tudo que Vale lhe contava, o coração batendo acelerado, como se sentisse a mesma onda de pânico que ele sentira tantos anos antes.

— Acredito que lutamos bem — disse Vale. — Pelo menos foi o que me disseram. Não tenho como avaliar a batalha. A gente fica cercado por todos os lados, com apenas aquele pedacinho de chão para defender. Os tenentes Clemmons e Knight foram atingidos, mas foi só quando vi Darby, o nosso comandante, sendo arrastado do seu cavalo que me ocorreu que estávamos perdendo. Que talvez todos nós fôssemos morrer.

Ele riu, mas foi uma risada seca e trêmula, não parecia nem de longe com a costumeira risada de Vale.

— Eu devia ter sentido medo naquele momento, mas o mais estranho é que não senti. Fiquei parado no meio daquele mar de corpos caídos e ergui minha espada. Matei alguns selvagens, sim, mas não foi o suficiente. Não foi o suficiente.

Os olhos de Melisande ficaram marejados ao ouvir o tom dele, triste e cansado.

— No fim, o último dos meus homens caiu, e eles me cercaram. Fui derrubado com um golpe na cabeça e caí em cima do corpo de Tommy Pace. — Ele deu as costas para a janela e caminhou até a mesa na qual estava a garrafa de uísque. Encheu o copo e tomou outro gole. — Não sei por que não me mataram. Deveriam ter feito isso. Eles tinham matado quase todos os outros, afinal. Mas, quando recuperei os sentidos, me vi preso com uma corda ao redor do pescoço, junto com Matthew Horn e Nate Growe. Olhei ao redor e vi que Reynaud também estava entre os capturados. Você não imagina quão aliviado fiquei. Pelo menos Reynaud estava vivo.

— E o que aconteceu? — sussurrou Melisande.

Ele a fitou, e ela se perguntou se Vale havia se esquecido de que ela estava no quarto.

— Eles nos fizeram andar pela floresta por dias. Dias e dias com pouca água e sem comida, e alguns de nós estavam feridos. Matthew Horn havia levado um tiro no braço durante a batalha. Quando John Cooper não conseguiu mais andar por causa dos ferimentos, eles o levaram para dentro da mata e o mataram. Depois disso, sempre que Matthew tropeçava, eu me aproximava e o ajudava a se manter de pé e seguir em frente. Eu não podia perder outro soldado. Não podia perder outro homem.

Ela arfou, horrorizada.

— Você estava ferido?

— Não. — Seu rosto estampava um meio sorriso aterrorizante. — Tirando o galo na cabeça, eu estava bem. Seguimos até alcançarmos uma aldeia indígena, em território francês, e fomos levados a um acampamento.

Dando mais um gole no uísque, ele quase esvaziou o copo antes de fechar os olhos.

Melisande sabia, no entanto, que esse não era o fim da história. Algo havia causado aquelas cicatrizes horríveis no rosto de Sir Alistair. Ela respirou fundo, se preparando para o que ele diria, e indagou:

— O que aconteceu no acampamento?

— Eles fizeram um negócio chamado *manopla*, um belo modo de receber os prisioneiros de guerra. Os nativos se alinharam, homens e mulheres, em duas fileiras compridas, e os prisioneiros tinham que passar um por um entre as duas fileiras. Conforme os prisioneiros passavam, os nativos batiam neles com varas pesadas e davam chutes também. Se alguém caísse, ele corria o risco de apanhar até a morte. Mas nenhum de nós caiu.

— Graças a Deus — sussurrou ela.

— Na época, pensamos o mesmo. Mas agora não tenho tanta certeza.

Ele deu de ombros, tomou mais um gole de uísque e se largou numa cadeira. Começava a falar embolado agora.

— Jasper? — Melisande estava com medo do que viria a seguir. Talvez fosse melhor que não continuasse. Ele havia aguentado tanto... Além disso, já era tarde, e ele estava cansado. — Jasper?

Mas o marido não parecia ouvi-la. Encarava o copo de uísque, como se estivesse distante.

— E então a diversão começou de verdade. Reynaud foi levado, e Munroe e Horn, amarrados em estacas. Os nativos pegaram ferros em brasa, e eles... eles...

Jasper respirava com dificuldade. Ele fechou os olhos e engoliu em seco, mas mesmo assim não conseguia proferir as palavras.

— Não fale. Ah, não fale — sussurrou Melisande. — Você não precisa me contar, não precisa.

Ele a encarou com um olhar confuso, triste e trágico.

— Eles foram torturados. Queimados. Os ferros estavam vermelhos de tão quente, e as mulheres os empunhavam... as mulheres! E então o olho de Munroe. Deus! Essa foi a pior parte. Gritei para que parassem, mas cuspiram em mim e cortaram os dedos dos homens. Aprendi, então, a ficar calado, não importava o que fizessem, pois, se gritasse, se mostrasse algum sinal de emoção, seria pior. E eu tentei, Melisande, tentei mesmo, mas os gritos e o sangue...

— Ah, meu querido, ah, meu querido. — Melisande havia se aproximado e, inclinando o corpo, o envolveu em seus braços, o rosto dele recostado em seus seios. Ela já não conseguia mais conter as lágrimas e agora chorava por ele.

— No segundo dia, fomos levados para o outro lado do acampamento — sussurrou Vale contra o peito dela. — Reynaud estava sendo queimado lá, crucificado e em chamas. Ele nem se movia. Parecia que já estava morto, e dei graças a Deus novamente. Dei graças a Deus pela morte do meu melhor amigo porque isso significava que ele não podia mais sentir dor.

— Shh — pediu Melisande. — Shh.

Mas ele não parou.

— E, quando o fogo se extinguiu, fomos levados novamente para o outro lado do acampamento para continuarem a tortura. O rosto de Munroe e o peito de Horn... os nativos continuaram, sem parar...

— Mas no fim vocês foram salvos, não é mesmo? — perguntou ela, desesperada. Vale precisava esquecer aquelas lembranças horríveis e se lembrar da parte boa. Ele havia sobrevivido. Estava vivo.

— Depois de duas semanas. Disseram que o cabo Hartley havia liderado um esquadrão de resgate e eles nos tiraram de lá, mas não me lembro de nada. Eu estava atordoado.

— Você estava desesperado e ferido. — Melisande tentou confortá-lo. — É compreensível.

Ele se desvencilhou bruscamente dos braços dela.

— Não! Não, eu estava muito bem, intacto.

Ela o encarou.

— Mas e a tortura...?

Vale rasgou a camisa, expondo o peito largo.

— Você já viu o meu corpo, minha querida esposa. Tem alguma cicatriz em alguma parte dele?

Confusa, ela olhou para o peito sem marcas.

— Não...

— Isso porque eles não encostaram em mim. Durante todos aqueles dias que passaram torturando os outros, não encostaram um dedo em mim.

Meu bom Deus. Melisande ficou olhando para o peito dele. Para um homem como Vale, ter sido o único a sair daquilo tudo sem marcas foi pior do que se o tivessem torturado.

Ela respirou fundo e fez a pergunta que ele, obviamente, esperava que ela fizesse.

— Mas por quê?

— Porque eu era a testemunha, o oficial mais graduado depois que Reynaud foi morto, o único capitão que restara. Eles me forçaram a assistir e, se eu mexesse um músculo sequer, cortavam os outros ainda mais fundo, pressionavam o ferro em brasa com ainda mais força na pele deles.

Ele a encarou e abriu um sorriso terrivelmente triste. Os demônios reluziam em seu olhar.

— Você entende? Eles torturaram os outros enquanto fiquei sentado assistindo.

Capítulo Dezesseis

A princesa Liberdade tomou sua sopa, e o que encontrou no fundo da tigela senão o anel de prata? Bem, o rei berrou que chamassem o cozinheiro chefe, e o pobre homem mais uma vez foi apresentado diante da corte. Mas não importava o que lhe perguntassem, ele jurou, de todas as maneiras, que não sabia como o anel tinha ido parar na sopa da princesa. No fim, o rei não teve escolha senão mandá-lo de volta para a cozinha. Às mesas, cabeças se inclinaram, e os súditos começaram a cochichar, se perguntando quem teria conseguido o anel de prata.

Mas a princesa Liberdade ficou em silêncio, olhando pensativa para seu bobo...

— Jack, o Risonho

Melisande acordou na manhã seguinte com o barulho de Rato arranhando a porta. Ela se virou, olhou para Vale e o encontrou deitado com um braço acima da cabeça, as cobertas cobrindo apenas metade do corpo alto. Nas últimas duas noites, descobrira que ele tinha sono agitado. Costumava jogar um braço ou uma perna por cima dela enquanto dormia, e ela acordava às vezes com o rosto dele aninhado em seu pescoço. Mais de uma vez, ele tinha rolado na cama e levado o cobertor junto. Ela não se importava. Valia a pena ficar sem cobertas se fosse para dormir ao lado dele.

Mas, depois do tormento que lhe contara na noite anterior, ele precisava repousar. Com todo cuidado, Melisande saiu de baixo das cobertas e se levantou. Vestiu um corpete simples e uma saia, colocou uma capa por cima e deixou o quarto em silêncio com Rato. Os dois desceram as escadas e seguiram pelos corredores escuros até a cozinha.

Ali, Melisande parou. O teto da cozinha era amplo e abobadado, rebocado e caiado. Parecia muito antigo. No canto, havia duas camas improvisadas no chão. Suchlike dormia profundamente em uma delas, e o Sr. Pynch estava na outra. Ele ergueu a cabeça para ela, e Melisande assentiu silenciosamente antes de sair pela porta dos fundos.

Do lado de fora, Rato correu em círculos, feliz, antes de parar para se aliviar. Ali, havia um gramado amplo e malcuidado em declive e, mais adiante, jardins que, um dia, deveriam ter sido magníficos. Melisande começou a andar naquela direção.

Fazia um dia lindo, e o sol brilhava, começando a espantar o nevoeiro baixo que encobria as colinas verdes. Ela parou e olhou para trás, para o castelo. À luz do dia, não parecia tão assustador. Erigido em pedra rosa clara, desgastada pelo tempo, o topo exibia um frontão escalonado deteriorado, e chaminés despontavam no teto. Pequenas torres arredondadas se projetavam dos quatro cantos, dando ao lugar uma aparência sólida e antiga. Ela não pôde deixar de imaginar quanto o castelo deveria ser frio no inverno.

— Ele foi construído há quinhentos anos — disse uma voz grossa e rouca às suas costas.

Melisande se virou no momento que Rato começou a correr e latir.

Sir Alistair estava parado ao lado de um cachorro coberto por uma pelagem cinza e desgrenhada e tão alto que a cabeça do animal passava de sua cintura. Rato parou diante dele, latindo enlouquecido, mas o cão imenso nem se mexeu. Ficou simplesmente olhando para Rato por cima do focinho comprido, como se estivesse se perguntando de que raça deveria ser aquele cachorrinho escandaloso.

Sir Alistair olhou para o terrier e franziu o cenho por um momento. Ele estava com os cabelos escovados para trás e presos e havia coberto a órbita do olho ferido com um tapa-olho preto.

— Quieto, rapaz — ralhou num carregado sotaque escocês. — Não precisa ficar bravo.

E se abaixou, estendendo o punho fechado para Rato, que se aproximou para cheirar. Com um leve tremor, Melisande percebeu que lhe faltavam o dedo indicador e o mínimo na mão direita.

— Ele é um rapazinho muito corajoso — comentou Sir Alistair. — Como se chama?

—· Rato.

O homem assentiu e se endireitou, então olhou na direção do gramado em declive. O cachorro imenso ao lado dele suspirou e se deitou aos pés do dono.

— Eu não queria assustá-la ontem à noite, senhora.

Melisande olhou para ele. Vendo-o de lado, com as cicatrizes praticamente escondidas, até que era bonito. Tinha um nariz reto e imponente, um queixo bem-definido e exalava uma aparente teimosia.

— Não me assustei com o senhor. Só me assustei com a sua súbita aparição.

Ele virou o rosto completamente para ela, como se a desafiasse a recuar.

— Aham. Claro.

Ela ergueu o queixo, recusando-se a admitir.

— Jasper acha que o senhor o culpa por essas cicatrizes. Ele está certo?

Melisande prendeu a respiração, surpresa com a própria franqueza. Jamais teria confrontado Sir Alistair não fosse por Jasper. Mas ela precisava saber se este homem faria seu marido sofrer ainda mais.

Ele a encarou, talvez igualmente sobressaltado com a sinceridade dela. Melisande se arriscaria a dizer que poucas pessoas ousavam falar das cicatrizes com ele.

Finalmente, ele desviou o olhar na direção dos jardins abandonados e em ruínas.

— Se quiser, falarei com seu marido sobre as minhas cicatrizes, milady.

*

Jasper acordou sozinho, de braços vazios. Após poucas noites, a sensação já parecia estranha. Como se algo estivesse errado. Sua querida esposa deveria estar a seu lado, as curvas suaves próximas a seu corpo forte, o aroma dos cabelos e da pele envolvendo-o. Ela era como um elixir revigorante — sentia-se tão relaxado que já não ficava mais acordado noite afora, se virando de um lado para o outro. Droga! Onde ela estava?

Ele se levantou e se vestiu apressado, praguejando enquanto fechava os botões da camisa. Nem se deu ao trabalho de colocar o lenço no pescoço, só jogou um paletó por cima dos ombros antes de deixar o quarto.

— Melisande! — chamou feito um louco no corredor. O castelo era tão grande que ela não o escutaria a menos que estivesse por perto. Mesmo assim, ele continuou. — Melisande!

Ao chegar ao andar de baixo, seguiu para a cozinha. Pynch estava atiçando o fogo no cômodo. Atrás dele, a criada de Melisande dormia em uma cama improvisada. Jasper ergueu as sobrancelhas. Havia duas camas, mas ainda assim... Pynch acenou silenciosamente para a porta dos fundos.

Jasper deixou a cozinha e teve de estreitar os olhos diante da claridade. Então avistou Melisande. Ela estava conversando com Munroe, e ele sentiu uma pontada de ciúmes só de ver os dois juntos. O escocês podia até ser um ermitão marcado por cicatrizes, mas ele costumava ter jeito com as mulheres. E Melisande estava muito próxima do homem.

O visconde seguiu na direção deles a passos largos. Rato o viu de longe e anunciou a presença de Jasper com um latido antes de sair correndo ao seu encontro.

Munroe se virou.

— Finalmente acordou, Renshaw?

— É Vale agora — resmungou Jasper, abraçando Melisande pela cintura.

Munroe acompanhou o movimento com o olhar, e sua sobrancelha arqueou por cima do tapa-olho.

— Claro.

— Já tomou seu desjejum, minha senhora esposa? — Jasper se inclinou na direção de Melisande.

— Ainda não, milorde. Devo conferir o que tem para comer na cozinha?

— Mais cedo, mandei que Wiggins fosse até uma fazenda vizinha buscar alguns pães e ovos — murmurou Munroe. Suas bochechas estavam levemente coradas, como se enfim estivesse envergonhado pela própria falta de hospitalidade. Ele prosseguiu, num tom áspero: — Depois do café da manhã, posso levar vocês ao topo da torre. A vista lá de cima é maravilhosa.

Jasper sentiu a esposa estremecer a seu lado e lembrou-se de como ela se segurou firme na lateral de seu faetonte alto.

— Em outro momento, talvez.

Melisande pigarreou e se afastou gentilmente de Jasper.

— Se os cavalheiros me derem licença, vou ver se tem algum resto de comida para Rato na cozinha.

Jasper não teve outra opção senão se curvar em resposta à mesura da esposa antes de ela seguir na direção do castelo.

Pensativo, Munroe a acompanhou com o olhar enquanto ela se afastava.

— Sua esposa é uma mulher encantadora. E muito inteligente também.

— É mesmo — concordou Jasper, então acrescentou: — Mas ela não gosta de altura.

— Ah. — Munroe assentiu, e então se virou para Jasper, pensativo. — Nunca imaginei que ela fosse o seu tipo.

Jasper fechou a cara.

— Você não sabe nada sobre que tipo de mulher eu gosto.

— Na verdade, eu sei, sim. Seis anos atrás, você gostava de mulheres peitudas, não muito inteligentes e de moral duvidosa.

— Isso foi há seis anos. Muitas coisas mudaram desde então.

— Isso é verdade... — Munroe começou a andar na direção dos jardins malcuidados, e Jasper seguiu ao lado dele. — Você se tornou um visconde, St. Aubyn morreu, e eu perdi metade do meu rosto. E, aliás, não culpo você por isso.

Jasper parou.

— O quê?

Munroe também parou e se virou para encará-lo, apontando na direção do tapa-olho.

— Isso aqui. Você não tem culpa disso, nunca coloquei a culpa do que aconteceu em você.

Jasper desviou o olhar.

— Como não? Arrancaram seu olho quando gritei. — Quando ele gritou horrorizado com o que estavam fazendo com seus companheiros.

Munroe ficou em silêncio por um instante. Jasper não conseguia olhar para ele. O escocês havia sido um homem bonito. E, apesar de taciturno, nunca fora um recluso. Ele costumava se sentar junto à fogueira com os outros homens e rir das piadas grosseiras dos soldados. Será que Munroe ainda sorria?

Finalmente, o outro homem falou.

— Estávamos no inferno naquela época, não é mesmo?

Jasper cerrou os dentes e assentiu.

— Mas eles eram humanos, e não demônios.

— O quê?

A cabeça de Munroe estava inclinada para trás, o olho bom fechado. Parecia estar aproveitando a brisa.

— Os indígenas wyandot que nos torturaram. Eles eram humanos. Não eram animais nem selvagens, apenas humanos. Foram eles quem arrancaram meu olho, não você.

— Mas se eu não tivesse gritado...

Munroe suspirou.

— Se você não tivesse feito um barulho sequer, ainda assim teriam arrancado meu olho.

Jasper apenas o encarou.

O outro homem meneou a cabeça.

— É verdade. Eu os estudei desde então. Aquela é a forma como lidam com prisioneiros de guerra. Eles os torturam. — O canto da boca dele, o lado não marcado por cicatrizes, se ergueu, apesar de Munroe não parecer estar achando graça. — Assim como enforcamos garotos por furto. É o jeito deles.

— Não entendo como você consegue encarar isso com tanta naturalidade — comentou Jasper. — Você não ficou com raiva?

Munroe deu de ombros.

— Sempre fui um bom observador. De qualquer maneira, eu não acho que tenha sido sua culpa. A sua esposa praticamente exigiu que eu lhe dissesse isso.

— Obrigado.

— Creio que devemos incluir *leal* e *impetuosa* na lista de qualidades da sua esposa. Não sei como você a encontrou.

Jasper resmungou.

— Um libertino como você não merece aquela mulher.

— Só porque não a mereço não quer dizer que não vou lutar por ela.

Munroe assentiu.

— Muito inteligente da sua parte.

Os dois recomeçaram a andar, num silêncio que Jasper achou estranhamente amistoso. Nunca considerara Munroe um amigo — seus interesses eram muito distintos; as personalidades, opostas. Mas ele esteve lá. Conheceu os homens que agora estavam mortos, andou por aquelas florestas infernais com uma corda prendendo-o pelo pescoço e foi torturado pelas mãos dos inimigos. Não precisava explicar nada para ele, não havia nada a esconder. Ele esteve lá e sabia de tudo.

Eles chegaram ao segundo nível dos jardins, e Munroe parou para admirar a paisagem. Havia um rio distante à direita de um bosque. A região era bonita. O lébrel escocês que os acompanhava suspirou e se deitou ao lado de Munroe.

— Foi para isso que você veio? — perguntou Munroe, distraído. — Em busca do meu perdão?

— Não. — Mas então Jasper hesitou, se lembrando da confissão que fizera a Melisande na noite anterior. — Bem, talvez. Mas não foi o único motivo.

Munroe olhou para ele.

— Ah, é?

Então Jasper lhe contou. Sobre Samuel Hartley e a maldita carta. Sobre a risada de Dick Thornton na prisão de Newgate. Sobre a acusação de Thornton de que um dos homens capturados era o traidor. E finalmente sobre a tentativa de assassinato contra Lorde Hasselthorpe, logo depois de Jasper ter falado com ele.

Em silêncio, Munroe ouviu a história toda com atenção, mas, no fim, balançou a cabeça.

— Pura bobagem.

— Você não acredita que fomos traídos?

— Ah, nisso eu acredito totalmente. Que outra explicação haveria para um grupo tão grande de guerreiros wyandot estar naquela trilha, prontos para uma emboscada? Não, eu só não acredito que o traidor seja um dos homens capturados. Quem de nós poderia ter feito isso? Você acha que fui eu?

— Não — respondeu Jasper, e estava falando a verdade. Nunca achou que Munroe fosse o traidor.

— Então sobrou você, Horn e Growe, a menos que pense que foi um dos homens que morreu. Você acha que qualquer um deles, esteja vivo ou morto, seria capaz de nos trair?

— Não. Mas, droga. — Jasper virou o rosto na direção do sol. — *Alguém* nos traiu. Alguém contou para os franceses e para os nativos que estaríamos lá.

— Concordo, mas você só tem a palavra de um assassino louco que estava entre os capturados. Desista, homem. Thornton estava brincando com você.

— Não posso desistir — disse Jasper. — Não consigo desistir, não consigo esquecer.

Munroe suspirou.

— Vamos tentar por outra perspectiva. Por que um de nós faria tal coisa?

— Trair o regimento, você quer dizer?

— Sim, isso. Deve haver um motivo. Simpatia pela causa dos franceses?

Jasper balançou a cabeça.

— Reynaud St. Aubyn era filho de uma francesa — falou Munroe friamente.

— Não seja idiota. Reynaud morreu. Foi morto praticamente no momento que pisamos naquela aldeia maldita. Além do mais, ele era leal aos ingleses e foi o melhor homem que conheci.

Munroe ergueu uma das mãos.

— É você que está desesperado atrás de respostas, não eu.

— Sim, eu estou e acho que existe outro motivo para a traição: dinheiro. — Jasper se virou e lançou um olhar cheio de significado para o castelo. Não que pensasse que Munroe fosse o traidor, mas a alegação contra Reynaud o deixou irritado.

Munroe acompanhou o olhar dele e riu, a voz rouca pela falta de uso.

— Você acha que, se eu tivesse vendido nossa posição para os franceses, meu castelo estaria nesse estado deplorável?

— Você pode ter escondido o dinheiro.

— Todo o dinheiro que tenho, eu herdei ou consegui com o meu trabalho. Se alguém fez isso por dinheiro, provavelmente estava com dívidas ou já era rico e está muito mais rico agora. Como estão as suas finanças? Você gostava de apostar em jogos de cartas.

— Já falei isso para Hartley e vou lhe dizer também: paguei todas as minhas dívidas há muito tempo.

— Com o quê?

— Com a minha herança. E meus advogados têm os papéis para provar, se quer saber.

Munroe deu de ombros e recomeçou a andar.

— Você verificou as finanças de Horn?

Jasper retomou o passo e o alcançou, caminhando ao lado dele.

— Ele mora com a mãe em uma casa na cidade.

— Ouvi boatos de que o pai dele perdeu muito dinheiro num esquema de ações.

— É mesmo? — Jasper encarou o outro homem. — A casa fica em Lincoln Inns Field.

— Um bairro muito nobre para um homem sem herança.

— E ele tem dinheiro para viajar para a Itália e para a Grécia — conjecturou Jasper.

— E para a França.

— O quê? — Jasper parou.

Levou um instante para Munroe perceber que Jasper havia parado. Ele se virou, vários passos à frente.

— Matthew Horn estava em Paris no último outono.

— Como você sabe disso?

Munroe inclinou a cabeça, encarando Jasper com o único olho.

— Posso ser um ermitão, mas me correspondo com naturalistas da Inglaterra e do continente. Recebi uma carta de um botânico francês nesse inverno. Ele contou que foi a um jantar em Paris e conheceu um jovem inglês chamado Horn que esteve nas colônias. Acho que deve ser o nosso Matthew Horn, você não?

— É possível. — Jasper balançou a cabeça. — O que ele estaria fazendo em Paris?

— Visitando as atrações turísticas?

Jasper arqueou uma sobrancelha.

— Mesmo os franceses sendo nossos inimigos?

Munroe deu de ombros.

— Eu me correspondo com um colega francês. Alguns tomariam isso como um ato subversivo.

Jasper soltou um suspiro, se sentindo cansado.

— Nada faz sentido. Sei que estou dando murro em ponta de faca, mas não consigo esquecer o massacre. Você consegue?

Munroe abriu um sorriso amargurado.

— Com as lembranças gravadas no meu rosto? Não, eu nunca vou conseguir esquecer.

Jasper virou o rosto para sentir a brisa.

— Por que não vem nos visitar em Londres?

— As crianças choram quando me veem, Vale — afirmou Munroe, com indiferença.

— Você pelo menos vai a Edimburgo?

— Não. Eu não vou a lugar nenhum.

— Você fez do seu castelo a sua prisão.

— Você está transformando isso numa tragédia teatral. — Munroe pressionou os lábios. — Mas não é. Já aceitei meu destino. Tenho meus livros, meus estudos e minha escrita. Estou... satisfeito.

Jasper olhou descrente para o outro homem. Satisfeito em viver em um castelo imenso e frio tendo como companhia apenas um cachorro e um criado rabugento?

Munroe deve ter percebido que Jasper iria rebater seu argumento, porque se virou na direção do castelo e disse:

— Venha. Ainda não tomamos o café da manhã, e tenho certeza de que a sua esposa deve estar esperando por você lá dentro.

E saiu andando.

Jasper praguejou e foi atrás dele. O teimoso escocês não estava pronto para sair da zona de conforto e, até que estivesse, não adiantaria discutir. Jasper só esperava que Munroe mudasse de opinião ainda nesta vida.

— Aquele homem está precisando muito de uma governanta — comentou Melisande à medida que a carruagem se afastava do castelo de Sir Alistair. A cabeça de Suchlike já pendia, sonolenta, no canto onde estava.

Vale lançou um olhar divertido para ela.

— Não aprovou as roupas de cama do castelo, meu coração?

Ela comprimiu os lábios.

— Nem a roupa de cama mofada, nem os móveis empoeirados, nem a despensa praticamente vazia, muito menos aquele criado horrendo. Eu certamente não aprovei nada disso.

Vale riu.

— Bem, dormiremos em um bom lugar esta noite. Tia Esther disse que quer muito nos ver antes de retornarmos à Inglaterra. Acho que ela quer ouvir as fofocas sobre Munroe.

— Sem dúvida.

Melisande apanhou o bordado e buscou entre as linhas de seda por um tom de amarelo-limão. Achava que ainda tinha alguns fios, e era a cor perfeita para realçar a juba do leão.

Ela deu uma espiada em Suchlike para verificar se a criada dormia.

— Conseguiu o que queria de Sir Alistair?

— De certo modo. — Jasper olhava pela janela, e ela esperou o marido continuar enquanto enfiava a linha na agulha. — Alguém nos traiu em Spinner's Falls, e eu vinha tentando descobrir quem foi.

Ela franziu ligeiramente a testa enquanto dava o primeiro ponto — o que não era tarefa fácil no balançar da carruagem.

— Você achava que Sir Alistair fosse o traidor?

— Não, mas achei que ele pudesse me ajudar a descobrir quem era.

— E ele ajudou?

— Não sei.

Ele deveria ter soado decepcionado ao dizer isso, mas Jasper parecia feliz. Melisande sorriu enquanto trabalhava na juba do leão. Talvez Sir Alistair tivesse lhe ajudado a se sentir um pouco em paz.

— Manjar — disse ela minutos depois.

Jasper olhou para a esposa.

— O quê?

— Uma vez você me perguntou qual era a minha comida preferida. Lembra?

Ele assentiu.

— Então, é manjar. Sempre serviam no Natal quando eu era criança. A cozinheira costumava colocar corante rosa e decorar com amêndoas. Eu era a mais nova e, por isso, meu prato era sempre menor, mas mesmo assim a sobremesa era maravilhosa; deliciosa e cremosa. Todos os anos, eu mal podia esperar pelo manjar.

— Podemos ter manjar rosa de sobremesa todas as noites — disse Vale.

Melisande balançou a cabeça, tentando não rir da oferta impulsiva.

— Não, isso iria estragar tudo. Ela é especial porque só como no Natal.

— Só teremos no Natal, então — disse Vale solenemente, como se estivesse fechando um contrato de negócios.

Ela se sentiu emocionada por estar planejando o Natal com seu marido. Haveria muitos Natais com ele, refletiu Melisande. Não conseguia pensar em nada melhor do que isso.

— Mas insisto que tenha um prato inteiro só para você — continuou ele.

Ela bufou e se deu conta de que estava sorrindo.

— O que eu faria com um prato inteiro de manjar?

— Você pode comer tudo sozinha até estufar — respondeu ele, muito sério. — Comer tudo de uma vez se quiser. Ou pode guardar só para ficar olhando e pensando no quanto deve estar gostoso, cremoso e docinho...

— Bobagem.

— Ou pode dar uma colherada por noite enquanto fico sentado do outro lado da mesa olhando com inveja.

— Você não vai ganhar seu próprio manjar?

— Não. É por isso que o seu será tão especial. — Ele se recostou e cruzou os braços no peito, parecendo muito satisfeito consigo mesmo. — É, isso mesmo. Prometo que vou lhe dar um prato de manjar rosa todo Natal. E ninguém jamais poderá me acusar de não ser um marido generoso.

Melisande revirou os olhos ao ouvir o gracejo, mas também sorria. Não via a hora de passar seu primeiro Natal com Jasper.

Eles se divertiram naquele dia e chegaram à casa de tia Esther bem antes do jantar.

Na verdade, quando a carruagem parou, tia Esther se despedia de outro casal, que sem dúvida recebera para o chá da tarde. Melisande levou um tempo para reconhecer Timothy e a esposa. Então ficou observando-o, seu primeiro amor. Houve uma época em que a simples visão do belo rosto dele lhe tirava o fôlego. Demorou anos para se recuperar da perda de Timothy. Agora, a dor havia abrandado e parecia distante, como se o término tivesse acontecido com outra moça ingênua. Olhando para ele nesse momento, tudo que passava por sua cabeça era: *graças a Deus*. Graças a Deus tinha se livrado do casamento com ele.

Ao seu lado, Vale murmurou algo antes de descer da carruagem.

— Tia Esther! — gritou ele, aparentemente alheio ao outro casal. Começou a andar em direção à tia quando, de repente, de alguma forma, trombou em Timothy Holden, fazendo-o cambalear. Vale tentou ajudá-lo, mas deve ter trombado no homem outra vez, pois Timothy caiu sentado na rua enlameada.

— Ai, caramba — murmurou Melisande para ninguém em particular e desceu correndo da carruagem antes que seu marido matasse seu ex-noivo com tanta "gentileza". Rato a seguiu e começou a latir para o homem caído.

Mas, antes que os alcançasse, Vale estendeu a mão para ajudar Timothy a se levantar. O idiota a aceitou, e Melisande quase cobriu os olhos. Vale o puxou com tanta força que Timothy saltou do chão e cambaleou contra ele. O visconde aproximou o rosto do outro homem, e de repente Timothy ficou branco como cera. Ele se afastou de Vale com um pulo e apressou a esposa para entrar na carruagem.

Rato deu um último latido, feliz por ter espantado o intruso.

Vale se abaixou e fez um afago no cão, murmurando algo para Rato que o fez abanar o rabo.

Aliviada, Melisande se aproximou dos dois.

— O que disse a Timothy?

Vale se endireitou e olhou, inocente, para ela.

— O quê?

— Jasper!

— Ah, tudo bem, mas não foi nada de mais. Só pedi a ele que não visitasse mais a minha tia.

— Pediu?

Um sorriso satisfeito brincava na boca do marido.

— Acho que não voltaremos a ver o Sr. Timothy Holden ou sua esposa por aqui.

Ela suspirou, mas, no fundo, se sentiu feliz por vê-lo preocupado com seus sentimentos.

— Precisava fazer isso?

Ele tomou-lhe o braço.

— Ah, precisava, meu coração. Precisava, sim. — E, em seguida, enquanto a conduzia na direção da tia, disse em voz alta: — Voltamos, tia! E trouxemos novidades sobre o recluso Sir Alistair!

Capítulo Dezessete

No dia seguinte, o rei anunciou o desafio final. Um anel de ouro estava escondido em uma caverna subterrânea, protegida por um dragão que cuspia fogo. Jack logo vestiu a armadura da noite e do vento e pegou a espada mais afiada do mundo. Não demorou muito, lá estava ele na entrada da caverna. O dragão se aproximou rugindo, e Jack enfrentou uma difícil batalha, pois o dragão era muito grande. A luta durou o dia inteiro. Já era quase noite quando o dragão finalmente caiu morto e Jack pegou o anel de ouro...

— Jack, o Risonho

Uma semana depois, Melisande passeava no Hyde Park com Rato. Eles haviam chegado a Londres na noite anterior. A viagem de volta para a Inglaterra foi tranquila — tirando uma refeição horrível de repolho e carne que tiveram de comer no terceiro dia. Na noite anterior, Melisande havia montado uma cama improvisada num canto de seu quarto, e Vale dormiu com ela a noite toda. Sabia que era um arranjo estranho, mas estava tão feliz por tê-lo a seu lado, por poder dormir junto dele, que nem se importava. Se tivesse de fazer uma cama no chão pelo resto da vida, não teria problema algum. Suchlike olhara para a cama improvisada com curiosidade, mas não comentara nada. Talvez o Sr. Pynch a tivesse informado sobre os estranhos hábitos de Lorde Vale.

O vento fazia suas saias balançarem enquanto ela caminhava. Vale tinha ido falar com o Sr. Horn nesta manhã, provavelmente sobre Spinner's Falls. O cenho de Melisande franziu ligeiramente só de pensar nisso. Acreditara que, depois da conversa com Sir Alistair, ele desistiria da busca, que talvez tivesse encontrado um pouco de paz. Mas Jasper parecia mais determinado do que nunca. Havia passado a maior parte da viagem falando sobre teorias e tramas, contando e recontando suas ideias de quem poderia ser o traidor. Melisande ficara apenas ouvindo tudo enquanto bordava, mas por dentro sentia um aperto no peito. Quais eram as chances de Vale descobrir quem era o homem depois de todos esses anos? E se não conseguisse encontrá-lo? Será que passaria o resto da vida nessa busca inútil?

Um grito interrompeu seu devaneio sombrio. Ao erguer os olhos, viu o filhinho da Sra. Fitzwilliam, Jamie, abraçando Rato. O cão lambeu o rosto da criança com alegria. Era evidente que se lembrava de Jamie. A irmã do menino se inclinou com cuidado para fazer carinho na cabeça de Rato.

— Bom dia — saudou a Sra. Fitzwilliam. Ela estava alguns passos atrás dos filhos e começou a andar, se aproximando de Melisande. — Que belo dia, não é mesmo?

Melisande sorriu.

— Sim, está muito bonito.

Elas ficaram paradas, lado a lado, observando as crianças e o cachorro por um tempo.

A Sra. Fitzwilliam soltou um suspiro.

— Preciso arrumar um cachorro para Jamie. Ele vive implorando por um, mas Sua Alteza não suporta animais. Ele fica espirrando e diz que são sujos.

Melisande ficou um pouco surpresa com a menção casual sobre o amante da outra mulher, mas tentou disfarçar.

— Às vezes, os cães são mesmo um pouco sujos.

— Hmm. Imagino que sim, mas, por outro lado, os garotos também são. — A Sra. Fitzwilliam torceu o nariz, o que só deixou seu lindo rosto ainda mais encantador. — Além do mais, ele nem nos visita mais tanto quanto costumava visitar antes. Mal apareceu uma vez por mês no ano passado. Desconfio de que tenha arrumado outra mulher, como se fosse um sultão otomano. Eles colecionam mulheres como se fossem um rebanho de ovelhas. Os otomanos, quero dizer. Acho que eles chamam de *harém*.

O rosto de Melisande ficou vermelho, e ela olhou para os próprios pés.

— Ah, sinto muito — desculpou-se a Sra. Fitzwilliam. — Eu a deixei constrangida, não é? Sempre falo mais do que devia, ainda mais quando estou nervosa. Sua Alteza costumava dizer que eu devia ficar sempre de boca fechada, pois estrago a ilusão quando digo alguma coisa.

— Ilusão de quê?

— De perfeição.

Melisande piscou.

— Que coisa horrível.

A Sra. Fitzwilliam inclinou a cabeça para o lado, como se refletisse sobre o que acabara de dizer.

— É mesmo, não é? Acho que na época não me dei conta disso. Eu estava muito deslumbrada por ele. Mas também eu era muito jovem quando nos conhecemos. Só tinha 17 anos.

Melisande queria muito ter coragem de perguntar como acabara se tornando amante do duque de Lister, mas ficou com medo da resposta.

— A senhora o amava? — indagou, em vez disso.

A Sra. Fitzwilliam riu. Sua risada era encantadora, leve, mas havia um toque de tristeza nela.

— Por acaso alguém ama o sol? É algo que apenas está lá e nos oferece calor e luz, mas será que alguém o ama de verdade?

Melisande ficou calada, pois qualquer resposta que desse só serviria para aumentar ainda mais a tristeza da outra mulher.

— Acredito que as pessoas devam ser iguais no amor — refletiu a Sra. Fitzwilliam. — Mas não me refiro à riqueza ou status. Elas deveriam ser iguais num nível básico. Conheço algumas mulheres que amam de verdade seus protetores e homens que amam suas protegidas. Mas eles são iguais em um... um nível espiritual, se entende o que quero dizer.

— Acho que sim — concordou Melisande, devagar. — Se o homem ou a mulher exerce todo o poder na relação, então não consegue amar de verdade. A pessoa precisa se abrir para o amor. Se permitir ser vulnerável.

— Nunca pensei por esse lado, mas acho que a senhora está certa. Essencialmente, o amor é rendição. — Ela balançou a cabeça. — É preciso coragem para se render assim.

Melisande assentiu, olhando para o chão.

— Não sou uma mulher muito corajosa — confessou a Sra. Fitzwilliam, baixinho. — De certo modo, todas as escolhas que fiz na vida foram por medo.

Melisande olhou para ela, curiosa.

— Há quem diga que é preciso muita coragem para escolher a vida que a senhora leva.

— As pessoas não me conhecem. — A Sra. Fitzwilliam balançou a cabeça. — Eu não queria levar uma vida governada pelo medo.

— Sinto muito.

A Sra. Fitzwilliam assentiu.

— Eu gostaria de conseguir mudar.

Eu também, pensou Melisande. Por um momento, elas compartilharam uma estranha sintonia; só as duas: a dama de respeito e a amante.

Então Jamie gritou, e as duas desviaram o olhar. Ao que parecia, o menino caíra na lama.

— Droga — murmurou a Sra. Fitzwilliam. — É melhor eu levá-lo para casa. Não sei o que a minha criada vai dizer quando vir o estado das roupas dele.

Ela bateu palmas e chamou os filhos com firmeza. As crianças pareciam tristes, mas obedeceram, andando devagar em sua direção.

— Obrigada — agradeceu-lhe a Sra. Fitzwilliam.

Melisande ergueu as sobrancelhas.

— Pelo quê?

— Por ter falado comigo. Adorei a nossa conversa.

Melisande se perguntou com que frequência a Sra. Fitzwilliam costumava conversar com outras damas. Ela era uma protegida e, portanto, não podia circular no mesmo meio que as senhoras de respeito, mas, por outro lado, era a amante de um duque, o que a colocava num patamar acima da maioria, e isso a deixava numa esfera social alta e solitária.

— Eu também gostei muito — falou Melisande, num impulso. — Gostaria que pudéssemos conversar mais.

A Sra. Fitzwilliam abriu um sorriso trêmulo.

— Talvez devêssemos.

Então, quando os filhos se aproximaram, a outra mulher se despediu, e Melisande ficou sozinha com Rato. Voltando pelo mesmo caminho de onde viera, ela logo encontrou a carruagem estacionada. Um lacaio a seguia discretamente.

Melisande pensou no que havia dito à Sra. Fitzwilliam; que o amor verdadeiro demandava vulnerabilidade. E imaginou se teria coragem de se permitir ser vulnerável outra vez.

— Munroe conseguiu lhe dar alguma ideia de quem poderia ser o traidor? — perguntou Matthew Horn, no final daquela tarde.

Jasper deu de ombros. Eles cavalgavam pelo Hyde Park novamente, mas o visconde parecia agitado. Sua vontade era sair a toda com Belle até que tanto ele como o animal ficassem exaustos. Estava atingindo seu limite. Como se não conseguisse fazer mais nada em sua vida até descobrir quem era o traidor. Deus, como ele queria seguir em frente.

Talvez por isso seu tom tenha saído ríspido quando respondeu:

— Munroe disse que eu deveria verificar as finanças.

— Como assim?

— O homem que nos traiu provavelmente estava trabalhando para os franceses. Ou fez isso por motivos políticos ou por dinheiro. Munroe sugeriu que eu verificasse as finanças dos homens que foram capturados.

— Quem aceitaria dinheiro para ser preso e enfrentar o inferno? Jasper deu de ombros.

— Talvez ele não tivesse intenção de ser preso. Talvez algo tenha dado errado nos planos dele.

— Não. — Horn balançou a cabeça. — Não. Isso é ridículo. Se houvesse um traidor, ele teria dado um jeito de estar bem longe de Spinner's Falls no momento da emboscada. Ele fingiria estar doente ou ficaria para trás ou teria simplesmente desertado.

— E se ele não conseguiu? E se era um oficial? Só os oficiais sabiam para onde estávamos indo...

Horn bufou.

— Corriam boatos entre os soldados. Você sabe muito bem que não há como guardar segredo no Exército.

— Pode ser — disse Jasper. — Mas, se fosse um oficial, teria dificuldades de fugir. Lembre-se de que já havíamos sido dizimados em Quebec. Tínhamos poucos oficiais no final.

Horn puxou as rédeas do cavalo, fazendo-o parar.

— Então você vai investigar as finanças de todos os homens que estiveram lá?

— Não, eu...

— Ou só vai investigar as finanças dos que foram presos?

Jasper encarou Horn.

— Munroe me contou mais uma coisa.

Horn piscou.

— O quê?

— Ele disse que você esteve em Paris.

— O quê?

— Ele disse que um amigo francês escreveu uma carta para ele contando que conheceu um homem chamado Horn em um jantar em Paris.

— Isso é um absurdo! — exclamou Matthew. Seu rosto estava vermelho, e os lábios, cerrados. — Horn não é um sobrenome incomum. Era outro homem.

— Então você não esteve em Paris no outono passado?

— Não. — As narinas de Horn dilataram. — Não, eu não estive em Paris. Viajei para a Itália e para a Grécia, como já lhe contei.

Jasper ficou calado.

Horn agarrou as rédeas e se inclinou para a frente sobre a sela, o corpo rígido de raiva.

— Você está duvidando da minha honra, da minha lealdade? Como ousa? Como ousa? Se fosse qualquer outro homem, eu o desafiaria para um duelo agora mesmo.

— Matthew... — Jasper começou a dizer, mas Horn já havia virado o cavalo e saiu galopando.

Jasper ficou observando enquanto Horn se afastava. Havia acabado de insultar um homem que considerava um amigo. Voltou para casa tentando entender o que o levara a insultar alguém que nunca lhe causara nenhum mal. Horn estava certo; o amigo de Munroe poderia ter se enganado quanto à pessoa que conhecera em Paris.

Quando voltou para casa, ainda estava confuso, e, ao descobrir que Melisande continuava fora, seu humor só piorou. Percebeu que ansiava por vê-la; queria lhe contar sobre o encontro desastroso com Matthew Horn. Ele engoliu um xingamento e seguiu para seu escritório.

Ao chegar ao cômodo, porém, só teve tempo de servir uma dose de conhaque antes de Pynch bater à porta e entrar.

Jasper se virou e olhou carrancudo para o criado.

— Encontrou o homem?

— Sim, milorde — respondeu Pynch enquanto entrava no cômodo. — O mordomo do Sr. Horn era mesmo o irmão de um soldado com quem servi.

— Ele abriu a boca?

— Sim, milorde. Hoje ele só trabalha meio expediente, então nos encontramos numa taverna depois. Paguei várias bebidas a ele enquanto relembrávamos velhas histórias do irmão dele. O homem morreu em Quebec.

Jasper assentiu. Muitos haviam morrido em Quebec.

— Depois da quarta dose, o mordomo do Sr. Horn começou a soltar a língua, milorde, e consegui mudar o rumo da conversa para o patrão dele.

Jasper tomou um gole do conhaque; já não sabia mais se queria ouvir o que Pynch tinha para dizer. Mas foi ele que começou tudo isso, foi ele que mandou Pynch sair à caça assim que retornaram a Londres. Parecia covardia desistir agora.

Ele olhou para Pynch, seu criado leal, o homem que sempre cuidou dele nos momentos de bebedeiras e de pesadelos. Pynch sempre o servira bem. Era um bom homem.

— O que foi que ele disse?

O valete o encarou, seus olhos verdes determinados e um pouco tristes.

— O mordomo disse que as finanças dos Horn ficaram bem abaladas quando o pai do Sr. Matthew Horn morreu. A mãe dele foi forçada a dispensar a maioria dos criados. Correram boatos de que ela teria que vender a casa da cidade. E então o Sr. Horn voltou das colônias. Os criados foram recontratados, uma carruagem nova foi comprada, e a Sra. Horn passou a usar vestidos novos pela primeira vez em seis anos.

Jasper encarava sua taça vazia com um olhar perdido. Não era isso que ele queria ouvir. Não era esse o alívio que procurava.

— Quando o pai do Sr. Horn morreu?

— No verão de 1758 — respondeu Pynch.

No verão anterior à conquista de Quebec. No verão anterior ao massacre de Spinner's Falls.

— Obrigado — agradeceu-lhe Jasper.

Pynch hesitou.

— Existe sempre a possibilidade de ele ter herdado algo ou que o dinheiro tenha vindo de alguma outra fonte idônea.

Jasper arqueou uma sobrancelha, cético.

— Uma herança sobre a qual os criados nunca ouviram falar? — Parecia muito improvável. — Obrigado.

Pynch se curvou e deixou a sala.

Jasper encheu a taça de conhaque e se aproximou da lareira. Ficou observando o fogo. Era isso que queria? Se Horn fosse mesmo o traidor, será que teria coragem de entregá-lo às autoridades? Jasper fechou os olhos e tomou um gole de sua bebida. Ele havia desencadeado tudo isso, mas agora não tinha mais certeza se estava no controle do desenrolar das coisas.

Quando ergueu os olhos novamente, Melisande estava parada à porta.

Jasper esvaziou a taça com um gole.

— Minha querida esposa. Por onde andou?

— Eu estava passeando pelo Hyde Park.

— É mesmo? — Ele se aproximou da garrafa de conhaque e serviu-se outra dose. — Estava se encontrando com mulheres de reputação duvidosa novamente?

O rosto de Melisande congelou.

— Talvez seja melhor deixá-lo sozinho.

— Não. Não. — Ele sorriu e ergueu a taça. — Você sabe quanto odeio ficar sozinho. Além do mais, precisamos comemorar. Estou prestes a acusar um velho amigo de traição.

— Você não parece feliz.

— Pelo contrário. Estou em êxtase.

— Jasper... — Ela encarou as próprias mãos e pousou-as na cintura em seguida enquanto tentava encontrar o que dizer. — Você parece obcecado por essa caçada. Com o que aconteceu em Spinner's Falls. Tenho medo de que essa busca desenfreada machuque você. Não seria melhor... esquecer isso?

Ele tomou um gole do conhaque, observando-a.

— Por que eu faria isso? Você sabe o que aconteceu em Spinner's Falls. Sabe o que essa busca significa para mim.

— O que eu sei é que você parece preso ao que aconteceu, incapaz de seguir adiante.

— Vi meu melhor amigo morrer.

Ela assentiu.

— Eu sei. Mas talvez fosse melhor deixar seu melhor amigo partir.

— Se fosse o contrário, se eu tivesse morrido lá, Reynaud nunca iria descansar enquanto não encontrasse o traidor.

Melisande ficou observando-o em silêncio com um olhar misterioso, indecifrável.

Os lábios dele se curvaram enquanto bebia o resto do conhaque.

— Reynaud não teria desistido.

— Reynaud está morto.

Todo o corpo de Jasper enrijeceu, e ele ergueu os olhos lentamente.

Melisande estava de queixo erguido, os lábios cerrados e quase severos. Sua expressão era a de alguém capaz de enfrentar um bando de indígenas em ataque.

— Reynaud está morto — repetiu ela. — Além disso, você não é o Reynaud.

Naquela noite, Melisande pensava em seu marido enquanto escovava os cabelos. Vale havia deixado o escritório sem dizer mais nenhuma palavra depois da discussão que tiveram. Ela se levantou da cadeira à penteadeira e andou pelo quarto. A cama no chão estava pronta, e o decanter de vinho em cima da mesinha de apoio, reabastecido. Tudo estava pronto para seu marido. Mas ele não estava lá.

Já passava das dez, e ele não estava lá.

Os dois haviam jantado juntos. Ele não teria saído sem avisá-la, teria? Esse era um hábito do começo do casamento, mas as coisas mudaram desde então. Não mudaram?

Decidida, Melisande enrolou o xale ao redor do corpo. Se ele não viria até ela, então ela iria até o marido. Seguiu determinada até a porta que conectava seus quartos e girou a maçaneta.

Nada aconteceu.

Melisande encarou a maçaneta por um momento, sem acreditar no que estava acontecendo. A porta estava trancada. Ela piscou, surpresa, mas então se recompôs. Talvez a porta tivesse sido trancada por engano. Afinal, ela não costumava ir do seu quarto para o dele. Normalmente, era o contrário. Melisande saiu do quarto pela porta que ligava ao corredor e seguiu até o quarto de Vale. Mas então girou a maçaneta e descobriu que também estava trancada.

Isso era ridículo.

Ela bateu à porta e esperou. E esperou. Então bateu novamente.

Levou cerca de cinco minutos para que compreendesse o que estava acontecendo: ele não pretendia deixá-la entrar.

Capítulo Dezoito

Já era tarde quando Jack voltou correndo para o castelo. Ele mal teve tempo de tirar a armadura antes de seguir apressado para a cozinha e subornar o ajudante de cozinha outra vez. Depois disso, seguiu para o salão onde acontecia o banquete real, e encontrou a corte já reunida para o jantar.

— Ora, Jack — disse a princesa quando o viu —, por onde você andou? E que queimadura é essa na sua perna?

Jack olhou para baixo e viu que tinha se ferido com o fogo do dragão. Ele começou a dançar e dar cambalhotas.

— Sou um fogo corredor — gritou ele — e voei com o vento para visitar o rei das salamandras!

— Jack, o Risonho

Jasper não estava em casa quando Melisande acordou na manhã seguinte. Ela contraiu os lábios ao ver a sala de desjejum vazia. Será que ele a estava evitando? Ela fora dura no dia anterior — talvez demasiadamente dura. Sabia que ele amava Reynaud, e levava tempo para se recuperar de uma perda tão grande. Mas já haviam se passado sete anos. Será que ele não percebia que essa caçada ao traidor de Spinner's Falls dominara sua vida? Ela, como sua esposa, não tinha o direito de lhe dizer isso? Era obrigação dela, afinal, ajudá-lo a encontrar a felicidade — ou ao menos um pouco de satisfação — na vida. Depois de todos os anos que o amara, depois de tudo que conseguiram conquistar juntos no casamento, não era justo que ele a excluísse agora. O mínimo que devia a ela era, pelo menos, ter a educação de ouvi-la.

Depois de comer alguns pães e tomar chocolate quente no café da manhã, Melisande decidiu que não aguentaria ficar zanzando sozinha pelo casarão. Deu um tapinha no quadril para chamar Rato e seguiu com ele na direção do vestíbulo.

— Vou passear com Rato — informou a Oaks.

— Perfeitamente, milady. — O mordomo estalou os dedos para que um lacaio a acompanhasse.

Melisande contraiu os lábios. Preferia sair sozinha, mas não podia nem cogitar essa opção. Ela assentiu para Oaks enquanto ele abria a imensa porta. Lá fora, o sol se escondia atrás das nuvens, deixando a manhã tão escura que parecia noite. Mas não foi por isso que parou subitamente. A Sra. Fitzwilliam se encontrava aos pés da escadaria com duas malas e seus dois filhos.

— Bom dia — saudou-a Melisande.

Rato correu em direção às crianças.

— Ah, meu Deus — disse a Sra. Fitzwilliam. Ela soou distante, e seus olhos cintilavam, como se mal conseguisse conter as lágrimas. — Eu... eu não deveria incomodá-la. Sinto muito. Por favor, queira me desculpar.

Ela se virou para ir embora, mas Melisande desceu os degraus correndo.

— Por favor, fique. Por que não entra e toma um chá?

— Minha nossa. — Uma lágrima rolou pela bochecha dela, e a Sra. Fitzwilliam enxugou-a com as costas da mão como se fosse uma garotinha. — Minha nossa. A senhora deve estar achando que sou louca.

— De forma alguma. — Melisande cruzou o braço ao da outra mulher. — Acho que a cozinheira está fazendo bolinhos hoje. Entre, por favor.

As crianças pareceram eufóricas à menção da palavra bolinhos, e isso ajudou Sra. Fitzwilliam a se decidir. Ela assentiu e permitiu que Melisande a levasse para o interior da casa e a conduzisse a uma saleta nos fundos com portas francesas que davam para o jardim.

— Obrigada — agradeceu-lhe a Sra. Fitzwilliam assim que elas se sentaram. — Não sei o que deve estar pensando de mim.

— É um prazer ter a sua companhia.

Uma criada entrou no cômodo carregando uma bandeja com bolinhos e chá. Melisande agradeceu-lhe e dispensou a moça.

Em seguida, voltou-se para as crianças.

— O que acham de pegar alguns bolinhos e ir brincar no jardim com o Rato?

As crianças se levantaram com um pulo, animadas, mas mantiveram a compostura até saírem para o jardim. Então Jamie deu um gritinho e saiu correndo.

Melisande sorriu.

— Eles são adoráveis.

Serviu então uma xícara de chá e a estendeu para a Sra. Fitzwilliam.

— Obrigada. — A Sra. Fitzwilliam tomou um gole e pareceu se acalmar um pouco. Então ergueu os olhos para Melisande. — Deixei Sua Alteza.

Melisande havia servido um pouco de chá para si mesma e, neste momento, afastava a xícara dos lábios.

— É mesmo?

— Ele me colocou para fora — confessou a Sra. Fitzwilliam.

— Sinto muito. — Como devia ser horrível ser "colocada para fora" como se fosse uma roupa velha.

A outra mulher deu de ombros.

— Não foi a primeira vez, nem a segunda. Sua Alteza perde a cabeça quando está irritado. Sai pisando duro e gritando, e então diz que não me quer mais e que eu devo ir embora da casa dele. Ele nunca me agrediu; não quero que pense isso. Ele só... faz um escândalo.

Melisande tomou um gole de chá e ficou se perguntando se dizer para alguém que essa pessoa não é mais desejada não era, de certo modo, pior do que agressão física.

— E o que aconteceu dessa vez?

A Sra. Fitzwilliam se empertigou.

— Dessa vez, decidi levar a sério o que ele disse. E saí.

Melisande meneou a cabeça uma vez.

— Fez muito bem.

— Mas... — A Sra. Fitzwilliam engoliu em seco. — Ele vai querer que eu volte. Sei que vai.

— A senhora me contou que desconfia que ele esteja com uma nova amante — falou Melisande, a voz calma.

— Sim. Tenho quase certeza. Mas isso não vem ao caso. Sua Alteza não gosta de perder algo que considera seu. Ele guarda as coisas, mantém as pessoas presas, querendo elas ou não, simplesmente porque são suas. — A Sra. Fitzwilliam olhava pela janela enquanto dizia isso, e Melisande acompanhou seu olhar.

Lá fora, as crianças brincavam com Rato.

Ela respirou fundo, finalmente compreendendo o verdadeiro temor da Sra. Fitzwilliam.

— Entendo.

A outra mulher observava os filhos com um amor tão profundo nos olhos que Melisande se sentiu uma intrusa.

— Ele nem liga para as crianças, não de verdade. E não é uma boa influência para elas. Preciso afastá-las dele. É algo que *tenho* que fazer. — Seu olhar voltou-se para Melisande. — Tenho dinheiro para fugir, mas ele vai mandar alguém atrás de mim. Talvez até já tenha alguém me seguindo. Preciso de um lugar longe daqui. Onde ele nem pense em me procurar. Cogitei a Irlanda e a França, mas o problema é que não falo francês e não conheço ninguém na Irlanda.

Melisande se levantou e foi até uma escrivaninha num canto da sala.

— A senhora estaria disposta a trabalhar?

A Sra. Fitzwilliam arregalou os olhos.

— Claro. Mas não sei o que posso fazer. A minha caligrafia é muito boa, mas nenhuma família me contrataria e me abrigaria com meus dois filhos. Além do mais, como eu já disse, não falo francês.

Melisande encontrou papel, uma pena e tinta, e sentou à escrivaninha com um sorriso determinado.

— Acha que consegue administrar uma casa?

— Como governanta? — A Sra. Fitzwilliam se levantou e andou pela sala. — Não sei muito sobre como administrar uma casa. Não tenho certeza se...

— Não se preocupe. — Melisande terminou de escrever um bilhete e chamou um lacaio. — A pessoa que tenho em mente terá muita sorte em tê-la como governanta, e não precisa ficar por muito tempo no cargo. É só até o duque perder o seu rastro.

— Mas...

Um dos lacaios entrou na sala, e Melisande entregou-lhe o bilhete dobrado e lacrado.

— Leve isso para a viscondessa viúva. Diga a ela que é urgente e que a ajuda dela seria de suma importância.

— Pois não, milady. — Ele se curvou e saiu.

— Quer que eu trabalhe como governanta da viscondessa de Vale? — A Sra. Fitzwilliam parecia chocada. — Não creio *mesmo* que...

Melisande segurou as mãos da outra mulher.

— Pedi a carruagem dela emprestada. A senhora disse que pode ter sido seguida, não é? A carruagem vai dar a volta e esperá-la no final dos estábulos. A senhora e as crianças vão se disfarçar de criados. A pessoa que está seguindo vocês não conta com a possibilidade de entrarem na carruagem de Lady Vale. Confie em mim, Sra. Fitzwilliam.

— Ah, por favor, pode me chamar de Helen — disse a Sra. Fitzwilliam, num ímpeto. — Eu gostaria... eu gostaria de poder lhe retribuir, de alguma forma.

Melisande refletiu por um instante antes de perguntar:

— Você disse que a sua caligrafia é muito boa, não disse?

— Sim, por quê?

— Então tem um pequeno favor que pode fazer por mim, se não se importar. — Melisande voltou à escrivaninha, abriu uma gaveta, pegou uma caixa simples e a levou até Helen.

— Acabei de traduzir um livro infantil para uma amiga, mas a minha caligrafia é terrível. Será que poderia passar a limpo para mim para que eu possa mandar encadernar?

— Ah, sim, claro. — Helen pegou a caixa e passou os dedos pela tampa. — Mas... mas para onde quer que eu vá? Para onde eu e meus filhos iremos?

Melisande abriu um sorriso lentamente, muito satisfeita consigo mesma.

— Para a Escócia.

MELISANDE JÁ HAVIA saído quando Jasper voltou naquela tarde. Ele ficou irritado com isso, mesmo sem razão. Depois de evitá-la praticamente o dia todo, agora que queria vê-la, ela não estava em casa. Que mulher inconstante.

Tentou ignorar a voz em sua cabeça que dizia que estava agindo como um imbecil e subiu as escadas em direção a seus aposentos. Mas então parou do lado de fora do seu quarto e olhou para a porta do cômodo ao lado. Num impulso, entrou no quarto de Melisande. Havia cerca de um mês, Jasper entrara ali para tentar descobrir quem sua esposa era, mas saiu sem respostas. Agora, depois de terem viajado juntos para a Escócia, de ter descoberto que ela tivera um amante e engravidado, de ter feito amor com ela de modo pleno e maravilhoso, mesmo assim — *mesmo assim* — ele sentia que ela estava escondendo algo. Deus! Após todo esse tempo, ele ainda não sabia por que ela havia se casado com ele.

Jasper começou a andar pelo quarto. Quando ela propusera que se casassem, ele se sentira envaidecido, pois imaginou — se é que pensou em algo — que ela não tinha outra opção. Que estava encalhada e não tinha pretendentes. Que aquela era sua última oportunidade de conseguir se casar. Mas agora que convivera com ela, brincara com ela, fizera amor com ela, Jasper sabia que esses palpites eram totalmente descabidos. Ela era uma mulher perspicaz, inteligente. Uma mulher ardente na cama. O tipo de mulher por quem um homem poderia passar a vida inteira procurando e nunca encontrar. Mas se ele a encontrara... deveria fazer de tudo para segurá-la e mantê-la por perto e feliz.

Melisande tivera opções, afinal. A questão era: por que o escolhera?

Jasper se viu diante da cômoda dela, onde parou por um momento antes de se abaixar, abrir a última gaveta e pegar a caixinha de rapé. Ele se ergueu com a caixinha na mão. Dentro dela, encontrou o mesmo cachorrinho de porcelana e o botão de prata, mas a violeta desidratada havia desaparecido. Remexeu nos objetos com a ponta do dedo. Outros itens substituíam a violeta: um raminho e alguns fios de cabelo presos nele. Ele pegou o raminho e o analisou. As folhas estavam murchas, quase tão finas quanto uma agulha, e pequenas flores violetas pendiam do talo. Era um raminho de urze. Da Escócia. E o cacho de cabelo parecia ser seu.

Ele olhava para a caixinha com o cenho franzido quando a porta se abriu às suas costas.

Nem se deu ao trabalho de tentar esconder o que havia encontrado. Por mais estranho que fosse, ficou feliz com o confronto.

Ele se virou para encarar Melisande.

— Minha senhora esposa.

Ela fechou a porta com cuidado e seu olhar desceu do rosto dele para a caixinha de tesouros.

— O que você está fazendo?

— Estou tentando descobrir uma coisa — respondeu ele.

— O quê?

— Por que você se casou comigo?

VALE TINHA EM mãos os segredos mais íntimos de Melisande e fazia uma pergunta estúpida como essa?

Ela piscou e, como não conseguia acreditar que ele fosse tão idiota assim, ainda indagou:

— O quê?

Ele avançou, a caixinha de rapé ainda presa entre os dedos longos e ossudos. Os cabelos cacheados castanho-avermelhados estavam presos para trás em uma trança que começava a se desfazer; o rosto marcado e triste estampava olheiras que atestavam as noites em claro. Vestia um paletó marrom e vermelho com uma mancha no cotovelo, e os sapatos estavam arranhados. Nunca, em toda a sua vida, Melisande se sentira tão irritada com alguém ao mesmo tempo que tinha total noção de quão linda a pessoa lhe parecia.

Quão perfeita a pessoa era com todas as imperfeições.

— Quero saber por que se casou comigo, meu coração — disse ele, a atenção voltada completamente para ela.

— Você é idiota?

Jasper inclinou a cabeça ao ouvir as palavras e o tom usado, como se tivesse ficado mais curioso do que irado.

— Não.

— Talvez tenha batido a cabeça quando era criança — disse ela, delicadamente. — Ou talvez a loucura seja de família.

Ele balançou a cabeça devagar, ainda avançando na direção dela.

— Não que eu saiba.

— Então você é idiota sem motivo.

— Não acho que eu seja mais burro do que qualquer outro homem. — Ele estava bem na frente dela agora, inclinando-se na direção de seu rosto; perto demais, íntimo demais.

— Ah, mas é. — Ela o empurrou com força. — É, sim.

Ele não se moveu um milímetro sequer, o maldito. Apenas guardou no bolso a caixinha de rapé dela — *dela!* — e segurou-a com força pelos cabelos. Então, puxou-lhe a cabeça para trás e encostou a boca aberta e úmida no pescoço exposto.

— Me conte — falou com um rosnado, e ela sentiu a vibração da voz dele contra a pele.

— Você é o homem mais *idiota*, desmiolado — ela o empurrou novamente e, quando viu que isso não adiantava, cerrou os punhos e começou a dar socos no peito e nos braços dele —, *imbecil* da história do mundo.

— Sem dúvida — sussurrou ele, suspirando contra o pescoço dela.

Jasper nem parecia se importar com os socos ou senti-los. Então arrancou um pedaço da renda do decote dela e deslizou a boca até encontrar a elevação dos seios.

— Me conte, minha querida esposa.

— Eu observei você — disse ela, ofegante — durante *anos*. Eu vi você olhar para outras mulheres... mulheres bonitas, desenxabidas. Eu vi você escolher qual queria. Eu vi você correr atrás delas, cortejá-las e seduzi-las. E vi você se cansando delas e seus olhos começando a vagar novamente, procurando outras.

Ele puxou as fitas do corpete, fazendo-o afrouxar, e abriu o vestido e o espartilho até expor os mamilos. Então levou a mão a um dos seios e a boca ao outro, sugando-o com força.

Ela gritou, e Jasper ergueu a cabeça.

— Me conte.

Melisande o encarou e sentiu seus lábios se erguerem num sorriso cheio de raiva. De dor.

— Eu via você. E via você levá-las para um canto, sussurrando no ouvido delas. Via quando saía com alguma mulher e sabia que estava levando-a para a cama.

O rosto dela estava todo contorcido agora, e lágrimas rolavam, aquecendo-lhe as bochechas, mas ele ainda assim a encarava. Parecia determinado, as mãos gentis enquanto brincavam com os mamilos.

Mas ela não queria sua gentileza. A barreira havia se rompido, e toda a emoção que ela contivera por anos agora transbordava. Melisande o segurou pelos ombros e se apoiou neles para morder o lóbulo de sua orelha. Jasper inclinou a cabeça para trás e, com um movimento rápido, ergueu-a do chão. Ela soltou um grito longo e alto enquanto ele a jogava sobre os ombros e a levava para a cama. Então a jogou sobre o colchão, o impacto fazendo-a parar de gritar. Antes que ela tivesse tempo de se mover, ele já estava em cima dela, prendendo-lhe as pernas com as suas e segurando-a pelos punhos com uma única mão.

Alguém bateu à porta.

— Vá embora! — gritou ele, sem desviar o olhar dela.

— Milorde! Milady!

— Ninguém abre essa porta, ouviu bem?

— Milorde...

— Maldição! *Nos deixe em paz!*

Os passos do lacaio se afastaram. Então Jasper se abaixou e lambeu o pescoço de Melisande.

— Me conte.

Ela arqueou o corpo para cima, mas as pernas dele impediam seu movimento e Melisande não conseguiu tirar vantagem.

— Todos esses anos...

Jasper arrancou o lenço do próprio pescoço e amarrou os punhos dela às grades da cabeceira da cama.

— Todos esses anos o quê? Me conte, Melisande.

— Eu via você — disse ela, arfante, então olhou para cima e tentou puxar os braços, mas não conseguiu se soltar. — Observei você.

— Pare de se debater — ordenou ele. — Você vai se machucar, minha querida senhora.

— Me machucar! — Ela riu, e a risada tinha uma pontada de histeria.

Ele tirou uma faca do bolso e começou a cortar as roupas dela, e cada rasgo contra a pele sensível a deixava mais excitada.

— Me conte.

— Você foi para a cama com elas, uma mulher atrás da outra. — Ela se lembrou do ciúme que sentira, da dor profunda e dilacerante. Ele lhe arrancou o corpete inteiro. — Foram tantas que nem consigo contar. Você consegue?

— Não — confessou ele, baixinho.

Arrancou então a saia e jogou-a no chão. Em seguida, tirou os sapatos dela e deu-lhes o mesmo destino.

— Nem me lembro do nome delas.

— Maldito. — Melisande estava quase nua agora, só de meias e cinta-liga. As mãos ainda estavam presas, mas agora as pernas dela estavam livres. Ela deu um chute e o acertou na coxa.

Mas Jasper caiu sobre ela, pressionando-a com o quadril. Sua boca voltou aos seios dela, a mão acariciando os cachos no topo das coxas dela.

— Me conte.

— Eu observei você por anos — sussurrou. As lágrimas secavam em seu rosto, e o calor crescia dentro dela. Se ao menos ele a tocasse. Se a tocasse *lá*. — Eu observei você e você nunca me enxergou.

— Agora eu enxergo. — Ele lambeu ao redor de um mamilo, e a língua passou de um seio para o outro, circulando o outro mamilo. Com delicadeza. Com carinho.

Maldito.

— Você nem sabia o meu nome.

— Agora eu sei. — E mordiscou a carne com os dentes.

Prazer e dor se espalharam pelo corpo dela, do mamilo para a região onde a mão dele ainda brincava. Ela arqueou, implorando em silêncio, e ele cedeu ao desejo dela, sugando o mamilo com força.

— Você... — Ela engoliu em seco, tentando se concentrar. — Você nem sabia que eu existia.

— Agora eu sei.

E desceu pelo corpo dela, abrindo-lhe as pernas antes de encaixá-las em seus ombros.

Melisande pulou, tentando afastar as pernas, mas, assim como antes, não adiantou nada.

Jasper abaixou a cabeça e lambeu o sexo dela.

Ela contraiu a barriga, as mãos amarradas se fechando em punhos, e então fechou os olhos e simplesmente sentiu; o toque da língua molhada, uma das mãos apertando-lhe o quadril, a outra acariciando o monte de vênus. Ele lambeu e lambeu de novo, devagar e intimamente, encostando no clitóris todas as vezes. Melisande contraiu os dedos, sentindo a crescente tensão. Ele levou as mãos à intimidade dela, abrindo-a e deixando-a vulnerável.

Ela mordeu o lábio, esperando, esperando.

E então a boca pousou no ponto de prazer dela e o sugou. Ele mordiscou, pressionou, puxou aquele pedacinho de carne até ela não conseguir mais resistir e se entregar. Melisande arqueou, pressionando a pélvis ainda mais contra a boca dele, sentindo o corpo aquecer, ouvindo o coração bater acelerado enquanto ele ainda lambia e sugava, as mãos pesadas prendendo-a na cama. Outra onda de prazer a atingiu, e ela gemeu, o som alto ecoando pelo quarto silencioso. Em qualquer outro momento ela teria se importado com isso, teria ficado com vergonha dos sons eróticos que fazia, mas nesse momento...

Ah, Deus. Nesse momento, ela era uma criatura de prazer.

Jasper enfiou dois dedos dentro dela enquanto ainda deslizava a língua com calma e com uma precisão devastadora, fazendo-a estremecer. Todo seu corpo enrijeceu, e ela arqueou, os músculos tensos, em expectativa. Melisande não resistiu. Estava muito fraca, muito exaurida.

Ele moveu os dedos dentro dela e sugou novamente sua carne, e os músculos internos se contraíram e relaxaram. Ela chegou ao clímax, estremecendo com a força do orgasmo, trêmula e arfante. Uma onda quente se espalhou por seu corpo num jorro de prazer. Ela relaxou, aliviada.

Jasper se moveu, e Melisande abriu os olhos devagar para vê-lo abaixar suas pernas. Ela ficou deitada na cama, as coxas afastadas, deixando-a exposta. Ele olhou para a intimidade dela enquanto se erguia e tirava as roupas.

— Não posso mudar o passado. Não posso apagar o sexo que fiz com outras mulheres antes de conhecer você. Antes de saber *quem* você era. — Ele a encarou, e os olhos azuis dele brilhavam tanto que quase iluminava o quarto. — Mas eu lhe digo agora que nunca mais irei para a cama com qualquer outra mulher que não seja você pelo resto da minha vida. Você é a única mulher que eu quero. Só tenho olhos para você agora.

Jasper tirou a calça, exibindo sua ereção, o pênis erguendo-se para o alto, com um orgulho masculino primitivo. Ele voltou para a cama e avançou de quatro até ficar em cima dela com os braços esticados, os punhos firmes sobre o colchão, os músculos dos braços e dos ombros inflados e definidos.

Melisande engoliu em seco.

— Solte minhas mãos.

— Não — disse ele com calma, apesar da voz rouca, e se inclinou para roçar os dentes no pescoço dela, fazendo-a estremecer.

Jasper afastou-lhe as pernas e abaixou o quadril, encaixando o pênis na entrada ainda sensível dela.

Ela arfou.

— Você está molhada — rosnou ele. — Molhada e com tesão, não está?

Melisande engoliu em seco.

— Não está? — Ele deslizou a cabeça pela intimidade dela. — Diga, Melisande.

— S-sim.

— Sim o quê? — E empurrou o quadril contra o corpo dela, fazendo o pênis escorregar por suas dobras, despertando todas as suas terminações nervosas.

— Sim, eu estou molhadinha por você — sussurrou ela.

Ela tentou se mexer, tentou pressionar o quadril contra o dele, mas Jasper era muito pesado e a prendia na cama com firmeza.

— Agora, eu vou fazer amor com você — sussurrou ele, rouco, contra o pescoço dela. — Vou colocar meu pau na sua boceta e seremos só nós dois, Melisande. Todos os outros, todas as lembranças, nada mais terá importância.

Ela arregalou os olhos para a declaração e o encarou. Jasper estava em cima dela, e seu peito brilhava de suor. Não tinha sido fácil para ele se conter, e pensar nisso a fez sorrir.

Jasper fitou seus olhos.

— Mas ainda preciso que você me dê algo.

E mexeu o quadril, fazendo a cabeça do pênis deslizar de volta para a entrada dela.

Melisande engoliu em seco, praticamente entregue ao prazer.

— O-o quê?

— Eu quero a verdade.

Ele deu uma investida e começou a penetrá-la.

— Eu já contei a verdade a você.

Então saiu de dentro dela, e Melisande quase chorou.

Jasper pressionou novamente o pênis no clitóris e deslizou para baixo. Ele estava com os braços esticados, um de cada lado do corpo dela, e mantinha o tronco distante do corpo rijo de Melisande.

— Não tudo. Não foi a verdade toda. Quero você inteira. Quero seus segredos.

— Não tenho mais segredos — sussurrou ela. Seus braços tremiam, ainda presos acima da cabeça, e ela sentia os mamilos duros.

Jasper recuou e em seguida deu uma estocada, penetrando-a por completo. Melisande sibilou, sentindo-se plena, preenchida. Estava quase no paraíso.

Mas ele logo parou de se mover.

— Me conte.

Ela entrelaçou as pernas ao redor de seu corpo, prendendo-o dentro dela.

— Eu... eu não...

Ele contraiu o cenho e ergueu o quadril deliberadamente, saindo de dentro dela com a maior facilidade, apesar das pernas ao redor de seu corpo.

— Você quer isso? Quer meu pênis?

— Sim! — Ela já havia superado o orgulho e a decepção. Precisava senti-lo dentro de si. Estava quase enlouquecendo de desejo.

— Então me conte por que se casou comigo.

Melisande fechou a cara.

— Me coma.

Um cantinho da boca de Jasper se ergueu enquanto uma gota de suor escorria pela lateral do rosto. Ela sabia que ele não conseguiria se segurar por muito mais tempo.

— Não. Mas vou fazer amor com você, minha querida. Minha senhora esposa.

E então deu uma estocada, preenchendo-a por completo, toda a extensão grossa dentro dela, e investiu enlouquecido, totalmente fora de controle. Mas Melisande nem se importou. Apenas arqueou a cabeça para trás e fechou os olhos. Sentiu o corpo forte dele saborear o seu enquanto Jasper se abaixava e lambia os seios que balançavam. Viu estrelas implodindo por trás das pálpebras, e a sensação se espalhou por seus membros. Ela arfou e sentiu a língua dele invadir-lhe a boca. O corpo dele balançava enquanto investia o pênis dentro dela sem parar.

Ele parou de repente, e Melisande abriu os olhos. Jasper estava com a cabeça inclinada para trás, os olhos fechados e o rosto contorcido de prazer.

— Melisande! — gemeu ele.

Então o corpo relaxou em cima dela, a cabeça apoiou no travesseiro ao lado, e ele arfou em busca de ar. Jasper estava pesado e rijo, e os braços dela continuavam amarrados. Mas nada disso importava. Estava feliz sentindo a pressão do corpo dele.

Melisande virou o rosto na direção do dele e lambeu a orelha que mordera há pouco, e finalmente disse. Deu a ele o que tanto queria.

— Eu amo você. Sempre o amei. Foi por isso que me casei com você.

Capítulo Dezenove

A sopa da princesa Liberdade foi servida, e o que ela encontrou no fundo da tigela quando terminou senão o anel de ouro? Mais uma vez, o cozinheiro chefe foi chamado e, apesar de o rei ter gritado e feito ameaças, o pobre homem continuava sem saber de nada.

Finalmente, a princesa, que girava o anel entre os dedos, resolveu se manifestar:

— Quem corta os legumes para a minha sopa, meu bom cozinheiro?

O cozinheiro estufou o peito.

— Ora, eu mesmo, Vossa Alteza!

— E quem coloca a sopa no fogo?

— Eu mesmo, Vossa Alteza!

— E quem mexe a sopa enquanto ela cozinha?

O cozinheiro arregalou os olhos.

— O ajudante de cozinha.

E que bela comoção isso causou!

— Tragam o ajudante de cozinha imediatamente! — ordenou o rei...

— Jack, o Risonho

Jasper acordou na manhã seguinte e, antes mesmo de abrir os olhos, soube que estava sozinho. O lugar ao seu lado no catre, antes ocupado pelo corpo quente de Melisande, estava frio agora. Ainda podia sentir um leve aroma cítrico, mas ela não estava mais no quarto. Ele suspirou, sentindo a dor dos músculos usados até a exaustão. A esposa o esgotara, mas, no final, ele conseguiu ouvir o que queria. Ela o amava.

Melisande o amava.

Ele abriu os olhos. Provavelmente não merecia esse amor. Ela era uma mulher inteligente, sensível, bonita; e ele, um homem que viu seu melhor amigo queimar até a morte. De certo modo, carregava cicatrizes mais profundas do que as dos homens que tinham sido fisicamente torturados. Suas cicatrizes eram na alma e ainda sangravam vez ou outra. Ele não merecia ser amado por nenhuma mulher, muito menos por Melisande. Mas o pior de tudo — o que fazia dele um perfeito canalha — era que não tinha a menor intenção de deixá-la. Podia até não ser digno do amor dela, mas a manteria ao seu lado até o dia de sua morte. Não a deixaria mudar de ideia. O amor de Melisande era um bálsamo, um alívio para suas cicatrizes, e ele o guardaria pelo resto da vida.

Os pensamentos o deixaram agitado, e Jasper se levantou. Nem se deu ao trabalho de chamar Pynch; lavou-se e se vestiu sozinho. Depois, desceu as escadas correndo e descobriu por intermédio de Oaks que Melisande tinha saído para visitar a mãe dele e iria demorar uma hora ou mais.

Jasper sentiu uma pequena decepção, mas também uma sensação de alívio. A descoberta do amor dela ainda era muito recente — quase sensível ao toque. Ele seguiu para a sala de desjejum, pegou um pão e começou a comer, distraído. Mas estava muito agitado para sentar e tomar o café da manhã. Sentia como se abelhas tivessem entrado em sua corrente sanguínea e zunissem através de suas veias.

Terminou de comer o pão com mais duas mordidas e seguiu para a entrada da casa. Talvez Melisande levasse horas para voltar, e ele não aguentaria ficar sentado, esperando. Além do mais, havia um assunto que precisava ser resolvido, e poderia usar o tempo livre para cuidar disso. Precisava colocar um ponto final nessa história com Matthew.

E se desse de cara com outro beco sem saída, como suspeitava que aconteceria, então talvez Melisande estivesse certa.

Talvez estivesse na hora de esquecer Spinner's Falls e deixar Reynaud descansar em paz.

— Chame Pynch aqui, por favor — pediu a Oaks. — E deixe dois cavalos preparados para partir.

Jasper ficou andando de um lado para o outro pelo vestíbulo enquanto esperava.

— Posso ajudar, milorde? — perguntou Pynch, vindo dos fundos da casa.

— Estou indo falar com Matthew Horn — disse, gesticulando para que Pynch o acompanhasse enquanto ele seguia rumo à porta. — Quero que venha junto caso... — E fez um aceno vago com a mão.

Mas o valete entendeu.

— Claro, milorde.

Os cavalos já esperavam por eles, e Jasper logo colocou seu baio para trotar. O dia estava cinzento e sombrio. As nuvens estavam baixas e pesadas, num sinal de que em breve choveria.

— Não gosto disso — murmurou enquanto cavalgava. — Horn é um cavalheiro, vem de uma boa família, e eu o considero um amigo. Se nossas suspeitas se provarem verdadeiras... — Hesitou, balançando a cabeça. — Será péssimo. Realmente péssimo.

Pynch não comentou nada, e eles seguiram em silêncio pelo restante do caminho. Jasper não estava feliz com a missão, mas precisava fazer isso. Se Horn fosse o traidor, ele teria de pagar por isso.

Meia hora depois, Jasper puxava as rédeas de seu cavalo em frente à casa de Matthew Horn. Olhou para a fachada de tijolos antigos e pensou na família que vivia ali havia gerações. A mãe de Horn era uma inválida, e agora estava confinada àquela casa. Deus, que missão desagradável. Jasper soltou um suspiro e desceu do cavalo, então foi até a entrada da casa com uma expressão séria. Bateu à porta e aguardou, ciente de que Pynch estava um degrau atrás dele.

Eles esperaram por um tempo. A casa estava silenciosa; não dava para ouvir nenhum ruído de lá de dentro. Jasper recuou um passo, olhando para a janela acima. Nenhum movimento. Franziu o cenho e bateu novamente, com mais força dessa vez. Onde estariam os criados? Será que Horn tinha dado ordens para que não o deixassem entrar?

Estava erguendo a mão para bater mais uma vez quando a porta se abriu. Um lacaio com cara de assustado colocou a cabeça para fora.

— Seu patrão está em casa? — perguntou Jasper.

— Acho que sim, senhor.

Jasper inclinou a cabeça.

— Vai nos deixar entrar para que possamos falar com ele?

O criado enrubesceu.

— Claro, senhor. — Ele abriu totalmente a porta e ficou segurando-a para as visitas. — Se puder aguardar na biblioteca, senhor, vou chamar o Sr. Horn.

— Obrigado. — Jasper entrou na sala com Pynch e deu uma olhada ao redor.

Tudo estava exatamente igual à última vez que visitara Matthew. Um relógio em cima da cornija tiquetaqueava, e um barulho abafado de carruagens em movimento entrava pela janela. Enquanto aguardava, Jasper foi até o mapa em que não encontrara a Itália, pendurado ao lado de duas poltronas grandes e uma mesinha de canto. Mas, ao se aproximar, ouviu um lamento. Pynch já seguia em sua direção quando Jasper se inclinou sobre a poltrona para espiar.

Havia duas pessoas no chão atrás das poltronas. Uma mulher embalava um homem em seu colo, balançando-se para a frente e para trás enquanto deixava escapar um lamento sussurrado. O paletó do homem estava sujo de sangue, e um punhal se projetava de seu peito. Era bem óbvio que estava morto.

— O que aconteceu? — perguntou Jasper.

A mulher olhou para cima. Era bonita e tinha encantadores olhos azuis, mas o rosto estava muito pálido, os lábios, sem cor.

— Ele disse que ganharíamos muito dinheiro — falou a mulher. — Dinheiro o suficiente para ir para o interior e abrir uma taverna. Ele disse que ia se casar comigo e que seríamos ricos.

Ela olhou para o homem novamente, balançando devagar.

— É o mordomo, milorde — informou Pynch atrás dele. — O mordomo do Sr. Horn, aquele com quem falei.

— Pynch, vá buscar socorro — ordenou Jasper. — E veja se Horn está bem.

— Bem? — A mulher riu enquanto Pynch deixava a sala. — Foi ele que fez isso. Apunhalou meu homem e o jogou nesse canto como se ele fosse lixo.

Jasper a encarou, inexpressivo.

— O quê?

— Meu homem achou uma carta — sussurrou a mulher. — Uma carta para um cavalheiro francês. Meu homem disse que o Sr. Horn vendeu segredos para os franceses durante a guerra nas colônias. Disse que ganharia muito dinheiro vendendo a carta para o patrão. E então poderíamos abrir uma taverna no interior.

Jasper se agachou ao lado dela.

— Ele tentou chantagear Horn?

Ela concordou com um aceno de cabeça.

— Ele disse que ficaríamos ricos. Eu estava escondida atrás da cortina quando ele pediu para falar com o Sr. Horn. Para contar sobre a carta. Mas o Sr. Horn...

As palavras se perderam num lamento baixinho.

— *Matthew* fez isso? — Finalmente, Jasper entendeu o que havia acontecido. A cabeça do mordomo pendia sobre o peito ensanguentado.

— Milorde — chamou Pynch atrás dele.

Jasper olhou para trás.

— O quê?

— Os outros criados disseram que o Sr. Horn não se encontra em lugar nenhum.

— Ele saiu para procurar a carta — falou a mulher.

Jasper olhou para ela com o cenho franzido.

— Pensei que o seu homem, o mordomo, estivesse com ela.

— Não. — A mulher balançou a cabeça. — Ele era esperto demais para guardá-la com ele.

— Então onde está?

— O patrão não vai encontrar — respondeu a mulher, quase como se devaneasse. — Eu a escondi bem. Mandei para a minha irmã no interior.

— Meu bom Deus — disse Jasper. — Onde a sua irmã mora? Ela pode estar correndo perigo.

— Ele não vai procurar lá — sussurrou a mulher. — Meu homem nunca falou o nome dela. Ele só contou quem pediu que procurasse a carta na escrivaninha do Sr. Horn.

— E quem foi? — indagou Jasper num sussurro assustado.

A mulher olhou para cima e abriu um sorriso doce.

— O Sr. Pynch.

— Milorde, o Sr. Horn sabe que sou seu valete. — Pynch estava pálido. — Se ele sabe disso...

Jasper já se levantava aos tropeços, correndo desesperado em direção à porta, mas ainda teve tempo de ouvir o que Pynch dizia:

— ... então ele vai pensar que o senhor está com a carta.

A carta. A carta que não estava com ele.

Naturalmente, Matthew pensaria que a carta estava em sua casa. Na casa para onde sua querida esposa sem dúvida já teria retornado a essa altura. Onde estaria sozinha e desprotegida, acreditando que Matthew fosse um amigo.

Deus do céu. *Melisande.*

— MINHA MÃE É uma inválida — dizia Matthew Horn para Melisande, que assentiu, pois não sabia mais o que fazer. — Ela não consegue nem se mexer, muito menos fugir para a França.

Melisande engoliu em seco e falou com cautela:

— Sinto muito.

Mas não foi a coisa certa a dizer. O Sr. Horn empurrou a pistola que segurava contra os flancos de Melisande, e ela se encolheu, sem conseguir evitar. Nunca gostou de armas — odiava a explosão alta quando disparavam —, e seu corpo estremeceu só de pensar em ser perfurada por uma bala. Isso deveria doer. Muito. Ela era uma covarde e sabia disso, mas simplesmente não podia evitar.

Estava apavorada.

O Sr. Horn pareceu um pouco estranho quando chegou. Agitado. Ao entrar na sala de estar, Melisande desconfiou de que tivesse bebido, apesar de ainda ser cedo. Então ele pediu para falar com Vale e, quando foi informado da ausência do marido dela, insistiu que Melisande o levasse ao escritório. Melisande não gostou do pedido, mas estava começando a desconfiar de que houvesse algo errado. Assim que ele se apressou na direção da mesa de Jasper, ela se virou com a intenção de chamar Oaks e expulsar o Sr. Horn. E foi nesse momento que o homem sacou uma arma do bolso. Só então, enquanto olhava para a pistola enorme na mão dele, ela viu a mancha escura na manga do paletó. Enquanto ele mexia nos papéis com aquela mão, notou que a manga esquerda estava deixando uma trilha vermelho--escuro sobre a mesa.

Era como se ele tivesse mergulhado a manga do paletó em sangue.

Melisande estremeceu e tentou se concentrar. Não sabia se a mancha era mesmo de sangue, portanto não precisava ficar histérica por causa de uma suposição. Logo Vale estaria de volta e cuidaria de tudo. O problema era que ele não sabia que o Sr. Horn estava armado e poderia entrar pela porta totalmente desprevenido. A loucura do Sr. Horn parecia focada em Jasper. E se tivesse a intenção de feri-lo?

Melisande respirou fundo.

— O que o senhor está procurando?

O Sr. Horn soltou na mesa todos os papéis que segurava, e eles caíram espalhados, alguns dos menores flutuando como passarinhos.

— Uma carta. A *minha* carta. Vale a roubou de mim. Onde está?

— Eu... eu não sei...

Ele foi para cima dela, a arma entre os dois corpos, e segurou seu rosto com a mão esquerda, apertando-o com força. Os olhos dele brilhavam, marejados.

— Ele é um ladrão e um chantagista. Pensei que fosse meu amigo. Pensei... — Ele fechou os olhos com força, então abriu-os novamente e a encarou, dizendo num tom feroz: — Não serei arruinado por ele, ouviu bem? Me diga onde está o papel, me diga onde ele o escondeu, ou não terei pena nenhuma de matar você.

Melisande estremeceu. Ele ia matá-la. Não tinha nenhuma convicção de que conseguiria sair viva dessa. Mas se Jasper chegasse neste momento, ele também poderia ser morto. E essa conclusão a ajudou a manter a mente focada. Quanto mais afastado da porta de entrada o Sr. Horn estivesse, mais tempo Vale teria para compreender o perigo que corria quando voltasse para casa.

Ela umedeceu os lábios.

— No quarto dele. Eu... eu acho que está no quarto dele.

Sem dizer nada, o Sr. Horn a segurou pela nuca e, seguindo atrás dela, a empurrou para o corredor, a pistola ainda pressionada em seu lado. O corredor parecia deserto, e Melisande agradeceu por isso, pois não sabia qual seria a reação do Sr. Horn caso se deparasse com um criado. Pelo que ela sabia, ele podia atirar em qualquer um que visse pela frente.

Eles subiram os degraus um após o outro, a mão dele apertando dolorosamente sua nuca. Ao alcançar o topo da escada, Melisande se virou e seu coração quase parou. Suchlike estava saindo de seu quarto.

— Milady? — indagou Suchlike, confusa, olhando de Melisande para o Sr. Horn.

Melisande tratou de responder antes que o homem tivesse tempo de falar.

— O que você está fazendo aqui, menina? Eu lhe pedi que lavasse e passasse meu traje de equitação até o meio-dia.

Suchlike arregalou os olhos. Melisande nunca falara com ela num tom tão rude antes. E então as coisas pioraram: além da criada, Rato colocou o focinho para fora do quarto e saiu correndo pelo corredor, na direção de Melisande e do Sr. Horn, latindo enlouquecido.

Melisande sentiu o Sr. Horn se movendo como se fosse afastar a pistola. Rato estava aos seus pés agora e, agindo rápido, chutou o pobre cão para longe. O animal soltou um ganido de dor e confusão e caiu de costas.

Melisande olhou para Suchlike.

— Leve esse cachorro com você para a cozinha. Agora. E trate de deixar meu traje pronto ou será demitida.

Suchlike nunca gostou de Rato, mas avançou mais que depressa para pegar o cãozinho no colo e passou correndo por Melisande e pelo Sr. Horn, de olhos marejados.

Melisande respirou aliviada assim que a criada sumiu de vista.

— Muito bem — disse o Sr. Horn. — Agora, onde fica o quarto de Vale?

Melisande apontou para o quarto, e o Sr. Horn a empurrou naquela direção. Ela foi acometida por outra onda de medo quando ele abriu a porta. E se o Sr. Pynch estivesse lá dentro? Ela não fazia ideia de onde o criado estava.

Mas o quarto estava vazio.

O Sr. Horn a empurrou até a cômoda e começou a jogar no chão os lenços de pescoço cuidadosamente dobrados de Vale.

— Ele estava lá quando fui torturado. Ele foi amarrado a uma estaca, e seguraram a cabeça dele para que assistisse a tudo. Quase senti mais pena dele do que de mim mesmo. — Ele parou de repente e respirou fundo. — Ainda consigo ver aqueles olhos azuis cheios de dor enquanto queimavam meu peito. Ele sabe como foi. Sabe o que fizeram comigo. Sabe que demorou duas semanas para que o Exército britânico nos resgatasse daquele inferno.

— Você culpa Jasper pelos seus ferimentos — sussurrou Melisande.

— Não seja tola — falou ele, bruscamente. — Vale, assim como nós, não poderia ter feito nada para evitar aquilo. Eu o culpo pela traição dele. Ele, acima de todas as pessoas, deveria entender por que fiz o que fiz.

Depois de esvaziar a gaveta, ele a arrastou até o armário.

— Ele sabe como foi. Ele estava lá. Como ousa me julgar? Como ousa?

O olhar dele era frio e determinado, e aquela visão fez Melisande congelar de terror. O Sr. Horn estava encurralado, e era apenas uma questão de tempo até descobrir que ela havia mentido.

Quando Jasper voltou para casa, sentia tanto medo que era como se seu coração estivesse prestes a sair pela boca. Ele jogou as rédeas do cavalo para um garoto e subiu correndo os degraus sem esperar por Pynch. Abriu a porta da frente com ímpeto, mas parou derrapando assim que pisou no vestíbulo.

Estavam ali a criada de Melisande, chorando com Rato no colo, Oaks e dois lacaios.

Oaks se virou para Jasper, o semblante consternado.

— Milorde! Achamos que Lady Vale está em apuros.

— Onde ela está? — interpelou Jasper.

— No andar de cima — arfou a criada. Rato se debateu no colo dela, tentando descer. — Tem um homem com ela e, ah, milorde, acho que ele está armado.

O sangue de Jasper pareceu congelar, como se estivesse cristalizando. *Não. Deus, não.*

— Onde você viu os dois, Sally? — perguntou Pynch atrás de Jasper.

— No topo da escada — respondeu Suchlike. — Perto dos seus aposentos, milorde.

Rato finalmente deu uma guinada tão desesperada que a moça arfou e o deixou cair no chão. O cão disparou na direção de Jasper e latiu uma vez antes de sair correndo rumo à escada. Ele pulou no primeiro degrau e deu outro latido.

— Fiquem aqui — Jasper ordenou aos criados. — Se ele vir muita...
— Então parou, pois não quis dar voz à terrível possibilidade.

Começou a seguir rumo à escadaria, mas Pynch o chamou. Jasper olhou por cima do ombro.

O valete segurava duas pistolas. Eles se entreolharam. Pynch sabia muito bem como Jasper se sentia com relação a armas. Ainda assim, as oferecia ao patrão.

— Não vá desarmado.

Jasper pegou as armas sem dizer uma palavra e girou na direção da escada. Rato latiu e subiu correndo, ofegando agitado. Eles chegaram ao primeiro andar e seguiram para o segundo, onde ficavam os aposentos dos donos da casa. Jasper parou no patamar superior, tentando escutar alguma coisa. Rato estava a seu lado, observando-o pacientemente. Jasper podia escutar os soluços abafados da criada e o murmurinho de uma voz grave, provavelmente de Pynch, tentando consolá-la. Além desses ruídos, apenas silêncio. Ele se recusava a pensar no que esse silêncio poderia significar.

Então seguiu para seu quarto na ponta dos pés, com Rato acompanhando-o em silêncio. A porta estava parcialmente aberta, e ele agachou para não se tornar um alvo fácil enquanto a abria.

Mas nada aconteceu.

Jasper respirou fundo e olhou para o cachorro, que o observava, sem interesse nenhum no quarto. Ele praguejou baixinho e entrou. Era óbvio que Matthew estivera ali. Havia roupas jogadas no chão, e os lençóis foram arrancados da cama que nunca usava. Ele cruzou o cômodo e deu uma olhada dentro do quarto de vestir e, apesar de estar todo revirado, não havia ninguém lá. Quando voltou para o quarto, Rato cheirava um dos travesseiros ao chão. Jasper olhou para ele e quase caiu de joelhos.

Havia uma pequena mancha de sangue no travesseiro.

Ele fechou os olhos. *Não*. Não, ela não estava ferida; não estava morta. Não havia como cogitar outra hipótese sem perder a cabeça. Ele abriu os olhos e ergueu as pistolas. Então saiu para verificar os outros cômodos daquele andar. Quinze minutos depois, arfava desesperado. Rato o seguira dentro de cada quarto, cheirando embaixo das camas e nos cantos, mas não demonstrou interesse por nada que farejou.

Jasper subiu a escada para o andar de cima, onde ficavam os aposentos dos criados, sob os alpendres. Não fazia sentido que Matthew tivesse levado Melisande para lá. Talvez tivesse descido pela escada dos fundos e conseguido fugir pela cozinha. Mas, se tivesse feito isso, alguém teria ouvido alguma coisa. Haveria algum barulho. Maldição! Onde estava Horn? Para onde levara Melisande?

Haviam acabado de chegar ao último andar quando Rato de repente ficou paralisado e latiu. Então saiu correndo até o final do corredor estreito e sem tapetes e começou a arranhar uma porta. Jasper foi atrás do cachorro e abriu a porta com cuidado. Uma escada de madeira levava ao telhado, onde havia apenas um parapeito estreito, mas era mais decorativo, e o próprio Jasper nunca tinha subido até lá.

Rato passou por ele e subiu correndo, seu corpinho musculoso pulando degrau por degrau. Quando chegou ao topo da escada, ele enfiou o focinho na fresta de uma portinhola, ganindo.

Jasper segurou firme as pistolas e subiu os degraus sem fazer barulho. Ao alcançar o topo, empurrou o cão para o lado com o pé e olhou para baixo, muito sério.

— Fique aqui.

Rato abaixou as orelhas, obediente, mas não se sentou.

— Fique aqui — ordenou Jasper. — Ou juro por Deus, vou trancá-lo em um dos quartos.

Era impossível que o cachorro entendesse o que dissera, mas certamente compreendeu o tom, pois abaixou o traseiro e se sentou. Jasper se virou para a porta, abriu-a e saiu.

O céu cumpria a promessa de chuva, e as gotas caíam frias, cinzentas e lentamente em seu telhado. O único propósito da porta era dar acesso ao telhado para limpeza e reparo. À frente dela, havia uma faixa estreita revestida de cerâmica que mal dava para alguém pisar e, abaixo, o telhado descia inclinado. Jasper se endireitou devagar, sentindo o vento soprar as gotas de chuva contra sua nuca. Estava voltado para o quintal nos fundos da casa. À sua esquerda, o telhado estava vazio e, à sua direita, também. Jasper espiou por cima da cumeeira.

Deus do céu. Matthew mantinha Melisande debruçada sobre um parapeito de pedra baixinho na fachada da casa. O parapeito mal chegava à altura dos joelhos e de forma alguma impediria uma queda. Apenas o braço de Matthew a impedia de espatifar os miolos no caminho de paralelepípedos abaixo. Jasper se lembrou do medo que sua esposa tinha de altura e teve certeza de que ela estava apavorada.

— Não se aproxime! — gritou Matthew. Ele não usava chapéu nem peruca, e os cabelos curtos, louros avermelhados, estavam escuros e grudados em sua cabeça devido à chuva. Os olhos azuis brilhavam, desesperados. — Não se aproxime ou eu a solto!

Jasper encarou os lindos olhos castanhos de Melisande. Seus cabelos estavam parcialmente soltos, e uma longa mecha estava colada em seu rosto. Ela segurava firme o braço de Matthew, pois não tinha outra opção, então retribuiu o olhar dele e algo horrível aconteceu.

Ela sorriu.

Garota meiga, corajosa. Jasper desviou o olhar e encarou Matthew. Ergueu então a pistola da mão direita e apontou-a com firmeza.

— Se soltá-la, eu estouro a sua maldita cabeça.

Matthew deu uma risada, e Melisande oscilou sob o braço que a segurava firme.

— Afaste-se, Vale. Agora.

— E o que você vai fazer?

Matthew o encarou com frieza.

— Você me destruiu. Destruiu minha vida, meu futuro, minha esperança. Não posso fugir para a França sem a minha mãe e, se eu ficar, serei enforcado por ter vendido os nossos segredos para os franceses. Minha mãe cairá em desgraça; a Coroa vai confiscar meu patrimônio e jogá-la na rua.

— Isso é um suicídio, então?

— E se for?

— Solte a Melisande — disse Jasper, sem alterar a voz. — Ela não tem nada a ver com o que aconteceu. Vou abaixar a minha pistola se você a soltar.

— Não! — gritou Melisande, mas nenhum dos dois deu-lhe atenção.

— Você destruiu a minha vida — argumentou Matthew. — Por que eu não deveria destruir a sua?

Matthew se virou um pouco, e Jasper se jogou em cima da cumeeira.

— Não faça isso! Eu lhe darei a carta.

Matthew hesitou.

— Já procurei pela casa. Não está com você.

— Não está aqui em casa. Eu a escondi em outro lugar. — Era tudo mentira, é claro, mas Jasper colocou toda a sinceridade que pôde na voz. Se ao menos conseguisse ganhar um pouco de tempo e tirar Melisande do parapeito...

— É mesmo? — Matthew pareceu ligeiramente esperançoso.

— Sim. — Jasper havia se sentado na cumeeira e passado uma perna para o telhado e agora passava a outra perna também, agachando-se no topo. Melisande e Matthew estavam a apenas alguns passos de distância. — Afaste-se da beirada e eu trarei a carta para você.

— Não. Vamos ficar aqui até você trazer a carta.

Matthew parecia são, mas ele já havia matado uma pessoa nesse dia. Jasper não o deixaria sozinho com Melisande.

— Vou pegar a carta — barganhou Jasper, avançando mais alguns centímetros. — Vou lhe dar a carta e esquecer tudo isso. Mas entregue a minha esposa primeiro. Ela significa mais para mim do que qualquer vingança por Spinner's Falls.

Matthew começou a tremer, e Jasper se levantou, apavorado. Será que o homem estava tendo algum tipo de ataque?

Mas uma risada seca escapou da boca de Matthew.

— Spinner's Falls? Ah, meu Deus, você pensou que eu fosse o traidor de Spinner's Falls? Depois de tudo pelo que passamos, você ainda não me conhece, não é? Eu nunca teria traído o nosso regimento naquela época. Foi depois de Spinner's Falls, depois que o Exército britânico demorou duas malditas semanas para nos resgatar enquanto éramos torturados. Foi depois disso que vendi segredos para os franceses. Por que não deveria fazer isso? Minha lealdade foi marcada no meu peito.

— Mas você atirou em Hasselthorpe, só pode ter sido você.

— Não fui eu, Vale. Outra pessoa deve ter atirado nele.

— Quem?

— Como vou saber? É óbvio que Hasselthorpe sabe de algo sobre Spinner's Falls que alguém não quer que ele conte.

Jasper piscou para espantar as gotas de chuva de seus olhos.

— Então você não tem nada a ver com...

— Deus, Vale — sussurrou Matthew, o desespero estampado no rosto. — Você destruiu a minha vida. Eu achava que você era o único que me entendia. Por que você me traiu? Por quê?

E foi com horror que Jasper viu Matthew erguer a pistola e apontar para a cabeça de Melisande. Ele estava muito longe, nunca conseguiria chegar a tempo. *Deus*. Não havia outra opção. Jasper atirou e atingiu a mão de Matthew. Ele viu Melisande se encolher quando o sangue respingou em seus cabelos. Viu Matthew soltar a pistola com um grito de dor.

Viu Matthew empurrar Melisande por cima do parapeito.

Jasper usou a segunda pistola, e a cabeça de Matthew foi para trás com um baque violento. Em seguida, Jasper tentava se firmar nas telhas escorregadias, um grito preenchendo sua mente. Ele empurrou o corpo de Matthew para o lado e olhou por cima do parapeito. Tinha certeza de que veria o corpo de Melisande espatifado lá embaixo. Em vez disso, viu o rosto dela logo abaixo, olhando para ele.

Ele ofegou e o grito cessou. Só então percebeu que o som era real e que estava saindo de sua boca. Ele esticou os braços para baixo. Melisande segurava no beiral decorativo de pedra.

— Pegue a minha mão — murmurou ele, com a garganta seca.

Mas Melisande apenas piscou, atordoada. Ele se lembrou daquele dia, havia tanto tempo, quando estavam no faetonte na frente da casa de Lady Eddings, pouco antes de se casarem, e ela recusara a ajuda dele.

Ele se inclinou um pouco mais para a frente.

— Melisande. Confie em mim. Segure a minha mão.

Ela arfou, entreabrindo os preciosos lábios, e soltou uma das mãos do beiral. Ele se esticou e a segurou pelo punho. Então se inclinou para trás, usando o próprio peso como alavanca para puxá-la.

Melisande passou por cima do parapeito e se largou nos braços dele. Ele a abraçou, inalando o perfume cítrico dos cabelos dela, sentindo o hálito quente contra sua bochecha. Levou um tempo até se dar conta de que ele estava tremendo.

Finalmente, ela se endireitou.

— Pensei que você odiasse armas.

Ele se afastou um pouco e olhou para o rosto dela. Havia um hematoma em uma de suas bochechas e sangue coagulado nos cabelos, mas mesmo assim Melisande era a mulher mais linda que ele já havia visto.

Foi preciso pigarrear antes de falar.

— É verdade, odeio armas. Odeio muito.

Ela franziu as sobrancelhas encantadoras.

— Então como...?

— Amo você — respondeu ele. — Não sabe disso? Eu seria capaz de rastejar de joelhos nas chamas do inferno por você. Disparar uma maldita arma não é nada comparado ao que sinto por você, minha querida esposa.

E acariciou o rosto dela, observando enquanto seus olhos se arregalavam. Jasper se inclinou para beijá-la e repetiu várias vezes:

— Amo você, Melisande.

Capítulo Vinte

O ajudante de cozinha estava trêmulo quando foi levado até o rei e não demorou muito para que confessasse. Por três vezes, Jack, o bobo da princesa, pagou para mexer a sopa em seu lugar, e a última vez tinha sido nessa mesma noite. Minha nossa! Os cortesãos arfaram, surpresos, a princesa Liberdade ficou pensativa, e o rei rugiu de raiva. Os guardas colocaram Jack de joelhos diante do rei, e um deles encostou a espada no pescoço do bobo.

— Fale! — esbravejou o rei. — Fale e conte de quem você roubou os anéis! — Pois naturalmente ninguém acreditava que aquele bobo baixinho e deformado seria capaz de pegar os anéis sozinho. — Fale! Ou vou mandar cortarem a sua cabeça!

— Jack, o Risonho

Um mês depois...

Sally Suchlike hesitou à frente do quarto de sua senhora. Já estava quase na hora do almoço, mas quem sabe... Ela odiaria entrar e encontrar a patroa acompanhada. Esfregou as mãos uma na outra e olhou para a estatueta obscena do homem-bode e da mulher pelada enquanto tentava decidir, mas é claro que a visão da estátua fez sua mente divagar. O homem-bode se parecia tanto com o Sr. Pynch, e ela se perguntou, como sempre costumava fazer, se o seu gigantesco...

Um homem pigarreou bem atrás dela.

Sally soltou um gritinho e se virou. O Sr. Pynch estava tão perto que podia sentir o calor do corpo dele.

O valete arqueou uma sobrancelha lentamente, o que o deixou ainda mais parecido com o homem-bode.

— O que está fazendo zanzando pelo corredor, Srta. Suchlike?

Ela balançou a cabeça.

— Eu estava em dúvida se deveria ou não entrar no quarto de milady.

— E por que não deveria?

A moça fingiu-se de chocada.

— Porque ela pode não estar sozinha.

O Sr. Pynch ergueu o lábio superior, abrindo um leve sorriso debochado.

— Acho difícil. Lorde Vale costuma dormir sozinho.

— É mesmo? — Sally pousou as mãos nos quadris, sentindo um calor crescer em seu ventre. — Bom, por que não entra no quarto do patrão e vê se ele está na cama sozinho? Pois aposto que ele nem está no quarto.

O valete nem se dignou a responder. Deu uma olhada para ela dos pés à cabeça e entrou no quarto de Lorde Vale.

Sally bufou e abanou as bochechas, tentando se refrescar enquanto esperava.

Mas nem foi preciso esperar muito. O Sr. Pynch saiu do quarto do patrão e fechou a porta às suas costas, sem fazer barulho. Em seguida, caminhou na direção dela e avançou até encurralar Sally contra a parede.

Então o Sr. Pynch abaixou a cabeça e sussurrou ao ouvido dela:

— O quarto está vazio. Aceita o pagamento de sempre?

Sally engoliu em seco; de repente seu espartilho pareceu apertado demais.

— S-sim.

O Sr. Pynch se aproximou ainda mais e colou os lábios nos dela.

O silêncio no corredor era interrompido apenas pela respiração profunda do Sr. Pynch e pelos suspiros de Sally.

Por fim, o Sr. Pynch ergueu a cabeça.

— Por que é tão fascinada por essa estátua? Toda vez que encontro você no corredor, está olhando para ela.

Sally ruborizou, pois o Sr. Pynch havia começado a mordiscar seu pescoço.

— Acho que ele parece com você. O homem-bode.

O Sr. Pynch ergueu a cabeça e olhou por cima do ombro. Então olhou novamente para Sally com uma sobrancelha erguida.

— É mesmo.

— Hmm — murmurou Sally. — E eu estava me perguntando...

— Sim?

Ele mordiscou o ombro dela, o que atrapalhou um pouco a concentração da moça.

Sally insistiu bravamente.

— Estava me perguntando se você *todo* se parece com o homem-bode.

O Sr. Pynch congelou no ombro dela, e, por um instante, Sally pensou que talvez tivesse ido longe demais.

Mas então ele ergueu a cabeça, e havia um brilho em seus olhos.

— Bem, Srta. Suchlike, eu adoraria responder sua pergunta, mas creio que tem uma coisa que precisamos fazer primeiro.

— E o que seria? — perguntou ela, quase sem ar.

A expressão no rosto dele perdeu qualquer traço de diversão. De repente, ele ficou muito sério, os olhos azuis voltados para ela de maneira quase hesitante. Por fim, pigarreou.

— Creio que deva se casar comigo, Srta. Suchlike, para que possamos dar continuidade a essa discussão.

Ela recuou ligeiramente e o encarou, totalmente sem palavras.

— O quê? — perguntou ele, franzindo o cenho.

— Pensei que tivesse dito que era velho demais para mim.

— Eu disse...

— E que eu era muito jovem para saber o que queria.

— Eu disse.

— E que eu deveria procurar outro homem. Um homem da minha idade, como aquele lacaio, o Sprat.

A expressão no rosto dele ficou subitamente ameaçadora.

— Não me lembro de ter lhe dito que olhasse para o jovem Sprat. Você olhou?

— Bem, não — admitiu ela.

Seu coração tinha quase se partido quando ele dissera aquilo, pois Sally não queria olhar para outro homem senão ele. A única coisa que a consolava, na verdade, era que, apesar do que disse a ela, o Sr. Pynch continuava a persegui-la todas as manhãs e a perder aquela aposta boba sobre o patrão. Ele parecia incapaz de parar de flertar com ela, assim como Sally.

Não que quisesse parar.

— Ótimo — resmungou ele.

Ela abriu um sorriso largo.

O valete a encarou por um momento antes de balançar a cabeça como se tentasse reorganizar os pensamentos.

— Bem... E então?

— Então o quê?

Ele suspirou.

— Aceita se casar comigo, Sally Suchlike?

— Ah. — Sally alisou a saia com cuidado, pois é claro que queria se casar com o Sr. Pynch. Mas, como era uma moça ajuizada, precisava ter certeza absoluta disso. Afinal, casamento era um grande passo. — Por que quer se casar comigo?

A expressão dele seria suficiente para fazer qualquer mocinha se sentir nas alturas, mas Sally vinha analisando as expressões do Sr. Pynch havia algum tempo e estava fora de perigo.

— Caso não tenha percebido, venho beijando-a diariamente no corredor há mais de duas semanas. E, mesmo que eu saiba que você é muito jovem e muito bonita para mim e que, com certeza, mais cedo ou mais tarde vai acabar se arrependendo de ter se casado com um feioso sem eira nem beira como eu, ainda assim quero me casar com você.

— Por quê?

Ele a encarou e, se tivesse cabelo, a frustração teria feito o Sr. Pynch arrancar todos os fios.

— Porque eu amo você, garota boba!

— Ah, ótimo — ronronou Sally, e abraçou-o pelo pescoço grosso. — Então aceito me casar com você. Mas está enganado, sabe.

Sally, no entanto, não conseguiu continuar porque o valete começou a beijá-la com firmeza e empolgação. Foi só depois de um tempo que ele ergueu a cabeça e perguntou:

— Estou enganado em relação a quê?

Sally riu da careta encantadora do Sr. Pynch.

— Está enganado se pensa que vou me arrepender de me casar com você. Jamais vou me arrepender, pois também amo você.

E essa declaração foi retribuída com outro beijo entusiasmado.

MELISANDE SE ESPREGUIÇOU exageradamente e rolou para cima do marido.

— Bom dia — sussurrou.

— Um belo dia mesmo — concordou ele, com a voz preguiçosa e ligeiramente cansada.

Ela escondeu um sorriso contra o ombro dele. Ele tinha dado tudo de si ao fazer amor com ela, devagar e sem pressa. Pelo visto, gostava de acordá-la todas as manhãs.

Então ouviram um arranhão e um ganido vindo do quarto de vestir dela.

Melisande deu um cutucão nas costelas de Vale.

— Você precisa soltá-lo agora.

Ele suspirou.

— Preciso mesmo?

— Ele vai ficar arranhando a porta, depois vai começar a latir, e Sprat virá perguntar se pode levar Rato para passear.

— Meu Deus, quanto trabalho para um cachorro tão pequeno — murmurou Vale, mas se levantou da cama no chão e saiu andando nu pelo quarto.

Melisande observou-o com as pálpebras semicerradas. Ele realmente tinha a bunda mais bonita do mundo. Ela sorriu, se perguntando o que ele iria pensar se ela lhe dissesse isso.

Jasper abriu a porta do quarto de vestir. Rato saiu andando com um osso na boca, pulou na cama e girou umas três vezes antes de se acomodar para roer seu prêmio. A cama improvisada havia crescido no último mês com o acréscimo de um colchão fino e vários travesseiros. Melisande também mandara tirar a cama de seu quarto, e agora a cama improvisada ficava encostada à parede entre as janelas. À noite, com uma única vela iluminando o quarto, ela se imaginava deitada em algum palácio otomano.

— Esse cachorro precisa ter a própria cama — murmurou Vale.

— Ele tem uma cama — argumentou Melisande. — Só não dorme nela.

Vale olhou para o cão de cara fechada. Claro que fora *ele* quem tinha dado o osso para Rato, então ninguém levaria a sério a carranca.

— Dê-se por satisfeito por ele ter parado de dormir embaixo das cobertas — disse Melisande.

— E eu *estou* satisfeito. Espero nunca mais sentir um focinho gelado no meu travesseiro. — Ele se virou para ela, a expressão ainda carrancuda. — Que cara de deboche é essa, minha senhora esposa?

— Desculpe, não estou debochando de nada.

— Ah, é? — Ele começou a avançar na direção dela, o corpo forte e definido caminhando com interesse e determinação. — Então como qualifica a sua expressão?

— Estou admirando a visão.

— Está? — Ele fez um desvio para seguir até o paletó jogado ao chão de qualquer jeito. — Talvez queira que eu dance uma gavota.

Ela inclinou a cabeça, observando enquanto ele enfiava a mão no bolso do paletó.

— Acho que eu gostaria de ver isso.

— Gostaria, é, garota insaciável?

— Gostaria, sim. — Ela se esticou na cama, expondo os mamilos antes cobertos pela colcha. — Mas posso ficar saciada, sabia?

— Pode? — murmurou ele. Os olhos dele estavam fixos nos mamilos, e ele pareceu ter se distraído. — Já tentei e tentei e você continua insaciável. Você esgota as forças de um homem.

Os lábios dela se curvaram ao ouvir o tom de lamento, e ela lançou um olhar insinuante para o pênis, que agora estava ereto e orgulhoso.

— Você não parece esgotado.

— É terrível, não é? — comentou ele, descontraído. — É vergonhoso, mas basta um olhar seu que eu fico excitado.

Ela estendeu os braços.

— Venha aqui, seu bobinho.

Vale sorriu e se ajoelhou na cama ao lado dela.

— O que você tem aí? — perguntou ela, pois ele estava com uma das mãos para trás.

O sorriso dele se desfez enquanto se deitava ao lado dela, apoiando-se no cotovelo.

— Tenho algo para você.

— É mesmo? — As sobrancelhas dela se uniram. Jasper não lhe dava nada desde os brincos de granada.

Ele mostrou a mão que escondia nas costas e virou a palma para cima, onde havia uma caixinha de rapé parecida com aquela onde costumava guardar seus tesouros. A única diferença, é claro, é que esta era nova.

Melisande arqueou uma sobrancelha e ergueu os olhos da palma da mão para o rosto do marido, com uma expressão indagadora.

— Abra — pediu ele, a voz rouca.

Ela pegou a caixinha e se surpreendeu com o peso. Olhou de soslaio para o rosto do marido novamente. Ele a observava com seus olhos turquesa reluzentes.

Melisande abriu a caixinha.

E arfou. A parte externa da caixinha de rapé podia até parecer simples, de latão e sem nenhum tipo de enfeite, mas por dentro era toda de ouro e cravejada de pedras preciosas. Pérolas e rubis, diamantes e esmeraldas, safiras e ametistas, pedras que ela nem conhecia. Todas brilhavam dentro da caixinha, praticamente cobrindo o ouro com um arco-íris de cores.

Ela encarou Jasper com lágrimas nos olhos.

— Por quê? O que significa isso?

Ele tomou-lhe a mão que segurava a caixinha e virou-a para roçar os lábios nos nós dos dedos dela.

— Ela representa você.

Melisande olhou para a caixinha linda e brilhante.

— Como assim?

Ele pigarreou, com a cabeça ainda abaixada.

— Quando conheci você, eu era um idiota. Sempre fui. Eu só via o exterior de latão que você usava para se esconder. Eu era muito fútil, muito parvo, muito tolo para enxergar além e ver a sua verdadeira beleza, minha querida esposa.

Jasper ergueu os lindos olhos azul-turquesa, e ela viu que emanavam adoração.

— Quero que entenda que agora eu vejo você de verdade. Eu me deleito com a sua beleza encantadora e jamais a deixarei ir embora. Eu amo você com toda a minha alma alquebrada.

Melisande deu uma última olhada para a caixinha de tesouro. Era adorável. Era assim que Jasper a via, e isso a surpreendeu. Ela fechou a tampa com cuidado e colocou a caixinha de lado, ciente de que era o presente mais precioso, mais perfeito, que ele poderia ter lhe dado.

Então, puxou o marido para seus braços e disse a única coisa que poderia dizer:

— Eu amo você.

E o beijou.

Epílogo

A espada pressionava firme contra o pescoço de Jack, mas mesmo assim ele respondeu com bravura:

— Eu até poderia lhe dizer quem conseguiu os anéis, meu soberano, mas de todo jeito o senhor não acreditaria em mim.

O rei esbravejou, mas Jack ergueu a voz para se fazer ouvir acima da ira real.

— Além disso, não importa quem encontrou os anéis. O que importa é quem está com eles agora.

Isso fez o rei se calar no mesmo instante, e todos os presentes no banquete real olharam para a princesa Liberdade. Ela parecia tão surpresa quanto os outros quando pegou o saquinho de joias que estava pendurado em sua túnica, tirou o anel de bronze e o de prata dali de dentro e colocou-os na palma da mão junto ao anel de ouro. Agora, estava em posse dos três.

— A princesa Liberdade está com os anéis — afirmou Jack. — E me parece que isso lhe dá o direito de escolher o marido que quiser.

Ora, o rei pigarreou e hesitou, mas no fim foi obrigado a admitir que Jack estava certo.

— Com quem irá se casar, minha filha? — perguntou o rei. — Tem homens aqui de todos os cantos do mundo. Homens ricos, homens corajosos, homens tão bonitos que as mulheres até desmaiam quando eles passam por elas, montados em seus cavalos. Agora me diga, qual deles será seu marido?

— Nenhum deles. — A princesa Liberdade sorriu, ajudou Jack a se levantar sobre as pernas atarracadas e disse: — Vou me casar com Jack, o bobo, e nenhum outro, pois ele pode ser um bobo, mas me faz rir e eu o amo.

E então, diante dos olhos aturdidos de toda a corte e de seu pai, o rei, ela se abaixou e beijou o nariz longo e encurvado de Jack, o bobo.

Mas uma coisa muito estranha aconteceu! Jack começou a crescer, suas pernas e seus braços se esticaram e engrossaram, e o nariz e o queixo voltaram ao tamanho normal. Quando tudo acabou, Jack tinha voltado a ser ele mesmo, alto e forte, vestindo a bela armadura do vento e da noite e carregando a espada mais afiada do mundo. Ora, imagine só que bela figura ele pareceu aos olhos de todos!

Mas a pobre princesa Liberdade não gostou desse belo estranho que estava diante dela. Ela chorou e gritou:

— Oh, onde está o meu Jack? Oh, onde está o meu querido bobo?

Jack se ajoelhou diante da princesa e tomou-lhe as mãos pequenas nas mãos grandes dele. Então inclinou a cabeça em direção à dela e sussurrou para que apenas a princesa pudesse lhe ouvir:

— Eu sou o seu querido bobo, minha linda princesa. Eu sou o homem que dança e canta para fazê-la rir. Eu amo você e voltaria para aquela forma horrível e deformada com alegria só para vê-la sorrir.

E, ao ouvir isso, a princesa sorriu e o beijou, pois, apesar de a forma de Jack ter mudado tanto que ela não o reconhecia mais, a voz não sofrera nenhuma alteração. Era a voz de Jack, o bobo, o homem que ela amava.

O homem com quem ela escolheu se casar.

Leia a seguir um trecho de
"As garras do desejo",
livro três da série
A lenda dos quatro soldados

Prólogo

Era uma vez, há muito, muito tempo, um soldado que caminhava de volta para casa, cruzando as montanhas de uma terra estrangeira. O trajeto era íngreme e pedregoso, ladeado por árvores retorcidas e escuras, e um vento frio açoitava suas bochechas. Mas o soldado não hesitava em sua marcha. Ele já vira lugares mais assustadores e estranhos que aquele, e havia pouca coisa no mundo que ainda lhe causasse medo.

Nosso soldado lutara com extrema bravura na guerra, mas muitos soldados também o fizeram. Velhos, jovens, bem-apessoados ou azarados, todos os guerreiros se esforçam para enfrentar a batalha da melhor maneira possível. Com frequência, é apenas a sorte, e não a justiça, que determina quem sobrevive e quem morre. Então, no que dizia respeito à sua coragem, à sua honra, à sua extrema retidão, talvez nosso soldado não fosse melhor do que seus milhares de companheiros. Mas ele possuía uma característica que o tornava muito diferente dos outros. Ele era incapaz de mentir.

E, por causa disso, o chamavam de Contador de Verdades...

— Contador de Verdades

Capítulo Um

A escuridão começava a cair quando Contador de Verdades chegou ao cume da montanha e avistou um castelo magnífico, preto como piche...

— Contador de Verdades

Escócia
julho de 1765

Foi só quando a carruagem fez uma curva, sacolejando, e o castelo decrépito se tornou visível sob a luz fraca do entardecer que Helen Fitzwilliam finalmente — e mais tarde do que deveria — percebeu que talvez tivesse cometido um erro terrível ao decidir embarcar naquela jornada.

— É para lá que estamos indo? — Jamie, seu filho de 5 anos, estava ajoelhado no estofado mofado do assento do veículo, espiando pela janela. — Achei que a gente ia para um castelo.

— Mas aquilo é um castelo, seu bobo — respondeu a irmã de 9 anos, Abigail. — Não está vendo a torre?

— Só porque tem uma torre não quer dizer que é um castelo — rebateu o menino, olhando para a construção suspeita com o cenho franzido. — Não tem fosso. Se aquilo for *mesmo* um castelo, não é dos melhores.

— Crianças. — Helen chamou a atenção deles num tom ríspido demais, mas sua impaciência era compreensível. Fazia quase duas semanas que os três estavam enfurnados em carruagens apertadas. — Não briguem, por favor.

Naturalmente, sua prole fingiu surdez.

— É cor-de-rosa. — Jamie tinha pressionado o nariz contra a janelinha, embaçando o vidro com sua respiração. Ele se virou e olhou para a irmã com a cara fechada. — Você acha que um castelo de verdade seria cor-de-rosa?

Helen se controlou para não suspirar, massageando a têmpora direita. Fazia vários quilômetros que sentia uma pontada de dor de cabeça, e era bem capaz de a dor vir com tudo exatamente no momento em que precisaria de toda sua sagacidade. Ela não tinha exatamente refletido sobre aquele plano. Por outro lado, nunca fora de refletir muito sobre as coisas, não é? A impulsividade — decisões tomadas no calor do momento e arrependimentos que levavam muito tempo para desaparecer — era a característica mais marcante de sua vida. E era por isso que, aos 31 anos, se via cruzando um país estrangeiro, prestes a colocar seus filhos e a si mesma à mercê de um desconhecido.

Como era tola!

Uma tola que precisava pensar bem na história que contaria, pois a carruagem já estava parando diante das imponentes portas de madeira.

— Crianças! — chiou ela.

Diante daquele tom, os dois rostinhos se viraram rápido em sua direção. Os olhos castanhos de Jamie estavam arregalados, enquanto Abigail exibia medo nos traços franzidos. A filha era observadora demais para uma garotinha; tinha uma sensibilidade excessiva ao humor dos adultos.

Helen respirou fundo e se forçou a sorrir.

— Vamos começar uma aventura, meus queridos, mas lembrem-se do que eu disse antes. — Ela olhou para Jamie. — Qual é o nosso sobrenome?

— Halifax — respondeu o menino na mesma hora. — Mas eu ainda sou Jamie, e Abigail ainda é Abigail.

— Isso mesmo, querido.

Essa parte fora decidida ao saírem de Londres, quando se tornou extremamente óbvio que Jamie teria dificuldade em não chamar a irmã pelo nome verdadeiro. Helen suspirou. Teria de torcer para os nomes de batismo das crianças serem comuns o suficiente para que não fossem descobertos.

— Nós morávamos em Londres — disse Abigail, parecendo concentrada.

— Essa parte vai ser fácil de lembrar — murmurou Jamie —, porque a gente morava mesmo.

A menina repreendeu o irmão com um olhar e continuou:

— Mamãe trabalhava na casa da viscondessa viúva de Vale.

— E nosso pai morreu, mas está vivo... — Os olhos de Jamie se arregalaram, aflitos.

— Não entendo por que temos que dizer que ele morreu — murmurou Abigail no silêncio que se seguiu.

— Porque ele não pode nos encontrar, meu bem. — Helen engoliu em seco e se inclinou para a frente, para dar um tapinha no joelho da filha. — Está tudo bem. Se nós conseguirmos...

A porta da carruagem foi escancarada, e o cocheiro os encarou com uma carranca.

— Vocês vão sair ou vão ficar aí para sempre? Parece que vai chover, e pretendo estar são e salvo na estalagem quando isso acontecer.

— É claro. — Régia, Helen assentiu com a cabeça para o homem, que sem dúvida era o condutor mais mal-humorado que tiveram durante aquela viagem deplorável. — Pegue nossas malas, por favor.

O cocheiro bufou.

— Já fiz isso, é claro.

— Venham, crianças.

Ela torceu para não corar diante daquele homem horroroso. A verdade é que a família só tinha duas malas de pano — uma de Helen, outra das crianças. O cocheiro provavelmente achava que eram pedintes. Mas, de certa forma, isso era verdade, não era?

Helen afastou aquele pensamento depressivo. Agora não era o momento para se deixar desanimar. Precisava estar completamente alerta para ser persuasiva e ter sucesso na missão.

Quando saiu da carruagem alugada, deu uma olhada ao redor. O castelo antigo se agigantava adiante, maciço e silencioso. A construção principal era um retângulo feito de pedras gastas em um tom pálido de cor-de-rosa. Torres circulares altas se projetavam dos cantos. Diante do castelo havia um caminho que um dia fora pavimentado, mas agora estava desnivelado, cheio de ervas daninhas e lama. Algumas árvores o ladeavam, lutando contra o vento cada vez mais intenso. No fundo, montanhas pretas se estendiam tranquilamente pelo horizonte que escurecia.

— Tudo certo, então? — O cocheiro já subia para seu assento, nem se dando ao trabalho de olhar para trás. — Já vou.

— Pelo menos deixe um lampião! — gritou Helen, mas o barulho da carruagem se afastando abafou sua voz. Horrorizada, ela ficou observando-a desaparecer.

— Está escuro — observou Jamie, olhando para o castelo.

— Mamãe, não tem nenhuma luz acesa — disse Abigail.

A menina parecia assustada, e Helen também sentiu uma onda de receio. Até agora, não havia notado a falta de iluminação. E se ninguém estivesse em casa? O que fariam?

Um problema de cada vez. Ela era a adulta ali. Uma mãe devia transmitir segurança para os filhos.

Helen ergueu o queixo e sorriu para Abigail.

— Talvez as luzes dos fundos estejam acesas, e não conseguimos ver daqui.

A menina não pareceu muito convencida, mas, obediente, concordou com a cabeça. Helen pegou as malas e seguiu para os degraus de pedra baixos que levavam às enormes portas de madeira. Elas eram cercadas por um portal gótico, praticamente enegrecido pelo tempo, e as dobradiças e os trincos eram de metal — tudo muito medieval. Helen ergueu a aldrava de ferro e bateu.

O som ecoou pelo interior, desesperador.

Ela ficou ali, encarando a porta, se recusando a acreditar que ninguém atenderia. O vento fazia suas saias girarem em um redemoinho. Jamie arrastou as botas no chão de pedra, e Abigail soltou um sussurro quase inaudível.

Helen umedeceu os lábios.

— Talvez estejam na torre. Deve ser difícil escutar de lá.

Ela bateu de novo.

Já escurecera completamente agora. O sol tinha desaparecido e levado consigo o calor do dia. Era verão, e estava muito quente em Londres, mas, durante sua jornada para o norte, descobriu que as noites podiam ser bem frias na Escócia, independentemente da estação. Um raio brilhou no horizonte. Que lugar ermo! Era difícil entender por que alguém escolheria morar ali.

— Ninguém vai atender — disse Abigail enquanto um trovão ressoava ao longe. — Acho que o castelo está vazio.

Helen engoliu em seco enquanto gotas de chuva grossas caíam em seu rosto. O vilarejo mais próximo ficava a quase vinte quilômetros. Ela precisava encontrar abrigo para as crianças. Abigail tinha razão. Não havia ninguém ali. Aquela ideia tinha sido uma tolice.

Mais uma vez, havia falhado como mãe.

Os lábios de Helen tremeram com o pensamento. *Não desmorone na frente das crianças.*

— Talvez possamos encontrar um estábulo ou outra construção no... — ela começou a dizer, mas foi surpreendida quando uma das enormes portas de madeira se escancarou.

Helen deu um passo para trás, quase caindo da escada. Primeiro, o vão parecia assustadoramente escuro, como se uma mão fantasmagórica tivesse aberto a porta. Mas então algo se moveu, e um vulto se tornou visível. Um homem alto, esbelto e muito, muito intimidador segurava uma vela, que iluminava muito pouco o ambiente. Ao seu lado havia uma fera gigante de quatro patas, alta demais para ser de qualquer raça de cachorro que ela conhecesse.

— O que você quer? — perguntou o homem com rispidez, sua voz baixa e rouca pela falta de uso, ou talvez pelo uso excessivo. O sotaque era sofisticado, mas seu tom não era nada hospitaleiro.

Helen abriu a boca, lutando para encontrar as palavras. Ele era completamente diferente do que imaginara. Deus do céu, e o que era aquele monstro ao seu lado?

Foi então que um relâmpago cortou o céu, bem próximo, clareando o lugar por um momento. O homem e seu animal foram iluminados como se estivessem em um palco. A fera era alta, cinza e magra, com olhos pretos brilhantes. Seu dono era ainda pior. O cabelo preto e escorrido caía desgrenhado até a altura dos ombros. Usava uma calça velha, perneiras e um casaco grosso que deveria estar no lixo. Um lado de seu rosto não barbeado era retorcido por cicatrizes vermelhas e feias. Um único olho castanho-claro refletia o relâmpago com um ar diabólico.

E a parte mais terrível era que havia apenas um buraco fundo onde seu olho esquerdo deveria estar.

Abigail gritou.

Elas sempre gritavam.

Sir Alistair Munroe fechou a cara para a família em sua escada. Atrás deles, a chuva subitamente desabou numa cascata, fazendo as crianças se apertarem contra as saias da mãe. Crianças, especialmente as menores, quase sempre gritavam e fugiam dele. Às vezes, até mulheres adultas faziam isso. No ano anterior, uma jovem bastante melodramática desmaiara ao vê-lo em plena High Street de Edimburgo.

Alistair quisera dar um tabefe naquela tola.

Em vez disso, fugira como um rato assustado, erguendo a capa e usando seu tricórnio para tentar esconder o lado mutilado do rosto. Aquela reação era esperada em cidades e vilarejos. Era por isso que ele não gostava de frequentar lugares tumultuados. Mas não imaginava que uma menina viesse gritar na porta de sua casa.

— Pare com isso — rosnou ele, e a garota fechou a matraca.

Havia duas crianças; um menino e uma menina. O garoto tinha cabelos castanhos e era mirrado, com idade entre 3 e 8 anos. Alistair não possuía base nenhuma para avaliar esse tipo de coisa, já que evitava crianças sempre que podia. A garota era mais velha. Pálida e loura, encarava-o com olhos azuis que pareciam grandes demais em seu rosto magro. Talvez fosse uma doença — era comum que tais anormalidades indicassem deficiências mentais.

Os olhos da mãe eram da mesma cor, notou ele quando, depois de certa relutância, finalmente se dignou a encará-la. Ela era linda. É claro que era. Só uma beldade estonteante apareceria à sua porta durante uma tempestade. Tinha olhos da cor exata de campânulas recém-desabrochadas, cabelos de um louro brilhante e um busto magnífico que qualquer homem acharia excitante, até mesmo um ermitão antissocial e cheio de cicatrizes como ele. Afinal de contas, aquela era a reação natural de um macho a uma fêmea de capacidade reprodutora óbvia, independentemente do quanto a sensação o incomodasse.

— O que você quer? — perguntou ele novamente.

Talvez a família inteira sofresse de alguma deficiência mental, porque os três continuaram encarando-o, mudos. O olhar da mulher estava vidrado na órbita ocular. Claro. Alistair tirara o tapa-olho de novo — aquela porcaria era um estorvo — e, com certeza, seria o protagonista dos futuros pesadelos dela.

Ele suspirou. Estava prestes a comer seu jantar de mingau e salsichas cozidas quando ouviu as batidas. Por pior que fosse sua refeição, ela ficaria pior ainda depois que esfriasse.

— A mansão Carlyle fica a uns três quilômetros daqui, naquela direção.

Ele inclinou a cabeça para o oeste. Os três com certeza eram visitantes perdidos de seu vizinho. Em seguida fechou a porta.

Ou melhor, *tentou* fechar a porta.

A mulher enfiou o pé na fresta, impedindo-o. Por um instante, Alistair cogitou seriamente bater a porta mesmo assim, mas um resquício de civilidade o conteve. Ele a encarou, estreitando o olho, e esperou por uma explicação.

A mulher ergueu o queixo.

— Sou sua governanta.

Com certeza era um caso de problema mental. Talvez resultado do excesso de procriação entre as mesmas famílias aristocratas, já que, apesar de sua lerdeza, tanto ela quanto as crianças usavam roupas sofisticadas.

O que só tornava sua declaração ainda mais absurda.

Ele suspirou.

— Eu não tenho governanta. Acredite, senhora, a mansão Carlyle fica logo depois da colina...

A mulher teve a audácia de interrompê-lo.

— Não, o senhor não entendeu. Sou sua *nova* governanta.

— Eu repito. Não. Tenho. Governanta. — Alistair falou devagar, tentando transmitir a informação para que ela o entendesse apesar da lenta capacidade mental. — Nem pretendo ter. Não...

— Esse é o castelo Greaves?

— Sim.

— E o senhor é Sir Alistair Munroe?

Ele fez uma careta.

— Sim, mas...

A mulher não o encarava mais. Agora estava agachada, revirando uma das malas aos seus pés. Alistair a observou irritado, perplexo e levemente excitado, já que a posição lhe dava uma visão espetacular das curvas dela. Se ele fosse um homem religioso, acreditaria que testemunhava uma aparição.

Ela emitiu um som satisfeito e voltou a se empertigar, abrindo um sorriso glorioso.

— Aqui está. É uma carta da viscondessa de Vale. Ela me enviou para ser sua governanta.

A mulher lhe entregou um pedaço de papel amassado.

Alistair encarou a folha por um instante antes de tirá-la de sua mão e ergueu a vela para iluminar os garranchos. Ao seu lado, Lady Grey, sua lébrel escocês, percebeu que ia demorar para voltarem ao jantar e, com um suspiro pesado, se deitou sobre as lajotas do hall de entrada.

Alistair terminou de ler a carta ao som da chuva. Então ergueu o olhar. Ele só vira Lady Vale uma vez na vida. Ela e o marido, Jasper Renshaw, o visconde de Vale, tinham visitado o castelo havia pouco mais de um mês. Na época, não tivera a impressão de que a viscondessa fosse uma mulher intrometida, mas a carta lhe informava que ele tinha mesmo uma nova governanta. Que loucura. O que a esposa de Vale pensava que estava fazendo? Mas era quase impossível compreender o funcionamento da mente feminina. Ele teria de mandar a governanta excessivamente bonita e elegante embora quando amanhecesse, junto com sua prole. Infelizmente, os três eram, no mínimo, protegidos de Lady Vale, e não seria de bom-tom expulsá-los dali no meio da noite.

Alistair fitou os olhos azuis da mulher.

— Como é mesmo seu nome?

Ela corou e pareceu ainda mais bonita, tanto quanto o sol da primavera nascendo sobre um campo.

— Eu não disse. Meu nome é Helen Halifax. *Sra.* Halifax. E nós já estamos muito molhados aqui fora na chuva.

Um canto da boca de Alistair se ergueu ao ouvir o tom ríspido do comentário. A mulher não tinha qualquer deficiência mental, afinal.

— Pois bem. Podem entrar, Sra. Halifax.

O SORRISINHO NO canto dos lábios de Sir Alistair surpreendeu Helen. Sua atenção se voltou para a boca larga e firme, elegante e masculina. A expressão o transformava em um homem, deixando para trás a impressão que tivera a princípio de que ele era um monstro grotesco.

Porém, qualquer sinal de humor desapareceu assim que ele percebeu que era observado. No mesmo instante, seu rosto tomou um ar pétreo e levemente cínico.

— A senhora vai continuar a se molhar se não entrar logo.

— Obrigada. — Helen engoliu em seco e seguiu para o hall escuro. — É muita *bondade* da sua parte, Sir Alistair.

Ele deu de ombros e saiu andando.

— Se é o que pensa...

Que homem mal-educado! Nem se oferecera para carregar as malas. Tudo bem que a maioria dos cavalheiros não carrega os pertences de suas governantas. Mesmo assim, teria sido uma gentileza pelo menos se oferecer.

Helen segurou uma mala em cada mão.

— Venham, crianças.

Os três precisaram andar rápido, quase correr, para acompanhar Sir Alistair e o que parecia ser a única fonte de luz do castelo — sua vela. A cadela gigante seguia ao lado dele, magra, escura e alta; na verdade, era bem parecida com o dono. O grupo passou por um salão e entrou em um corredor mal iluminado. A vela bruxuleava adiante, lançando sombras assustadoras nas paredes encardidas e nos tetos altos, cheios de teias de aranha. Jamie estava tão cansado que a seguia sem prestar atenção em nada, mas Abigail olhava de um lado para o outro, curiosa, enquanto andava rápido.

— Mas que lugar sujo — sussurrou a menina.

Sir Alistair se virou assim que ela falou, e, a princípio, Helen achou que ouvira o comentário.

— Já comeram?

Ele tinha parado tão de repente que ela quase pisou em seus pés. De toda forma, acabou ficando perto demais do homem. Precisou inclinar a cabeça para trás para encontrar seu rosto, e, com a vela na altura do peito dele, a luz lhe dava um ar diabólico.

— Tomamos um chá na hospedaria, mas... — começou Helen, ofegante.

— Ótimo — disse Sir Alistair, voltando a lhe dar as costas. Ao fazer uma curva no corredor e desaparecer de vista, ele disse: — Podem dormir em um dos quartos de hóspedes. Amanhã vou chamar uma carruagem para levá-los de volta para Londres.

Helen puxou as malas e correu para alcançá-lo.

— Mas eu realmente não...

Ele havia começado a subir uma escada de pedra estreita.

— A senhora não precisa se preocupar com os custos.

Por um instante, Helen ficou parada ao pé da escada, encarando as costas firmes que se afastavam em um ritmo determinado. Infelizmente, a luz também ia embora.

— Rápido, mamãe — chamou Abigail.

Como uma boa irmã mais velha, ela já segurava a mão de Jamie e o puxava pelos degraus.

O anfitrião mal-humorado parou no patamar.

— Não vai subir, Sra. Halifax?

— Sim, Sir Alistair — respondeu Helen entre os dentes. — Mas creio que o senhor deveria pelo menos *experimentar* a sugestão de Lady Vale sobre contratar uma...

— Não quero uma governanta — decretou ele, ríspido, e continuou a subir a escada.

— Acho difícil de acreditar — insistiu ela, arfando —, considerando o estado do castelo. Pelo menos do que vi até agora.

— Ainda assim, prefiro minha casa do jeito que está.

Helen estreitou os olhos. Ela se recusava a acreditar que qualquer pessoa, mesmo aquele homem grosseiro, realmente gostasse de viver num ambiente sujo.

— Lady Vale foi muito específica quando me orientou a...

— Lady Vale se enganou sobre meu desejo de contratar uma governanta.

Eles finalmente chegaram ao topo da escada, e Sir Alistair parou para abrir uma porta estreita. Então entrou no cômodo e acendeu uma vela.

Helen o observou do corredor. E o encarou, determinada, quando ele voltou.

— Pode até ser que o senhor não *queira* uma governanta, mas está bem óbvio que *precisa* de uma.

O canto da boca dele se ergueu de novo.

— Pode argumentar quanto quiser, senhora, mas isso não muda o fato de que não preciso nem quero sua presença na minha casa.

Sir Alistair indicou o quarto com uma das mãos. As crianças entraram correndo. Como ele não se deu ao trabalho de sair da frente da porta, Helen teve de entrar de lado, quase roçando os seios em seu peito.

Enquanto passava, ela ergueu o olhar.

— Já aviso que estou determinada a fazê-lo mudar de ideia, Sir Alistair.

O homem inclinou a cabeça, e seu olho brilhou à luz da vela.

— Boa noite, Sra. Halifax.

E fechou a porta suavemente.

Helen continuou a encará-la por um instante, depois olhou ao redor. O quarto era grande e abarrotado. Cortinas compridas horrorosas cobriam uma das paredes, e uma cama enorme com pilares grossos e adornados dominava o ambiente. Em um canto, havia uma lareira pequena, a única do cômodo. Sombras ocultavam o outro lado do quarto, mas a silhueta de móveis empilhados passava a impressão de que o lugar era usado como depósito. Abigail e Jamie já tinham desabado na cama enorme. Duas semanas atrás, Helen nem cogitaria deixar que os dois chegassem perto de algo tão empoeirado.

Porém, duas semanas atrás, ela ainda era amante do duque de Lister.

Este livro foi composto na tipografia
Minion Pro, em corpo 11/16, e impresso em
papel off-white no Sistema Cameron da
Divisão Gráfica da Distribuidora Record.